ブロンテ三姉妹の抽斗《ひきだし》

物語を作ったものたち

デボラ・ラッツ 著
松尾恭子 訳

柏書房

THE BRONTË CABINET:
Three Lives in Nine Objects
by Deborah Lutz

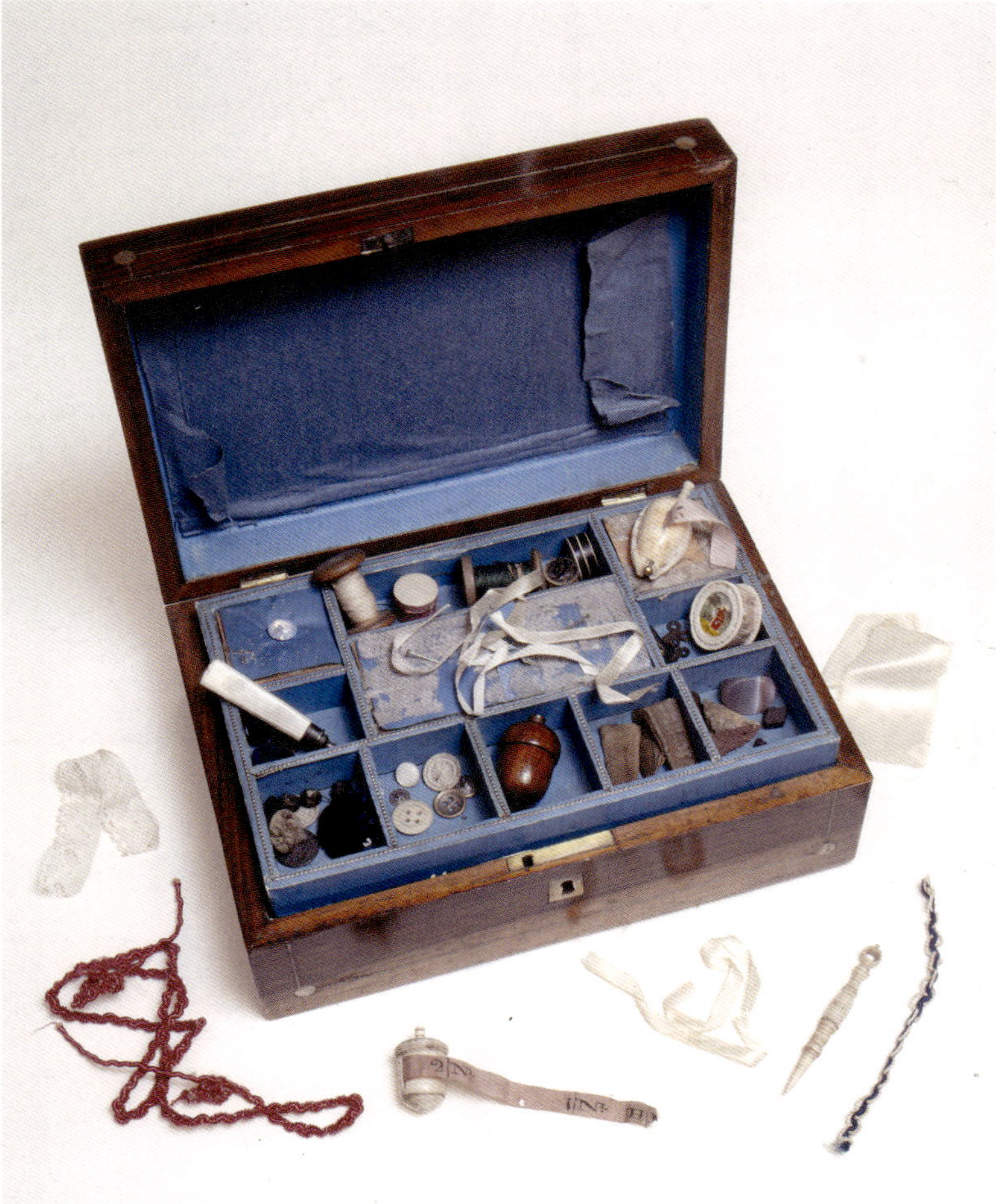

シャーロットの裁縫箱と中身。上部右側に、宝貝の貝殻の巻尺と黒色の円型丸薬入れが入っている。(第２章)

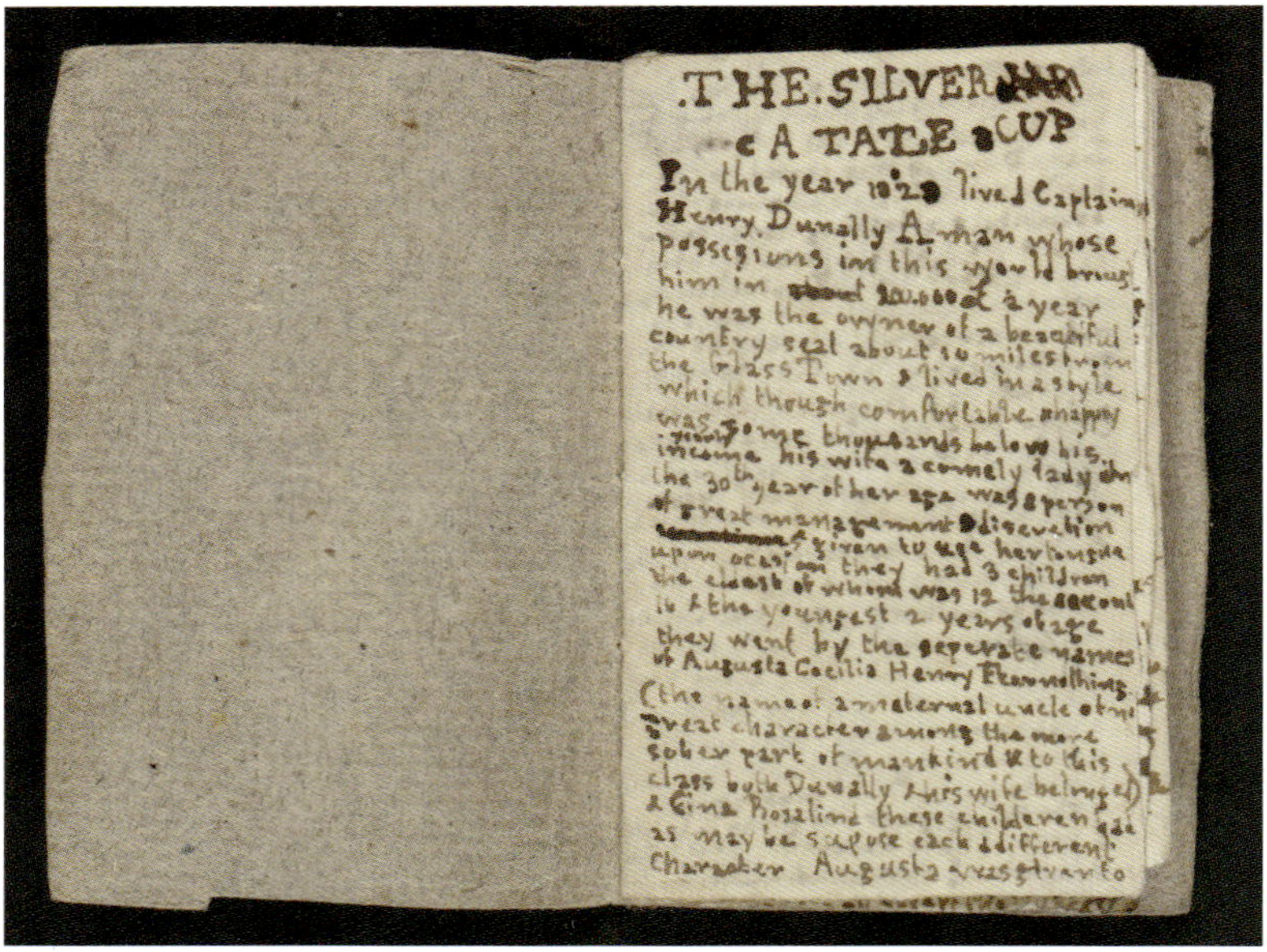
.THE.SILVER
A TALE CUP
In the year 1828 lived Captain
Henry Dunally A man whose
possessions in this world brings
him in
he was the owner of a beautiful
country seat about 10 miles from
the Glass Town & lived in a style

シャーロットが1829年10月に制作した「ブラックウッズ・ヤング・メンズ・マガジン」。小包紙が表紙に使われている。（第１章）

MAGAZINE
January 1829
Lately Published, price
THE
OF T
EV. JOHN W

ブランウェルが1829年１月に制作した「ブラックウッズ・マガジン」。広告が表紙に使われており、茶色の糸で綴じられている。（第１章）

ブランウェルの杖。（第３章）

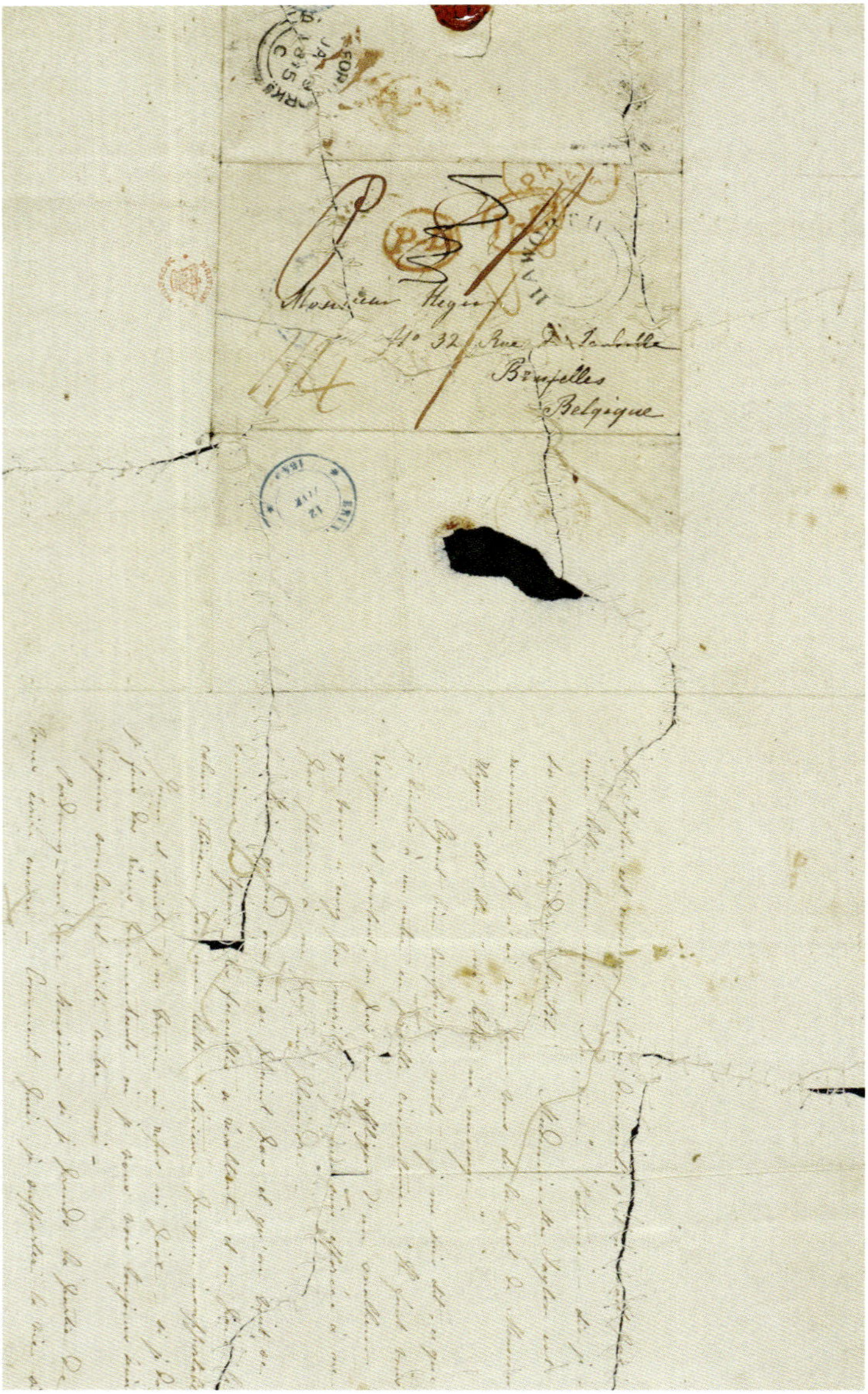

1845年1月8日付、シャーロットからコンスタンタン・エジェへの手紙。エジェの妻が縫い合わせている。(第5章)

キーパーの真鍮製の首輪。暖かみのある光沢を持っている。（第 4 章）

エミリーが描いたキーパーの水彩画。キーパーは首輪を着けていない。（第 4 章）

シャーロットの携帯机。インク壺が入っていた部分の近くに、インクの染みが付いている。（第6章）

マリア・ブロンテのひと房の髪。額に入ったブロンテ一家の髪のコレクションの中のひとつ。（第７章）

エミリーがしばしば歩いた荒野の小道。著者撮影。(第3章)

トニーとパメラへ

❄ブロンテ三姉妹の抽斗❄目次

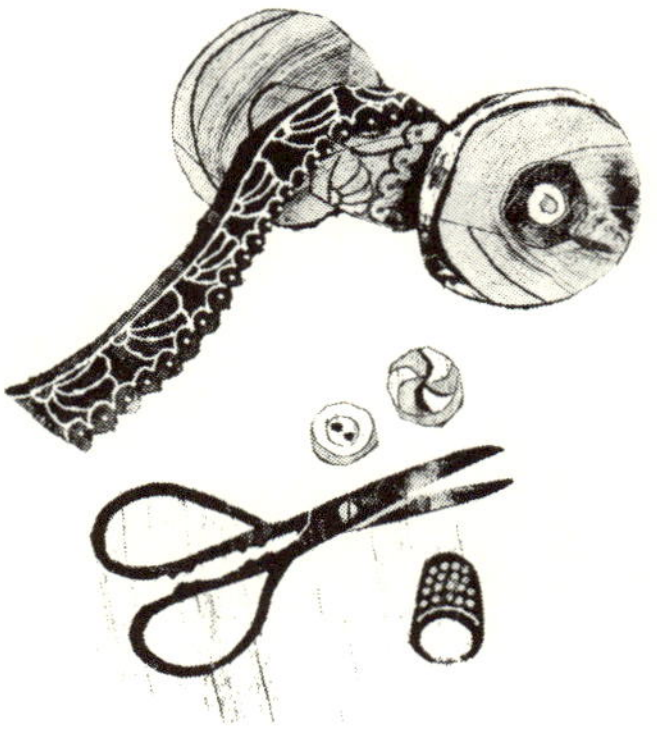

《おもな登場人物》

〈ブロンテ姉妹の両親たち〉


パトリック・ブロンテ……………一七七七～一八六一年。アイルランド出身の牧師。ブロンテ姉妹の父。

マリア・ブランウェル……………一七八三～一八二一年。イギリス南西部出身。ブロンテ姉妹の母。

エリザベス・ブランウェル………一七七六～一八四二年。マリアの姉。ブロンテ姉妹のおば。


〈ブロンテ家の子供たち〉


マリア……………………………一八一四～一八二五年。ブロンテ家の長女。

エリザベス………………………一八一五～一八二五年。ブロンテ家の次女。

シャーロット……………………一八一六～一八五五年。ブロンテ家の三女。カラー・ベルの筆名で『ジェイン・エア』を執筆。その他の作品に『シャーリー』『ヴィレット』『教授』などがある。

エミリー…………………………一八一八～一八四八年。ブロンテ家の四女。エリス・ベルの筆名で執筆。『嵐が丘』を書く。

アン…………………………………………一八二〇～一八四九年。姉妹の末の妹。アクトン・ベルの筆名で執筆。
『アグネス・グレイ』『ワイルドフェル・ホールの住人』などを書く。

パトリック・ブランウェル……一八一七～一八四八年。ブロンテ家の長男。姉妹たちの肖像画を描く。

装丁◎宮川和夫
装画◎宮川いずみ

ブロンテ三姉妹の抽斗《ひきだし》

——物語を作ったものたち

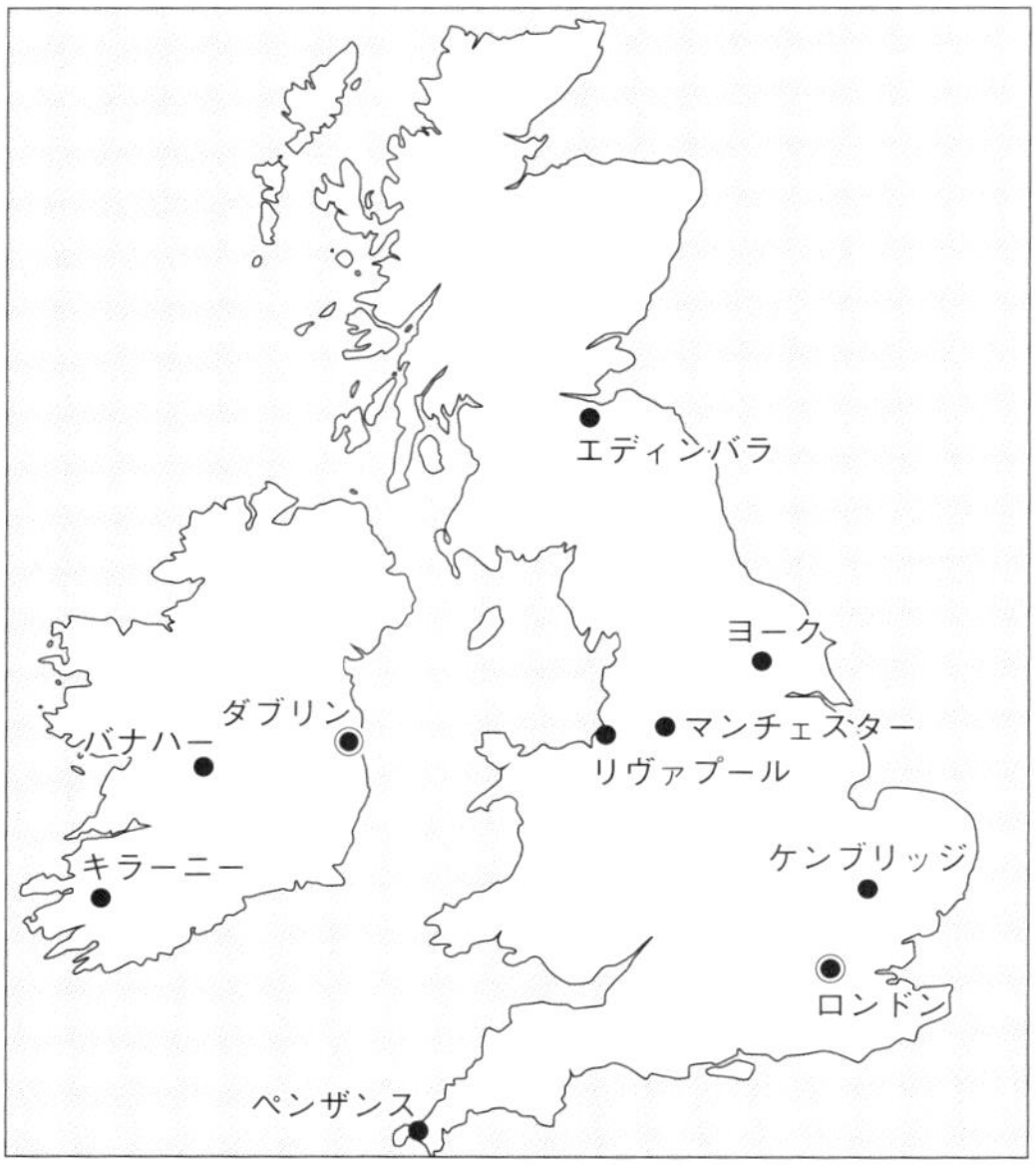

イギリス・アイルランド

ハワース周辺

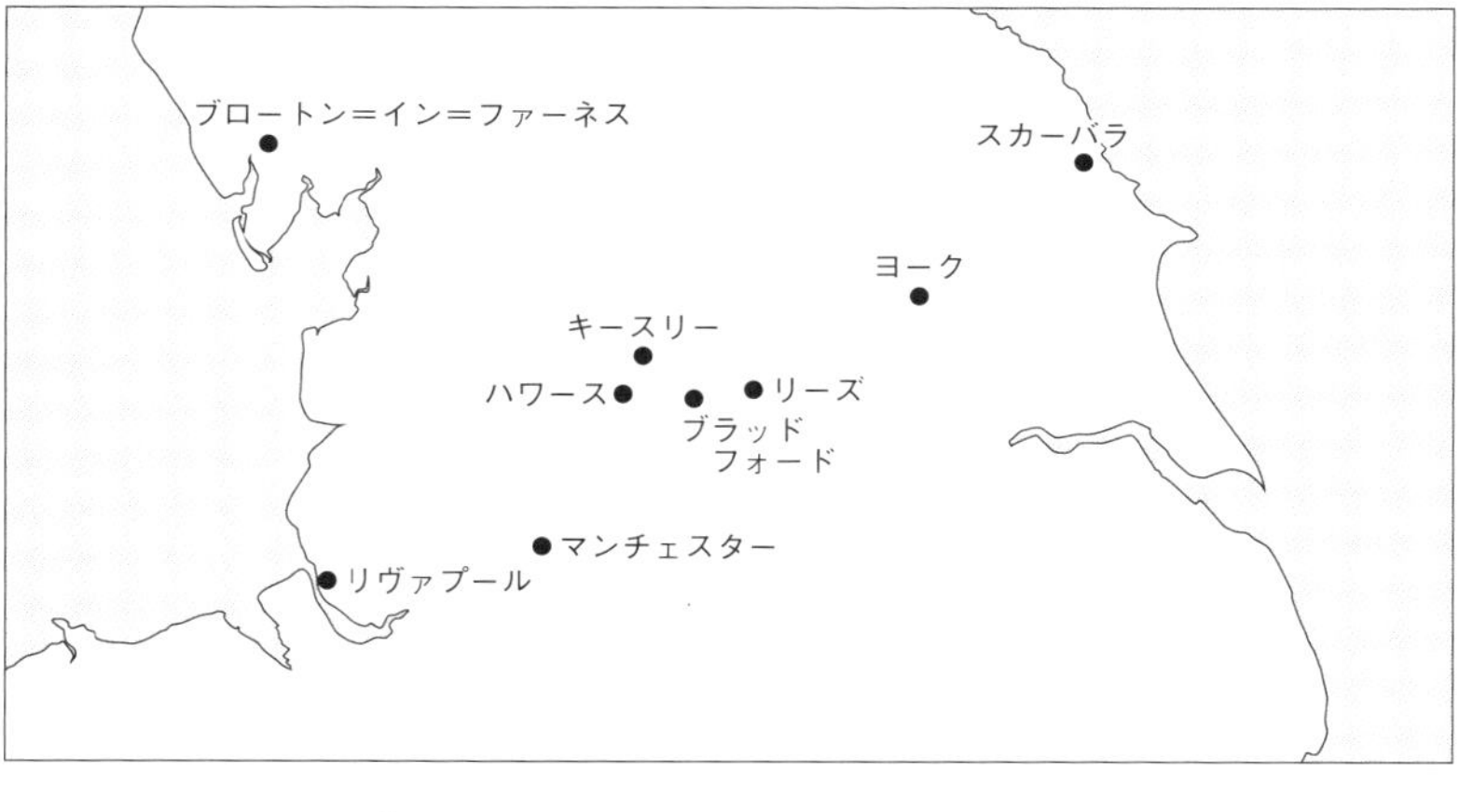

はじめに

物それぞれの命

世界を通るすべての魂は、形ある物に触れ、その無常の物を損ない、最後に見つめるが、それを手中にすることはない。魂は靴をはき、膝ぶとんを使う……やがて、すべてをそのまま残して去って行く。

マリリン・ロビンソン『家政』

世界にはたくさんの物があふれているから、私たちは皆、王と同じように幸せなはずだ。

ロバート・ルイス・スティーヴンソン「幸せな思い」

エミリー・ブロンテの『嵐が丘』に描かれている奇妙なベッドのことが、私の頭から離れない。『嵐が丘』を読む人は、キャサリン・アーンショウのことよりも先に、彼女のベッドである「オーク材でできた大きな箱」のことを知る。その木の箱には、鏡板のはめ込まれた引き戸が付いており、それを開けて中に入る。上部にある幾つかの四角い穴は「馬車の窓」を思わせ、中に入った人は、どこかへ旅に出るような気分になる。この箱は、部屋の中にある小さな私室だ。キャサリンは昔、箱の中の窓台の上に自分の本を数冊置き、そこに塗られたペンキを引っかいて自分の名を書いた。彼女はかつてそこで本を読み、本の余白に日記を綴った。

ベッドの中で読書をするのが好きな私にとって、このオーク材の箱は意味深いものである。殊《こと》に、暗い夜更けにベッドに入り、ランプが投げかける暖かな丸い光の中でこの箱に出会う時、さらに意味が深まる。C・S・ルイスの『ライオンと魔女』では、子供たちが衣装箪笥の中に入り、かけてある幾つもの毛皮の外套《がいとう》の間を抜けて行くと、その先には木の枝があり、雪の降る世界が広がっている。この衣装箪笥のように、箱は別の世界につながっており、想像をかき立てる。ヒースクリフもそう信じており、亡きキャサリンに会えると思いながら箱の中に入る。そして、箱の中で息絶える。この小説は、箱ベッドが霊魂の世界への扉であることを示唆している。

私が夜深くまで読みたいと思う本は、『ジェイン・エア』と『嵐が丘』と『ヴィレット』である。私は、他のどんな本の世界よりも、この三つの本の世界に入り込んで暮らしたいし、なぜか、これらの本の女性主人公に自分が知られているとさえ感じる。彼女たちの世界に入った私は、彼女たちにとって見ず知らずの人ではないのかもしれない。私は、ジェインやルーシーと一緒に部屋から部屋へと歩き、バーサ・メイソンが幽閉されている部屋の隣にある小部屋の中に座り、驚きと共に、蠟燭の揺れる光を受ける「正面の大きな簞笥の扉を見つめる――その扉の表には一二の鏡板がはめ込まれ、それぞれの鏡板の額縁のような枠の中に、一二使徒の厳めしい顔の意匠が施されている」。これらの本に親しんでいる私は、他の多くの人と同様に、本の著者にも近づきたいと思う。本はまだ生きているから、ブロンテ姉妹にも生き返ってほしい、肉体を得て息をし、日々の暮らしを送ってほしいと願う。

キャサリンの箱ベッドや、一二使徒の顔の意匠が施された簞笥は生き生きと描かれており、ページから飛び出してきそうだ。一二使徒の簞笥のモデルとなった一七世紀のオランダ製の食器簞笥を見た時、私は不思議な気持ちになった。シャーロットは、友人と一緒に訪れたある邸宅で出会ったその食器簞笥を、『ジェイン・エア』のソーンフィールド・ホールの最上階に置いた。エミリーも、実際に自分の目で見たベッドをモデルにして、オーク材でできたキャサリンのベッドを描いたのだろうか？　もしそうなら、そのベッドはまだどこかに存在するのだろうか？

物は、私たちを異なる時間や異なる場所に連れて行ってくれる。古い物は、私たちを遠い昔へといざなう。私はある古物店で、一九四〇年代に作られた縞模様のドレスを見つけた。ドレスの裾は手で縫ってあった。ドレスを手にした時、私は思った。このドレスは何を目撃したのだろう？　これを身にまとった女性は、その時何を感じ、何を見たのだろう？　その女性はもうこの世にはいない。しかし私は、取り戻せない過去からの使者であるドレスに、とても神秘的な人の命を感じた。この世に残る死者の遺物の中には、在りし日の死者がいる。ほころびを繕った跡、服の伸びた肘の部分、角の丸くなった物の中に存在している。古い物を身に着けたり使ったりするのは、それを所有していた人が誰であれ、その人に対して敬意を払い、扉が永久に開かなくなる前にその人をしばし呼び戻すのと同じではないだろうか。私たちも、何かの折に傷をつけた物や、かつて自分の体温によって暖まった服をこの世に残すだろう。それらは、私たちの代わりに私たちの歴史を伝えるのではないか？　服は、私たちがいかに行動したかを示すのではないか？

ヴィクトリア朝時代の人々は、遺物の中に死者が存在するという考えを、私たちよりも強く持っていた。当時、遺骸を忌み恐れる人は現代よりも少なく、多くの社会集団の中で、遺骸に対する感傷的な気持ちが醸成された。大半の人が自宅で最期を迎え、この世に残った人は、死者の部屋とベッドを使い続けた。デスマスクを作るのがまだ一般的であり、遺骸の写真を撮るのが流行った。遺骸から切り取ったひと房の髪は死者が暮らす世界と生者を結びつける、と多くの人が信じていた。死者の過去が染み込んだ寝巻き、指輪、本に生者が心を向ければ、その過去が蘇る。

ブロンテ姉妹が所有していた物を手に持った時、私にはそれらが、遠い昔に亡くなった彼女たち自身であるかのように思えた。それらの物について、各章で述べていく。ブロンテ姉妹の蔵書には、インク、汚れ、脂の付いた姉妹の指先や掌が触れた跡が残っている。姉妹は、本に走り書きやいたずら書き、署名を残し——植物、絵、名刺を挟んだ。本は、姉妹が存在していたことを示している。姉妹が読んだことを伝える手ずれのした本の一部には、何かの匂いが染みついている。彼女たちの体臭だろうか。幸いなことに、私は図書館や博物館において、姉妹の蔵書に（しばしば手袋をはめずに）触れ、ページをめくり、顔に近づけて見ることができた。匂いを嗅ぎさえした。私はこのような幸運に恵まれたが、今日、博物館では収蔵品を見ることはできるが、触れたり匂いを嗅いだりすることはほとんどできなくなっている。私たちは、ガラスの向こう側にある物を見る——ただ単に見るだけである。しかし、昔はずいぶん違っていた。収蔵品をいつまでも残したいと願う私たちにとっては想像しがたいことだが、本当に違ったのだ。個人のコレクションを基礎として発展した博物館は、一七世紀や一八世紀にはまだ、個人コレクションという側面を持っていた。ある女性は一七八六年に大英博物館を訪れ、古代ギリシャ時代の骨壺に手を入れて、中に収められていた遺灰に触れた。女性はこう書き残している。「私はそれにそっと触った。すばらしい気分だった……かつて、彼女の親友は彼女の手を握ったのではないだろうか。まるでそうするかのように、私は彼女の遺灰を指でつまんだ」。ツァハリアス・コンラート・フォン・ウッフェンバッハという人物は一七一〇年、オックスフォードにあるアシュモレアン博物館を訪れた時、「婦人までもが」入場を許されていると文句を言った。「婦人らはあちこち走り回り、何でもかんでも手でつかむ」。ヴィクトリア朝時代の収集家で、後にピット・リヴァースと呼ばれるようになるヘンリー・レーン・フォックス大佐は、「昔の普通の生活の様相を明らかにする」ために、世界各地の道具、美術品、儀式用品を集めた。そして、人々が彼のコレクション（現在は、オックスフォードのピット・リヴァース博物館に収蔵されている）を見にきて「人の手によって形になったアイデアを手に持つ」ことを望んだ。

少なくともここ二〇年間、物を通して歴史を探るという方法がよく用いられている。文学研究においても、考古学や人類学における「物質文化」（「モノ理論」とも呼ばれる）論を参考にしながら、「物質文化」が盛んに論じられている。小説に描かれた物を通して、小説とその背景にある文化を探究するのだ。例えば、大学教授を務めるエレイン・フリードグッドは、『ジェイン・エア』に描かれたマホガニー製の家具を通して、森林伐採やイギリスとその植民地における奴隷制の激しい歴史を考察した。それは抑圧の歴史であり、ジェインも自分自身と他人を抑圧する。最近では、物に対する極端な考え方も出てきた。形而上学者は、物には人間が直接関われない、人間の感覚から独立した秘密の命があると考えている。物には秘密の命があるという理論には、探究する価値があるだろう。哲学的で詩的な探究によって、人間を中心に考える私たちの傲慢さを抑えることもできるだろう。

私は、物に秘密の命があるという考え方が好きだ。また、物——眠っている物の命——の上に私たちが投げかける願望や情熱が、物を意味あるものにするのだと思っている。こうした理論の源となっているのは、古の宗教における考え方だろう。聖人の体の一部、聖人の服、聖人が触れた物は油を出し、香りを放ち、奇跡を起こし、病を治した。突然血を流し、泣き、空中に浮き、動かされないように重さを増すこともあった。歴史学者キャロライン・ウォーカー・バイナムによると、中世のカトリック教徒は、物は多産だと思っていたそうだ。物は「母性的で、柔軟で、浸透しやすく、草、木、馬、ミツバチ、砂、金属を永遠に生み続ける」。自然発生や自然発火——生物が無生物から生まれ得る、あるいは生物が突如として完全に消えるという古の考え方は一九世紀まで残っていた。また、「動物磁気」という流動体が万物に浸透し、その力によって、遠く離れている物（または人）同士が交わると信じられていた。宝石は「邪視」を防ぎ、王は病人に触れるだけで病を治し、「タッチピース（王によって与えられる、コイン型のお守りの一種）」には、その王の持つ病を治す力が宿っている、とも。タッチピースにはスレート製のものが多く、人々は装身具として首にかけた。イギリスでは法律に基づいて、物に代理人がついた。人を死に至らしめた物は呪いをかけられた。あるいは教会か王に没収された後、「贖罪奉納物《デオダンド》」として神に捧げられた。スコットランドの人々は、漁師が船から落ちて溺れると船を浜に引き上げ、他の「罪を犯していない」船と離して置き、呪いをかけてそのまま朽ちさせた。この風習は、少なくとも二〇世紀まで残っていた。

物は喋《しゃべ》ることができないから、多くの推測を交えて物を解釈することになる。私が本書において行うこと、つまり、崇拝する作家ゆかりの物について書くということを行う時、人は「深く読みすぎる」きらいがある。個人的な郷愁から、もの言わぬ物の歴史を想像で語ってしまう。伝記を執筆する時、とりわけエミリー・ブロンテのように不明な部分の多い人物の伝記を書く時もそうした危険が伴う。作家ルーカスタ・ミラーは、『ブロンテ家の神話』の中で、ブロンテ姉妹が様々に解釈されてきたことや、姉妹に幾通りもの人生が与えられていることに対する憂慮について述べている。神話は姉妹を愛する気持ちから生まれるため、私も時には、彼女たちに対する自分の熱烈な気持ちを冷笑しなければならないと思う。私は、例えばエミリーの机箱の傷を見ると、エミリーが引っかいて書いた言葉かイニシャルではないか、とつい考えてしまう。死者からのメッセージではないのか。それとも、テーブルに当たってできたただの傷なのだろうか？　私は、手がかりや証拠、体液までも探す探偵になったような気分になる。別に犯罪が行われたわけではないのだが。

私たちは、物に語らせることができるだろうか？　おそらく形而上学者でも、それは不可能だと思うだろう。私は本書において、ブロンテ姉妹がひとつの文化の中で日々の生活を営んでいた頃に、姉妹ゆかりの物を戻す。そして、物が「目撃した」可能性のある物事と、物が姉妹の人生をどのように彩っていたかを探り出す。すでに多くの人によって為されたことを行う――ひとつの図書館がいっぱいになるほどの数のブロンテ姉妹研究書が出版されており、その多くが秀作だから、もうこれ以上研究書は必要ないのかもしれないけれど。私は時々想像も交えるが、あまりにも激しい思いを物に向けないよう心がけるつもりだ。糸、紙、木、黒玉、髪、骨、真鍮《しんちゅう》製品、毛皮、葉、革、ビロード、灰の「目」を通して、ヴィクトリア朝時代に生きた女性の知られざる人生の一角、または人生のもっと大きな部分が明らかになるだろう。これらの物の大半については、今までほとんど語られてこなかったし、幾つかの物については一度も語られたことがない。ヴィクトリア朝時代の物とその仲間はどれも魅力的だ。私は、物が歩み出て話をすることを心から願っている。物がページから飛び出すこともあるかもしれない。物が、ほんの少しでも秘密を明かしたら——言葉を発したら——その時、私の務めは終わる。

第*1*章

小さな本

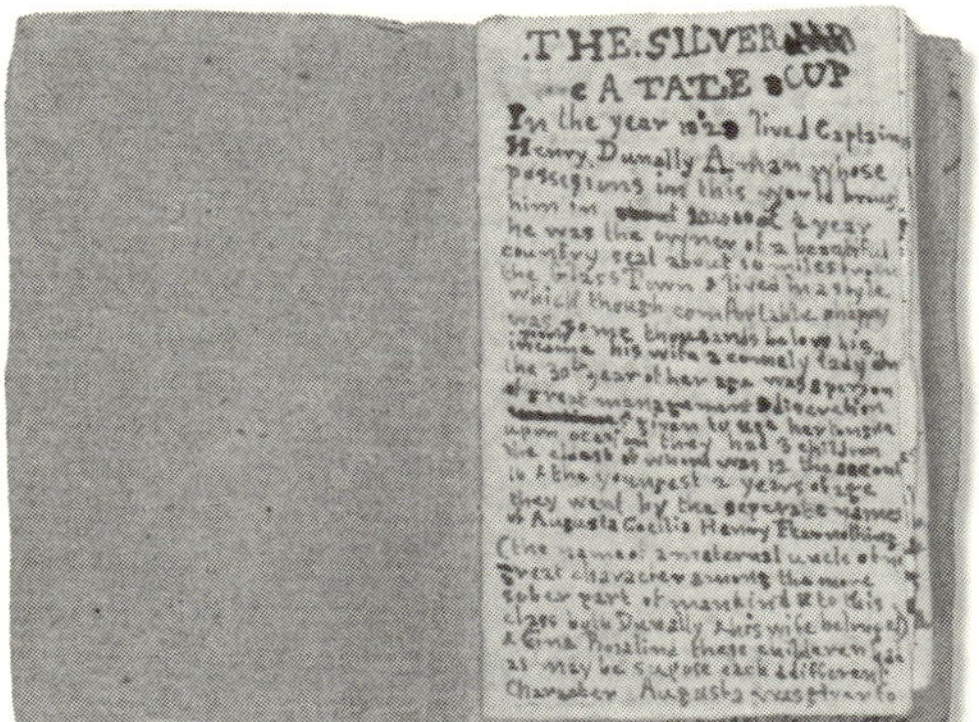

私は薄汚れた本の背をつかみ、ためになる本なんて嫌いだと宣言しながら犬小屋に放り込んだ。ヒースクリフは、本を犬小屋に向けて蹴っ飛ばした。

エミリー・ブロンテ『嵐が丘』

私は読書が好きだ。暇がある時は本を読む。

アン・ブロンテ『アグネス・グレイ』

一八二九年一〇月のある日。一三歳のシャーロット・ブロンテは、手近な物を用いて小さな本を作っていた。おそらく、台所のテーブルに向かって座っていたのだろう。シャーロットは子供の頃、書き物をする時にもそのテーブルをよく使っていた。一家の愛する使用人タビーは、掃除をしたりお菓子を焼いたりでてんてこ舞いしていた。エランド産の石を敷いた台所は、父親の書斎のすぐ裏にあり、ブロンテ姉妹はいつもそこで何かを書いたり、練り粉をこねたり、肉を小さく刻んだり、オートミール粥を少し犬に与えたりして過ごした。一〇月はずっと雨降りで、ウェストヨークシャー州ハワースにある家の窓ガラスを雨粒が静かに叩いていた。でも、ストーブの中で泥炭が燃えているため湿っぽさはなかった。

シャーロットが幼かった時、幾つかの暗い出来事が起こった。一家は一八二〇年四月、緩やかな起伏が連なる荒野を見晴らす丘の上に立つ、灰色の切石積みの牧師館に移り住んだ。父親のパトリック・ブロンテ牧師が、ハワースの終身副牧師に任じられたからである。一八世紀に建てられた二階建ての牧師館は、住むのに十分な広さがなかった。寝室は四つしかなく、便器がふたつある便所が屋外に立っていた。この牧師館で、シャーロット、彼女の両親と五人のきょうだい、ふたりの使用人の計一〇人が眠り、生活しなければならなかった。母親のマリア・ブランウェルは、気候の穏やかな港町ペンザンスに生まれた南部出身者で、文学少女だった。マリアが、アイルランド出身の牧師であるパトリックに引かれたのは、彼が上品な美しさと素朴な情熱を持ち――マリアは恋文の中で彼のことを〝小粋なパット〟と呼んでいる――ケンブリッジ大学で学んだことを生かして、無学な人でも分かるような説教を書いたからだ。パトリックは文学的野心を持っており、仕事と家族のことでほとんど手一杯になるまでは、時々詩や小説を発表していた。ハワースに移ってから幾月も経たないうちに、マリアが病の床に臥《ふ》した。癌を患っていたのだ。そして、七か月半の間、二階の寝室で悶《もだ》え苦しんだ末に亡くなった。マリアは時折、錯乱状態に陥った。子供を残して先立たなければならず、その事実が彼女を苛《さいな》んだ。「ああ、かわいそうな子たち――ああ、かわいそうな子たち！」と彼女が叫ぶのを、看護師は度々聞いている。一八二一年九月一五日、ベッドの周りに集まった子供、パトリック、姉のエリザベス・ブランウェルに見守られながら息を引き取った。マリアは、牧師館のすぐ隣に立つ教会の地下に埋葬された。埋葬室の壁に掲げられたプレートには、そこを通る人に向けて、〝汝らも用意せよ〟という言葉が記されている。

シャーロットの父親は子供と共に残された。母親と同じ名の長女マリアは七歳、末娘のアンは、まだ二歳に満たない幼子である。でも、おばのエリザベス・ブランウェルが一家を助けるために、すぐに引っ越してきてくれた。さらに、パトリックは、片親あるいは両親を亡くした牧師の子女のために設立された学校があることを知り、一安心した。その学校はカウアン・ブリッジにあるクラージー・ドーターズ校で、裕福な人から寄付金が寄せられていたため学費が高くなく、それがパトリックにとって何よりのことだった。牧師の給料で、大家族をかろうじて養っていたからだ。パトリックは、ブランウェルには家で教育を施し、まだとても小さいアン以外の四人の娘を学校に入れることにした。マリアとエリザベスは母親の死後、姉として弟と妹の母親代わりになっていたが、一八二四年七月、入学するために家を離れた。シャーロットは八月、エミリーは一一月に入学した。シャーロットは、一八四七年に出版された第二作『ジェイン・エア』に、この学校をローウッド校として登場させ、その後、学校の環境の劣悪ぶりが世に知られることになった。マリアとエリザベスは結核にかかった。そのためマリアは一八二五年二月、一一歳の時に家に戻された。マリアは五月にこの世を去るが、妹はまだ学校にいた。マリアの死から数週間後、同じ病気で衰弱していた一〇歳のエリザベスも家に戻された。シャーロットとエミリーは六月に家に帰り、姉が息絶える姿を見ている。

一八二九年一〇月、シャーロットが小さな本を作っていた時、家は相変わらず手狭で、どこか空虚な感じがした。彼女は数か月前の短い日記に、残された家族の誰がどこにいるかを綴っている。家族がまだこの世にいるということを再確認するためだったのだろうか。彼女はまず自分について綴った。「私は、台所でテーブルに向かってこれを書いている」。次に、自分のすぐ近くにいる人について、また、亡くなった家族のひとりについても括弧に入れて書いた。「使用人のタビーは朝食の後片づけをしており、私の一番下の妹（マリアは一番上の姉だった）は椅子に膝をつき、タビーが私たちのために焼いているお菓子を眺めている」。エミリーは奥の客間におり、「ブラシで磨いている」（部屋を磨いているという意味だろう）。おばのブランウェルは二階の自分の部屋におり、弟のブランウェルは『リーズ・インテリジェンサー』紙を手に入れるため、「パパ」と一緒に、数マイル（一マイルは約一・六キロ）離れた町キースリーへ行っていた。

幼い頃、シャーロットは辛い出来事に次々と見舞われたものの、様々な愉快な物語を創作している。そして、この一〇月と同じように、物語を書き記すための小さな本を作った。まず、八枚のぼろ紙を、およそ縦二インチ（一インチは約二・五センチ）、横一・五インチの長方形に切り、それを中央で折った。鋏《はさみ》をあまりうまく使えなかったのか、白色のぼろ紙の切り口は波打っている。シャーロットの手は小さかった——彼女の最初の伝記を執筆した友人エリザベス・ギャスケルは、握手をした時に握った彼女の手についてこう書いている。「私の掌の中の手は、まるで鳥のように柔らかだった」。大人になると、シャーロットは指先を使って繊細な絵画や刺繍《ししゅう》を巧みに生み出すが、一三歳の頃に切った紙の切り口は、まるで揺れる船の上で切ったかのようにくねくねと曲がっている。彼女は次に、繊維の粗い茶色がかった灰色の古い小包紙を、白色の紙より一回り大きい長方形に切り、中央で折った。その後、重ねた白色の紙の外側に、表表紙と裏表紙になるように茶色の紙を重ね、最後に折り目に沿って針と白糸で縫った。こうして、一六ページ――書き込まれるのを待つ空白のページ――から成る、マッチ箱ほどの大きさの単純な作りの小さな本ができ上がった。

シャーロットは羽根ペンをインク壺に浸し、数週間かけて書いた物語を小さな本に書き写し、「出版」の段階に至った。彼女は活字体で書いた。本物の本のそれを手本にしたのだが、文字が非常に小さいため、虫眼鏡を用いなければ判読しづらい。本章の初めに掲載している写真に写る小さな本の大きさは、実物より大きい。次に示す文章は最初のページに記されている。

一八二九年のこと。ヘンリー・ダナリー大佐と呼ばれる男がいました。彼には資産があり、そのおかげで年に二〇万ポンドの収入を得ていました。グラスタウンから一〇マイルほどのところに美しい田舎屋敷を持ち、安楽で幸せでしたが、収入以下の暮らしを送っていました。三〇歳になる器量良しの妻は、やりくり上手で思慮深く、たまに彼女独特の言葉を使いました。ふたりには三人の子供がいました。一番上の子は一二歳、二番目の子は一〇歳、末っ子は二歳。子供はそれぞれ、オーガスタ・セシリア、ヘンリー・フィアナッシング（母方のおじの名。おじは、これといった特徴のない、まじめな人で、ダナリーと彼の妻と同じ階級に属している）、シナ・ロザリンドという名で通っていました。だいたい察しがつくと思いますが、子供の性格

は三人三様。オーガスタは

シャーロットは、当時彼女が好んで読んでいた雑誌『ブラックウッズ・エディンバラ・マガジン』に倣って本を作った。彼女は、この「とびきり優れた雑誌」に夢中だった。ブロンテきょうだいは四人とも——シャーロット、ブランウェル（一二歳）、エミリー（一一歳）、アン（まだ九歳）——このスコットランドの月刊誌が大好きで、友人のドライヴァー氏から借りて読んでいた。ウィリアム・ブラックウッドが一八一七年から刊行しており、当時のイギリスの一般的な雑誌と同じく、色々なものが「まぜこぜ」に掲載されていた。短編小説と詩はほとんどがゴシック調で、やたらと幽霊や人殺しが登場した。トーリー党寄りの最新の政治記事、楽譜、絵画評や書評、酒場において架空の人物がほろ酔い機嫌で交わす会話、その他の雑多なものものっていた。記事には筆名が記されており、作家のジェイムズ・ホッグは時折、エトリック・シェパード《エトリックの羊飼い》という筆名を用いた。この雑誌を真似た読み物を作ろうと最初に思いついたのは、シャーロットの弟ブランウェルである。彼は一八二九年一月、「ブランウェルズ・ブラックウッズ・マガジン」と題する小さな雑誌を作った。彼が編集長と主筆を務め、PBB、サージェント・バド、キャプテン・バド、ヤング・スールといった筆名を用いた。シャーロットは時々、本名かキャプテン・ツリーという名で「寄稿」した。六か月の間に六冊制作され、その後シャーロットが「ブラックウッズ・ヤング・メンズ・マガジン」と誌名を改めて「定期刊行誌」作りを引き継ぎ、ブランウェルが時折寄稿した。「天才CBが編集した」創刊号は、一八二九年八月に完成した。後年、小さな雑誌を読んだエリザベス・ギャスケルは、「この上なく突飛でハチャメチャな読み物」だと思った。小さな雑誌は、彼女に「狂気じみた創造力」を与えた。

本章の初めに掲載している写真に写っているのは、シャーロットが作った「ブラックウッズ」の一〇月号である。他の雑誌と同様に、小説や詩、『ブラックウッズ・エディンバラ・マガジン』にのっていた酒場の会話に倣《なら》った「軍人の会話」などから成り、巻末に目次が掲載されていた。最後のページには、色々な物や、ムッシュ・ワッツ・ザ・リーズン著『髪を巻く方法』などの本の広告がのっていた。この雑誌において一番刺激的なのは、最初に掲載されている物語「銀の杯の話」だ。シャーロットが自分の経験をもとにして描いた場面から物語は始まる。ある家族のひとりが、声を出して小説を読んでいる。他の家族がそれを聞いていると、戸口に行商人が現れ、浮き彫りが施された銀製の杯を父親に売る。杯には呪いがかけられており、父親がそのことを夢の中で知った後、困った出来事が家族に起き始める。その多くは子供のひどいいたずらだ。例えば末娘のシナが、紫檀の箱に仕舞われていたクリスタルガラス製の船の模型を粉々に砕く。いたずらをした子供は、頭を壁に叩きつけるぞ、「愛の鞭」をくれてやるぞなどと脅される。この物語には、暗さのあるドタバタ劇といった趣がある。ブロンテきょうだいは子供の頃、この種の物語を読んで大いに楽しみ、エミリーとブランウェルは大人になってからも同様の物語を書いた。杯にかけられていた呪いが精霊を撃退する薬によって解けると、万事落着する。アラビアンナイト――ブロンテきょうだいが読んでひたすら模倣した物語――の影響を受けて、シャーロットが、悪い精霊の登場するこの物語を書いたのは明らかだ。一見何の変哲もない物に命が宿るという繊細なアイデアもアラビアンナイトから借りた。「開けゴマ」という言葉によって、宝の山が隠されている洞窟の石の扉が動き、海から現れた古びたランタンは、ランタンを擦った人の狂った願望を叶える。シャーロットの物語に登場するクリスタルガラスでできた優美な船は、「見えない手によって元通りになった」。船の中で燃えていた小さな命が、燃料のくべられるのを待っていたかのようだ。人間が物に姿を変えることもある。シャーロットが創造したバド大佐はひどく落ち込み、自分が石や牡蠣《かき》、「風が吹くたびに吹き飛ばされそうになる」茂った鐘ヒースになるのではないかと心配する。

子供というのは、矛盾したことを考える。例えば、ペンキが塗られた、ただの木のおもちゃが息をし始め、冒険に飛び出すと考える。ブロンテきょうだいが子供の頃に一緒に作った様々な物語と本は、彼らが頭の中で創造したグラスタウン連邦などの架空の世界や人物から生まれた。グラスタウン連邦では、ブロンテきょうだいが初期に創造した登場人物が劇的な物語を繰り広げる。ブロンテきょうだいの物語は、手で触れられる物からも数多く生まれた。シャーロットが「ブラックウッズ・ヤング・メンズ・マガジン」に掲載した「ヤング・メン」という題名の物語は、父パトリックがブランウェルに贈った一二体の木製の兵隊人形（「ザ・トウェルヴス《一二の兵隊》」）をもとにして作り出された。シャーロットの話によると、一八二六年六月四日の夜、父親が子供へのプレゼントを抱えてリーズから帰ってきた。プレゼントの中で最も子供の心をくすぐったのは、ブランウェルに贈られた兵隊セットだった。次の朝、ブランウェルは姉のもとへ飛んで行った。エミリーとシャーロットはベッドから「跳ね起き」、シャーロットは「一等かわいい」兵隊を引っつかみ、彼女の英雄のひとりの名をとってウェリントン公爵と名づけ、「これは私のもの！」と宣言した。エミリーが選んだ木製兵隊は威厳《grave》があったので、グレイヴィー《gravey》という名になった。アンの兵隊は、「アンのように小さくて変てこなやつ」で、ウェイティング・ボーイという風変わりな名が与えられた。ブランウェルの兵隊は、ナポレオンにちなんでボナパルトと名づけられた。

ブランウェルの説明によると、彼はその日の朝、僕は大きくて恐ろしい怪物だ、と想像したそうだ。怪物は、アフリカ奥地を探険する一二人の勇敢な兵隊をつかみ（兵隊はアシャンティ族と戦っている。前の日の晩に、父親が木製兵隊と一緒に持ち帰ってシャーロットに贈ったナインピンズ・ボウリングのピンをアシャンティ族に見立てた）、「世にも華麗な大広間」へ連れて行く。その広間は、実際は狭くてみすぼらしい姉妹の寝室である。やがて三姉妹が巨人になる。また、四人は精霊――ブラニー、タリー、エミー、アニー――になり、兵隊が作った町々で、ある時は兵隊を助け、ある時は悪さをする。

物語を生んだ人形は、この兵隊人形だけではない。ブランウェルは一三歳の時、彼がそれまでにもらった主要な人形のことを「ヤング・メンの歴史」に書いている。一八二四年の夏、「パパ」が最初の兵隊セットをブラッドフォードで買ってくれた。二番目の兵隊セットはキースリーからやって来たが、「色々な惨事に巻き込まれ、燃えたり壊れたりして、皆〝跡形もなく消えてしまった！〟」その後、ふたつのトルコ人兵隊セットと件《くだん》の「トウェルヴス」をもらった。一八二八年には、インド人兵隊セットを自分で購入した。

ブロンテきょうだいは、小さな「メン《men》」、つまり兵隊人形に物語を演じさせる時、自分たちで作った「古のヤング・メンの言葉」を使わせた。その言葉は、ヨークシャー地方の方言に似ていたようだ。ブロンテきょうだいは、その言葉を使って話す時は鼻をつまんだ。彼らは自分自身を物語に登場させることもあった。シャーロットが初めて創作した「島人たちの物語」では、学校の子供が、秘密の地下牢の中でノーティー大佐とその一味に懲罰を与えられる。「もしも私が地下牢の鍵を持っていなかったなら、もしもエミリーが独房の鍵を持っていなかったなら」、「理不尽な折檻《せっかん》」は続いた。ブロンテきょうだいは、時には物語の中で自分と違う声を持つ何者かになり、時には他の子供と同様に、人形に入り込んで人形に語らせた。小さな木の人形の中に入ると、彼らの肌はペンキと同化した。

幾つもの物語が人形から生まれたが、特別な家具や部屋も物語に深く関係している。暗い石の階段をおりたところにある、湿ってひんやりとした地下のビール貯蔵室は、数知れない地下牢や監獄のモデルになった。シャーロットとエミリーは子供の頃、ひとつのベッドで一緒に寝ていた――当時、複数の人がひとつのベッドで寝るのは普通のことであり、大所帯の牧師館ではそうする必要があった。ベッドは、夜の自由な創作の場だった。シャーロットは、ベッドの上で紡ぎ出した物語を「ベッドの話」と呼んだ。一八二七年一二月一日の夜に数々のベッドの話を作り始め、それから二年後、「ベッドの話は秘密の話」と語っている。「とってもすてきな話よ。それに、どれもとっても不思議なの」

ブロンテきょうだいは、台所の火の周りに座って空想を巡らした。シャーロットは、同じく一八二七年一二月のある夜、島人の物語を思いついたと記している。「一一月の冷たいみぞれと陰鬱な霧はすでに去っていた。その夜は雪が降り、身を切るような激しい冬の風が吹いていた。私たちは皆、赤々と燃える暖かな台所の火の周りに座っていた。蠟燭を灯すかどうかでタビーと喧嘩していたのだが、結局タビーが勝利したので、蠟燭は出されていなかった」。しばらくしてから、ブランウェルが物憂げに言う。「退屈だなあ」。するとエミリーとアンがブランウェルの言葉を繰り返す。

「それなら、もうお休み」とタビーがひどいヨークシャー訛りで指示する。

「それより何かしたいな」とブランウェルが言う。

「タビー、今夜はご機嫌ななめね。ねえ、私たちがそれぞれ島をひとつ所有していると想像してみましょうよ」とシャーロットが話に加わる。

「じゃあ、僕は男の島を持っていることにしよう」

彼らは自分の島と、島を舞台とする物語の「主人公」を決める。ところが、せっかく良いことを思いついたのに、「七時を打つ不気味な時計の音」が鳴ったため、ベッドに入る。

ブロンテきょうだいは、牧師館のかたわらに立つサクラの木を利用して劇を演じた。この木は、彼らの小説に登場する木のモデルにもなった。劇は、王政復古につながる出来事をもとにしたもので、一一歳のエミリーがチャールズ二世の役を務めた。エミリーは、円頂党員役の他のきょうだいから逃げ、二階の寝室から、ロイヤル・オークに見立てたサクラの木に移り、枝の陰に隠れる。敵に追われていたチャールズ二世は、後にロイヤル・オークと呼ばれることになるオークの木の枝の陰に隠れたと言われている。エミリーは、その生涯において著したひとつの小説――『嵐が丘』の中で、嵐が丘の二階にあるキャサリン・アーンショウの寝室の窓のすぐ外に、一本のモミの木を配した。キャサリンが亡くなってから何年も経った後、彼女の娘――同じくキャサリンという名――はモミの木を梯子《はしご》代わりに使い、外に出る。家から出してくれない義父のヒースクリフや親戚に対して怒りを抱いていたから、格子窓からモミの木の枝に移り、地上におりたのだ。

それから幾月か経ち、ロックウッドの夢の中で、モミの木に一代目キャサリンの霊が乗り移る。嵐が丘を訪れたよそ者のロックウッドは突然の吹雪に降り込められ、その日の晩は、亡くなって久しいキャサリンのベッドで寝る羽目になる。雪は激しく降り、悲しげな風にモミの木の枝が吹かれて、窓を叩く。その音がうるさいので、彼は窓を開けようとする。ところが、掛け金がはんだ付けされているので、窓ガラスを拳固で割り、細い枝をつかむ。しかしそれは枝ではなく、「氷のように冷たい小さな手だった！」。ひとりの娘がロックウッドにすがりつき、すすり泣きながらキャサリンと名乗る。二〇年間さまよい続けていた娘は、中に入れてほしいと頼む。ロックウッドは目覚めると、この夢のことをヒースクリフに話す。ヒースクリフは本当にキャサリンが外にいると思い、格子をこじ開け、「抑えきれない涙」を流す。「おいで！　おいで！」ヒースクリフは涙にむせぶ。「キャシー、さあ、おいで！　おお、さあ――もう一度！　おお！　愛しき人、今度は俺の言うことを聞いてくれ――キャサリン、今度こそ！」逃げる時に利用される木や娘の霊が乗り移る木は、ダフネ（ギリシャ神話に登場する川の神の娘）の化身である月桂樹を思い起こさせる。ダフネは、追ってくるアポロンから逃れるため、月桂樹に姿を変える。月桂樹の葉は、まるでダフネが話しているかのように、風に吹かれてさらさらと鳴る。キャサリンの霊が乗り移ったモミの木も同様に鳴る。

『嵐が丘』と同じく、ブロンテきょうだいの物語は、現実の事物――人形、ベッド、台所の火、木――との関わりの中から生まれ、小さな本に綴られて形あるものになった。ブロンテきょうだいは一八二六年から、およそ百冊の小さな本を制作した（その多くが散逸しており、正確な数を知るのは不可能である）。現在残っている本のうち一番古いのは、シャーロットが一八二六年にアンのために作った本で、物語にはアンをモデルにした少女が登場する。「昔、アーネという名の小さな女の子がいました」という文章で始まり、六つの水彩挿絵が入っている。ブロンテきょうだいが小さな本を作ったのは、おそらく紙が高価で希少だったからだ（このことについては後述する）。それに記される文字はとても小さく、大人は読めなかった。小さな本のことはきょうだいだけの秘密であり、本が小さいため秘密は守られた。彼らは、自分たちだけが知る架空の世界の物語を、自分たち四人のためだけに本に綴った。小さな本をひとつ、またひとつと作り、一〇代の頃から二〇代になるまでそれを延々と続けた。小さな本の制作は楽しく、想像力を刺激した。当初、彼らは、小さな手の指先が作り出した小さな本は、自分たちの小さな体にぴったりだと思っていた。小さな彼らは小さな本の中の世界に入り込み、「開けゴマ」という呪文を唱えた。しかし、自分の体と本の大きさについて別の見方もするようになった。小さなページや文字と比べると、自分の指や体が巨人のそれのようにも見えた。彼らは、小さな物を持ち、自分が巨人だと想像するのが好きだった。シャーロットが創造した島に住む「主要人物」は身長が一〇マイルある。ブランウェルは、僕は巨大な怪物で妖精の兵隊を運んでいる、と想像して楽しむ。きょうだいのうちのひとりが小人の王様、残りが小人の女王様として物語に登場することもある。シャーロットは、自分が書いた「島人の物語」に「名高い小さな女王様」として登場する。女王は「小さく縮んだ老婆」である。体や本は、大きくも小さくもなり、それによって物語が際限なく生まれた。そして、ブロンテきょうだいは、果てしなく広がる物語を小さな本の中に収めた。彼らが隙間なく収めた壮大な物語の中では、登場するものが躍動する。

現存している小さな本は、すべてシャーロットとブランウェルが作ったものだ。エミリーやアンも小さな本を作っているはずだが、ふたりの本は残っていない。おそらく処分されたのだろう。マリアとエリザベスが制作あるいは所有した小さな本も残っていない。ふたりは小さな本を作ったのだろうか？　マリアは幼い頃から聡明だったようだ――シャーロットは、ローウッド校で学ぶ少女ヘレンとして『ジェイン・エア』にマリアを登場させている。そんなマリアが物語も小さな本も作らなかったとは考えにくい。もしかしたら彼女は、妹と弟にそれらの作り方を教えていたのかもしれない。

一八二九年、ブロンテ家の残されたきょうだいは皆、執筆欲にとりつかれていた。ブランウェルは新しく覚えたラテン語を用いて、その欲のことを「フューラー・スクリベンディ」と呼んだ。ブロンテきょうだいは、架空の人物や国を創造することを「こしらえる」という言葉で表し、「書き続けなさい！　こしらえるのよ！　あなたならできるわ」などと言って、互いにはっぱをかけた。一九世紀のイギリスでは、中流階級や上流階級の文学好きの子供が物語を熱心に作るのは、珍しいことではなかった（貧しい子供の多くは働いていた。チャールズ・ディケンズは一二歳の時、ウォレン靴墨工場や倉庫で靴墨瓶にラベルを貼る仕事をしていた。父親は債務者監獄に収監されていた）。一八世紀後半、子供だったジェイン・オースティンは、父親から買ってもらった幾冊かの美しいノートに、社交界小説の生き生きとした模作やパロディーを書き、それを「上巻」、「中巻」、「下巻」と呼んだ。ジョン・ラスキンはわずか七歳にして、四五ページから成る本を作った。本の表紙は赤色で、青色の罫線が引いてある。彼は、ブロンテきょうだいと同じく「活字体」で書き、挿絵も入れ、本に「ハリーとルーシー」という題を付けた。メアリー・アン・エヴァンス（後にジョージ・エリオットという筆名を使った）は一四歳の時、学校用のノートに歴史小説の一節を記した。チャールズ・ドジソンは一〇人のきょうだいと一緒に、家族のための雑誌を作った。表紙用のボール紙に本文用紙を縫いつけたもので、そのひとつは「ミッシュマッシュ」誌である。彼はとりとめのない愉快な物語を雑誌にのせたが、大人になっても、ルイス・キャロルという筆名で同様の物語を発表している。文芸評論家レズリー・スティーヴンの子供たちも一八九〇年代、家族で読む雑誌を毎週作った。トビーとヴァージニア（後のヴァージニア・ウルフ）が主に執筆と編集を手がけ、ヴァネッサとエイドリアンが寄稿した。後にブルームズベリー・グループ（イギリスの作家や芸術家などの文化人によって構成される組織）のメンバーになる彼らの初期の創作活動である。

この子供たちは、インクで紙に物語を書くだけでなく、本を作りたいという気持ちを持っていた。当時、本は高価な貴重品だったため、人々は本を大切にし、写本を作った（本が乱暴に扱われることもあった。本章の冒頭で、ヒースクリフとキャサリンが祈禱書《きとうしょ》を乱暴に扱うくだりを引用している）。二〇世紀には本が読み捨てられるようになるが、当時は本が高価だったから、そのようなことは滅多になかった。一九世紀前半、製本業界では、他の業界よりも技術革新が遅れていた。それが本の値段の高い理由のひとつだった。一八四〇年代に入ると、人力ではなく、蒸気機関が動力として広く用いられるようになった。時を同じくして、あらかじめ製造された表紙に中身を接着剤で接合する製本方法が考案され、表紙と中身を糸で綴じるという手間を要し、それゆえ費用がかかる方法にたちまち取って代わった。ブロンテ家では、貴重で豪華な本に子供も親しんでいた。「波紋織り絹布張りで、文字が金箔押しされているフランスの古典の本」のような豪華な本が、彼らの初期の物語の中で家宝として描かれている。

多くの中流階級の家族と同じく、ブロンテ一家も会費を払って貸本屋の会員になり、本への支出を極力抑えていた。ブロンテ一家の蔵書の大半は、後援者や本の価値の分かる友人からの贈り物だった。パトリックがケンブリッジ大学時代に、成績に対する賞の賞品としてもらった本もあった。その他の本は購入したものだが、ひとりの人（あるいは二人、三人、四人の人）の手を経た古本である。母親が所有していた本には海水による染みが付いており、潮の匂いがした。本をのせた船が、デヴォンシャー州の海岸に座礁したからだ。本は船から取り出されたが、本が入っていた箱は

「粉々に砕け」、母親の荷物のほとんどが「大海に呑まれた」。

ブランウェルは、真新しいオシアンの詩集が一家のもとにやってきたことを、一八二九年六月制作の「ブラックウッズ」に掲載した架空の手紙に、次のように仰々しく書いている。綴りや句読点の誤りがある拙い筆致で書かれたその手紙は、「バド・ジェン・TSC軍曹」が「ジーニアス・ベイニー隊長」に宛てたものだ。「私は、私に起きたひとつの出来事を伝えるためにこの手紙を書いています。それは全世界にとっても一大事です。一八二九年五月二二日、ジーニアス・タリー隊長（シャーロット）が、一冊の黄色い小さな本を持って私のところへやってきました」。後にシャーロットが『ジェイン・エア』を出版して有名になった頃、複数の出版社が、それぞれ手がける作家の本を箱に詰めて彼女に送っている。シャーロットの出版社へのお礼の手紙から、それを受けとった時に興奮していたことがうかがえる。手紙にはお礼の言葉と、家族全員で読むこと、そして次のようなことが綴られている。「丁寧に扱い、きれいに保ち、無傷のままお返しいたします」

ブロンテ一家の蔵書の中には、たいへん古く、表紙が手擦れてざらざらしているものがある。ブロンテきょうだいは、多くの本を徹底的に利用した。そのひとつは、シャーロットが学校で使用していた『ラッセルの現代総合地図帳』である。余白には、いたずら書きや数字の羅列、でたらめな言葉がびっしりと書かれ、インクの付いた指先で触れた跡が残っている。革張りの表紙はぼろぼろにすり切れ、幾度も指でめくったためページの端は黒くなっており、土や皮脂が少し付いている部分もある。ページの大半はぎざぎざにちぎれ、四分の一が失われている。匂いもする。ページや表紙の上に手を置いた時や本を持った時に付いた、手の脂の匂いかもしれない。ブロンテきょうだいが子供の頃に書いた物語を読むと、彼らが、ぼろぼろの本や汚れた本を好んでいたことが分かる。

シャーロットが物語を書く姿を絶えず揶揄《やゆ》していたブランウェルは、シャーロットをひとりの男性として描いている。男性は原稿を書き上げると「至極満足の体」で立ち上がり、原稿を「脂ぎった手」に取る。シャーロットが「閉じられたままの本のページ」という示唆的な題名を付けた物語では、脂ぎった男が、「染みだらけの汚らしい原稿の束をポケットから取り出す」。シャーロットの後期の作品『ヴィレット』では、ルーシー・スノウの愛する男性が吸った葉巻の煙の匂いが本に染み込んでおり、その匂いが愛する男性を思い出させる。

牧師館では、本の状態に応じて、本をどの部屋に置くのかが決まった。良好な状態を保っている本は、パトリック・ブロンテの書斎の棚に並べられた。家族皆で貪るように読んだためくたびれてしまった本は、訪問者の目に触れないように、二階の寝室の棚に置かれた。あらゆる種類の本が「家のあちらこちら」に置かれた。当時は、家にある本の状態や置き場所から、家の住人がどのような人物なのかうかがい知ることができた。労働者階級の人は、本をほとんど所有していなかった。ただし大抵の人は、パトリック・ブロンテのような牧師から聖書を与えられていた。聖書の入手費用は、裕福な支援者の寄付金によって賄われた。一九世紀の小説には、登場人物の所有する本についての描写があるものが多く、その描写によって、登場人物の人物像が浮かび上がった。ブロンテきょうだいも、よくこの手法を用いた。例えば、読み古された本が家の様々な場所に置かれている様子を描いて、本の持ち主が育ちの良い博学な人物であることを示唆した。作家となった三姉妹の中で最も知名度が低いアンの第二作『ワイルドフェル・ホールの住人』では、女性主人公ヘレン・グレアムがいる客間の「暖炉の片側に古い本棚が置いてあり、種々雑多な本が並んでいる」。ヘレン・グレアムは人々から未亡人だと思われている。画家として生計を立てながら幼い息子を育てているから、豪華な本を買う余裕はない。しかし、彼女の本は「数こそ少ないが、選り抜きのものばかりである」。この描写には、彼女のことを読書し思索する女性として見てほしいという作者の意図が込められている。登場人物が単なる見栄で本を所有している場合、私たちはその人をあまり信用してはならない。その人の本は、背表紙を見れば高級であることが分かるもので、一度も開かれていないため、ぴかぴかしている。その人にとって本は単なる装飾品であり、富を表すものなのだ。ブランウェルは子供の頃、作家気取りのシャーロットを揶揄《やゆ》するため、彼女の作品が「縁に金箔装飾の施された青色のモロッコ革張り」の本になったという描写を物語に入れた。豪華な金箔装飾が必要なのは、内容に乏しい作品だからだ。

ブロンテ一家や同時代の読書家は、海水による染みが付いている本、薄汚い本、手作りの本、真新しい本などから深い楽しみを得ていた。紙でできた本には、かび臭いものもあり、よい匂いのするものもあり、おいしそうなものさえある。本は、今日の電子書籍のような、「内容」あるいは文を読むための単なる媒体ではなかった。人々は装丁をし直し、自分好みの本に作り変え、本の手触りを楽しんだ。紙表紙の本を購入すると、普通は革に張り替えてもらったり、自分で独特の装丁を施したりした。本がぼろぼろになった時も立派な素材に張り替えた。詩人ロバート・サウジーは熱心な書物収集家で、彼のふたりの娘バーサとケイトは、およそ一四〇〇冊の彼の蔵書を布に張り替えた。ふたりが表紙用の布として利用したのは古いドレスである。サウジーの家のひとつの部屋は本でいっぱいだった。彼はその部屋のことを「木綿の図書館」と呼んでいた。一九世紀半ばまでは、本に手書きで何らかの言葉を書くのが一般的だったため、個人の蔵書の中から、言葉が書かれていない本を見つけるのは難しい。表紙に蔵書票が貼られていない本を見つけるのはもっと困難だ。パトリックの友人は、『エリザベス女王時代に教会で述べるよう定められた説教或は訓戒』をパトリックに贈る時、見返しにペンでこう書いた。「P・ブロンテ牧師の本――ウェリントンにおいて育まれた麗しき友情の記念として、願い通りに永遠に続くであろう変わらぬ友情の証として――友人W・モーガンが贈る」

ブロンテきょうだいは父親に倣い、様々な本に言葉を書いた。アイルランドの貧しい家庭に生まれたパトリックは、若い頃に手に入れた本をずっと大切に持っていた。彼の本には、自分のものであるということが書かれている。普通、本にはその由来が記された。シャーロットは一八二九年、小さな日記帳にこう綴っている。「パパは一度、姉のマリアに一冊の本を貸した。古い地理の本で、マリアは本の白紙のページに〝パパがこの本を貸してくれた〟と書いた」。シャーロットは、数年前に亡くなった姉が持っていた地理の本に対して畏敬の念を抱いていた。彼女にはその本が、聖人のようだったマリアの一部であるように思えた。マリアの言葉は手書きで書かれ――筆致からマリアの性格が偲《しの》ばれた。シャーロットはこう続けている。「この本は一二〇歳だ。今は、これを書いている私の前に置かれている」

聖書をはじめとする貴重な本には由来が記され、人から人へ受け継がれた。シャーロットは他のきょうだいと同様に自分の聖書を持っており、それにはかつての所有者の名が記されていた。彼女の聖書はもともと、マリア・ブランウェルのいとこであるジェイン・ブランウェル・モーガンが、一八二五年六月三〇日に夫のウィリアム・モーガンからもらったものだ。この愛のこもった贈り物に最初に記された言葉は「W・モーガンより贈られたJ・B・モーガンの本」である。ジェインが亡くなると、エリザベス・ブランウェルのものになった。ウィリアム・モーガンはそのことについてこう書いた。「一八二七年九月二九日、J・モーガンの形見として、W・モーガンがブランウェル嬢へ贈る」。おばのブランウェルが亡くなると、遺言によりシャーロットが譲り受け、彼女も自分の名を記した。この聖書が今まで残されてきたのは、聖書だからというよりも、ページに手書きで書かれた言葉が人々の結びつきを偲ばせるからである。

シャーロットは、本は物事を思い出すよすがとなると思っていた。彼女は一八二六年から小さな本を作り始めるが、その頃から、本がよすがとなり得ると思っていたし、作家として人生を終えるまでその考えを持ち続けた。彼女の最後の作品となる第四作『ヴィレット』では、ポーリーナが本棚からある男性の本を取り出し、子供の頃から知っているその男性について思いを巡らせる。彼女は本を眺めてから、それに記された男性の名をしげしげと見つめる。彼女は過去から挨拶を受け、ページをめくりながら、一緒に過ごした日々を懐かしむ。文字を見つめながら「それを指先でそっとたどり、われ知らずほほえみ、今度は愛撫するように文字をなぞる」。紙とインクと革には、男性自身とふたりで過ごした時間が入り込んでおり、指先で触れることによって、彼女は男性と過去の時間を思い出す。

エミリーも、物事を知るよすがとして本を描写することを好んだ。『嵐が丘』では、初めに登場する女性主人公キャサリン・アーンショウの蔵書と彼女が手書きで書いたものを通して、読者は彼女のことを知る。すでに述べたように、初めてキャサリンの部屋に入ったロックウッドは悪夢を見る前に、彼女のベッドの上で、子牛革張りの「古色を帯びた蔵書」を幾冊か見つける。隅のほうに積まれている、かびの生えたそれらの本はじっとり湿っており、何らかの有機物によって黒ずんでいる。ロックウッドは、聖書を蠟燭の火でうっかり焦がしてしまい、革の焼けた匂いがあたりに立ち込める。食べ物を焼く匂いのように、味覚と嗅覚を刺激する匂いだったのかもしれない。彼は「おそろしくかび臭い」焼け焦げた聖書を開き、見返しに手書きで書かれた「キャサリン・アーンショウの蔵書」という言葉に目を落とす。それから他の本も開き、キャサリンが余白に書き込んだものだけを眺める。「印刷屋が残していたあらゆる余白をびっしり埋めている」のは、子供の頃のことを綴った文章、いたずら書き、似顔絵などである。キャサリンにとって蔵書は読むためのものというよりも、自分のことを書き記すためのものであり、本に書かれている物事よりも、自分に関する物事の方が大切なのである。彼女は、印刷されている黒い文字を押しのけんばかりに自分の字を書くことによって、本の中に入り込んだ。彼女が亡くなった後、本は、彼女のこと、とりわけ彼女の手や姿を思い起こさせる。

『嵐が丘』におけるキャサリンのこの行為は、ブロンテ一家の習慣をもとにして描かれた。ブロンテきょうだいは皆、本をノートや日記帳として使っていた。ブランウェルは、父親の蔵書であるギリシャ語で書かれた祈禱書の見返しに、ギリシャのことを詠んだ詩を鉛筆で綴った。祈禱書は、ウィリアム・モーガンが亡き妻の形見としてパトリックに贈ったものだ(このことについても当然書き記されている)。シャーロットは二〇代の頃にベルギーで学んだが、その間、汚れた『ラッセルの現代総合地図帳』に折々の気持ちを綴った。例えば、本を上下逆さまにして、最後のページの隅に整った活字体で次のような短い日記を書いている。

ブリュッセル――一八四三年一〇月一二日土曜日の朝――とてもひどい日――寒くてしかたない――火がついていない――パパ――ブランウェル、エミリー――アン、タビーと一緒に家にいられたらいいのに――異国の人に囲まれて暮らすのはもう嫌だ。寂しい毎日――この家には好かれるに値する人がひとりしかいないから、なおさらだ――もうひとりの人は一見、薔薇色のシュガー・プラム（小さくて丸い糖果）のようだけれど、実は色チョークだ。

人々は、本に何かを記すだけでなく、感傷をそそる記念品を挟み、人とのつながりの証となるものを保管した。アルバム、思い出帳、記念帳、切り抜き帳、備忘録として本を使ったのである。アンの第一作『アグネス・グレイ』の女性主人公アグネス・グレイは、愛するウェストン氏からサクラソウの花束をもらい、花びらを聖書に挟む。その後、「私はまだそれを持っています。ずっととっておくつもりです」と言う。本は、物を保管する箱のような役割を果たしていた。ブロンテ一家の蔵書である、一八二七年に出版された植物学の本には薬草が挟んである。茶色の革張りの『夜の歌』にも所々に植物が挟んである。ブロンテ一家は、新聞の切り抜きや批評記事、一般記事の切り抜きも小説本や詩集に挟んだ。手紙、署名のある紙、メモも本に忍ばせた。本は、秘密にしたいものを隠す場所にもなった。『嵐が丘』のスラッシュクロス邸に住むキャサリン・アーンショウの娘は、嵐が丘に住むいとこのリントン・ヒースクリフと文通することを禁じられる。しかし、彼女は幾通もの手紙をリントンから受け取り、それを本の中に隠す。そして、文通することを認めてくれない大人のいる部屋で、本を読むふりをしながら手紙を読む。

本は、時間や思い出や人をその中に留める。ブロンテ一家が折々に本に書いた言葉は、流れ去る時間を留めるための呪文のようなものかもしれない。また、言葉が記された本を通して、人は将来を見通せるのかもしれない。パトリックは、「永遠に忘れないために」という言葉やそれに似た言葉を度々蔵書に書いた。例えば、ホメロスの『イリアス』にはペンでこう書いている。「セント・ジョンズ・カレッジにおいて常に第一級の成績をとったため賞品として得た本――ケンブリッジ大学――P・ブロンテ　A・B　いつまでも――忘れないでいるために」。アンは一八二三年一〇月、後見人エリザベス・ファースから聖書をもらった。それに記されている心のこもった言葉は、パトリックのものと思われる。「愛しき我が子よ、この本を折々に読みなさい。神に深い祈りを捧げながら――贈り主のために終生大事にしなさい」。アンは左側のページにこう綴っている。「一八四一年一二月まで生きたら、その後私は、何をいつ、どのように行うのだろう？」シャーロットは、紙と本が魔よけの力を持っており、それらが不思議な方法で時間を留めてくれると思っていた。一八二九年九月二五日、シャーロットは彼女の英雄の伝記『ウェリントン公爵の生涯』に一片の紙きれを挟んだ。それから何らかの誓いを立て、紙きれにチャールズとアーサーという人名を書き、紙片の一辺の端を燃やした。チャールズとアーサーはウェリントン公爵の息子であり、シャーロットは、彼らを自分の分身として物語に登場させている。シャーロットは自分のこの行為を別の紙片に記録し、それを折って保管した。彼女の一連の行為が何を意味するのかは分からないが、一度本に挟んだ紙片を使ったのは、紙と本が魔よけの力を持っていると考えていたからだろうか。

ブロンテきょうだいは、本や原稿が永遠に残るものではないということもよく分かっていた。物には寿命があるのだ。ある物語の中で、子供とは思えないほどに知識を持っている一三歳のブランウェルは、文学的手法を駆使して「若者たち」の「古の歴史」を書く。「古い若者たちの言葉」で書かれた本を、リーフという名の学者が「翻訳」したものを参考にしている彼は、執筆を度々中断する。本が古く、破損したページやなくなったページがあるからだ。それらのページは、どの「巨大図書館」に行って探しても見つからない。

本は多くの役目を務めた。しかし、本として綴じられている一枚一枚の紙、あるいは単なる一枚の紙も、場合によっては本と同じ役目を果たした。ブロンテ姉妹にとって紙はとても大切なものであり、ハワースの文房具店の主人はそのことを知っていた。姉妹は店へやってくると、貪欲だと思わせるほど大量に紙を購入した。主人は最初の頃、雑誌に投稿するために紙を買っているのかもしれないと思っていた。紙の在庫がなくなると、紙を買いにきた姉妹がどう反応するだろうと考えた。町で紙を扱っているのは彼の店だけだった。手ぶらで帰ることになるから意気消沈するかもしれない、と主人は思い、紙を五〇〇枚ほど手に入れるために、一〇マイル離れたハリファックスまで歩いて行くこともあった。姉妹の要求に困惑しながらも、姉妹を喜ばせたいと願っていたからだ。姉妹は町の他の住人とはまるで違った。おとなしいが、情熱を秘めているように彼には思えた。

一九世紀初め、家庭では紙は処分されず、本来の用途とは違う使われ方をすることもあった。当時、紙は高価で、それが本の値段の高い理由のひとつだった。紙が高かったのは、ひとつには、ぼろ布などの再生原料から作っていたからである。一九世紀後半になると、それよりも安価な木材パルプから作った紙が普及する。紙が不足すると価格はさらに上昇し、ナポレオン戦争時には深刻な紙不足に陥った。また、紙には税金がかけられていたため、その分価格が高くなった。ただし、一八六〇年、大蔵大臣ウィリアム・E・グラッドストンが紙税を廃止している。紙はとても貴重だったため、特に新聞や雑誌、さらには読まれなくなった本までもが度々再利用された。ブロンテきょうだいは紙が高価であることを十二分に知っていたから、高級な紙を買える実在の人物や架空の人物について、羨望の念を持って書いている。シャーロットの分身として物語に登場するサー・ヘンリー・ハーディングは、「金箔で縁取られたバース郵便局の紙」に陸軍の予算を書き記す。この紙は、バースの裕福な行楽客が使用する光沢のある便箋だ。裕福な人は、細工が施された金の小箱の中に、ヴェラム（子牛の皮から作る上質な皮紙）の写本を保管する。ある男性は愛する女性に本を贈り、女性はその本をまず絹紙に包み、さらに「浮き出し模様の入った光沢のある青いサテン紙に包む。それに施された緑色の封印には〝永遠の愛〟という言葉が押されていた」。

切り抜き、丸めた紙、大量の紙、そして本がブロンテきょうだいの小説の所々に登場し、様々な形で再利用される。ある男性は、自作の詩があまりにもひどい出来栄えだったから、詩を書いた紙を巻いて火をつけ、それでパイプに火を入れる（シャーロットが子供の頃に、詩人気どりのブランウェルを揶揄する目的でこのくだりを書いた）。シャーロットの著書『シャーリー』の女性主人公シャーリーは、若い女の使用人が、シャーリーの古い学校の習字帳を巻き毛用の紙として使ったのだろうと思う。しかし本当は、シャーリーのことを愛する男性が、去った彼女の代わりとしてずっと大切に持っている。何かを書き留めておけるものが本以外にはないので、本をノートや日記帳として使うこともあった。『嵐が丘』の二代目キャサリンは、手紙を書くための紙が欲しくてたまらないが、嵐が丘には「紙を一枚破り取る」ことのできる本もない。貧しい人はよく、家族の誕生、結婚、死について聖書に記録した。何かを書き留めておけるものといえば、聖書ぐらいしかなかったからだ。

ブロンテきょうだいは、紙が手に入るとどんな紙でも再利用した。例えば、好みに合う紙きれで小さな本を作った。シャーロットは一八二六年、アンのために本を作ったが、その際、染みのある花柄の壁紙の見本を表紙用紙として使った。その本は、インクで文章が書かれた本というよりも、まるで、時間を過ごすための装飾のある部屋のようである。郵送されてきた荷物や新聞を包んでいた小包用紙――色は茶色や灰色、黄色で、郵送先の住所がはっきり記されているものもある――は裏打ち用の紙としてもってこいだった。シャーロットは、「ブラックウッズ」シリーズに小包用紙を使った。ブランウェルは、一八二九年一月に作った「ブラックウッズ」第一号の表紙に、『ジョン・ウェスレーの生涯』とトマス・ア・ケンピスの『キリストにならいて』の広告を使い、茶色の太糸で綴じた（口絵写真参照）。一八二八年には、「われらの仲間」シリーズのひとつである「私の仲間の反乱の歴史」を一枚刷りの楽譜に書き、小包用紙を表紙にして緑色の糸で綴じた。ブロンテきょうだいは多くの原稿を丈夫な青色の紙で包んだ。シャーロットが作った物語「アルビオンとマリーナ」が書かれた本の裏面には、「精製エプソム塩　販売元ウェスト・ケミスト&ドラッギストキースリー」と記されたラベルが付いている。彼らが捨てずにとっておいた青色の砂糖の包み紙が表紙に使われている本もある。その本は甘い匂いがする。

ブロンテきょうだいは、手ずから作った本に愛着を持っていた。本の表紙には、台所や居間にある身近なものを使った。一九世紀の人と本は、今日よりもずっと、日々の暮らしの中で密接に関わり合っていた。その理由のひとつが紙の再利用なのだ。文学史家リア・プライスは、人の体を包んでいた服が幾度も再利用され、やがて本などの印刷物になったと述べている。印刷物は、戸棚の内張り、パイ皿の敷紙、チーズや肉、フィッシュ・アンド・チップスといった食べ物を包む紙（一八六〇年代に入るまでは紙袋が普及していなかった）、さらにはトイレットペーパーとして利用された。紙は、食べ物や便所とつながりがあり、人の体と体の働きに関わっていたとリア・プライスは指摘している。多くの本が、（本を読む）目と（本を持って開く）手以外の人の体の部分とも関わりを持っており、人が食べ物を摂取する時と排泄する時にも紙が使われていた。ブロンテきょうだいの小さな本の表紙は、もともとは服だった。それが香辛料入れになり、その後、彼らの物語を包むものになる。『教授』の出版を出版社から九度にわたり拒否された後、シャーロットは心配した。他の小説の原稿を出版社に送ったら、出版社はそれを読みもしないで、バター樽（または革製の旅行用トランク）の裏張りとして使うかもしれない、と。

当時の本は、まだほとんどが革張りだった。本は、動物の皮で包んだ印刷物だったのである。目録では、「子牛」や「羊」が本を指す言葉として用いられており、本の表紙が獣皮であったことを改めて思い出させられる。動物の死体の皮から作った羊皮紙やヴェラムといった皮紙が使われている本もあった。皮にはそれぞれ特有の匂いがあり、書物収集家は、匂いを嗅げば表紙の皮の種類が分かるようになった。本を肉やその他の食べ物に例えた冗談もあった。豚革張りのサー・フランシス・ベーコンの『随想集』が、「味わわれる本もあれば、飲み込まれてしまう本もあり、よく嚙まれて消化される本もある」という彼の格言の側に置かれ、おかしみを誘った。アイルランド人であるパトリックの父親ヒュー・ブロンテ《Bronte》（彼は、姓の〝e〟に分音符号を付けていない）の蔵書だった地理の教科書は、雑に作り直されている。本を包んでいる革はざらざらしており、まだ毛の残っている部分もある。この本の表紙は、それがかつては生き物の一部だったことを生々しく示している。

故人の形見を本に挟んで感傷にひたる人もいた。ひと房の髪は、本の中に忍ばせるのにちょうどよい形見だった。シャーロットの著書『ヴィレット』の女性主人公ルーシー・スノウは、亡き友の編まれた髪を手帳に挟む。ロマン派詩人パーシー・ビッシュ・シェリーの赤色の革張りの日記帳には、たいへん保存状態の良い輪にした髪（誰のものかは不明）が挟まれており、その一部がページの間から垂れ下がっている。髪は黒色の封蠟で留めてあり、封蠟には、秘密めいた記号が入った紋章のようなものが刻印されている。伝えられる話によると、メアリー・シェリーは、夫パーシー・ビッシュの心臓を大型の紙表紙の本の中に収めた。その本は、パーシーが詠んだキーツへの挽歌《ばんか》『アドネイス』である。一八二二年、イタリアのスペツィア湾において、パーシーが乗っていたスクーナー船が嵐に遭って沈没し、彼は溺死した。幾日かの後、浜に打ち上げられたパーシーの遺骸は腐敗が激しく、そのためイタリアの保健当局は、遺骸を移動させずに火葬するよう求めた。パーシーの友人である詩人リー・ハント、バイロン卿と作家エドワード・トレローニーは、ヴィアレッジョの浜辺で火葬を執り行なった。パーシーの心臓は「そっくりそのまま残った」とトレローニーは芝居がかった調子で言い、炎の中から心臓をつかみ取った。その後、メアリーが心臓をイギリスに持ち帰り（この話には諸説あり、心臓ではなく少量の遺灰だったとも伝えられる）、本から破り取った紙（絹との説もある）で包んでから本の中に収めた。心臓は、後にふたりの息子の墓に収められ、本は、オックスフォードのボドリアン図書館に収蔵された。

トレローニーは、パーシーの遺灰と遺骨は集められ、ローマのプロテスタント墓地に葬られたと主張している。一部は幾つかの図書館に収蔵されたそうだ。ニューヨーク公共図書館のプフォルツハイマー・コレクションの中に、乾いた葉っぱのようなパーシーの頭蓋骨の欠片がある。プラスチックの箱に入っており、保証書が付いている。大英図書館には、赤色のレヴァント・モロッコ革張りの本が収蔵されている。本を開くと、表表紙の裏側に、ガラスが被せてあるふたつの凹みがあり、パーシーのひと房の髪とメアリーのそれが入っている。裏表紙の裏側には骨壺の形をした凹みがあり、パーシーの遺灰と遺骨が入れてある。『パーシー・ビッシュ・シェリー　妻が語った最期の日々　ふた房の髪と詩人の遺灰と共に』と題されたこの本には、パーシーが溺死して火葬されたことについてメアリーが克明に綴った手紙など、パーシーの死に関する手書きの記録が組み入れられている。納骨室とも言える本からは匂いが漂ってくる。火葬の煙の匂いだろうか。

ブロンテきょうだいは、人の死体の利用に深い興味を抱き、おぞましくも魅惑的なことだと思い、グラスタウン連邦を舞台とする数々の物語において死体の利用を描いた。一八二〇年代、新聞紙上や『ブラックウッズ』誌上で、解剖や死体の利用に関する喧々囂々《けんけんごうごう》たる論争が繰り広げられ、ブロンテきょうだいはそれを読んだ。一八三二年に解剖法が制定される以前、合法的に解剖に使える死体は処刑された重罪人のものだけだった。そのため、死体や死体の一部の闇取引が盛んに行われた。学生や医師が研究や授業の時に使う死体は常に不足していたから、「死体盗掘人」が新しい墓から死体を盗んで売った。当時の悪名高き死体盗掘人ウィリアム・バークと仲間のウィリアム・ヘアは死体欲しさに人を殺し、バークは一八二九年、絞首刑に処せられた。ぞっとするようなことだが、バークに対するふさわしい仕打ちとして、彼の皮膚を使って小さな本が作られた。

ブランウェルの初期の物語の中では、死体が奪われるという出来事がよく起こる。彼が創造したパリの犯罪者一味は、人を木に縛《しば》りつけて生きたまま皮膚を剝ぎ取り、雨をよけるために皮膚を傘代わりにする。また、餌食となった人の骨で道具類を作る。シャーロットが一八三〇年六月一七日に書いた物語では、若者ノーティーと仲間が、不正利用するために死体を掘り出しているところを見つかってしまうのだが、彼らは棺を開けた時、不思議な光景を目にする。「なんてことだ。棺は骨ではなく本でいっぱいだ。ここには、本の類いが詰まった棺がわんさとある」。図書館から本を盗んだ地元の住人が、棺を隠し場所にしていたからだ。死体と本は高価だったから、盗まれ、売り飛ばされた。シャーロットは、本が人の体に、あるいは人の体が本に変わり得るのではないかと考えた。

シャーロットも、ブランウェルや妹たちも、自分の体験から、命は永遠ではないということをよく知っていたが、どういうわけか、本が長く残り得るように人も長く残り得るのではないかと考えるようになった。死はいかなる時も生に入り込む、ということをはっきり示すものに彼らは囲まれていた。牧師館の塀の側まで広がる教会の墓地は、「厳めしい墓石で満杯」だった。一八五六年までに四四〇〇〇件の埋葬が行われたと言われており、過密状態にあったため、苦情を言う人もいた。牧師館は古い墓地の上に建てられたのだと思う、とシャーロットはエリザベス・ギャスケルに語っている。弔いの鐘は頻々と鳴った。墓地の側の石工の作業小屋から「カチンカチン」という墓石を削る音が聞こえてくると、牧師館はもの悲しく重い雰囲気に包まれた。近くの酒場ブラック・ブルでは、「アーヴィルズ」と呼ばれる葬送の酒宴がにぎやかに開かれた。姉の死から何年か経った後、ブランウェルは、姉が亡くなった頃に読んだ『ブラックウッズ』の記事を引用している。おそらく、姉の葬儀の時に感じた気持ちを思い出したのだろう。「あの時間はいかなる時間よりもはるかに恐ろしく、今でも、地上にいる私たちを陰鬱な気持ちにさせる。ビロードの覆いがかけられた棺に横たわる彼女が、忌まわしい土の中へ——中へ——ゆっくりと——ゆっくりと——入って行き、死人のようになった私たちは、別の墓地で眠りたいと願った。もう私たちの入る余地はないと思ったからだ」

姉の死からほどなくして、残されたきょうだいは本作りに没頭した。小さな本を作ることによって心を慰めていたのだろう、とブロンテ一家の伝記執筆者は述べている。小さな本はどんどん増えた。本にインクで書き込まれた物語の世界には、たくさんの人が生きていた。死は、ブロンテきょうだいの内なる創造力を引き出した。本が人の体に変わるという考えはもう持っていなかったに違いないが、書くことを通して、死に打ち勝つ方法を飽くことなく探し続けた。彼らが子供の頃に作った物語では、痛快な魔法が繰り返し使われる。物語（特にブランウェルが作った物語）の中で繰り広げられる数知れぬ戦いにおいて、登場人物は殺される。しかし、彼らは「生き返らせられる」。死者を蘇らせる方法は多岐にわたる。精霊は魔法で死者を蘇らせるが、頻繁に魔法を使うため、「いつもの手」を使うと表現されるようになった。ブロンテきょうだいの分身である精霊は、いとも簡単に死者を生き返らせるのだ。ブロンテきょうだいは、他にも様々な方法を編み出した。あまたの術策を用いなければ死に打ち勝てないと思っていたのだろうか。物語に登場するヒューム・バッデイ博士は、死体泥棒として悪名を轟かせる解剖学者だ。彼は「ふやかし用桶」を持っており、桶に二日二晩死者を入れておくと死者が生き返る。物語を書くという行為や小さな本には、ふやかし用桶と同じ力があるわけではないが、それらは、牧師館の単調な生活をどこか生き生きしたものに変えた。

本は慰めをもたらした。人は本を持ち、開き、集め、解体し、いたずら書きをし、綴じ、再利用した。そして、読んだ。一九世紀初めは非識字者の割合が高く、紙が高価だったため、人々は本や新聞を共有し、しばしば朗読を聞いた。家族は普段から朗読を楽しみ、朗読を通して皆で学び合った。朗読の時間は、家族が集って共に過ごす時間だった。長女のマリアは、使用人が「子供たちの書斎」と呼ぶ二階の部屋で妹と弟に新聞を読み聞かせた。日曜日の夜には、皆がパトリックの書斎に集まって彼の教理問答書を読み、聖書の一節を朗読した。エミリーは子供の頃、朗読がうまいと評判だった。自ら朗読の技術を磨いていたようだ。夏の晩には、おばのブランウェルが朗読し、それをパトリックが聞いた。

アンとシャーロットは後に、小説において、人が朗読する様子を描いている。アンは、女性主人公アグネス・グレイが小さな家に住む貧しい人のために朗読する姿を描くことによって、彼女が善良な女性であることを示した。シャーロットの著書『シャーリー』のキャロライン・ヘルストンはある晩、いとこのロバート・ムアに対し、自分と彼の姉のためにシェイクスピアの『コリオレイナス』を読んでほしいと頼む。彼女は、愛するロバートが、自分にはシェイクスピアの作品の主人公に似ている部分があるということに気づいて改心することを願っている。ロバートは、登場人物が尊大な口調で話す部分や悲劇的な場面を読むのはうまいが、滑稽な場面になると、彼女に本を渡して読んでもらう。愛し合う男女も朗読を行う。詩の「深く滔々《とうとう》とした流れ」の中で「読む者と聞く者の心と心」が結ばれる。『ジェイン・エア』では、朗読は官能的なものを感じさせる。ロチェスターは、彼の屋敷で働くジェインと出会ったばかりの頃から、彼女に本を読んでほしいと度々頼み、それが小説の終盤まで続く。終盤では、ロチェスターはほとんど視力を失っているから自分で本を読めない。

ひとりで本を読む時も深い喜びを感じることができる。ブロンテきょうだいは、本を静かにじっくり読んでいる間は自分の世界に入り込んだ。それは彼らにとってとても大切なことだった。牧師館にひとりになれる場所がなかったからだ。姉妹は、自分の部屋はおろか自分のベッドすら持っていなかった。しかし、本を読む時はどの部屋にいても、そこがたちまち自分だけの世界になった。

家中の窓の側にある腰掛けに座れば、広々とした荒野を眺めながら読書に浸れた。エミリーはよく敷物の上に座り、かたわらに長々と寝そべる愛犬キーパーに片手を置き、本に鼻を突っ込むようにして読んだ。客間に置いてある本が必要な時は、来客中でも誰にも目もくれず客間に飛び込み、本を手に取り、客の方をちらりとも見ずに無言のまま出ていった。姉妹は日頃から家事を手伝っていたが、家事の間も工夫して読書をした（書き物もした）。台所において、本は場違いなものではなかった。例えば、お菓子の膨らみ具合に注意しながら本を読んだ。エミリーは家族のためにパンを焼く時、「パン生地をこねながら、自分の前に開いて立てた本に書かれているドイツ語の文章を読んだ」。シャーロットは近視だったため、おかしなほど本に顔を近々と寄せた。同級生はこう述べている。「本を渡されると彼女は頭を下げ、鼻が触れんばかりに顔を本に近づけました。頭を上げろと言われると頭を上げ、本を鼻先まで持ち上げたので、笑わずにはいられませんでした」

ブロンテきょうだいは、本を持って荒野を散歩した。町の織工は、ブロンテ家の「嬢ちゃんたち」が散歩から戻る時の様子を覚えている。姉妹は自分の世界に入り込んでおり、手に持って読んでいる本から目を上げなかった。アンの著書『ワイルドフェル・ホールの住人』の女性主人公も、本を携えてのんびり散歩する。『シャーリー』のキャロライン・ヘルストンは本を読みながら、あるいはスケッチしながらよく外を歩き回る。ひとりになり、もの悲しさを覚えると庭に出て座り、「おじの蔵書から拝借した古びた本」を読んで過ごす。『嵐が丘』では緑の窪地が書斎になる。人は本を読むふりをしながらうたた寝をし、夢想し、空想を巡らす。新聞を読みながらあくびをする。アグネス・グレイは本を持って数時間散歩するが、その間「読書よりも考え事」をする。ジェイン・エアは本を読もうとするが、彼女の心は彼女とページの間を行ったり来たりする。『シャーリー』のキャロライン・ヘルストンも、ジェインと同様に本を読もうと努めることが度々ある。あるくだりでは、キャロラインが使用人に「日曜日の読書にぴったり」の本を貸し、使用人は台所で本を黙々と読む。キャロラインも同種の本を机の上に広げるが、「それを読むことができない」。心の中が「雑念でいっぱいだから、他の人の心の声を聞くことができない」のだ。

人が本を読んでいるかどうかは別として、本はロマンスを進展させる。人は、相手を見るため、あるいは相手の気を引くための秘密の方法として本を開く。シャーロットの著書『シャーリー』のルイ・ムアは、愛するシャーリーの側にいたいと思うが、彼女は不機嫌である。そこで、彼は本を持って窓際の椅子に静かに座り、本を読みながら彼女をちらちらと盗み見しつつ、彼女の表情が和らぐのを待つ。アンの著書『ワイルドフェル・ホールの住人』のギルバート・マーカムはヘレンの気を引くため、彼女に本を貸す。彼はまず、上品な装丁のウォルター・スコットの『マーミオン』の小型版を購入し、ヘレンに渡す。その後、「ふたりで絵画、詩、音楽、神学、地質学、哲学について語り合った。一、二度彼女に本を貸し、そのお返しとして、彼女が一度本を貸してくれた」。ある時、ギルバートはヘレンに会いたくてたまらなくなり、本棚から一冊の古い本を取り出す。本はぼろぼろで見栄えが良くないが、それで何ら問題ない。本を貸すことは、ヘレンを訪ねるための口実にすぎないからだ。ヘレンの本には彼女の名が記されており、ギルバートはそれを見て初めて彼女のファーストネームを知る。彼女の机の上に置かれたサー・ハンフリー・デイヴィーの『ある哲学者の最後の日々』を開くと、最初のページに「フレデリック・ローレンス」と書いてある。そのためギルバートは、フレデリックがヘレンに求愛しているのだと思い込み、ふたりの恋路に暗雲が立ち込め始める。

『ジェイン・エア』は、ジェインが本を読む有名な場面から始まる。外では刺すような雨が降っており、ジェインは散歩に行かずに済んだと喜びながら、彼女を目の敵にしているリード一家——ジェインの両親が亡くなった後、嫌々彼女の面倒を見ている——から離れる。客間に集まっているリード一家を避けて、隣の朝食室に入るのだ。彼女はすぐに本棚から本を一冊取り出し、窓辺の腰掛けによじ登ると、「イスラム教徒のように」胡坐《あぐら》をかいて座り、赤色のモリーン（厚手の毛織物または綿毛交織物）のカーテンを引いて自分を覆い隠し、周囲と自分を隔絶する。さらに、本の世界に入り込む。トマス・ビュイックの『英国鳥禽史』（ブロンテ一家も所蔵していた）を開き、ひとときの幸せを味わう。本を読んでいる間は不思議な力に守られている。彼女は、本と共に身を隠して自分だけの世界を作り出し、多くの喜びを感じる。彼女のこうした部分は、後に、ロチェスターとセント・ジョンの目にとても魅力的で神秘的に映る。

　一〇歳のジェインはほどなくして、自由な場所を失う。大層ないじめっ子であるいとこのジョン・リードが、彼女の守られた場所に入ってくるからだ。ジョンは窓際の椅子からおりるよう命じ、「カーテンの裏に隠れてやがったな。それに二分前のあの目つきはなんだ、このネズミ野郎！」と言ってジェインを打つ。さらに、ジェインが彼の家の本を読むことを禁じる。ジェインにとって、それが何よりも辛い仕打ちだということが分かっているからだ。父親が亡くなると、ゲイツヘッド邸にあるものは、母親ではなく、唯一の男児であるジョンのものになった。ジョンはまだ一四歳だが、そのことを知っている。ジェインは女で一文なしの孤児であり、彼の家にすっかり厄介になっている身である。ジョンはジェインに重い本を投げつけ、その本の角がジェインの頭にあたり、彼女の頭が切れる。ジェインはその仕返しとして、ジョンのことを奴隷監督やローマ皇帝のようだと非難する。彼女は、少し前に読んだオリヴァー・ゴールドスミスの『ローマ史』から奴隷監督などのことを学んだ。ジョンは、歴史上の人物に例えられても何のことやら理解できず、まぬけに見える。平凡で一文なしの少女ジェインにとって、本から拾い集めた知識は貴重な力となる。

シャーロット、エミリー、アンは多くの作品において、困難な状況やひどい家族から逃げるために人が本を読む姿や読むふりをする姿を描いた。『ジェイン・エア』のヘレン・バーンズは、ローウッド校の重苦しい雰囲気から逃げるために暖炉の前へ行き、「暖炉に残るかすかな明かりを頼りに本を読んだ。周りのすべてのものから自分を切り離し、本だけを友とした」。『ヴィレット』のルーシー・スノウは異国の学校において、本と手紙に慰めを見いだす。机の蓋《ふた》の下にある「本に綴られた物語、鉛筆の芯の光沢、ペン先、インク壺の中の黒い液体の色合い」に癒される。女性たちは、しばしば本に覆いかぶさるようにして、あるいは本の陰に隠れるようにして泣き、涙がページに染み込む。『ワイルドフェル・ホールの住人』のハンティンドン夫妻は仲が悪くなると、夫は新聞の陰に、妻は本の陰に隠れる。エミリーは、キャサリン・アーンショウの娘キャシーが、嵐が丘の残酷な男性の世界から逃げるための唯一の手段として本を読む姿を描いている。キャシーの周りにいる男性が言い争い、指図するため、キャシーは暖炉の前に跪《ひざまず》き、炎の明かりを頼りに本を読む。ヒースクリフがキャシーから本を奪い取ると、彼女は声を上げる。「本の内容はほとんど私の頭に残っているし、心に刻まれているの。それを奪うことはできないのよ！」

ブロンテきょうだいが書いた物語は、詰まるところ、本に彩られた物語である。ブロンテきょうだいは本を作り、本を読み、本に書き、本について記した。そしてシャーロットとエミリーは作家として名を成した（アンも姉には及ばないものの有名になった）。きょうだいが皆亡くなった後、シャーロットは子供時代をこう振り返っている。「家族以外の人と交わりたいとは少しも思わなかった。私たちは自分ひとりだけで、または家族だけで本を読み、学び、そのようにして楽しく日々を過ごしていた」。一八二九年にブロンテきょうだいが作った、本章の主題である小さな本は命に満ちあふれている。しかし、それは脆《もろ》いものでもある。傷んでぼろぼろになったため処分された小さな本は、相当な数に上るのではないだろうか。処分されたことが明らかなものもある。しかし今日でも、私たちは、ブロンテきょうだいが子供の頃から才能豊かだったことを示す小さな本のページを繰ることができる。過去の小さな本を開くこと、今は亡き彼らがかつて触れた小さな本に触れることができるのである。

第2章

ジャゴイモをおむぎ

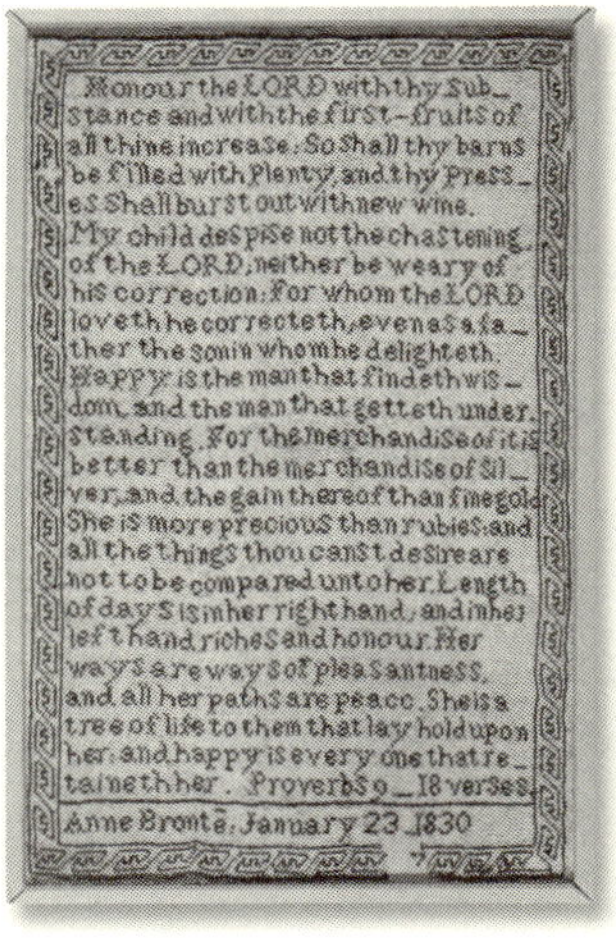

彼女はそれはそれは多くの時間を費やして、きめ細かく刺繍し、目が悪くなりそうなほどレースを編み、網細工を作り、編み物をし、とりわけ丹念にストッキングを繕うが、それを無駄なことだとは思っていない。一日かけて、ストッキングにあいたふたつの穴を縫うこともあり、その作業を終えると、「任務」を立派に成し遂げたと思うのだった。

シャーロット・ブロンテ『シャーリー』

一八三四年一一月二四日は晴れていた。ちょうどお昼をまわった頃、雑然としている台所でアンとエミリーは仕事の手を止め、その時の自分と他の家族の様子について簡単な日記を書いていた。シャーロットが小さな本を作り始めてから五年ほど経った頃のことである。この日の夕食は茹で牛肉、カブ、ジャガイモ、リンゴのプディングで、三人の姉妹はその支度を手伝っていた。

エミリーは、彼女たちが飼っているキジに餌をやり終えた。キジの名はレインボー、ダイヤモンド、スノーフレーク、ジャスパーである。アンとエミリーは「外に出て遊びたかった」が、しなければならないことが色々あった。「アンも私も身支度をしていない。ベッドも整えていないし、日課も済ませていない」とエミリーは記している。「ロ長調のピアノ曲」の練習も終わっていなかった。ドライヴァー氏の所に歩いて行っていたブランウェルは、すでに家に戻っていた。彼は幾つかの情報を仕入れており、エミリーはそのひとつをこう記録している。「サー・ロバート・ピール《peel》にリーズを支持するよう求める動きがあった」。エミリーは、「ピール」の頭文字を大文字で書いていない。そういった決まり事に単に無頓着だったからかもしれないが、言葉遊びだとも考えられる。有名な人物の姓「ピール」に、「剝く《peel》」という意味を含ませたのではないだろうか。エミリーは、サー・ロバートについて述べた文の終わりにピリオドを打たずに文を続けている。「シャーロットがリンゴのプディングを作るので、アンと私はリンゴを剝いた」。エミリーは、イギリスの普通の娘が夕食を作る作業にイギリスの政治家を結びつけた。言うまでもないことだが、数週間後に首相の座に就く裕福なサー・ロバート・ピールが、台所で皮剝きをすることなどなかった。

エミリーの日記には、「剝く」という言葉の綴りを変えた言葉も記されている。その中には、タビーのヨークシャー訛りをそのまま綴ったものもある。「シャーロットは、プディングが完璧に仕上がったわ、私は頭が切れるけれど知性が高いというわけではないの、と言った。今タビーが来て、アンに、ジャゴイモをおむぎ《pillopatate》（ジャガイモを剝きなさい《peel a potato》という意味）と言った。たった今、台所に入ってきたおばさんがアンに向かって、あなたの足はどこにあるかしらと尋ね、アンが、床の上よ、おばさん、と答えた」。シャーロットの言葉は、シャーロットが自分で自分を揶揄するためのものなのか、エミリーがシャーロットをからかうために創作したものなのかは不明である。おばのブランウェルの質問の意図もはっきりとは分からない（彼女は、アンが炉格子に足をのせていないかどうか確かめているのかもしれない。アンはいつも、そういう乙女らしからぬことをしていた）。エミリーの日記には滑稽味があり、ドタバタ喜劇といった趣もある。エミリーは若き詩人でもあり、人々の口から発せられる「剝く」、「ジャゴイモをおむぎ」、「おむぎ」といった言葉の響きを楽しんでいる。

エミリーは、羽根ペンを皮剝きナイフに持ち替えた。どちらも牧師館で使っていた道具である。タビーが、日記を書くのをやめて皮を剝くようにうるさく言うので、エミリーはふてぶてしげに、タビーの目の前に羽根ペンを置いた。「ジャゴイモをむぎもせず、そんなところでぐうたらして」とタビーがぶつくさ言う。「あら、あら、あら、今からやろうと思っていたのよ」とエミリーが答える。エミリーはペンを置く直前まで、アンと共有する架空の世界にいた。牧師館で起こる現実の出来事と、ふたりが創造したゴンダル国で繰り広げられる冒険は、片時も切り離されることがない。「パパが客間の扉を開いて、ほらブランウェルこれを読んでごらん、おばさんとシャーロットにも見せなさいと言いながらブランウェルに一通の手紙を渡した――ゴンダル国の者たちが、ガールダイン島の奥地へ進んでいる。サリー・モズリーが奥にある台所で洗い物をしている」。アンは、あるページにひと房の長い髪を描いている。それはゴンダル国の人物――レディー・ジュレット――の髪である。紙の上で波打つ髪は、あたかも彼女が姉妹と並んで、台所の机に向かって座っているかのように思わせる。エミリーは、異なる階級に属する人々の活動を、句読点を打たずに書いており、人々の活動がすべて同等のものであるように感じさせる（「意識の流れ〔心の中に流れる想念をそのまま綴っていく文学上の手法〕」という実験的手法を用いているとも言える。ただし、意識の流れという言葉は、当時はまだ生まれていない）。自国の政治的活動も、洗濯をする日である月曜日に牧師館で行われる活動も、現実あるいは架空の出来事を書くことも一大事であり、その時に「起こっていること」だ。ふたりにとってはすべてが重大で、サー・ロバート・ピールも、多彩な空想の世界で遊びながらジャガイモやリンゴを剝く人も、即席の抒情詩において等しく価値があった。

　この日記は、アンとエミリーが「日記紙」と呼んでいた日記の中で最初に書かれたものである。ふたりの日記を通して、なかなか知り得ない牧師館での日々の生活の様子を垣間見ることができる。アンとエミリーの仕事のこと、ふたりが仕事をしながら書き物をしていたことも分かる。この日記を書いた年から一一年の間、ふたりは三年か四年ごとに、牧師館の一日の様子を紙きれの表と裏に小さな字で細かく綴り（大抵はそれぞれが別の紙に書いた）、紙きれを小さく折りたたみ、二インチ四方のブリキの箱に入れた。一八四〇年代になると、日記紙に関する決まり事を増やした。例えば、エミリーの誕生日――七月三〇日――に書き、同じ日に、四年前に書いた日記を開いて読むことにした。当時、ふたりは、トマス・ムーアの『バイロンの生涯』にのっているバイロンの日記を読んでいた。日記紙は彼の日記を真似たものである。バイロンの日記には、博打《ばくち》、酒、倦怠や激情、愛人のもとに通う日々について綴られており、一六歳と一三歳の娘にはきわどい内容だった。バイロンの日記には性や薬（特にアヘンチンキ）について、日記紙には牧師館の娘のプディング作りといったことについて書かれている。

日記紙は、アンとエミリーのふたりだけのものだった。シャーロットとブランウェルは、日記紙について何も知らなかったようだ。一八三四年になると、ブロンテきょうだいが心を傾ける対象が移った。エミリーとシャーロットは、一八二七年から始めた「ベッドの話」の創作をぱったりやめた。グラスタウン連邦の物語を一緒に作り続けていたシャーロットとブランウェルは、一八三四年、新たに創造したアングリア国の物語に軸足を移した。エミリーとアンが合作した物語の原稿は残っておらず、その全貌は永遠に謎のままだが、年長のきょうだいが作る物語とは一線を画していたようだ。シャーロットとブランウェルは戦いや壮大な出来事を描いたが、エミリーとアンが作る物語は家庭的で「女性的」だった。エミリーの「パリーの国」はつまらない、とシャーロットは一八三〇年八月の「ブラックウッズ」誌上で不平を垂れている。シャーロットが彼女の英雄チャールズ・ウェルズリーの視点から描いた物語では、チャールズ・ウェルズリーが奇妙な場所に迷い込む。驚いたことに、そこは「何もかもが異なっていた。人を食らおうと、手や肩に銃を携えて人を探し回る屈強な大男はおらず、青色の清潔な麻の上着に身を包み、白色の前掛けを着けた、いかにも柔弱そうな小さな人がいた」。小さな人は、食事の時によだれ掛けを着ける。「レディー・エミリー」には「イーター」という名の子供がおり、子供は「この上なく汚く、油じみた前掛けを着けていた」

一年以上、一緒に物語を作っていたアンとエミリーは一八三一年、本格的に共同で取り組み始めた。その頃、シャーロットは、マーフィールドの郊外にあるロウ・ヘッドの学校で学ぶために家を離れている。アンとエミリーは、「まるで双子のように分かちがたい絆で結ばれ、どんな時でも互いに心から分かり合っていた」と友人は述べている。ふたりがそのような関係になったのは、おそらくゴンダル国の物語を一緒に作り始めた時だろう。エミリーの多くのすばらしい詩はゴンダル国から生まれている。ふたりが結束を強める一方、シャーロットは家族以外の人とのつながりを深めていった。カウアン・ブリッジでの学校生活とは違い、ロウ・ヘッドでの日々は有益だった。生涯の友となるエレン・ナッシーとメアリー・テイラーに出会ったことがその大きな理由である。シャーロットは一八三二年の夏、ハワースに戻り、自分が学んだことを妹に教えた。支配しようとすることもあり、時には自分の思い通りに物語を書かせようとした。エミリーは、威圧的なシャーロットに対してつっけんどんな態度をとり、時々ひどいいたずらをした。荒野に出ると、近視のシャーロットを断崖や高台の端——臆病なシャーロットが恐怖を感じる場所——まで連れて行った。シャーロットが顔なじみではない動物を怖がったため、エミリーはシャーロットが気づかないうちに、雄牛や敵意を露わにする犬のすぐ近くまで連れて行き、シャーロットの怯《おび》える姿を見て笑った。アンは、自分の意見を通そうとするふたりの姉に唯々《いい》として従い、喜んで教えを受けた。赤子扱いされても構わなかった。アンはいつも、「どんな辛いことにも静かにじっと耐えた」とシャーロットは回想している。ふたりの姉は不平不満が多く、やたらと反抗的な態度をとったが、アンは「気立てが良く、控えめで、我慢強く、自制心があり」、穏やかさが「修道女のベール」のようにアンを包んでいた。おそらく、古風なおばのブランウェルがアンの人格形成に影響を与えたのだろう。アンは末っ子だったから、他のきょうだいよりも影響を受けやすかったのではないだろうか。アンは、女性に関する当時の社会規範にある程度従った。一八四〇年代、エミリーは『嵐が丘』という波乱に富む異色の物語を生み出すが、アンは、自分の家庭教師としての経験をもとに、『アグネス・グレイ』を書いた。数々の試練に直面する女性家庭教師の姿を描いたこの小説は、エミリーの小説に比べると単純で現実的である。『アグネス・グレイ』には、この小説が人に教訓を与えるものであってほしいというアンの思いが示されている。アンは、女性が従うべきだと考えられていた道徳的な道を難なく進み、小説の中でその道を示した。彼女は控えめな教師だった。

三人の姉妹は、定期的に一般的な家事を行い、それと同時に執筆活動をした。当時としては珍しいことである。ブロンテ姉妹と同じ時代を生きた作家で、一流の知識人だったハリエット・マーティノーが自伝の中で回想しているように、「勉強する姿を見せるのは、若い娘としてふさわしくない行い」だと人々は考えていた。殊に、「人前でペンを手にすること」を良しとしなかった。来客時は、「客間で座って縫い物をし」、「学があることを示す物」を客に見せないよう注意を払う必要があった。マーティノーは早朝か夜更けに執筆や知的な仕事をした。というのも、日中は「自分の服や家族の肌着を作らなければならなかった」からだ。彼女が最初のエッセイを雑誌に発表した時、愛する兄が重々しい口調で言った。「いいかい、おまえはもう肌着作りと靴下の繕いを他の女性に任せ、執筆に専念しなさい」。当時は、「文学好きな女性は裁縫ができない」というひどい偏見があったが、マーティノーは、私は違うと自負していた。彼女は執筆活動をしていたが、幸いにも「肌着やプディングを作り、アイロンをかけ、繕い物をし、必要とあらば針仕事で暮らしを立てることだってできた」。

シャーロットとアンが家庭教師として働きに出ると、エミリーがこなさなければならない家事の量が増えたが、家事をしながら詩や『嵐が丘』の一節を書いた。使用人の話によると、エミリーは服にアイロンをかけながら創作に励んだ。「タリー・アイロン（ひだ襟の形を整えるために用いられたアイロン）」を置きながら、紙きれに何かを走り書きすることがよくあった。「アイロンをかける時もパンを焼く時も、鉛筆を手もとに置いていた」。彼女は、一八四五年の日記紙の最後に、「裏返し」に急いで取りかからなければならないと書いている。「裏返し」は節約術である。擦れたり汚れたりした部分を隠すために、襟、袖、または服全体の縫い目をほどき、裏返して縫い直すのだ。彼女は「仕事を山ほど抱えていた」。「仕事」とは「針仕事」のことである。急いで終わらせる必要のある事の中には、執筆も含まれていた。おそらく、『嵐が丘』の前半部の執筆で、彼女はおよそ一年後にそれを書き上げる。ペンを置き、針と糸、あるいは、「ジャガイモをむぐ」ためのナイフを持つという行動は、執筆のリズムを形作るもののひとつになった。

『嵐が丘』の主要な「語り手」である使用人のネリー・ディーンは、縫い物をしながら話を語る。よく知られているように、エミリーの小説は複雑で分かりにくいが、語り手のネリーも時に読者を混乱させる。鋭い観察力を持つ嵐が丘の使用人ネリーは、一家と土地のことをまったく知らないロックウッドに語る。この小説では、初めの段階ですでに大半の出来事が起こっている——キャサリン・アーンショウはとうの昔に亡くなっており、ヒースクリフは、彼を見下していたふたつの家族への復讐を果たしている。そして、ロックウッドが、嵐が丘の奇妙な住人から受けた印象を読者に伝える。彼は、ヒースクリフの所有するスラッシュクロス邸を借りることを決め、嵐が丘を訪ね、そこで暮らす家族に会う。それから体調を崩して寝込んだ彼は、家主のヒースクリフがどんな人生を歩んできたのか教えてほしいとネリーに頼む。その後、ロックウッドと読者である私たちに、ヒースクリフたちの過去が明かされる。ネリーは「籠いっぱいの繕い物」を持ってロックウッドのかたわらに座り、針仕事をしながら話し始める。エミリーは、語りと針仕事を同時に進行させており、語りのリズムと針仕事のリズムが互いに影響し合っている。女性使用人は家事をしながら、まるで小説家のように彼女の周りの人の人生の物語を形作り、作り変え、編み上げる。

針を用いて作られたものの中でとりわけ物語を感じさせるのは、刺繡見本である。本章の初めに掲載している写真に写るアンの刺繡見本のように、刺繡見本には多くの場合、文字が刺繡されている。女性は、紙にインクで文字を書くように、布に糸で文字を「書く」のだ。ブロンテ姉妹は少女の頃、「装飾的なもの」の作り方や、面倒極まりない靴下の補修をはじめとするあらゆる針仕事を教わった。姉妹は、二階にあるおばのブランウェルの部屋で、おばから手ほどきを受けた。習得した技術を確かなものにするために、また、技術を示すために――姉妹がまず作ったもののひとつが刺繡見本だった。アンは一八三〇年一月、一〇歳になったばかりの頃に件の刺繡見本を完成させた。これはクロスステッチ刺繡で、使われている糸は茶色だが、黒色の糸が変色したのかもしれない。台布は薄茶色の粗織りの布である。衣蛾に食われて穴だらけになっており、端の装飾部分も一インチほど食われている。刺繡見本は、長い緻密《ちみつ》な作業の末に生まれた。アンは美しいものを作ることに喜びを感じながら、責任感を持って制作に取り組んだのだろう。

ブロンテ家の娘は皆、ひとつかそれ以上の刺繡見本を作った。アンが一八二八年に作った比較的簡単な刺繡見本には、幾つかの抽象模様、アルファベット、数字、ふたつの聖書の短い文――一九世紀の少女がよく引用した文――が刺繡されており、次のような言葉で終わっている。「アン・ブロンテ　一八二八年一一月二八日に刺繡見本を完成させる」。長女マリアと次女エリザベスが一八二二年に作った刺繡見本は、短命だったふたりの数少ない生きた証である。糸の色は台布と同じ淡くくすんだ茶色だ。長い年月の間に、日光に当たって変色したのだろうか。古い墓の碑文と同じで、文字を読むには、その上に紙を置き、上から鉛筆でこすって文字を写し取る必要がある。母親のマリア・ブランウェルは一七九一年、彼女の姉エリザベスはその一年前に作っている。シャーロットとエミリーはそれぞれふたつの刺繍見本を完成させており、最初の刺繍見本には、アンのものと同じく、主にアルファベットが縫い取られている。シャーロットが一八二八年四月一日に仕上げた二番目の刺繍見本には、「分裂した家は立ち行かない」、「食物と争いに満ちた家よりも、ただ一片の乾いたパンと平安のほうが良い」という文が刺繍されている。これはマルコによる福音書と箴言の一節で、不安や困難が示されている。後に多くの家事を担うことになるエミリーは刺繍技術に長けていた。一八二九年三月一日に完成させた二番目の刺繍見本の文は一番長く、かつ美しく整っている。シャーロットとアンは、幾つもの単語を途中で切って二行にまたがらせた――写真の刺繍見本を見るとそれが分かる。また、何とか同じ行に収めるために、文字や単語の間を詰めた。しかしエミリーは、箴言などから引用した文章の文字を美しく収めた。ただし、ひとつの単語を途中で切っている。「たなごころの内に風を集めたのは誰か？」、「衣に水を包んだのは誰か？」といった、神による美しい自然の創造に関する抒情的で心が落ち着くような文章をエミリーは引用した。ブランウェルは、もちろん刺繍見本を作っていないし、家事や食事の準備を手伝うよう命じられたこともなかった。アンは、「主の戒めを軽んじるな」、「主の懲らしめを嫌うな」という言葉を苦心して縫い取った。これは、ブランウェルに向けた言葉ではなく、自制心が強くて務めを重んじたアンが自分に向けた言葉だと考えられる。聖書の文を選んだのが姉妹ではなく、メソジスト派のおばである可能性もある。ともあれ、ブロンテ姉妹は少女の頃、文章を書く時に言葉や文字を「ひとつのページ」にいかに記していくべきかということを、刺繍見本作りを通して学んだ。

刺繍見本は、少女に刺繍と初歩的な読み書きを教えるために用いられた。元来は、刺繍をする際に参考にするため、あるいは顧客に見せるために、模様や縫い方の「見本」として裁縫師が刺繍見本を作った。見本帳のようなものだったのだ。一七世紀後半から、しだいに少女が作るようになった。一八世紀と一九世紀には、あらゆる階級の少女が、アルファベット、聖書の文、道徳的な格言などを刺繍した。商売に利用された初期のものとは違い、少女が作った刺繍見本は、額に入れて記念として残されることが多かった。四角い布と糸で作られた刺繍見本から、歴史家は、作り手が人生の一時期に何をしていたのかを知る。少女、特に貧しい環境、孤児院、救貧院で育った少女の多くは、人生の記録をほとんど残していない。名と日付が縫い取られた刺繍見本が、少女の生きて活動していたことを示す唯一の証拠となる場合が多い。刺繍見本の大半は基本的な形に倣って制作されており、作り手の個性はあまり表れていないが、一風変わった作品からは、名もなき少女の人物像をうかがい知ることができる。地図と太陽系図が縫い取られた刺繍見本は、作り手が地理や夜の空について学ぶ際に役立った。亡き人を悼んで作られた木綿の刺繍見本には家系図が縫い取られており、遠い先祖の名を後世まで伝える。自分の家や町を刺繍した少女もいる（アン・ウォウラーという名の少女は、ハワースの教会を刺繍した）。家の前に、家族とペットがしゃちこばって直立している。糸の代わりに人間の髪が用いられることもあった。「イライザ・イエーツ　九歳　一八〇九年にサイルビー校にて制作」という言葉で終わる刺繍見本には、黒色の髪だけが使われている。また、多くの少女が、一八五一年の万国博覧会の開催を祝して刺繍見本を作った。万博の展示館となったのは、ロンドンのハイド・パークにガラスを使って建てられた、クリスタル・パレスと呼ばれる仮設建築物である。一九世紀、アッシュバーナムで暮らしていた子守女エリザベス・パーカーの刺繍見本は、人の心を打つ、他に例のない必見の作品と言えるだろう。一八三〇年代に彼女が作ったクロスステッチ刺繍の刺繍見本は彼女の伝記であり、孤独感や絶望感が、白色の台布に赤色の糸で「綴られている」。彼女は自殺を考えたこともあると明かし、「私の魂はどうなってしまうの……」という一文で告白は終わる。

ヴィクトリア朝時代の女性は、裁縫の腕前を人に見せようとした。食べ物の皮を剝く仕事や生地をこねる仕事、その他の仕事のほとんどは形として残らないが、針仕事は形として残る女性の仕事だ。刺繍見本のように、手縫いで作られたものの一部は作り手より長く生き続け、女性が日々勤勉に働いていたことを伝える。針仕事は人目につく仕事でもあった。女性は常に手を忙しく動かしていることが望ましいとされていたから、客の前でも針仕事をした。裁縫の手引書は、技術力を示すための最良の方法や、針仕事をしている時に手の美しさを引き立たせる方法を指南しており、その方法を用いれば男性の気を引けるとも述べている。シャーロットの小説に登場する女性は、愛する男性が家にやってくると、決まって男性の前で「優美な縫い物をもてあそぶ」。彼女の「白い手を目立たせるため」だ。女性は、自宅の客間やその他の場所で、針仕事をしながら様々な事を行なった。例えば、何かを縫いながら熱情を吐露し、秘密を告白した。一九世紀の小説家は、登場人物が針仕事をしながら何かを行う姿を好んで描き、それによって物語を展開させた。

ブロンテ姉妹の小説において、針仕事は不可欠な地位を占めている。ハリエット・マーティノーは、『ジェイン・エア』の作者は女性に違いないと思った。「真鍮のリングに縫いつけるという文を書けるのは、女性と家具職人しかいない」からだ。『ジェイン・エア』が評判になると、ロンドンでは、

「カラー・ベル」（シャーロットの筆名）の性別について憶測が飛び交った。シャーロットは妹以上に、針仕事を上手に活用して劇的効果を高めた。『ジェイン・エア』の前半で、少女ジェインが勇気をかき集め、ついにおばのリード夫人に向かって、あなたは私にひどい虐待をしたと言う場面がある。夫人は縫い物に集中しており、ジェインのことを気に留めていない様子である。夫人が忙しく動かしていた手を止めた時、理不尽な仕打ちを受けていると思っているジェインは気持ちを口にする。そして、「夫人の膝から縫っていたものが滑り落ちた」時、小さな戦いに勝利したことを知る。多くのヴィクトリア朝時代の小説の中に、縫っているものを落とすという描写が見られるが、この描写は心の動揺を表している。針で指を刺すという描写も同様だ。『シャーリー』では、ロバート・ムアがキャロラインに結婚を申し込む前に、過去の恋愛について告白するのだが、その時、キャロラインが針で指を刺す。『ヴィレット』のルーシー・スノウは、ガードルにまち針を刺しておく。そうしなければ、ジネヴラ・ファンショーがべたべた「くっついてくる」からだ。

女性がせっせと針を動かす姿やまち針などの裁縫道具を使う姿が、女性の秘めた感情を表すことも多い。また、朗読や本を貸すという行為だけでなく、針仕事を通じて恋が進展する。シャーリーの恋人ルイ・ムアは、シャーリーが「縫っているものの縫い目の数まで数えられるほど、針穴がはっきり見えるほど」彼女の近くに座っている。ふたりの体の距離の近さが上品に表現されている。『ヴィレット』では、ルーシー・スノウが絹糸とビーズでウォッチガード（男性用の懐中時計を衣服につなぐ提げ紐。ウォッチチェーンあるいはフォブの別称）を編んでいるのを見て、ムッシュ・ポール・エマニュエルは、彼女が誰か他の男性のために親密さを表すプレゼントを作っているのだと思い、嫉妬心を抱く。ムッシュ・ポールへの誕生日プレゼントなのだが、ルーシーは、プレゼントを渡す瞬間をより感動的なものにするために、そのことを秘密にしている。

内気な女性は、裁縫道具を持って人目につかない場所に移動する。ソーンフィールド邸の客間で華やかな客人と一緒に過ごすようロチェスターから言われたジェインは、他の人より先に客間に入り、目立たない窓辺の椅子に座る。イングラム家の人に自分の姿を見られたくないからだ。殊に、ロチェスターに対する恋情を隠したいから、「編み針と制作中の小さなバッグの網目」に意識を集中させる。彼女は何とか欲望を抑え、「膝の上に置いている銀色のビーズと絹糸」だけを見ようと努める。アンの小説の主人公アグネス・グレイは居心地の悪さを感じると、明かりが必要だからと理由をつけ、裁縫道具を持って窓の側に行くことがよくある。あまり人と交わりたくないのだ。

裁縫道具は、女性の内なる自己を明らかにする力があった。考古学者メアリー・ボードリーが述べているように、女性が毎日のように、そして、しばしば人前で使う裁縫道具は、持ち主の女性のことや女性の仕草、身のこなしを思い起こさせる。ヴィクトリア朝時代は、裁縫箱がどこにでもあった。一九世紀初めはまだ、針、まち針といった裁縫道具は高価だったため、特にブロンテ姉妹のようなあまり裕福ではない家庭の娘は、裁縫箱（針箱、裁縫袋、裁縫籠、裁縫台）の中に大切に仕舞っていた。ヴィクトリア朝時代には、裁縫箱を持たない家庭などなかったのではないか。ジェイン・エアは、存在を知らなかったいとことムーア・ハウスで出会うが、この質素な家にも「一対の裁縫箱」がある。『ヴィレット』のムッシュ・ポールは、愛するルーシー・スノウのためにちょっとした蓄えを投じて、学校として使う小さな家を用意し、家の中の「大理石の天板を持つ小さな円テーブル」の上に裁縫箱を置く。裁縫箱は、ロンドンの有名な「小間物の殿堂」などの小間物店で売られていた。普通は木製で、金具を用いて留めてあった。安い裁縫箱には混凝紙が使われており、大抵の場合、値段相応のひと揃いの道具が入っていた。

　裁縫箱は衣服と同様に、女性の人となりや社会的地位を表した。『シャーリー』のキャロライン・ヘルストンは、「華美な小さい裁縫袋」を持ってムアの家を訪ねる。『ヴィレット』のポーリーナは少女の頃、「ニスが塗られた、安っぽい、白くて小さな木の裁縫箱」を持っていた。裕福な伯爵令嬢となった彼女の裁縫箱には、「かつての白い木の裁縫箱とは違い、凝ったモザイク模様が施されており、金で作られた道具が収まっていた」。裁縫箱や裁縫袋は、貧しさや謙虚さも表した。『ジェイン・エア』のローウッド校の孤児の制服である「フロックの前部分には、オランダ布で作られた小さな袋（スコットランド高地人が腰から下げる袋に形が似ている）がくくりつけられていた。それは裁縫袋として使えるように作られていた」。ブロンテ姉妹は、ローウッド校のモデルとなるカウアン・ブリッジの学校に裁縫袋を持って行ったが、それが当然のことだった。

　万国博覧会の記念品として、クリスタル・パレスが描かれた裁縫箱が数多く製造された。特に凝ったつくりの裁縫箱は、万国博覧会の出品物の中でも殊にすばらしいと評価された。フランスの宮廷で使用されていた裁縫箱はどれも最高級品だった。アンボイナの瘤《こぶ》材で作られた本型の裁縫箱は、シャルル一〇世時代の宮廷社会では「秘密の本」と呼ばれ、よく知られていた。一九世紀初めのフランス帝国で制作された裁縫箱には、本の形をした道具が入っている。蓋を開けると「本」の背の部分が見えるように収納されており、取り出して初めて「本」の正体が分かる。ふたつは針山、ひとつは針刺し、ひとつは絹巻尺だ。裁縫箱も本と同様に、友情の記念や社会奉仕活動に対する感謝の印として贈られ、そのことが記された。ストランド・ストリート一八八番地に店を構えていたフィッシャー（化粧道具入れなどを作っていた製造業者）が製造した裁縫箱の蓋には、こう記されている。「バウンディー嬢へ贈るベタニアとスウォンジーのアーガイル礼拝堂において、オルガン奏者として数年にわたり無償で奉仕したことに対する感謝の印として　一八七五年七月一五日」

ブロンテ家の女性も、もちろん裁縫箱を所有していた。おばのブランウェルは少なくともふたつ持っており、一方の裁縫箱の蓋表には「中国風」の模様、もう一方のそれには「インド風」の模様が施されていた。東洋の職人の手による精巧な裁縫箱は、イギリス人に異国情緒を感じさせた。高級感もあり、特権を有する中流階級の女性の多くが購入した。シャーロットは一対の裁縫箱とモロッコ革の裁縫箱を所有していたようだ。彼女の紫檀製の裁縫箱は当時の標準的なタイプで、おばの裁縫箱に比べて簡素（そして安価）である。箱の中身はほぼそのまま残っている。蓋と側面には、貝殻の真珠層の象嵌《ぞうがん》細工が施され、青色の紙で内張りされている。一〇の部分に仕切られた浅箱が入っており、中央に針山がはめ込んである（口絵写真参照）。浅箱の下には大きな収納部があり、布見本などもろもろ入っている。シャーロットの裁縫箱に収められている道具は、まち針、針、糸巻き、象牙のボビン、レースの切れ端、リボン、モール、ボタン、留め具、象牙の巻尺、宝貝の貝殻の巻尺、平らな骨に巻かれた紫色の絹糸、どんぐり型の指ぬき入れなど一般的なものだ。

裁縫箱は人目につきやすいが、私的なものであり、それゆえ持ち主の人となりを雄弁に語る。シャーロットの裁縫箱と同様に、裁縫箱の多くは、中が幾つもの部分にきちんと仕切られていた。蓋の部分や箱の奥や端の部分には、ポケットが備わっていた。当時は、隠し抽斗《ひきだし》付きの裁縫箱が流行っていた。普通、隠し抽斗は細長い留め金で留めてあり、それを外すと箱の底部のばねが解放され、抽斗が押し出された。オルガン奏者として奉仕したバウンディー嬢へ贈られた裁縫箱にもばねが仕込まれており、その力によって隠し抽斗と鏡が飛び出す。また、シャーロットの裁縫箱を含むほとんどの裁縫箱に鍵が付いていた。『ヴィレット』のルーシー・スノウの裁縫箱も鍵付きだが、彼女にいつも目を光らせている狡猾《こうかつ》な雇い主ベック夫人は、ルーシーの裁縫箱を開けて中身を漁る。手に負えない子供たちも、彼らの家庭教師であるルーシーの裁縫箱の中を引っかき回す。この行為は、プライバシーを大きく侵害する行為として描かれている。アグネス・グレイの裁縫袋の中を荒らす子供は極めつけの悪童で、それに唾を吐く。他人の裁縫箱を開いて中身に触れる行為は、歓迎すべき行為にもなり得る。ムッシュ・ポールは愛情の印として、ルーシー・スノウの裁縫箱に秘かにロマンス本を入れる。シャーリーはキャロラインに初めて会った時、裁縫箱から取り出した絹糸で花を束ね、キャロラインに渡す。その後、ふたりは献身的な友情を交わし、多くの秘密を共有する。

ヴィクトリア朝時代の女性は、実に様々な物を裁縫箱に入れた。裁縫箱は、日常にあるこまごました物を入れる雑品入れになっていた。シャーロットの裁縫箱には、裁縫と関係のない私的な物、布を裁断するための型紙、キッド革の手袋の指先の部分（指を保護するために使ったのかもしれない）、鯨ひげの補強材、一対の黒絹のカフス、丸薬が入ったままの桃色の円型薬入れも入っている。『シャーリー』のマーティン・ヨークは、「母親の裁縫籠から薬棚の鍵の束を取り出す」。アンは、裁縫箱の中に石を仕舞っていた。家庭教師として働いていた頃、ある家族と休暇で訪れたスカーバラの海岸で集めた石で、アンはそのうちの幾つかを色が鮮やかになるよう磨いた。シャーロットもいたずら書きが書かれた便箋と一緒に、散歩の道すがら拾った小石を入れていた。女性は、髪も裁縫箱に仕舞った。シャーロットはふた房の髪（誰のものかは不明）を入れていた。そのため、裁縫箱は人の存在を感じさせた。『シャーリー』のキャロラインは、ロバート・ムアの姉がロバートの黒い巻毛を裁縫箱に仕舞っていることを知る。自分も彼の髪を裁縫箱に入れたいと思い、髪をひと房くださいと彼に頼む。愛する人の体の一部が裁縫道具に混じる時、裁縫箱は官能的な色を帯びる。

ヴィクトリア朝時代の人々は、命を持たない物を、考え、感じ、話す存在として描くのを好んだ。殊に、裁縫箱やその中身を生き生きと描いた。ルイス・キャロルが創造したアリスは、「人形のように見えたり裁縫箱のように見えたりする、大きくて光るものを一分かそこら目で追ったがむだだった」。一八五八年に発表されたシャーロット・マリア・タッカーの『ある針の物語』に登場する針には心があり、読者に自分の体験を語る。「裁縫箱の中の会話」と題された章では、人はいつも自分の腕ではなく道具が悪いと言う、と鋏が針に不平をこぼす。すると偉い指ぬきが、人の知恵や人のために働く喜びについて弁舌さわやかに語る。『まち針の歴史』のまち針夫人のように伸びをし、世間話に興じ、自分がどのようにして製造されたのかを説明する道具もいる。『針山の冒険』、『銀の指ぬき』、『傘の回顧録』、『黒いコートの冒険』をはじめとする一九世紀の作品の中で、多くの物が身の上話を語る。一九世紀になると、しだいに家庭用品が大量生産されるようになるが、それを量産する人、あるいは量産品を購入して使う人は、自分が物や機械のように思えて嫌だったのではないか。それが、これらの風変わりな物語が人気を集めた理由のひとつだったのではないだろうか。針やまち針が命を持ち、道具として使われることのすばらしさを語れば、それを使う人も生気や力を保てるかもしれない。女性の体の一部ともいえる裁縫箱が、工場で量産された命を持たないものなら、女性も、機械的で無機質なもの、家事をする単なる装置、裁縫ロボットと化してしまうと思ったのではないだろうか？

針入れも量産化されて量産品が巷《ちまた》に出回るが、その一方、独創性のある針入れも製造された。形も大きさも千差万別であり、人々はその中から選んで購入できた。閉じた傘の形をかたどった骨製の小さな針入れは人気が高かった。「傘の柄」の部分には、レンズを用いた小さな機器（このレンズの発明者チャールズ・スタンホープ卿にちなんでスタンホープ・ビューアと呼ばれている）が仕込まれていた。その中には、ロンドン万国博覧会の展示館クリスタル・パレスなどの観光名所のマイクロ写真が入っており、レンズを通してマイクロ写真を見ることができた。女性は、手作りの針入れや自分で装飾を施した針入れを親しい女友達に贈った。女性誌には、針入れを作るための型紙が掲載されていた。幼いマリア・ブロンテは亡くなる少し前に、浮き出し模様のあるボール紙とリボンで作ったカード型の針入れを友達に贈っており、まるで本に言葉を記すように、それにこう記している。「学友のマリア・ブロンテより親愛なるマーガレットへ心を込めて」。シャーロットは小冊子型の針入れを作り、エリザ・ブラウンという女性に贈った。針入れの外側の部分は白色の紙でできており、リボンで縁取ってある。針を収納する部分は、桃色の薄葉紙と二枚のフランネルから成っている。表側と裏側を見ると、針であけたような穴が花とつる草の形に並んでいる。かつてはこの穴に刺繡糸が通っていたのだろうか。シャーロットは、既製のパーツを買い、それを縫い合わせて刺繡を施したのかもしれない。女性は、模様を形作る無数の小さな穴のあいた四角い紙のセットを商店で手に入れ、その穴に絹色糸を通した。シャーロットは、自分の針入れの両端に鉛筆で絵を描いている――一方は卵の入った鳥の巣の素描、もう一方は、駆けているスパニエル犬の素描だ。シャーロットの一番の親友エレン・ナッシーは、「ハウスワイフ《主婦》」をシャーロットに贈った。「ハッシフ」とも呼ばれる意匠を凝らした本型の針入れで、鋏と針山が付いているものが多かった。エレンの贈り物の正式名称は「ハウスワイフの旅のお供」である。シャーロットはハウスワイフについて、こう思った。「とても使いやすそうで、私にぴったりだ——私には、こういう針入れを作る気力もなければ勤勉さもない——出かける時に役立てよう——こまごましたものをいちいち用意する手間が大いに省ける。これは、よく考えられた針入れだ。色々なポケットがきれいに並んでいて、道具がきちんと収まっている」。本型の裁縫箱があるように、ハウスワイフも本の形をしており、「エッセイ」や「早めのひと針（早めにひと針縫っておけば、九針縫う手間が省けるという意味の諺の一部）」といった言葉が書いてあった。シャーロットの革製本型ハウスワイフの背には、「記念品」という言葉が刻まれていた。その針入れは裁縫道具でもあり、本でもあり、記念品でもあったのだ。

　女性は物を贈り合い、親密な関係を紡いだ。針山は、友情や愛情の証として女性が贈り合ったもののひとつで、手作り品が多かった。ブロンテ家の女性も籠の形をした針山など、たくさんの針山を所有していた。閉じた本の形をした針山は、ページの部分に布が詰めてあり、そこに針を刺した。シャーロットの針山のひとつには、「C・ブロンテへ　あなたの幸せを願う誠実な友A・Mより一八三五年一〇月」と記されていた。人の死を悼んで作られた針山は黒色で、黒色のまち針が刺してあった。「まち針が刺し込まれた針山」のまち針の頭は、「あなたに対して誠実であり続ける」、「いかなる時も愛を与える」などの言葉を形作っていた。ある針山の上部のガラス部分には、詩人ウィリアム・ワーズワースを記念するために、墓地に立つ彼と娘の墓碑が描かれていた。ロンドン万国博覧会を記念するための針山もあった。『ヴィレット』では、ルーシー・スノウが名づけ親であるブレトン夫人に贈った手製の針山が、記憶を喚起させるという重要な役割を果たす。衰弱して通りで倒れたルーシーは、知らない部屋で目を覚ます。部屋には、過去をかすかに思い出させるものが置かれている。彼女をとりわけ驚かせたのは針山である。「深紅色のサテンで作られた針山には……レースのフリルが付いており」、「L・L・B」というブレトン夫人のイニシャルが、金色のビーズを用いて縫い取られている。自分が作った針山だということに気づいた時、彼女は遠い記憶の中にある友情と愛情を思い出す。

シャーロットとエレン・ナッシーは、ひと針ひと針縫って作ったものを郵便で贈り合ったが、それを見ると、ふたりの友情がいかに花開き、深まっていったかが分かる。シャーロットは一八三九年から一八四〇年にかけて、エレンへ贈るバッグを作った。仕上げるのに何か月もかかり、手紙の中では、バッグを作る時間がないと嘆いている。エレンは、手首を保温するための「小さなかわいいカフス」をシャーロットに郵送した。その後、エミリーにも「手首用フリル」やカラーを送っている。ふたりは、送られてきたものに「化粧」を施すこともあった。一八四〇年、エレンは「とてもかわいいトルコ風のもの」をシャーロットに郵送したが、シャーロットは、「キースリーで紐飾り房も手に入らなかった」ため、それを「しばらくは寝かせたまま」にしておかなければならなかった。一八四五年、シャーロットは、エレンがかわいいスリッパを送ったことに対して文句を垂れた（ふたりは、文句を言うという形で感謝の気持ちを伝えた）。シャーロットがスリッパに「化粧」をし、エレンを訪ねる時に持って行くことになっていた。ふたりは、物を送る時には相手の裁縫技術を称え、自分の腕をけなした。一八四七年、シャーロットはエレンにこう書き送っている。「ほんの一ヤードのレースですが、受け取ってくれますか……私は、これで何かを作るつもりはありません。レースをむだにしたくないからです。このレースは、破壊的な私ではなく、創造的なあなたの手によってうまく活かされるのです」

針仕事をする時間は朗読の時間と同じく、女性が皆で集まって一緒に過ごす時間だった。針仕事と朗読を同時に行うこともよくあった。ひとりの女性が何かを読み、あるいは物語を語り、他の女性はそれを聞きながら縫い物をした。シャーロットは、針でちくちく縫いながら詩を朗唱するようになった。殊に、「おお、悲しむ者の涙を乾かす汝よ」、「鳥を放て、東の空へ」といったトマス・ムーアの詩を朗唱した。『アグネス・グレイ』のアグネスと姉のメアリーは、「火のかたわらに座って針仕事をしながら」幸せな時間を過ごす。アンは、姉と一緒に針仕事をした経験をもとにして、この場面を描いたのだろう。ブロンテ姉妹は、時々協同してひとつのもの、例えば鮮やかなパッチワーク・キルトを作った。ただし、キルトは未完成のまま終わった。キルトは、姉妹が子供の頃、一緒に空想の世界を創造しながら制作した小さな本に似ている。姉妹は計画を立ててキルトを作った。家にある端切れを用いて、心に描いたことを、後々まで残る形あるものにしようとした。後の章で見る通り、姉妹の最初の小説も三人の協力によって生まれた。姉妹が家の中で作った小説は、やがて多くの人の目に触れることになる。

ブロンテ姉妹が作った詩やビーズのバッグ、一家の飼い犬の素描といった多くの美しい作品には「技芸」が活かされている。平均的な中流階級の女性は、客間に「華やかな手芸品」だけでなく、ごく普通の手芸品も飾った。私はちゃんと主婦らしいことをしています、と客人に伝えるためだ。手芸ができるのは余暇があるからであり、手芸品は、余暇という特権を有する階級に属することを示すものだったから、最も人が集まる部屋に誇らしげに飾られた。シャーロットの友人エレン・ナッシーの家の、ヴィクトリア朝時代の典型的な客間にも、手芸品がそこかしこに置かれていた。一対の刺繍絵、刺繍入りのテーブルクロスが掛けられた八角形の竹製テーブル、背もたれと座面に刺繍が施されたオーク材の補助椅子、ふたつのソファークッション、クルミ材の食器棚の扉に飾られた、シェイクスピアにちなんだ模様を刺繍した布、足置き台、羊毛製の円形クッション、刺繍入りテーブルクロス、トレークロス、一〇枚のかぎ針編みの敷物などである。エレンは、トイレ用カバーにも刺繍を施した。もちろん、こうしたものの他にも、女性は手をせっせと動かして作った。貝殻、蠟、鳥の羽毛、紙、砂などで花を作ってガラス扉の奥に置いたり、ガラス容器の中に入れたりした。多くの女性が女性誌や技法書で剝製術を学び、剝製を熱心に、巧みに作った。葉の葉肉部分を取り除いて葉脈だけを残す葉脈標本や、海藻を素材として用いたコラージュの制作にも取り組み、魚料理を作った時に残る魚の鱗を、絹生地やサテン生地に花や葉の形になるよう縫いつけ、鱗で縁を飾った。額、テーブル、裁縫箱をさくらんぼの種で装飾することもあった。ヴィクトリア朝時代の初め、女性は捨ててしまうものを日頃から利用した。古紙を利用したことはすでに述べた。同様に、日常のごみを賢く利用して繊細で豪華なものを作り、余暇があることを示すためにそれを飾った。捨ててしまうものを利用し、かつ、長時間の慎重な作業が必要とされる手芸のひとつに、ペーパー・フィリグリーがある。「クイリング」とも呼ばれる手芸で、細長い紙を巻いて渦巻きなどの形を作り、その繊細な紙細工を裁縫箱などの入れ物に装飾として貼りつける。シャーロットは、クイリング装飾を施した茶缶を作り、エレンに贈ったようだ。ブロンテ姉妹が牧師館にある古紙を利用して小さな本を作ったように、女性はクイリングによって古紙に命を吹き込んだ。

華やかな手芸品を作っていたのは、余暇という特権を持つ女性だけであり、多くの女性が生活のために「地味」な針仕事をしていた。針仕事に対する報酬はあきれるほど低く、針仕事で生計を立てる女性は朝から晩まで働き詰めに働くことを余儀なくされ、体を壊す人も少なくなかった。一八六〇年代になると、機械縫いの製品に対抗しなければならなくなり、仕事は厳しさを増した。ヴィクトリア朝時代の新聞は、針仕事を生業とする女性が搾取《さくしゅ》されているという問題を頻繁に取り上げた。一八四二年には、調査員がこう述べている。「若いお針子ほど、幸せ、健康、生活を犠牲にしながら働いている者はこの国にはいない」。お針子が針仕事をする姿は、余暇を持つ女性のそれとは違い、普通は「人目に触れなかった」。お針子が作ったものが宝物のように大切にされるのは稀《まれ》で、大切にされるとしても、お針子が作り手として人に知られることはなかった。すでに見たように、中流階級の女性が針仕事をする時は、女性の手を感心しながら眺める人が側にいたが、お針子の側にはそのような人はいなかっただろう。それに、お針子はとても質素な裁縫箱しか買えなかった。華やかな手芸品と地味な製品の間には雲泥の差があり、作り手の生活の質の差も同じように大きかった。

ブロンテ姉妹は、華やかなものも地味なものも作った（シャーロットは、大人になってからは妹よりも多くの華やかなものを作った。妹より長生きし、たくさんの友人のためにそれを作っていたからではないだろうか）。姉妹は、単調な針仕事に多くの時間を費やした。牧師館で暮らす家族のために為すべき針仕事の量は膨大だった。一八三九年、ブランウェルが家庭教師の仕事に就くことになった。姉妹は、彼の「出発の準備でてんてこ舞い」で、「シャツ作りと襟作り」にすっかり時間を取られた。それから数年後、ブリュッセルへ旅立つ直前、シャーロットはエレンに手紙を書いた。「作らないといけないものがいっぱいあります。シュミーズ——ナイトガウン——ハンカチ、ポケット——それに、服を修繕しなければなりません」。現存する姉妹の幾つかの服には、穴をかがった小さな跡や修繕跡が残っている。シャーロットの黒絹のストッキングも穴が丁寧に繕ってある。姉妹は修繕や「裏返し」を定期的に行うだけでなく、自分の服を数多く作った。アンは、一八四五年七月三一日の日記紙にこう綴っている。「今日の午後、灰色の綾絹でワンピースを作り始めた。綾絹はキートリー《ママ》で染色されたもの——上手にできるかしら？」針仕事には終わりが見えず、アンはこう続ける。「エミリーも私も、針仕事を山ほど抱えている——いつになったら減るのだろう？」アンは、これと同じ言葉を他の日記紙にも書いている。自分や家族のために針仕事をするのならまだよかったが、気位の高い中流階級の女性は、他人から針仕事を命じられると屈辱感を覚えた。シャーロットは、家庭教師先の家で針仕事を頼まれたことについて不満を漏らしている。彼女は一時期、スキップトン近郊のロザーズデールにおいて、ジョン・ベンソン・シジウィックの子供の家庭教師を務めるが、シジウィック夫人から「大量の針仕事を押しつけられ、何ヤードものキャンブリック（薄手の麻織物または綿織物）の縁を縫い、モスリンのナイトキャップを作り、人形の服まで縫った」。教え子の人形の服を作るのは時間のむだであり、忌々《いまいま》しいかぎりだった。

　ブロンテ姉妹は小説において、地味な針仕事に様々な意味を持たせている。時には、針仕事を利用して、まじめで務めに忠実な娘と軽薄で愚かしい娘の違いを際立たせた。アンは、『ワイルドフェル・ホールの住人』の姉妹メアリー・ミルワードとエリザ・ミルワードを対照的に描いた。メアリーは家族のために、「積み上げられたストッキング」を繕い、「粗織りの大きなシーツ」の縁を縫う。そのため読者は、メアリーのことを好ましい女性だと思う。一方、エリザは「簡単な刺繍」をし、キャンブリックのハンカチを幅の広いレースで縁取る。そして読者は、彼女が狡《ずる》くて嘘つきだということを知る。シャーロットも、針仕事に道徳的な意味合いを持たせた。『ヴィレット』の浅薄なジネヴラ・ファンショーは、靴下の修繕といった「厄介な針仕事」をルーシー・スノウにさせ、自分は虚栄心から、上等なキャンブリックのハンカチに刺繍を施す。そのため、読者は彼女の人間性を疑う。

シャーロットは、フェミニズム色の強い『シャーリー』の中で、広い社会における針仕事の価値を示している。中流階級に属するキャロライン・ヘルストンはいつも暇を持て余しており、それが苦痛でしかたない。一緒に暮らしているおじは女性を軽視し、キャロラインを蔑ろにする。キャロラインは愛する男性に会うことを禁じられ、良家の娘にふさわしいとされること――針仕事、読書、作画、慈善活動などで暇をつぶす。慈善活動では、貧しい女性のために縫い物をたくさんこなし、豪華な手芸品を作ってバザーで売る。バザーの売上金は、生活に困窮する人のために使われる。代わり映えのしない日々が延々と続く。その日々の中で務めを果たすために、針を「ひと時も止めることなく」動かし続けるが、「忙しく動かしていた手」に顔を伏せて泣く。彼女は、外に出て働くしかないと思い、家庭教師先を探すのを許してほしいとおじに頼むが、隣人から低く見られるおそれがあるため、おじは許可しない。そのため彼女は、世の中は不公平だと思うようになる。男性は外に出て仕事ができるのに、男性の「姉や妹が携われる仕事といったら、家事と縫い物くらいしかない」。女性は家庭に閉じ込められ、「心も視野も驚くほど狭くなる」。意志の強い、自立したシャーリーも針仕事をするが、「運命とでも言おうか、五分たりとも腰を据えて縫い物をしたためしがない。指ぬきをはめるかはめないうちに、針に糸を通すか通さないうちに、はっとして二階に上がる。象牙色の裏張りが施された古い針入れか、さらに古い、磁器の蓋の付いた裁縫箱のことを思い出して探しに行ったのかもしれない」。シャーリーは、針仕事をさせておくにはもったいない女性だと思う人もいるかもしれない。少なくとも、シャーロットはそう思っていたのではないだろうか。

『ジェイン・エア』の有名な場面において、ジェインは、ソーンフィールド邸の屋根の上で、田舎の陰気な屋敷に閉じこもって家庭教師として働くのではなく、心をかき立てる世界に身を投じたいと願う。さらに、運命に抗う世の女性について考える。

　女性も男性とまったく同じように感じている。女性は、兄や弟と同様に自分の能力を発揮すべきだし、女性には力を活かせる場所が必要だ。女性は苦しんでいる。がんじがらめで停滞しきった毎日を送れば、男性も同じように苦しいはずだ。特権に恵まれている男性は心が狭い。女性はただプディングを作り、ストッキングを編み、ピアノを弾き、バッグに刺繍していれば良いのだなどと言うのだから。

こんな風に考えている時、ジェインは狂気を孕《はら》んだ笑い声を聞き、三階の部屋で針仕事をしている使用人グレイス・プールの声だと思う。針仕事のせいで正気を失ったのだろうか？　後にジェインは、ロチェスターの狂った妻の笑い声だったことを知る。彼の妻は、小さな屋根裏部屋にずっと幽閉されていた。このことからも、女性にとって家庭が牢獄のような場所だったことが分かる。

　当時、因習を打破しようとする女性はその意思を示す手段として針仕事を拒否した。一九世紀初め、型破りなエレン・ウィートンという女性は針仕事がほとほと嫌になり、家事から逃げるために、ひとりでイギリスとアイルランドを歩いて巡る長い旅に出た。彼女は日記にこう綴っている。「ここ数年、針仕事をひとつもしていない。無益な針仕事を女性に勧めることなど私にはできない。針仕事はお飾りのようなものだ。私は針仕事を腐《くさ》しているわけではない。ただ、正しく考え、正しいことを言っているだけだ」。少し後の一八五〇年代、フェミニストのベッシー・レイナー・パークス（後にベロック夫人となる）について、パークスのいとこが次のように述べている。パークスは女性参政権運動の指導者であり、女性が大学で学ぶ機会を獲得できるよう奮闘した。「彼女はコルセットを着けないだろう。刺繍もしないだろう。異端視されている本を手当たり次第読んでおり、仕事に就くつもりだと言っている」

刺繍見本作りは、場合によっては辛い作業になった。慈善学校は、女子生徒に刺繍見本作りや骨の折れる針仕事を頻繁に行わせた。難儀な針仕事を授業に取り入れたのである。謙虚さを学ばせることが目的のひとつだった。シャーロットの著書『ジェイン・エア』のローウッド校の孤児は、自分の服をすべて自分で縫い、授業の一環で毎日数時間針仕事をする。ローウッド校の教師は、九歳のジェインの両手の上に、「長さ二ヤードのモスリンの縁飾り、針、指ぬきなどをのせ……同じものの縁を縫うよう命じた」。ローウッド校の冷酷な福音派の校長ブロックルハースト氏が、出費を抑えるために粗末な針と糸を買うので、針仕事はいっそう惨めなものになる。

本章の初めに掲載しているアンの刺繍見本に縫い取られた言葉は、服従を強いられ、懲らしめや折檻を受けていたヴィクトリア朝時代の多くの娘に向けるべき言葉である。幸いにも、ブロンテ家の娘には、針仕事が一段落した時やプディングを作ってそれを食べ終えた時、繕い物の山が目に見えて小さくなった時、心を傾けられることがあった。それはものを書くということである。先述したように、アンの小説は、見方によっては教育的で教訓的な読み物であり、良しとされる道をヴィクトリア朝時代の女性に示している。アンは、刺繍見本作りから逃げたことがあるのだろうか？

アンは、姉とは異なる性質を持っていた。内気で引っ込み思案だったが、姉よりも分別があり、理性的で、かなりの頑固者でもあった。また、きょうだいの中で一番長く外で働いている。ヨーク近郊のソープ・グリーンにおいてロビンソン家の家庭教師になり、末っ子が大きくなるまで五年間勤め上げた（シャーロットが教師の職に就いた期間は三年に満たず、その間、神経衰弱に陥った。エミリーは六か月である）。アンの小説には、浮遊する幽霊も、屋根裏部屋に住む気の狂った女性も登場しない。彼女の小説は現実的であり、魔力を持つ男性も出てこない。登場する男性は気高くもなく、刺激的でもなく、謎めいてもいない。中には、『アグネス・グレイ』のエドワード・ウェストンのような正直で勤勉な男性もいるが、大半は取るに足らない存在で、器が小さい。『ワイルドフェル・ホールの住人』のギルバート・マーカムなどの男性主人公でさえ、そういう類いである。アンは、苦しく破滅的な生き方をするアーサー・ハンティンドンという人物を創造し、酒に溺れた非情でつまらない人間として描く。『アグネス・グレイ』に登場する気まぐれな娘は、「改心した放《ほう》蕩者《とうもの》は最良の夫となるものよ、誰だってそう思っているわ」と言うが、結婚に失敗し、読者はその一般的な考えに対して（本当にそうだろうかと）疑問を持つ。アンが創造した男性は、放蕩者であれロマンチックな男性であれ等しく身勝手で、家事と自分の身の回りの世話を女性に強要し、自分は狩りや博打を楽しみ、他の女性とベッドを共にする。

アンの小説は、ヴィクトリア朝時代の女性が味わわされていた不条理を訴えているとも言えるのではないだろうか。家庭教師の女性は、退屈でわびしい生活を送ることを余儀なくされていた。『アグネス・グレイ』には、『ジェイン・エア』よりもその生活がつぶさに綿々と描かれている。当時は、夫が妻に暴力を振るっても、法律上、離婚するのは難しかった。また、女性は子供を手もとに置けなかった。『ワイルドフェル・ホールの住人』には、そのことに対する批判が込められている。アンの小説は揺るぎない反逆心も感じさせる。平凡な筋立ての小説の根底に、反骨精神が静かに流れているのではないか。彼女の小説には、ヴィクトリア朝時代の女性の働く姿が描かれている。姉の小説とは違い、空想的でも情熱的でもない。大人になったアンが送った日々も同様だったのだろう。ただし、物語を書いている時だけは違ったのかもしれない。

ブロンテ姉妹は、針仕事と皮剝きとプディング作りを済ますと執筆し、その後再び家事をした。姉妹は、当時の世間一般の女性と同じように家事を行い、それが小説に現実味を与えた。家事にうんざりすることもあったようだが、家事経験が作品に深みを（食卓には料理を）もたらした。時には、執筆作業にも退屈さや辛さを感じただろう。しかし、ひらめきを得ながら、ロマンを感じながら書き続けた。姉妹の小説は、ヴィクトリア朝時代の女性の生活を知る窓である。姉妹が縫い、裏返し、縁取りをした刺繍見本や布もそれを教えてくれる。女性の日々の務めを記念するものでもある。

第 3 章

歩　く

今、私たちへ吹く風は
二度とは吹かない

エミリー・ブロンテ　D・G・CよりJ・Aへ

木々よ、不機嫌な顔を私に見せないで
陰鬱な空を背に、とても悲しげに梢を揺らす
幽霊のような木々よ

エミリー・ブロンテ　無題の詩

エミリーは一〇代の頃、いつも荒野を歩いた。人々の話から分かるように、それは彼女にとって不可欠なことだった。彼女が必要としたのは穏やかな風景が広がる場所ではない。一八三五年七月、一六歳のエミリーは、ロウ・ヘッド――なだらかな曲線を描く緑一色の牧草地――の学校に送られた。アンと日記紙を書いてから、まだ一年も経っていない頃のことである。シャーロットは教師として同校に戻った。アンは牧師館に留まり、芸術家志望のブランウェルはロンドンの王立芸術院に入学した。エミリーが学校で学んだ期間はわずか三か月である。シャーロットの（数年後の）記録によると、エミリーは自由に焦がれ、荒野に焦がれた。朝、目覚めた時、心にまず浮かぶのは荒野の風景だった。彼女はやがて憔悴《しょうすい》した。「顔が青白くなり、体が痩せ細った」エミリーを見たシャーロットは、このままではエミリーが死んでしまうかもしれないと思い、家に送り返した。その後、広々とした荒野を歩いて心身が自由になったことが、エミリーの詩からうかがえる。家に戻った彼女は、「一陣の強い風にざわざわと揺れる丈高いヒース」に心を寄り添わせることで「暗い牢獄」から抜け出せたと書いている。夜には、月の光と瞬く星の光が、「命をもたらす風の力強い声」と溶け合い、その美しさが歓喜を呼び、次々に変化を生んだ。激しい風に吹き清められた荒野がエミリーの心を開いた。

エミリーは、ほとんど毎日のように荒野を歩いた。ブロンテきょうだいは食べる時と飲む時と寝る時以外は家にいなかった、とエレン・ナッシーは述べている――もちろん、彼女の言葉には誇張がある。「紫色のヒースが咲き、小さい谷や深い谷や小川のある、どこまでも続く荒野に彼らは住んでいた」。きょうだい揃って荒野に出かける時もあったが、大抵はひとりかふたりで歩いた。アンとエミリーはよく連れ立って、お気に入りの場所までてくてく歩いた。サウス・ディーン・ベックと名のない川の合流地点は好きな場所のひとつであり、ふたりは、ペナイン山脈の山間に三マイルほど入ったところにあるその合流点を「流れの交わるところ」と呼んでいた。ふたりはそこに座り、「世間から身を隠した」。合流点から見えるのは「どこまでも生い茂るヒース」と広い空だけである。ふたりが求めたのは世間から隔絶した場所だった。ふたりは、当時、女性らしく上品だとされていた行動とはかけ離れた荒々しい行動をとった。川があれば回り道などせず歩いて川を渡り、崖や岩山や泥沼があると大喜びした。苔、ヒバリ、ライチョウ、ブルーベルに親しみ、四季折々に変化する植物や動物を観察した。荒野の動植物相は、ツンドラ地帯のそれに似ている。ブロンテきょうだいの詩や小説には、ヒースの茂る高地の荒野の風景が幾度となく登場する。エミリーのある詩は、「岩がちな谷にはムネアカヒワ　荒野の空にはヒバリ　ヒースの花のかたわらにはミツバチ」という言葉で始まる。日々歩く途中で見聞きすることを詠んだこの詩は、歩くことが生んだ詩だとも言える。ロチェスターのもとを去ったジェイン・エア――悲しみに打ちひしがれ、身を寄せる先もなく、無一文――は荒野をさまよう。そこには、ヒースが「しっかり根を張り、繁茂している」。ジェインには友人はいないが、「自然という母」がいる。ヒースの茂みをかき分けて進むと、「黒く苔むした花崗岩《かこうがん》の岩場」があり、そこで一夜を過ごす。苔で覆われた地面の盛り上がった部分が枕代わりだ。この時の自然は、ジェインを優しく包む家である。

　ロウ・ヘッド校の息苦しい生活に耐えきれなかったエミリーの代わりに、アンが学校へ送られた。一八三五年一〇月半ば、シャーロットとアンがロウ・ヘッドへ発ち、それからほどなくして、エミリーはひとりで詩を書き始めた。それは必然的なことだった。姉と妹が家を離れると、彼女は歩く者として、また、詩を作る者として少しずつ経験を重ねた。一八三六年初頭に初めて作った詩は、次のような一節から始まる。「冷たく青く澄む朝の空は　天高く広がる」。おそらく、ひとりで荒野を歩いた経験をもとに詠んだのだろう。きちんと日付が記されているエミリーの詩は、実体験と日々の自然の様子から生まれており、ハワースの天候が分かるような内容のものが多い。エミリーは詩の中で、富への夢を捨て、歩き、現実的で実体的な物事のために学ぶ、と語る。彼女は壮大なことをしたり、英雄にまつわる出来事に思いを馳せたりするのではなく、ただ気の赴くままに「直感的に」行動する。「一群の葦毛の馬が食事をするシダの谷を　風の吹きすさぶ山裾を」歩く。人里離れた山は、他のどの場所よりも「輝きと悲しみ」を見せる。

　エミリーは短期間で学校を去るが、ブランウェルも家を離れたものの、たちまち舞い戻った。彼にも故郷の風景が必要だったのだろうか？　彼のロンドンでの生活は謎に包まれている。美術学校に入学したかも定かではなく、ロンドンにも行っていないと考える伝記作家もいる。ロンドンで何があったのか、あるいはどこにいたのかは分からないが、一八三六年一月にはエミリーと父親と一緒に牧師館で暮らしていた。学校にいたアンとシャーロットは、エミリーと同じくらい故郷を恋しく思っていたが、学ぶという務めと教えるという務めに専心した。しかし、ふたりとも病に侵された。アンは熱病にかかって死の淵をさまよい、シャーロットは心の病を患った。シャーロットは自分の病のことを「ハイポコンドリア《心気症》」というギリシャ語由来の言葉で呼び、自分の病は偏執症ではなく憂鬱症と関係があると考えていた。心の病は重くなり、周期的に訪れ、彼女を生涯にわたって苦しめた。ブランウェルは、ハワースでアングリア国の物語を書き続け、いっぱしの肖像画家になるべく練習に取り組み、『ブラックウッズ』誌の編集者に作品を掲載してくれるよう掛け合った。しかし、この試みはほとんど成功しなかった。彼はエミリーと一緒に、あるいはひとりで歩いた。

木々に隠れた「寂しく小さな場所」を好み、彼が牧師館にいた時期に書いた詩によると、幸いなことに「そこを知り、見つけるのは　ただ日の光とそよ風だけ」だった。

ブランウェルは歩く時、杖をついていたようだ。牧師館の周りに広がる荒野は険しいため、丈夫な杖がとても役に立った。荒野には急峻《きゅうしゅん》な坂やつるつるした岩、崖があり、道は狭く、冬になると細い道は凍りついた。本章の初めに、ブランウェルが所有していたとされる杖の写真を掲載しているが、彼の姉や妹がこの杖を使っていた可能性もある。ブロンテ一家は様々な所有物を知人に譲った。ブランウェルは亡くなる前、好んで通っていた酒場ブラック・ブルにおいて、地元の知人J・ブリッグスに杖を譲っている。ヨークシャー地方に自生するリンボクかサンザシから作られた杖で、柄は丸い。柄は木のこぶなのかもしれない。樹皮はそのまま残っており、何か所か隆起した部分がある。かつてはそこから枝が生えていたのだ。リンボクの杖は、曲がりがなく丈夫なので人々に好まれた。リンボクを切って皮を残したまま作った杖は、手入れを怠らなければたいへん長持ちしたため、多くが代々使われ続けた。もともとはアイルランドで作られていたのだが、一九世紀に、イギリスの木工職人がアイルランドの伝統技法を用いて作るようになった。一八三〇年代までにはイギリスにすっかり定着し、歩くことを好むイギリスの紳士は、少なくとも一本所有していた。パトリックは杖を肌身離さず持っていた。そのため、友人は彼のことを「杖の男」と呼んだ。シャーロットの著書『シャーリー』のアイルランド出身の副牧師マローン氏も杖を所有しているが、彼はそれを「こん棒」として使う。柄の部分が丸いブランウェルの杖を作り、手入れをしたのは、ブロンテ一家のために木材をつなぎ合わせて木工品を作っていた地元の大工かもしれない。大工は、木工品《ウッドワーク》を作る人にふさわしい、ウィリアム・ウッドという名である。

ブランウェルとパトリックは、歩く時はほとんどいつも杖を携えていたが、娘たちはどうだったのだろうか？　一九世紀には、大半の男性が杖の類いを使っていた。都会の男性は、先端に銀めっきが施されたマラッカ籐《とう》の杖を携えて散歩し、農夫は、羊を一列に並べる時や林檎を枝から叩き落とす時、長い距離を歩く時にオークの杖を使用した。女性は、年老いた人以外はめったに杖を使わず、日傘や傘を杖代わりにしていた。アンソニー・リアルという人物が一八七六年に出版した杖の歴史に関する本によると、「街や遊歩道や競馬場」には、しなやかな枝を持つ大胆な女性がいたようだ。活発な女性、中でもあまり格好を気にせず、変わり者扱いされても構わないという女性は、田舎を長距離歩く時に使っていたのではないだろうか。エミリーもそんな女性だった。ブロンテ姉妹に会った人は十中八九、スミレ色の瞳を持つアンが姉妹の中で一番の器量良しだと思った。アンは服装に文句をつけられることがなかったが、シャーロットとエミリーは、服装がいまひとつだと生涯にわたって言われ続けた。シャーロットは、自分の「地味な――仕立ての良い田舎の服」について心配し、大人になってロンドンを訪れた際は、できるだけ目立たないようにしていた。エミリーは、レッグ・オブ・マトン・スリーブ（肩口が膨らんでいる袖。羊の脚の形に似ている）と脚にぴったりしたスカート――時代遅れになって久しい服装――を好み、服装についてからかわれても、どこ吹く風といった様子だったようだ。これもハワースの町民の間で知られていたことだが、姉妹はがっしりしたブーツをはいた。はねっかえり娘がするような奇抜な行為である。男物のような靴は、杖とよく調和しただろう。エミリーは、男性が使うものだと考えられていたものを平気で使った。パトリックから拳銃の撃ち方を教わっており、射撃が上手かったという話も伝わっている。トップ・ウィズンズと呼ばれる丘の上の農家までの険しく長い道のりを歩く時の助けになるから、彼女は杖をよく使っていたのではないだろうか。

ブロンテきょうだいは気ままに歩いたが、必要に迫られて歩くこともあった。どこかへ出かける時の移動手段は主に徒歩だった。馬や馬車を持てなかったからである。ギグ（一頭立ての軽二輪馬車）、幌付きのカート（一頭立ての軽二輪馬車）、ダブル・フェートン（二列座席を備えた馬車）といった馬車を時々雇ったが、彼らよりも裕福で古風なエレン・ナッシーの目には「みすぼらしく見えた」。「おんぼろのドック・カート（一頭立ての軽二輪馬車。座席が背中合わせになっている）や田舎の農家の庭にある荷車や犂《すき》と大差ない代物」だった。一八三四年九月、リーズ（ハワースから二〇マイル離れている）に鉄道が通り、一八四六年、ようやくブラッドフォードから鉄道に乗れるようになった。一八四七年三月にはキースリーまで路線が延びるが、ハワースに鉄道が通るのは一八六七年で、一家全員がこの世を去った後のことである。そのためブロンテきょうだいは、図書館で本を借りたり返したり、講演会や催しに参加したりするために歩いて丘を越え、キースリーまで行った。往復八マイルの道のりであり、時には暗い中、歩いて家路をたどった。荒野や牧草地の小道を通ってキースリーまで行き、そこから駅馬車（路線バスと同様に定められた路線を走る馬車。駅馬車宿で馬を取り替えた）に乗り、主要な中継地であるブラッドフォードやリーズへ向かうこともあった。ブランウェルは一八三九年にブラッドフォードで工房を開き、肖像画家として活動を始めるが（この試みも失敗に終わる）、度々、歩いて荒野を越えてハワースに帰った。片道一二マイルほどだが、彼にとっては何でもない距離だった。一三歳か一四歳の時、ロウ・ヘッド校にいるシャーロットを訪ねた際は片道二〇マイルの道のりを歩いており、そのことは語り草になった。シャーロットとエレン・ナッシーは互いの家を訪ねる際、面倒な道のりをたどった。シャーロットがエレン・ナッシーに宛てた手紙には、それについて詳しく記されている。ある日、シャーロットは四マイル先にあるキースリーまで歩き、そこから馬車でブラッドフォードまで行くと、荷物を運んでもらうよう手配してから、五・五マイル離れたゴマーサルのエレンの家まで歩いた。到着する頃には日が暮れていた。パトリックは、務めを果たすために杖を携えて教区を歩き回った。彼の話によると、一日に四〇マイル歩くこともしばしばだったようだ。エミリーの著書『嵐が丘』のアーンショウ氏は、不可解な固い決意を持って「長い道のり」を歩く。三日間で、リヴァプールまでの片道六〇マイルの道のりを歩いて往復するのだ。彼は、リヴァプールの街で凍えていた色黒の少年を大きな外套で「くるんで」連れて帰り、亡くなった息子の名をとってヒースクリフと名づける。死にそうなほどくたくたな彼は、「三つの王国をもらえるとしても、あんなに歩くのはもうこりごりだ」と言う。

杖は、歩く人と共に何マイルにもおよぶ道のりをたどった。杖と持ち主は深くつながり合っていた。人の身長と体重に合わせて作られた杖は良い杖であり、使い込まれた杖からは、持ち主の歩き方や体格をうかがい知ることができる。杖の柄は手の形にすり減った。歩くことをたいへん好んだ詩人エドワード・トマスは、こう述べている。「私たちは表現する方法を少しずつ学ぶ……手の皮膚がすり減るほど持ったため手にしっくり馴染むようになった古い杖のような、しっくりくる表現を思いつくようになる。その表現には私たちの強さと弱さ、眼力と蒙昧《もうまい》さが含まれている」。杖は持ち主の人物像を伝える。哲学者トマス・ホッブズの杖の柄の部分には、インク壺とペンが仕込まれていた。そのため、歩く途中で思いついたことを書き留めておけた。聖人の助けとなった杖は、聖人が亡くなると、尊いものとして扱われた。柄の部分が滑らかになった聖人の杖は、人々にとって祝福を受けた杖だった。シエナの聖カタリナは、一四世紀、貧者の世話をするためにイタリアの都市を回った女性であり、忠実な信奉者にとって、彼女の杖に触れるのは、彼女の体と永遠なるものに触れるのと同じことだった。神の聖ヨハネの彫像の中には、彼の杖の欠片が収められていると言われている。旅人の守護聖人である聖クリストフォロスの杖は、命の象徴のような存在であり、大きな力が宿っていると言い伝えられている。彼はイエスの言葉に従って杖を地面に挿した。すると翌日、杖に花が咲いた。聖書に登場するアロンの杖は、ある時は蛇になり、ある時はアーモンドの花を咲かせ、実をつけた。

歩くことを愛した作家の杖は、作家生活を特徴づけるもののひとつである。聖人の杖の場合は、それにまつわる伝説が残っている。聖人の杖は神と関わりがあり、作家の杖は執筆活動と関わりがある。ロマン派詩人サミュエル・テイラー・コールリッジは、勇ましく徒歩旅行に出かけた。徒歩旅行は詩作の過程の一部であり、自然の神性を表現するために行うことだった。コールリッジが徒歩旅行をしたのは、登山が広く行われるようになるずっと以前、登山用の服や道具がない頃だったから、彼は装具一式を独自に用意した。彼はまず、ウェールズ地方を歩いて回った。ケンブリッジ大学で学んでいた時のことであり、彼の手紙によると、旅用に長さ五フィート（一フィートは約三〇センチ）の杖を購入した。杖の片側には鷲の頭が彫刻されていた。鷲の目は昇る太陽を表しており、耳の部分は、ターキッシュ・クレセント（トルコの軍楽隊で用いられていた楽器。三日月をかたどった飾りがついている）の飾りを思わせた。もう一方の側にはコールリッジの肖像が彫刻されていた。彼はアベルゲレで杖をなくしてしまうが、同じ宿に泊まっていた足の不自由な老人が「借りていた」ことが分かり、返してもらった。労働者用の丈夫な上着とズボンに身を包んだ彼と、同行した大学の友人ジョセフ・ハックスは、「奇跡を起こした聖人の墓に詣でるために旅をする巡礼者」のようだった。この旅行では五〇〇マイル以上を踏破した。その後、コールリッジは携帯用のインク壺と帳面と杖を携えて、湖水地方の高原を回る壮大な徒歩旅行に出かけた。彼が使った杖のひとつは、ほうきの柄から作ったものだった。

作家の杖は、時に聖遺物であるかのように扱われた。ディケンズは座って執筆する代わりに、ロンドンなど、暮らしている土地を歩き回った。他の人が追いつけないほど歩くのが速く、一回の外出で二〇マイル歩くことも珍しくなかった。彼はよく、歩きながら「リンボクの杖を振り回した」。道々物語を考え、登場する人物を演じることもあった。彼の小型羅針盤と象牙の柄の先端に気弱そうな犬の顔が彫られた杖は、当然ながらコレクションに収められた。チャールズ・ダーウィンは、世界各地を船で回っており、その航海が進化論の確立につながった。彼は鯨ひげと象牙でできた杖を携えて歩いた。杖の先端部分は髑髏《どくろ》を模していた。ヴァージニア・ウルフは、タヴィストック広場を歩いていた時に『灯台へ』の全体像がふいに心に浮かんだ、と述べている。彼女はウーズ川に入水するが、入水した場所には柄の曲がった彼女の杖が残されていた。杖はこの恐ろしい出来事を目撃したのだろう。彼女の杖は貴重な品であり、現在はニューヨーク公共図書館のバーグ・コレクションに収められている。

杖は、人と旅をすることでその価値を増す。巡礼者の杖はその好例であり、巡礼者が旅を重ねるほどに価値を増していく。宗教改革が行われる以前、巡礼者はカンタベリーやウォルシンガムなどの聖地に赴き、聖堂で祈りを捧げ、罪の赦しを乞い、病や災いへの神の介入を求めた。巡礼の旅は長く困難で、踏みならされた巡礼路の側には盗賊が潜んでいて危険だったから、ある人にとっては巡礼の旅は苦行だった。そして、杖がその人の支えとなり、友となった。ある人は息抜きに巡礼の旅に出て、道中に宿でエールを飲み、チョーサーの『カンタベリー物語』に登場する巡礼者のように陽気に物語を語った。こうした巡礼者にも杖は欠かせなかった。巡礼者はよく、杖に聖人の肖像を描き、聖地で購入したバッジやタイルを釘で杖に留めた。それが、聖地に到達した証拠になったのである。様々な聖地を巡った人の杖にはたくさんのバッジが付いており、それによって聖人の美徳を簡単に伝えることができた。ある杖には、聖地で手に入れた聖人の遺物を入れておく部分があり、聖遺物箱と同様に神聖なものが収められた。ドイツやヨーロッパの幾つかの地域では、徒歩旅行をする人が、巡礼者と同じように旅の記念品を杖に付けるようになった。道中に寄った重要な場所で小さな盾を購入して杖に取りつけたり、通った町々の名を杖に彫ったりしたのだ。そのため、各地を巡った杖は、パスポートに押されたスタンプと同様に様々なことを伝えた。しかも、道行く人すべてが、その杖を見ることができたのである。

記念品と杖を愛していた一九世紀のイギリス人は、ふたつを度々融合させた。あるシカモアの杖には、銅が帯状にはめ込まれており、その部分に次のような言葉が刻まれている。「ネルソン卿の死を記念して　一八〇五年一〇月二一日　海軍卿より贈られた英国軍艦ヴィクトリーの銅を用いて制作」。トラファルガーの海戦におけるネルソン卿の死――ネルソン卿は旗艦ヴィクトリー号において、マスケット銃で肩を撃たれて死に至った――を示すこの杖は、他の記念品と同様に深い懐古の念を覚えさせる。物事を保ち続けるのは難しいが、それを心に刻むことはできる。おもしろいことに、杖にも刻める。杖は記憶装置にもなり、聖遺物箱にもなる。件のブランウェルの杖は、昔を知るよすがとして残された。私たちは、こうした物からブロンテ一家のことを知ろうとする。しかし、残されている物からだけでは、一家の歴史を完全に知ることはできない。歴史を目撃した物を通して歴史を探ろうとすると、すべてを明らかにするのは不可能だということを思い知らされる。

それでも、伝記や歴史書——そして今、読者諸氏が手にしている本書は、物と共に何とかして歴史を知ろうとしている。

人は、特別な場所、時代、出来事を知るよすがとして記念品を大切にした。巡礼の旅や徒歩旅行で実に様々な土地を巡り、それらの場所から霊感を受けた。旅人は殊に、聖人の遺物が祀《まつ》られている場所や奇跡が起こった場所を目指した。聖地への道は豊かな歴史を有しており、道を歩けば歴史に触れられた。ブロンテ一家、中でもエミリーは自然を神聖視した。彼らは、こよなく愛する小道を歩いたが、それはちょっとした巡礼のようなものだった。彼らは毎日歩きながら、自分の歴史、同じ場所を歩いた時のこと、過去に考えたことや起こったこと、人生の節目を思い出した。エミリーは、色々なことを思い出しながら歩くと筆が進んだ。外に出て歩くと「ペンを執りたい気分」になるのだ。鳥のさえずり、雲の景色、道すがら集めたシダの葉といったものが多くの作品の源になった。一八三八年に作った詩の中では、「葉々が私に深い喜びを語る」と述べている。後の詩では、「もの思わしげな」夜の風と「静かな熱情」を秘めた星が彼女の視野を広げ、希望をもたらし、欲望を呼び起こす。エミリーは、小さな木製の足置き台を持って荒野に行き、それに座って詩を書くこともあった。彼女が毎日歩いていたことを巡礼と見なすなら、彼女が歩きながら受けた芸術的霊感は、巡礼者が受ける恩恵だと言える。彼女が杖を携えていたとしたら、その杖は、ペンとインク壺が仕込まれたトマス・ホッブズの杖のように筆記具の役割を担うことはなかっただろうが、詩作を支える道具のひとつだったと言えるだろう。巡礼者の杖だったとも言える。エミリーは、杖を携えてひとりで荒野を歩き、内なる聖地を探したのである。

エミリーと彼女のきょうだいは、美しいものを求めて歩くことと自然に触れて創造力を刺激するために歩くことを、ウィリアム・ワーズワースや、彼が一緒に歩いた親友コールリッジをはじめとするイギリスのロマン派詩人から学んだ。しかし、もしかしたら、誰に教わるでもなくそれを行なっていたのかもしれない。ブロンテきょうだいは皆、ロマン主義時代の後半に生まれた。ロマン主義時代は一八三〇年頃に終焉《しゅうえん》を迎え、一八三七年六月にヴィクトリア女王が即位する（エミリーは同じ月に書いた日記の中で、この出来事と、彼女が創造したゴンダル国の女王の即位について触れている）。この頃、ブロンテきょうだいは青年期を過ぎている。彼らは、ヴィクトリア朝時代の人ではなく、ロマン主義時代の人に育てられており、エミリーの作品にはその影響が明らかに見て取れる。すでに述べたように、ブロンテきょうだいはバイロンの詩を読み――バイロンの詩に登場する悪魔的だが魅力的な男性は、影のあるヒースクリフやロチェスターの造形に影響を与えた――自然はこの上ない霊感をもたらす、というロマン主義者の思想を吸収した。ブランウェルとシャーロットは、ロマン派の代表的な人物に手紙を送り、助言を求めた。ブランウェルは一八三七年、ワーズワースに自作の詩を送っている。その後、トマス・ド・クインシーにも送った。シャーロットはロバート・サウジーに手紙を書き、一八三七年三月一二日に返書が届いた。サウジーは、今では悪名高い返書の中で、書くのをやめるよう忠告している。女性作家は「心を病む」からだ。「文筆は、女性が人生において為すべきことではありません」

ロマン派のワーズワースは、コールリッジをも凌《しの》ぐほど、鄙《ひな》びた田園風景の中を歩いた。後世の作家が審美眼を養うために行なったことのひとつが、田園を歩くことである。ワーズワースの歩くリズムは詩のリズムになった。彼は、抽象的なものを求めて自然の中を歩いた。コールリッジよりも数年早くケンブリッジ大学に入学し、大学在学中の一七九〇年に「杖を手に取り」、友人ロバート・ジョーンズと連れ立って徒歩でフランスを抜け、アルプスを越えてイタリアに入った。まずカレーまで船で渡り、そこから一日におよそ三〇マイルずつ歩いた。彼が後に作った詩によると、彼はアルプスを越える時、「風に逆らって吹く風」や「自由な雲」といった底知れない美しさを湛えるものの中に、「永遠なるものの姿かたち　始まりと終わり、中間、そして果てなきものの姿かたち」を見た。彼は生涯において、歩く時に幾度となく、この森羅万象の中へ踏み入る感覚を覚えた。妹のドロシーと一緒にブリストルまで旅をした時は、三日間で五〇マイル以上歩いた。その旅の体験を詠んだ有名な詩の題名は、「一七九八年七月一三日、（徒歩の）旅の途上、ワイ河畔に赴きし折、ティンタン寺院より数マイル上流にて詠める詩」である。そそり立つ崖と、廃墟となった寺院の周りに広がる荒涼とした寂しい風景を目にした時、彼は「神聖な気持ち」になり、「ものの命を見た」と思った。歩いて旅をするという単純なことを行う途中で、「沈む日の光と丸い海原と流れる空気」の中に自分の心を見つけた。歩き、詩を書くことによって自分をより深く知り、どんな場所でも心のふるさとになり得るのだと思った。特別な心のふるさととなる場所もあった。彼は、自然の中の他にはない場所を歩く際に出会う、他にはないものに親しみを覚えた。エミリーも他にはないものに引かれた。彼女は、旅行家トマス・コリアットが言うところの「小さきものを訪ねる旅人」、小さなものに出会うために歩く人だった。コリアットは壮大な徒歩旅行をしたため、一七世紀初めのイギリスで広く知られていた。エミリーは、ロマン派の人物に手紙を送っていないが、自分の良く知る場所こそが本当の心のふるさとなのだ、というロマン派の考え方を吸収した。

エミリーや同時代の人々と同じように、ブランウェルも、歩くことを好んだコールリッジやワーズワースに感化された。彼は、芸術家として身を立てるのは無理だとようやく悟り、一八四〇年、湖水地方の小さな町ブロートン＝イン＝ファーネスに住むロバート・ポスルスウェイトのふたりの子供の家庭教師になった。ワーズワースとコールリッジが住んでいた湖水地方は、彼らに最もゆかりの深い場所であり、（文字通り）彼らの足跡をたどることができた。彼らのような「巡礼する作家」を気取るにはもってこいの場所だった。ブランウェルは、ワーズワースのソネットをポケットに入れ、コールリッジ、ワーズワース、ドロシーが好んで度々訪れたダッドン川のほとりを延々と歩いた。そして、ワーズワース風のソネットを書き、空を背にそびえ立つブラック・クーム山に語りかけた。彼のソネットはワーズワースのそれとは違い、喜びを詠ったものではなく、全体的に暗い。「ヒースに覆われる大きな不屈の山頂」は荒れ狂う空を喜び、一方、人は「喜びが続かないことに落胆」し、ただただ途方に暮れる。

ワーズワースやロマン主義の思想家は、流浪人、宿なし、ジプシーといった人々に心を引かれた――平等主義精神があるからだと彼らは信じ、平等主義精神を示すために歩いた。政治的急進主義者で、女性を蔑むようなことを言ったサウジーも歩き、社会から疎外されていた女性も反逆心から歩いた。決まり事だらけの家庭から、荒野などの自由な場所へ出て行ったのである。文芸評論家レズリー・スティーヴンは、「品位を重んじる牢獄のような家庭からの仮出獄」と呼んだ。スティーヴンは一八七九年、「日曜散歩」と称する徒歩会を設立している。女性は、家という箱の外へ出たいと痛切に思っていた。女性も色々な理由で外に出て歩いた――教会へ行ったり、仕事で作業所や工場、農場へ行ったりするために歩いたが、中流階級と上流階級の女性がひとりで歩くと、特に馴染みのない土地では不審な目で見られた。シャーロットは、同じような状況に置かれたジェイン・エアの姿を描いている。ソーンフィールドを去ったジェイン・エアは一文なしである。村で会う人は、怪しむような目つきで彼女を見て、娼婦か泥棒ではないかとさえ疑う。ある使用人は、「こんな時間にうろつくなんて、とても悪いことだよ」と言う。街中を歩き回る女性は、性的にだらしない「街娼」だと見なされることもあった。

アン・リスターという女性は、定期的にひとりで歩いた。彼女の日記によると、友人や隣人は呆れたり恐ろしがったりしたようだ。彼女はブロンテ一家とほぼ同じ時代に生きた女性で、ウェストヨークシャー州に住んでいた。一八二四年には、男性の案内人をひとりだけ雇い、ロマン派の人々と同様に湖水地方を歩いた。二〇マイル以上におよぶ山越えの道を歩く日もあった。彼女はある日、馬車に乗って訪ねてくる恋人を出迎えるために、ハリファックスにある自宅を出て、幹線道路を抜け、「うら寂しい山々が連なる荒野」を一〇マイル以上にわたって歩いた。馬車がやってくると手を上げて止め、馬車に乗り込み、ここまで歩いてきたのよと乗客に言った。すると皆仰天し、驚きのあまり「硬直」する人もいた。乗客の目には奇行と映ったのだ。彼女の恋人は「戦慄《せんりつ》」し、ふたりの間に修復不可能な溝が生じた。エレン・ウィートンも大いに歩いた女性である。すでに述べたように、彼女は針仕事を嫌った。アン・ブロンテなら、彼女の人生をどう描いただろう。ウィートンは不愉快な人々の家庭教師や話し相手を務め、その後結婚するが、相手は放蕩者で、彼女のわずかな財産を奪った挙句、彼女を家から追い出した（ふたりは数年後によりを戻している）。ウィートンは心から楽しみながら、長い脚を大きく動かして何マイルも歩いた。距離が三六マイルにおよぶ日もあった。「人がめったに訪れないところを、足のおもむくままに、心のおもむくままに」歩くことに喜びを覚えた。彼女はとりわけ登山を楽しんだ。一九世紀初め、女性がひとりで山に登るのは珍しいことだった。彼女は雄大な風景の中を「思いきり駆け回って」ぞくぞくするような興奮を味わい、「私が吸い込む空気のように限りなく自由だ」と思った。嘲《あざけ》りや非難を受けるのではないかという不安から、喜びが失せることや、徒歩旅行をやめることもあった。男性は彼女を馬鹿にして笑い、時には、女性が山に登るなんて「非常識」だと言って登山をやめさせようとした。アン・リスターも歩く時は困難に遭った。彼女は男性のような外見だったため、余計に風当たりが強かったのだ（リスターは同性愛者であり、主に女性に会うために歩いていた）。ある時、ひとりの男性が、彼女の「背負っている荷物に突然手をかけようとした」が、彼女は傘を振り回してうまく逃げた。

風変わりなブロンテ姉妹が歩く光景は、ハワースの町民にとって見慣れたものになった。エミリーは、ひとりで歩く時は大きな犬を連れて行った。シャーロットは、エレンに会いに行く時には特に長い距離を歩くため、父親とおばの反対を受けた。ある時、エレンと一緒に海辺へ出かけることになったが、ハワースには貸し馬車が一台しかなく、予約が取れなかった。そこで、キースリーまで歩き、そこから馬車でブラッドフォードまで移動し、最後に六マイル歩くという計画を立てた。父親とおばは、淑女にふさわしからぬ旅だと言って反対した。ふたりが反対したのは、シャーロットが見知らぬ土地を歩こうとしたからでもある。見知らぬ土地では、彼女はよそ者と見なされるのだ。シャーロットは有名になると、裕福な人や爵位を持つ人から誘いを受けるようになり、一八五〇年には湖水地方を巡る旅に招待された。しかし、ひとりで湖水地方を歩いたブランウェルと違って、馬車から風景を眺めただけだった。彼女が女友達に宛てた手紙によると、「こっそり抜け出して、丘や谷へ駆けて行きたかった」ようだ。しかし、「妙な気まぐれ」を起こさないよう自制した。「女性作家」である自分が、いらぬ注目を集めることになるからだ。

当時は、徒歩旅行をする女性にはどこか問題がある、と考える風潮があり、歩くという行為は反逆心の表れだと見なされるようになった。ドロシー・ワーズワースは他の女性に先駆けて、歩くことによって女性の力を示そうとした。ドロシーの伝記を執筆したフランシス・ウィルソンは、こう述べている。「彼女は自分の居場所を、育児室と客間と耕された菜園の小道から、自由な大小の道に変えた。それまでの人生あるいは他人の望む人生から踏み出した」。ドロシーは、友人のバーカー嬢と連れ立って山に登ることもあった。バーカー嬢はドロシーよりも年かさで、結婚しておらず、一人で暮らしていた。ドロシーは、長い距離を歩くので親戚に咎《とが》められた。国を縦断する兄の旅行に同行した時には、特に厳しい叱責を受けた。この旅では、三三マイル歩いた日もあった。大おばは、「国中を歩いて回る」とは許しがたいことだと書き送った。それに対してドロシーは強く反論している。「私の友人は、糾弾に値することだとは思っていません。それどころか、私が自然から与えられた力を勇気を持って使ったのを知り、喜んでいるようです」。当時、勇気や体力といった言葉が女性と関連づけられることはめったになかったが、それが女性の反逆心を感じさせる言葉になった。

ドロシー・ワーズワースの同時代人であるジェイン・オースティンは、女性が歩くことに関する議論に通じていた。『高慢と偏見』では、エリザベス・ベネットが長い道のりを果敢に歩く姿を描き、彼女の持つ勇敢でやや急進的な一面を浮き上がらせた。ビングリー家の屋敷ネザーフィールドを訪れていた姉のジェインが熱を出して倒れたため、エリザベスは、自宅から屋敷までの三マイルの道のりを歩いて行くしかないと考える。母親の反対を押しきって出発した彼女は、「柵の踏み段や水たまりをもどかしげに飛び越えながら、野原をぐんぐん進み」、屋敷に到着する。ビングリー姉妹は、エリザベスが長い距離をひとりで歩いてきたと知り、「とても信じられない」と思う。姉妹のひとりは、エリザベスのことを「まるで野蛮人のようだ」と言う。「三マイルか四マイルか五マイルかは知らないけれど、とにかく、足首の上まで泥だらけになりながら、ひとりで、たったひとりで歩くなんて！　いったいどういうつもりなのかしら？　自立しているのだと思い上がっているのではないかしら、何だか嫌だわ」。オースティンは、女性が歩くことは物議を醸すほど革新的な行動だ、ということを示そうとした。彼女が作品を執筆する少し前に起こったフランス革命と、さらにその前に起こったアメリカ独立革命の背景にある平等というすばらしい思想が、エリザベスの行動から垣間見える。

一八世紀末、女性の権利を求める運動を始めたフェミニストは、歩くことが男女平等を主張する手段としてうってつけだと考えた。画家バーバラ・リー・スミス（後にバーバラ・ボディションとなる）と詩人ベッシー・レイナー・パークスは、ワーズワースとシェリーを敬愛し、歩くという行動に込められた彼らの思想を理解していた。ふたりは、ヴィクトリア朝時代に極めて重要な役割を演じたフェミニストであり、パークスが針仕事を拒否したことは、すでに前章で述べている。ふたりもまた湖水地方を歩き、一八五〇年にはヨーロッパ大陸を徒歩で巡る旅に出た。男性の付添人も案内人も同行しなかった。当時、イギリス人女性がそのような旅をした例はほとんどなかった。ふたりは歩くためにコルセットを外し、脚を自由に動かせるように、丈を短くしたスカートと黒色のブーツをはいた（ブロンテ姉妹は、歩く時も普段の長いスカートをはいていた。また、おそらく、ブロンテ一家に関する資料と一緒に保管されているコルセットと同様の、鯨ひげで作られたコルセットを着けていた）。歩き続けたパークスとスミスは、後に女性参政権を唱えるようになる。

オースティンがエリザベスを創造してから数十年後、エミリーも、二本の脚で歩いて因習を破るキャサリン・アーンショウを生み出した。キャサリンは、「蠟燭の芯のように細い」が「おてんばで勇ましく、生意気そうな」少女だった頃、家の決まり事に従わず、浮浪児だったヒースクリフと連れ立って「朝から荒野に出て、一日中そこで過ごした」。大人になると絹のドレスに身を包み、結婚相手としてふさわしいエドガー・リントンのもとに嫁いで家を切り盛りするが、荒野で過ごした自由な時間が恋しく、身を切られるような思いをする。キャサリンは錯乱し、「スラッシュクロスの淑女」から自分が離れていくように感じ、こう願う。「外へ行きたい――もう一度、少女になりたいわ。少し乱暴な、恐れ知らずの自由な少女に！」季節は冬であり、彼女は死の床に臥しているが、窓を開けてほしいと使用人のネリーに頼む。荒野を渡ってくる風を感じられるからだ。キャサリンは叫ぶ。「もう一度あのヒースの丘に行けたら、私は私に戻れるわ」

自由になるためには、時間を巻き戻し、大人の女性の体を脱ぎ捨てなければならない。そうしないと、女らしく振舞わなければならないのだ。キャサリンにとって、大人の女性の体は「ぼろぼろの牢屋」であり、少女の体を纏《まと》えば、女らしさにとらわれることなく、ワーズワースのように自由に自然の中へ入って行ける。「もう、うんざり」と彼女は嘆く。「もう、ここに閉じ込められているのは嫌。あのきらきら輝く世界に逃げ出して、ずっとそこにいたいわ。今はただ、涙で霞む目で眺め、胸が疼《うず》くほど恋焦がれているだけ。私はあの世界とひとつになりたいの」。願いを叶えることができる唯一の道は死ぬことであり、死はすぐ側まで迫っている。彼女にとって生と死は取るに足りないものだ。彼女はただ自分の望みを叶えたいのである。

キャサリンは死に、ついに荒野とひとつになる。エミリーは数節にわたって、幽霊となったキャサリンが荒野をさまよう姿を描いた。ヒースクリフが死ぬと、ふたりの幽霊が茫々《ぼうぼう》たる荒野に戻って行く。自分の見た夢についてキャサリンが語るくだりは、しばしば引用される。夢の中で、彼女は死んで天国へ行くのだが、そこから追い出される。その夢を見たのは、自分の死後を予見していたからだろうか。彼女は、まだ少女だった頃にその夢を嵐が丘で見て、ネリーに夢の内容を話す。夢の中の天国は彼女にとって悲惨な場所であり、安住の地ではない。そのため、地上に帰りたいと言って胸が張り裂けそうなほど泣く。「すると天使たちが怒って、私を天国から放り出し、私は嵐が丘のてっぺんのヒースの茂みの真ん中に落ちたの。私は嬉しくて泣いて、そこで目が覚めたわ」。キャサリンにとっての天国は、父なる神のいる所ではなく、母なる自然である。

　エミリーは、革新的な歩く女性の歴史を形作った女性のひとりだ。一〇代の頃、彼女は荒野を歩き、キャサリンのような歩く女性——自らを「登山家」と呼ぶゴンダル国の女王オーガスタ・G・アルメダを創造した。キャサリンが荒野を歩く時はかたわらにヒースクリフがいたが、エミリーは、普段は男性を伴わずにひとりで歩いた。ただ、彼女のかたわらにもヒースや崖《クリフ》は存在した。エミリーが牧師館の周りに広がる荒野を歩きながら抱いた気持ちや考えについて知ることは、彼女を理解する上で重要だが、それをはっきり知るのはなかなか難しい。ドロシー・ワーズワースは、アルフォックスデン日記とグラスミア日記という愉快な日記を書いているが、エミリーはこの類いの日記を残していない。詩を通して彼女と自然の関係を探れるものの、ゴンダル詩はエミリーの創造した人物が作ったものであり、詩に詠まれた心情がエミリーの心情であるとは限らない。エミリーについて書かれた本は多数存在するし、シャーロットも妹エミリーの人となりを述べているが、彼女の人物像はいまだにはっきりしない。彼女はどこか謎めいた、とらえがたい女性である。

ただし、エミリーが自然に心酔していたのは確かだろう。ハワースの町民と彼女の家族が口を揃えてそう言っているからだ。教会の雑用夫は、彼女が犬を連れて踏み越し段を越える姿を、教会の窓越しに「何百回となく」目撃している。雑用夫は、彼女について独特の表現を使って述べている。「それはもう荒野が大好きでね、どんな天気でもおかまいなしに出かけて行って、気持ちのいい風を楽しんでいたよ」。まるで男の子ようにのびのびと手足を動かしていた、とも語っている。家族の中で父親に次いで背が高かったエミリーは、「前かがみ気味の姿勢のまま、犬に向かって口笛を吹きながら、大きな足取りで、でこぼこした荒野を歩いた」。エミリーは「おとなしいハト」ではなく「孤独を愛するカラス」だとシャーロットは言っている。

エミリーは、折々で因習を打ち破ろうとした。家族以外の人とあまり交わりを持たず、エミリーのことを知る人は、エミリーは人と打ち解けようとしない、と言った。「妹はもともと社交的ではなかった」とシャーロットが述べたことは、つとに知られている。「環境も手伝って、エミリーはますます人との交流を避けるようになった。教会と丘へ行く時以外は、めったに家から出なかった」。家族以外で彼女と割とよく会う人も幾人かはいた。シャーロットの友人エレン・ナッシーはそのひとりである。エレンによると、エミリーは頑固で、「他の誰よりも自己充足していた」。「自分に規則を課し、それを守る女傑」でもあった。芯が強くて男勝りだった彼女は、やがて「少佐《メイジャー》」と呼ばれるようになった。「エミリーは男に生まれるべきだったのだ——偉大なる先導者となるべき女性だった」と教師が後年述べている。判断力に優れ、反対や困難をものともしない「強く確固たる意志」を持っていたからだ。エミリーは、意志と不屈の精神と共に厳しい自然の中へ入り、キャサリンがヒースクリフに心から寄り添ったように、自然に寄り添った。

「wildered」は、道に迷う、途方に暮れる、さまようなどの意味を持つ古語（「bewildered」に意味が近い言葉）である。エミリーは詩の中で、この言葉を用いて人の姿を描いている。ゴンダル国の物語の中のある人物は、「果てしない荒野に　悲しく佇《たたず》むさまよい人」であり、もの悲しさを感じさせる。絶え間なく流れる雲は「私を途方に暮れさせ」、「漂うものを渦巻かせる風」は胸をざわめかせる。自分の体からさまよい出て見知らぬところへ行く人は、作家フランシス・ウィルソンが呼ぶところの「漂泊する身の上」となる。エミリーの魂は度々遠くまで行く。ある詩では、彼女の魂は「彼方にある」。魂が「はるか彼方にある」時、彼女は無上の喜びを感じる。彼女の魂は「粘土の家」から出て行くが、それは、キャサリンが死後に自然の中に還ることや、ワーズワースがティンタン寺院を訪れて恍惚となることと少し似ている。恍惚となったワーズワースの「体は眠り魂は生きる」。風の強い夜や月が輝いている時、エミリーは自分自身から離れる。その時、かたわらには「誰もいない」。「無限の広がりの中を　魂だけがどこまでもさまよう」時、彼女は崇高な境地に至る。

ハワース一帯は、「さまよう」のにちょうどよい場所である。荒野は無限に広がっているわけではないが、人は果てしないもののように感じる。見晴らしのよい場所から、起伏する空虚な丘を眺めると、それがどこまでも続いているように思えるのだ。荒野はひどく寂寥《せきりょう》としている。その理由のひとつとして、荒野の土壌が湿潤な酸性土壌であることが挙げられる。そのような土壌では、シダ、ヒース、雑草といった丈夫な植物しか育たない。わずかに生えている樹木は、ほとんどやむことなく吹く強風にさらされるため、ねじ曲がる。広大な空は常に哀感を帯びている。エリザベス・ギャスケルは、シャーロットと一緒に初めて荒野を歩いた時、次のような感想を持った。「波打つように連なる丘が、まるでヨルムンガンド（北欧神話に登場する大蛇。ミズガルズと呼ばれる世界を取り巻いている）のように世界を取り巻いており、私には、荒野が北極まで広がっているかに思える」。エミリーは、「wuther」という古語で荒野を表現している。彼女の作品において重要な言葉だ。「whither」の類語で、何かに向かって吹く風、あるいは風に吹かれる何かの激しい動き、音、力を主に表す。例えば、激しい風が木に「当たり、襲いかかり、吹きつける」さまや、木を「叩く」さまを表す。木が強い風に吹かれて「震え、揺れ、わななく」さまを表すこともある。『嵐が丘』では、風景を形作る物や家が強い風に吹きさらされ続ける。人も同様だが、激しい風に果敢に立ち向かい、自らも激しさを持つようになる人もいる。しかし、風に破滅させられる人もいる。小説の初めの部分に描かれた「成長できないモミ」や「痩せ細ったイバラ」も風にさらされる。「太陽の恵みを渇望する」かのように同じ方向に枝をのばす姿は、「大気の流れの激しさ」や北風の強さを静かに伝える。

　シャーロットが述べているように、エミリーは、「隔絶した、誰からも求められない」状態にあるものや自分自身に引かれた。一八四〇年に作った詩「夜風」の中のエミリー（あるいは彼女の分身）は、開いた窓の側に座ってもの思いに耽《ふけ》る。柔らかな風が彼女の髪を揺らす。家の中にいたら美しいものを見逃してしまいますよ。風はそう言ってから、そっとささやく。「もうすぐ、森が漆黒に包まれます！」森の木々の葉は、風の「数知れぬ声」に語り返し、木々の「魂の本能が現れる」。エミリーは、「さまようものからの誘い」を拒むが、「優しく触れる風の暖かさは増すばかり」である。「ああ、おいで」。風はため息まじりに甘くささやく。「汝の心が　教会の墓に入って眠りにつく時　私はいつまでも嘆くだろう　汝はひとり——」。今こそが夜の美しさを見る時であり、土の中に横たわってからでは遅い。詩はダッシュで終わっており、風と語る森へとエミリーが入って行ったのかどうかは分からない。
愛の力を讃える詩の中に墓という言葉が出てくるので意外な感じがするが、もしかしたら風は、死とは美しいものだということを言いたかったのかもしれない。ロマン派詩人ジョン・キーツは、「ナイチンゲールに寄せる詩」で美しい死を詠っている。キーツは、夜が美しいので「夜の中で苦しみもなく命を終えたい」と願う。エミリーの詩や、彼女が書き残した数々のものはこう問いかける。人は自然の中にいない時、あるいは無意識の状態や死んだ状態にある時、自然の甘美さが分かるのだろうか？　死後も、自然の甘美さを味わえるのだろうか？　エミリーが書き残したものに示されているように、この問いかけに対する彼女の答えは「イエス」だが、それにはいつも曖昧さや制限や限界がある。キャサリンは少女の頃、ペニストン岩の上でヒースクリフと一緒に甘美さを味わっている。そのことは後に回想される。また、キャサリンが死の中に恍惚たる自由を見いだすことが、暗に示されている。エミリーは数編の詩に、田園における喜びへの賛歌を挿入した。「荒野へ　高みにある小道に日が照り、その先に澄んだ空が広がっていた荒野へ！」これは、一八三八年に作った抒情詩の中の賛歌の一節である。賛歌の中の鳥は、歩く人の満たされた心を表している。

ムネアカヒワがさえずっていた荒野へ……
ヒバリ――野のヒバリが
自らの喜びで胸を満たしていた荒野

これは、行きたくても行けない場所に焦がれる思いを詠んだ詩でもある。語り手は、愛しい場所のことを遠くから思う。なぜなら、その場所から「はるか遠くへ追いやられている」からだ。

エミリーの詩では、人はよく、愛しいものや場所から追いやられた状態に置かれる。その人は、「自分が存在しない場所に対して自分を開いている」のだと、学者ジャネット・ゲザリ（エミリーの詩の研究における第一人者）は述べている。キャサリンとヒースクリフは、離ればなれになっている時、そのような状態にある。キャサリンは、彼のことを「私以上に私」だと思っている。「他の何もかもが残っても、ヒースクリフが消えてしまったら、世界はまるで見知らぬ所になってしまうわ」。キャサリンが亡くなると、ヒースクリフは、俺の魂は墓の中にあると嘆く。「命がなければ、生きていけやしない！」エミリーの数々の詩の中で死者は葬られ、死者を愛する人は、墓の前からなかなか立ち去らない。ある女性は死者に「思いを馳せる」。彼女の「唯一愛する人」は「土の中に冷たく横たわる……遠く遠く離れた暗い墓の中に冷たく横たわる！」彼への思いはなおも留まり、彼の気高い心を覆う「ヒースとシダの葉の上で翼を休める」。墓は北風と同じく、なぜか人を引きつける。彼女はあえて「記憶の中の狂喜をもたらす痛みに溺れず」、「聖なる苦悩」を深く味わわない。そうすれば、生者の土地を求めなくなるからだ。つまり、死んで彼と一緒になれるからだ。ヒースクリフは幸せに死ぬ。生と死の間に横たわる境界の向こう側にいるキャサリンが、「三フィート離れたところ」にいる彼を手招きするのを見たと思ったからだ。彼はキャサリンの箱型のベッドの上で、目に「歓喜を湛え」、キャサリンと一緒にいたいと願い続けた孤独な人生を閉じる。こうしてキャサリンと同じように、ヒースクリフも死に急ぐ。

エミリーが書き残したものの大半に、失われた自己や場所、亡き人、死への逃避といったものに焦がれる気持ちが綴られている。エミリーの詩の中で人はもの悲しい叫び声を上げ、自分が存在しない場所のことを思って心痛するが、それと同時に、痛みを伴う恍惚を覚えることもある。ロマン派の思想家は、Sehnsucht というドイツ語で焦がれる気持ちを表現し、それについて哲学的に考えた。人は有限であり、すばらしくも悲しい存在である人に私たちは焦がれる。焦がれる気持ちとは、失われた美しいものをひたすら恋しいと思う気持ちだ。エミリーの詩には、時間について詠まれたものも多い。人は時間の中で生きており、時間には限りがある。その事実は苦悩をもたらすが、時には純粋な生気ももたらす。その生気はエミリーの詩の中で輝く。

　エミリーの故郷の厳しい自然は、彼女が焦がれた場所である。故郷の自然に接するうちに、彼女は無限なるものを常に求めるようになり、それを求める思いが心を大きく占めるようになった。おそらくエミリーは無限なるものを求める思いを生来持っていたのだ、とシャーロットは考えていた。そして、故郷の自然がエミリーの思いを強めた。シャーロットによると、エミリーは「荒野に育てられた子」であり、咲きほこるヒースの放つ「紫の光」と「鉛色の丘の中腹にある陰気な窪地の陰」を宿していた。風もまた、エミリーと同じ気持ち——無限なるものに焦がれる気持ちを持っていた。風が何かを動かし、空間が生まれる時、私たちは初めて風の姿を見ることができる。風はどこからともなく吹いてきて、どこへともなく去って行く。『嵐が丘』《Wuthering Heights》（「風の吹く丘」という意味）の中の風だけでなく、エミリーの詩の中の風も気まぐれで自由であり、物に不思議な力を吹き込む。聖なる喜びに満ちており、木を歓喜させる。西風はどんな風よりも、夢見る人や安らかな眠りにつけない死者、花を慰めるが、「再び躍動する」ための力を呼び起こすこともある。南風は優しい声を持っており、南風が「墓を思わせる凍てつく大地」を溶かす時、人は「夜にそぞろ歩き　冬が去って行くのを眺めるのは楽しい」と思う。「いともわびしげな」東風はすすり泣き、北風は叫び、嘆《わめ》き、苦々しくため息をつく。エミリーの詩ではどの風も憂いを帯びており、さまよう風は悲しみを語り、秋風は「嘆息」し、ある風は遠くから「吐息を漏らしながらヒースの海を渡ってくる」。喚きながら愚痴をこぼし、悲しみ、消沈し、嘆き、慟哭《どうこく》し、何か不吉なものを感じて逃げ去り、再び闇を呼び戻す。風は喪失と欠乏の姿を表し、夜風は西風と同じように思い焦がれ、「寂しい夕べの祈りの歌」を歌う。

風が吹くと、人は外に行き、吹きすさぶ風に身を任せてさまよいたくなる。エミリーが一八四一年七月六日に作った詩では、荘厳な一陣の風が世界を一掃し、記憶を砕く。歩く人は「轟々とうなる風そのもの」になり、その人は万物に注ぎ込まれ、その人の「命の力は増し　死はなくなる」。風の中での死は、死ではない。なぜなら、その人は風の中で、「ついに永遠なる家にたどり着く」からだ。無限なるものの中に消えるのである。

自然と風は、エミリーを超越的な境地に至らしめた。彼女が自然の中に入って自然を感じることができたのは、荒野の魔法のおかげでもある。彼女は自然に焦がれ、自然の中に入るためにとめどなく歩き、動いた。詩の中で、彼女は自然に対して様々な感情を抱いて吐息を漏らし、鼓動を高鳴らせ、身を震わせ――涙をほとばしらせる。それは、自然と心から結びついたことを示す重要な行為である。彼女は想像の中で自然に入り込むこともあったが、頬に風を感じ、肌に太陽の光を受けるために、実際に自然の中へ入った。エミリーが亡くなった後、シャーロットが荒野を歩いた時にこう思ったのも頷《うなず》ける。「ヒースの丘も、シダの茎も、ビルベリーの若葉も、羽ばたくヒバリやムネアカヒワも、エミリーを思い出させる」

エミリーはどの作家と比べても、土地と強く結びついていた作家ではないだろうか。土地に深く根を下ろした作家であり、それが彼女のすばらしさだ。シャーロットは、エミリーの存在を感じたいならば荒野を歩くべきだと考え、エミリーの崇拝者もシャーロットと同じように考えるようになった。牧師館や中の部屋に入るよりも、あるいはエミリーが使っていた物や使っていた可能性のあるブランウェルの杖に接するよりも、ヒースの丘へ行く方が彼女の存在を強く感じることができる。ハワースの荒野の小道はエミリーの遺物でもある。小道を歩くということは、彼女が歩いた道を歩き、彼女が見たものを見て、彼女が体験したことを体験するということだ。エミリーは、延々と連なるヒースの丘のゲニウス・ロキ（ローマ神話に登場する土地の守護精霊）である。

別段驚くことではないが、一八五〇年代に入ると、人々がハワースを盛んに訪れるようになった。カラー・ベルという筆名で執筆しているのはシャーロット・ブロンテという名の牧師の娘で、今は亡き妹エミリー、アンと共にハワースというイギリスの小さな片田舎で生まれ育った、ということが広く知れ渡ったからだ。ヴィクトリア朝時代の人々は一九世紀の終わりにかけて、崇拝する作家と交感するために、作家の家やゆかりの場所を巡礼した。巡礼は娯楽のひとつとして流行した。ワーズワースをはじめとするロマン派の人々は、巡礼の流行に一役買っている。個人を重視する彼らの思想から人々は影響を受け、崇拝の対象を宗教的な人物から国家的に重要な人物へ、さらに作家などへ変えた。シェイクスピア、ロバート・バーンズ（スコットランドの詩人）、エミリー・ブロンテを聖人として崇め、巡礼した。宗教上の聖地や遺跡を巡礼するのと同じようなものだった。また、巡礼に関する本が多数出版された。一八四七年に出版されたウィリアム・ハウイットの『イギリスを代表する詩人の家とゆかりの場所』、一八九五年に出版されたセオドア・ウルフの『イギリス著名作家ゆかりの場所を巡る文学巡礼』などである。T・P・グリンステッドは、一八六七年に出版した『逝きし天才の終の棲家《すみか》』の序文において、こう述べている。「私たちはまず、天才たちが暮らした家や場所について大まかに記すつもりだ。次に、そこに眠る彼らが送った活動的な人生を垣間見ながら、彼らの全体像を読者の皆様にお見せしたい」

ジョン・キーツは、文学にまつわる聖地を徒歩で巡礼したが、それを詩人としての修業の一環と見なしていた。一八一八年には、湖水地方などを巡る六四二マイルにおよぶ徒歩旅行をした。「家で本に埋もれて過ごすのではなく、さらなる辛苦を経験し、よりすばらしい風景を目にし、より雄大な山々を越え、詩人としての技量をいっそう養う」ためである。旅行の途中、ロバート・バーンズの生家を訪れた。彼はそこで霊感を受けてソネットを作った。キーツは、バーンズの家の中に佇んでいる。バーンズはすでに死を迎えており、キーツも死に向かっている。「千日後に滅びる私の体　おお、バーンズよ、その体は今、汝の部屋にある」。シャーロットは一八五〇年、スコットランドを旅した時に、彼女の英雄サー・ウォルター・スコットの豪華な邸宅を訪ねた。スコットランドの人々からアボッツフォード邸と呼ばれていたその邸宅は、多くの人が訪れる場所になっていた。後にハワースのブロンテ姉妹が暮らした牧師館は、この邸宅と肩を並べるようになる。邸宅には、スコットが歴史への郷愁に駆られて集めた品々が置かれていた。ワーテルローの戦いが終わって二か月たった頃、戦場となった場所でスコットが自ら集めたもの、ワーテルローの戦いに関係のある重要な場所の近くに生えていたハシバミで作った杖、一四世紀にスコットランドの愛国者ウィリアム・ウォレスが捕らえられた家の梁《はり》で作った椅子などだが、シャーロットはこれらについての感想を書き残していない。当時の人は、巡礼してスコットと交感した。キーツはバーンズと交感して詩を書いたが、シャーロットは自分の巡礼に関する詩も書いていない。邸宅には、スコットのひと揃いの服やひと房の髪、デスマスクも杖と一緒に並べられていた。ある巡礼者は、スコットの墓から生えた木で作った杖を持っていた。

ブロンテ姉妹の崇拝者も、敬愛する作家が生まれ育った場所や亡くなった場所を訪ねたいという思いを抱くようになった。ハワースは、シャーロットが亡くなる前から巡礼地として脚光を浴びた。ブロンテ姉妹研究者ルーカスタ・ミラーによると、人々はシャーロットを「信奉」するようになり――最初は姉妹の中でシャーロットだけが有名だった――やがてハワース一帯に対しても畏敬の念を抱くようになった。ヴァージニア・ウルフは、一九〇四年に巡礼に出かけた。日曜散歩会を設立したレズリー・スティーヴンの娘である彼女は、しばしば荒野を歩いた。ハワースとブロンテ姉妹は「分かちがたく混じり合っている」と若きウルフは記している。「ハワースはブロンテ姉妹を表し、ブロンテ姉妹はハワースを表している。かたつむりの体と殻のように両者は一体だ」。多くの作家が、ブロンテ姉妹はハワースの自然そのものであると思い、姉妹の遺骸は泥炭質の荒野の土の中に葬られていると想像した。エミリーがキャサリン・アーンショウを葬った場所は、礼拝堂でも親類の墓の側でもなく、「教会の墓地の片隅の緑の斜面である。そこの壁はたいへん低く、荒野のヒースとビルベリーが壁を越えて伸びており、壁は泥炭質の土にほとんど埋もれている」。エミリーとシャーロットは教会の地下に、アンはスカーバラの教会に埋葬されたのだが、一八五〇年にシャーロットと出会った詩人マシュー・アーノルドの詩の中では、姉妹が寄り添うように「ハワースの教会の墓地」に眠っている。「彼女らの墓の草は　汝（シャーロット）に向かってなびいている！」とアーノルドは言い、西風が吹いてチドリが鳴いたら、姉妹が永遠の眠りから覚めると想像する。ブロンテ姉妹を崇拝する詩人エミリー・ディキンソンには、シャーロットの墓が鳥籠のように思えた（シャーロットは死んだナイチンゲールである）。墓は「美しい苔に覆われ　草が点々と生えている」

徒歩旅行をしたフェミニストのベッシー・レイナー・パークスも若い頃にハワースを訪ねている。初期にハワースを巡礼した人のひとりだ。彼女はロマン派詩人を賛美し、彼らの急進的な徒歩主義を実践したが、エミリー・ブロンテと『嵐が丘』を愛していた女性だから、もしかしたら、エミリーが創造したキャサリンに影響されて歩くようになったのかもしれない。エリザベス・ギャスケルも初期の巡礼者のひとりである。ギャスケルは一八五〇年、奇遇にも湖水地方でシャーロットと出会った。一八五三年九月、彼女は牧師館に滞在し、シャーロットと一緒に「広漠とした荒野」を歩いた。「おお！　高く、厳しく、寂しい荒野。世界の高みにある、まさに静寂の地」と手紙に書いている。幾度か荒野を歩いた後、彼女はこう思った。「エミリーはタイタン（ギリシャ神話に登場する神々の一族）の子孫に違いない——かつて地上に住んでいた巨大な神々のひ孫娘なのだ」。ギャスケルが一八五七年に発表してベストセラーになったシャーロットの伝記では、土地にも人物と同等の比重が置かれている。ブロンテ姉妹と作品は、姉妹が生まれ育った土地と切り離せないほど深く結びついている。

巡礼者は続々と訪れた。ある人はキースリーからハワースまで歩き、教会や墓地、牧師館を回った後、牧師館の裏手に出て風を感じた。一八六七年に訪れたある人は、「一月のあの冬の日、荒野を吹き渡ってくる風は激しく冷たかったが、とても神々しかった」と述べている。人々は、ヨークシャー地方を巡る長い徒歩旅行の途中でハワースに滞在するようになった。一八七一年、ある旅行者は、荒野は暗く寂しいところだと思ったが、「隔絶した荒野の中に自由という魅力を見いだした」。後にここを訪れる人と同様に、この旅行者もブロンテ姉妹が荒野の中にいると想像し、丈の高い草の中で眠り、「自分を忘れ、小説に登場する非凡な人々を日々形作り、育てた、自然と社会の力を感じようとした」。ペンシルベニア州のロマンチックな少女エマ・カラム・ヒュイデコパーは一八六六年、「夢で見た荒野の高い所にある家へ飛んで行き、いつまでもそこにいたいという思い」を胸に訪れた。

ハワースへの旅は、女性作家にとっての大切な通過儀礼となった。彼女たちはパークスやギャスケル、ウルフと同様に、作家としての修業を始めると、早い段階で旅を実行した。詩人シルヴィア・プラスは一九五六年、詩人テッド・ヒューズと結婚した後すぐに、彼と連れ立ってハワースを訪れた。ふたりはトップ・ウィズンズまで歩き、プラスはその時に通ったふたつの小道について日記に記した。ひとつの小道は「傷み、時には迷い、時には迷わず」、もうひとつの小道は、「どこからか緩やかな丘また丘を越えてきて、沼地を横切り、世界の中心へ……永遠と荒々しさと孤独へ向かう」。家と二本の木があるトップ・ウィズンズでは、「風が遠くから吹いてきて、静寂の中で明かりを集める」。荒野を歩いた体験などをもとにして作った「風吹きすさぶ丘」と題する詩の中で、彼女はこう語る。「風はまるで運命であるかのように吹き」、「空は私に重くのしかかる」

エミリーから影響を受けた後世の詩人は、歩けば、日々表情を変える自然の内側から自然を眺められることを知った。詩人アルジャーノン・チャールズ・スウィンバーンは、エミリーが「大地のために大地へ注ぐ愛」を感じた。詩人アン・カーソンは、ままならない思いとエミリー・ブロンテについて綴ったすばらしい著書『ガラスのエッセイ』の中で、エミリーの詩に登場する「見守る人《watcher》」について考えている。エミリーは、この言葉を「whacher」と綴っている。「教えて、見守る人よ、もう冬なのだろうか？」カーソンは、エミリーが「見守る人」だと想像する。

彼女は、神と人と荒野の風と広がる夜の闇を見守った
彼女は、目と星と内側と外側と現実の天気を見守った
彼女は、時間という檻を見守り、檻《おり》は壊れた
彼女は、大きく開いた世界の哀れな中心を見守った

一八七〇年代、ハワースの教会が取り壊され（ブロンテ一家を愛する人々から猛抗議を受けた）、建て直された。木造の内部の一部は遺物として保存された。信者の名が記された信者席の前面部分は、大切な記念品となった。また、オークの家具や梁を利用して様々なものが制作された。骨壺、花瓶、塩入れ、蠟燭立て、ペーパーナイフ、額縁、煙草入れ、痰壺《たんつぼ》、タティングシャトル（タティングレースを作る時に用いる道具）、少なくともひとつの「エスクリトワール（天板が折りたためる書き物机）」。そして、もちろん杖も。

第4章

キーパー、グラスパー、一家と暮らすその他の動物

犬は首を絞められた。大きな紫色の舌が口から半フィート出ており、血混じりの涎《よだれ》が、垂れた唇から滴っている。

エミリー・ブロンテ『嵐が丘』

「キーパーは台所にいるわ」。一八四一年七月三〇日、エミリーは言った。キーパーはエミリーが飼っていた大きな犬で、入ることを許されていない部屋にいることもしばしばだった。力が強く、懲《こ》らしめようとすると喉もとめがけて飛びかかってくるため、おばのブランウェルとタビーはキーパーを怖がった。キーパーは、一八三八年に牧師館にやってきてから幾らも経たないうちに、二階にこっそり上がるようになった。そして、清潔なカバーが掛けられたベッドの上で飛び跳ね、長々と伸びて昼寝をした。タビーは、ベッドカバーを汚されるのを嫌っていた。このままではキーパーはよそへやられてしまう、と思ったエミリーは、同じことを繰り返したらキーパーを叩いて従わせると宣言した。ある日、タビーがやってきて、キーパーが上等なベッドの上で眠っていると言うと、エミリーは、シャーロットの目の前で厳しくこわばった表情になった。シャーロットとタビーが廊下から見守る中、エミリーは、低く唸《うな》りながら動かされまいと足を踏ん張るキーパーの首をつかみ、階段の下まで引きずり下ろすと、拳を固め、キーパーが噛みつく暇を与えずに目もとを叩いた。さらに、視界を塞ぐほど腫れ上がるまで拳固を食わせた。それから台所に連れて行き、腫れの手当てをした。その後、キーパーは、エミリーにはひたすら忠実に従うようになった。

　キーパーは、プレゼントとしてエミリーに贈られた犬である。本章の初めにキーパーの首輪の写真を掲載している。キーパーの種類は、はっきりとは分からない――「ターンスピット（肉焼き用の踏み車を動かす作業を担った小型の使役犬）から牧羊犬さらにはハワース原産の犬まで、イギリスのあらゆる種類の犬が交じり合って生まれた犬」だと言われていた。おそらく、ブルテリア――ブルドッグとテリアの交配種――に近い犬だろう。マスティフの血も入っていたのかもしれない。一八三〇年代当時、犬種の分類、標準化はまだ始まったばかりだった。一八五九年、イギリスで初めて、正式な犬の品評会が開催され、一八七三年にケンネル・クラブが設立された。現在、「純血種」と言われる犬種は、当時は完成された犬種ではなかった。例えば、一八三〇年代のブルテリアには、現在のブルテリアよりも脚の長いものが多く、闘犬用、穴熊狩り用、牛攻め（杭につないだ牛に犬をけしかける見世物）用として作り出された。闘犬などは田舎では人気のある「娯楽」で、ハワースでは一八五〇年代まで公然と行われていた。しかし、しだいに好まれなくなり、一八二四年に設立された動物虐待防止協会から圧力がかかり、禁止された。協会の働きかけによって様々な法案が議会を通過し、一八七六年には動物虐待防止法が制定された。ヴィクトリア朝時代、ブルテリアは女性が好む犬として知られるようになるが、女性がブルテリアを好んだ理由は定かではない。前出のキーパーの種類に関する引用文中に出てくる「ターンスピット」は、小型で、がに股の使役犬である。肉を刺した串とつながっている、囲いのある踏み車の中に入れたターンスピットが踏み車を回すと、火の上に渡された串が回転した。ブルテリアやそれに近い交配種の犬は、ターンスピットよりも体が大きいため、代わりとしては使えなかった。しかし、ブルテリアの中には、他の犬種の犬と同様に使役犬として生きたものもいた。ニューファンドランドなどの牽引犬は、二輪荷車、四輪荷車、トロッコ、一輪荷車を引いた。川に沿って歩きながら船を牽引することもあった。イギリスでは一九世紀初めまで、犬の皮で作った手袋や財布が手に入った。

　キーパー《Keeper》という名を付けたのはおそらくエミリーだが、なぜ、この名にしたのだろう。他の子犬ではなく、キーパーを飼う《keep》ことに決めたからなのか？　キーパーが見張り《keep guard》、守る《keep safe》番犬の役目を務めていたからなのか？　いったん頑丈な顎に力を込めて何かを噛んだら離さない《keep》犬だったからなのか？　それとも、秘密を守る《keep》犬だったからだろうか？　キーパーの他にブロンテ一家が飼っていたもう一匹の犬は、グラスパーという名だ。『嵐が丘』の中であちこち歩き回る犬の名は、ナッシャー、ウルフ、グラウラー、スラッシャー、スロットラーである。当時は、犬をペットとして飼うことが一般的ではなく、人名として使われる名を犬に付けることがあまりなかったのだろう。人々は、犬がよくとる行動や犬が担う作業を表す名を付けていたようだ。例えば、侵入者に噛みつく犬や、知らない人の足元を不審げにうろうろする犬には、その行動を表す名を付けた。「ウルフ」という名は、ヨークシャー地域の犬の長い歴史を思い起こさせる。スター・カーと呼ばれる地域において、考古学者が中石器時代の犬の骨を発見している。この地域では、犬がオオカミの群れからヒツジを守っていた。オオカミ——イグサやハリエニシダの生える沼地に巣を作った——の群れは、夜中にヒツジを襲って殺した。この地域の犬はオオカミの血を引いており、顎や歯は、オオカミと犬の双方の特徴を兼ね備えていた。遥か後年、イギリスの古代ローマ人は、オオカミの血を引く犬に通信文を運ばせた。通信文は犬の首輪に付けられていた。

エミリーは本を幅広く読んでいたから、こうした歴史や、昔の人の動物に対する考え方を知っていたのだろう。エミリーが生きていた時代よりも、動物が独立した存在として扱われていた時代があったことも本を通して知ったようだ。ヨーロッパ大陸では、中世から二〇世紀初めまで、人を死に至らしめたり、作物に被害を与えたりした生き物（昆虫も含む）は裁判にかけられ、しばしば死刑に処された。一五二二年、フランスのオートンでネズミに対して行われた裁判は有名である。ネズミは、大麦を食い荒らしたかどで訴えられた。有名な弁護士が代理人として選任され、ネズミは出頭するよう命じられた。しかし、ネズミが法廷に姿を見せないため、裁判は紛糾。彼らが出廷を拒むのは、猫が原告に名を連ねていて怖いからだ、と弁護士は説明した。しばらくその説明の効果が続いたが、結局は被告不在のまま、ネズミは有罪を宣告された。イギリスでは動物が裁判にかけられることはそう多くなかったが、一六七九年にはミドルセックス州のタイバーンにおいて、ひとりの女性が獣姦罪で絞首刑になり、相手の犬も同じ刑に処された。ヒツジを殺したり、土地に侵入したりした犬やオオカミが捕まえられ、正式な裁判によらず縛り首にされることも度々あった（現在は射殺されることが多い）。『ヴェニスの商人』には、オオカミが縛り首にされたと書かれている。動物に対する処罰はよく行われていたから、シェイクスピアは、それが何のことだか読者はピンとくるだろうと思っていたのではないか（シェイクスピアの作品に親しんでいたエミリーも理解したのだろう）。作中でグラシアーノは、次のようにシャイロックを罵《ののし》る。

おまえの野良犬のような魂は、オオカミに宿っていたのだ。オオカミは人間を殺して縛り首にされたが、オオカミの堕落した魂は絞首台から飛び去ってしまった。畜生である不浄な母親の中にいる間に、母親の内にあるものがおまえの中に入っていったのだ。だからおまえはオオカミのように残忍で、飢えており、強欲なのだ。

動物を罪に問い、絞首刑に処すというのはひどいことのように思えるが、当時の人々は道徳上動物を尊重していたから、裁判にかけて罰するかどうかを決めた、という見方もできるのではないだろうか。人々は、動物も法律によって守られるべき基本的な権利を有していると考えていたのではないか。

ブロンテ姉妹は、動物と動物が持つ特別な力に関する昔からの言い伝えを作品に取り入れた。ウエストヨークシャー州の村々に一九世紀まで残っていたものだ。例えば、コマドリがくちばしで家の窓をつつくと、その家の誰かが病気になる、という言い伝えがある。人々は、野生の鳥の鳴き声を言葉として捉えることもあった。ズアオアトリは「ペイ・ユア・レント《借り賃を払え》」と鳴く。シジュウカラは「シット・イー・ダウン《座りなさい》」、ウズラは「ウェット・マイ・リップス！《私の唇を濡らして》 ウェット・マイ・リップス！」と鳴く。『嵐が丘』のヒースクリフは、「不吉な鳥」に例えられる。海の上を飛ぶウミツバメ、猫、ツバメ、フクロウ、牛、ハリネズミは天気の変化を知らせた。クリスマスの前夜、馬と雄牛は小屋の中で跪き、ミツバチは、この特別な時のために羽音を変えると言われていた。人々は、家族の誰かが死んだら、飼っているミツバチにそのことをすぐに伝えた。そうしなければミツバチも死んでしまうか、怒って出て行ってしまうからだ。シャーロットは、ある精霊についての詩を作っている。精霊が家に現れると、そこで暮らす人が死ぬと信じられていた。

それは、オオカミ――黒い雄牛、犬の姿をした精霊
あるいは、美しい女の姿で現れる霊魂
羽を持つ女の波打つ長い髪は濡れている
そして髪が、火にあたって乾く
それが確かな印
屋根の下にいる者が
年の暮れを待たずに死ぬことを示す印

シャーロットはこの詩を作ってから数年経った頃、ジェイン・エアがロチェスターと出会う場面を書いているが、ガイトラッシュが登場するため、この場面は神秘的な雰囲気を帯びている。ガイトラッシュは、馬やラバ、大きい犬の姿をとって単独で現れる霊魂あるいは精霊である。ジェインは宵闇の中で、近づいてくる馬の足音を聞くが、様々に姿を変えるガイトラッシュを思わせる「長い毛と大きな頭を持つライオンのような生き物」がすっと現れる。ジェインはそれが、「ただの犬の目とは違う不可思議な目」を持っているのではないかと思う。しかし、それはロチェスターが飼っているパイロットという名のニューファンドランド犬である。犬に続いて、ロチェスターがメスラウアと呼ばれる黒色の馬に乗って現れ、凍った地面の上で馬が足を滑らせる。この出会いから名高い恋が始まる。エミリーの小説では、説明しがたい不思議な力によって動物が現れる。例えば、暖炉の灰がぶち猫になり、恐ろしい犬が、嵐が丘の奥まった所に出没する。

キーパーは神秘性を持つ犬ではない。エミリーから容赦ない体罰を受けるなど、極めて現実的なものを感じさせる。様々な犬の血を引く「雑種犬」であるキーパーは、貧しい人々に飼われ、しばしば密猟に使役された犬を思い起こさせる。密猟犬は、かつては縛り首にされた。また、一九世紀の後半に上流階級の人々が犬を分類し体系づけるまでは、密猟犬はラーチャーと呼ばれていた（ホワイト・テリアやグレイト・アイリッシュ・ハウンドなどのラーチャーは絶滅した）。『嵐が丘』のヒースクリフが飼っている犬は、一九世紀初頭の版画に描かれているラーチャーのような犬なのではないだろうか。エミリーの小説の中の犬も首を吊られて殺される。ヘアトン・アーンショウは少年の頃、幾匹かの子犬を椅子の背に吊るす。嵐が丘のような農家では、このような方法で不要な犬を殺していた。ヒースクリフはイザベラと駆け落ちする時、イザベラが飼っている小さなスパニエルの首をハンカチで吊り、ファニーという名のその犬を殺してしまおうとする。ヒースクリフは、イザベラに対しても驚くほど残酷なことをするが、それは、裕福な特権階級の人々に対する復讐計画のひとつである。彼らはヒースクリフを卑しめ、追放し、この世の誰よりも大切な人——キャサリンを奪う。甘やかされたイザベラの犬も、彼を打ちのめした有力者の世界の犬である以上、罰する必要がある。彼は、キャサリンを奪った家族と共にいる生き物を「残らず縛り首にしたい」とひたすら願う。ヒースクリフは苦しみを味わっており、同情の余地もあるが、彼の動物に対する態度を考えると、単純に彼のことをロマンチックな主人公と見なすことはできない。

アンは、黒色、白色、褐色が混じった毛色のスパニエルを飼っていた。キーパーや労働者階級の人々が飼っていた犬とは違い、アンの犬はフロッシーという上流階級風の名を持っていた。スパニエルは、主に裕福な家庭で飼われていた。アンの犬はフロッシーという上流階級風の名を持っていた。スパニエルは、主に裕福な家庭で飼われていた。ソープ・グリーンの裕福なロビンソン家で家庭教師を務めていた時、プレゼントとして子供からもらったのだろう。ヴィクトリア女王はスパニエルを好んだが、中でも、絹糸のような毛を持つキング・チャールズ・スパニエルがお気に入りだった。犬種名は、同様にこの犬を好んだチャールズ王にちなんだものである。ヴィクトリア女王はまだ王女だった頃、一匹のスパニエルを手に入れ、ダッシュと名づけ、ビロードの首輪を着けた。「緋色の上着と青色のズボン」を着せることもあった。エドウィン・ランドシーアは、女王の小さな愛犬の肖像を数多く描いている。彼は、上流階級の人々が飼っている動物を描いて名声を得たが、殊に女王とアルバート公から、ふたりの犬の肖像画を制作してほしいという依頼を頻繁に受けた。一八四二年に描いた「ウィンザー宮近況」は代表作のひとつであり、女王とアルバート公、それにふたりが飼っていた犬が描かれている。アルバート公のエオスという名のグレイハウンドは主人の脚の側に座り、慕わしげに主人を見上げている。女王の三匹のテリア――カイアナッチ、ダンディ、後ろ足で立ってちんちんをしているアイラ――まだよちよち歩きの長女ヴィクトリア王女も描かれている。王女は、一匹の死んだ鳥をもてあそんでおり、床と長椅子の上にも死んだ鳥が置かれている。おそらくアルバート公が猟で仕留めた鳥だ。彼は猟から戻ってきたばかりなのだろう。女王と家族、ペットが描かれた他の絵を見た時と同じように、人はこの絵に感傷をそそられるだろう。当時の人々も同様だったのではないか。しかし、死んだ鳥の姿を見て、いったん立ち止まり、批判的に考える人もいるだろう。女王たちの犬に対する態度と鳥に対する態度には歴然とした違いがある――犬は愛され、鳥は殺されている。感傷をそそる女王らの姿の裏には、人と動物を惨めにするような冷酷さがあるのかもしれない。しかし、冷酷さがあったから、帝国は大きく繁栄したのかもしれない。この絵の完成後まもなく、イギリスは太陽の沈まぬ国となる。

ヴィクトリア朝時代のロンドンには、ペットを誘拐し、飼い主から大金をせしめる破廉恥な人々がおり、フロッシーのようなスパニエルやテリアは彼らの格好の標的だった。誘拐者は、肉の塊や脂を塗った子犬で犬をおびき寄せ、捕まえると袋に入れた。前掛けで包むこともあった。そして、ペットと引き換えに多額の金を要求した。一九世紀の半ばまでに被害に遭った人の中には、サー・ロバート・ピール、ケンブリッジ公、サザーランド公爵夫人、スタンホープ伯もいる。ファンシーと称する、犬を狙う有名な誘拐団も存在した。頭領はテイラーという男である。ファンシーは一八四三年、フラッシュという名のコッカー・スパニエルを誘拐した。フラッシュは、後にブラウニング夫人となる若き詩人エリザベス・バレットの愛犬だ（ヴァージニア・ウルフは、ピンカという名の彼女のスパニエルにフラッシュを重ね合わせながら、フラッシュの視点に立って物語を書いている)。バレットは身代金を払い、その後も、ファンシーに二度フラッシュを誘拐された。飼い主が身代金の支払いに簡単に応じると、誘拐が繰り返されることがままあった。

こうした出来事はすべて、ヴィクトリア朝時代にペットに熱を上げる人々が繰り広げたドラマの一部だ。ドラマにおいて重要な役を演じたのは女王とその家族である。人は古代よりペットを飼っていたが、一九世紀には、ペットを飼う人の数がかつてないほど増えた。ヴィクトリア女王は犬をこよなく愛し、生涯で一〇〇匹近い犬を飼った。女王の犬のほとんどは、宮殿の敷地内にある犬小屋で暮らした。女王のポメラニアンは、死の床にある女王にずっと寄り添っていた。歴史家ハリエット・リトヴォによると、一九世紀半ばのロンドンには、生きた動物を売る街頭商人が二万人いたそうだ。また、犬用の真鍮製の首輪を専門に扱う街頭商人が、少なくとも一二人いたらしい。人のような感情を見せる犬の姿を描いた絵画や挿絵、犬の視点から書いた詩も増えた。例えば、「離れがたき」、「育ての母」、「この上ない友」、「静かな悲しみ」、「主人を待ちわびて」といった題の絵である。犬が服を着て、まるで人のようにラテン語を教える姿や下手な詩を書く姿を描いた絵、犬の視点から書かれた物語は、ヴィクトリア朝時代特有のものである。飼っていたテリアが死ぬと、剥製にし、ガラスの箱に入れて家に飾る人もいた。ヴィクトリア女王の犬を愛する心は、子や孫に受け継がれた。孫娘のヴィクトリア王女は、彼女の茶色のプードルの毛でショールを編んだ。チャールズ・ディケンズは彼の猫が死ぬと、なんと遺体から切り取った脚で、記念として手紙用のペーパーナイフを作った。それには「C・D　ボブを記念して　一八六二年」という言葉が刻まれている。

エミリーは、ヴィクトリア朝時代の人々のペットに対する感傷的な態度やペットを美化する態度を好まなかった。彼女は動物のことが好きだったが、彼女の動物に対する態度は、いわゆる動物好きのそれとは違った。そのことは、キーパーに厳しい罰を与えたことからもうかがえる。ヴィクトリア朝時代の女性はペットを甘やかした。自然主義者は、犬は「仕えるべき主人」である人に対し、「生まれながらにして」服従心（ヴィクトリア朝時代の人々が言うところの「主人への愛」）を持っていると称賛した。しかしエミリーは、犬に対するこうした考え方は正しくないと思っていた。犬というのは、基本的な欲求を持つ自己中心的な生き物であり、必要とあらば、人と同様に主人とも戦う。それが犬の性質であり、犬の忠誠はうわべだけのものだ。しかし、犬は人よりも素直に本性を表に出すから人より優れている。彼女は、学校の授業で書いたエッセイの中でこう述べている。「犬と人では月とすっぽんで比べものにならない」。人の偽善的で無慈悲で恩知らずなところは猫にそっくりである。人は欲しいものを得るために親切にふるまい、猫は人間嫌いだが、食べ物をもらうためにそれを隠す、とエミリーは主張する。獲物を求めてもがく猫、犬を甘やかしすぎて（文字通り）死に至らしめる女性、キツネ狩りをするために自分の土地でキツネを育てる男性は同じ穴の狢《むじな》である。人は利己心から猫に餌を与える、ということを「見抜いているから、猫は人に感謝しない」

シャーロットは頼りなげな動物を好んだが、エミリーは頑固で獰猛《どうもう》な動物に引かれた。キーパーの獰猛な姿を自慢げに人に見せることもあった。「エミリーはキーパーを狂乱状態に陥らせ、ライオンのような雄叫びを上げさせた」とエレン・ナッシーは述べている。エミリーは強情な性格で、人と親しく交わろうとしなかったが、動物――殊にキーパーとは親しく接した。人はなかなかエミリーの心を開けなかったが、犬は彼女の心を開いた。「エミリーは人にはてんで無関心で、愛情のすべてを動物に向けている」と彼女の知人は強い言い方をしているが、これは、あながち誇張とは言いきれないのではないか。

エミリーは犬との体の触れ合いを大切にした。犬の毛や舌に触れ、犬の息を肌で感じた。キーパーも同じで、エミリーの隣に座っているシャーロットを押しのけ、エミリーの膝の上にのり、彼女のほっそりした体の上に自分の黄褐色の体を落ち着けた。荒野では、エミリーの大きな足取りに合わせて歩き、彼女が絨毯《じゅうたん》の上で本を読んでいる時はかたわらに寝そべった。もしかしたらエミリーは、姉妹以外の人の体に触れることがなかったのかもしれない。だから、体の触れ合いを求めて犬の体に触れ、それによって心を満たしていたのかもしれない。エミリーにとって、飼っている動物はペットというよりも家族だった。

エミリーは、厳しい環境の中で生きる犬のような強さを持っており、犬と取っ組み合いをするのが好きだった。「若者たち」の初期の台詞には、彼女の猛々しさの片鱗《へんりん》が表れている。エミリーは犬というよりも「咆哮《ほうこう》する大きな雄牛」だ、とシャーロットは記している。エミリーの猛々しさは、ハワースの町民が語るエミリーの逸話からうかがえる。ある日、キーパーが、小道で一匹の猛犬と喧嘩を始めた。使用人が牧師館へ行ってそのことを伝えると、エミリーは台所の胡椒の箱をすぐさま引っつかんで現場へ行った。二匹の犬は互いの首を咬んで離さず、周りにいる男性は、恐れて誰も止めに入らなかった。エミリーは一方の手でキーパーの首をつかみ、もう一方の手で二匹の犬の鼻に胡椒を振りかけた。こうして二匹を離し、キーパーを後ろから追い立てて牧師館の中に入れた。男性らは彼女の行動に「仰天し、雷に打たれたようにその場に立ち尽くしていた」

別の日、見知らぬ犬が牧師館の中をのろのろ歩いていた。舌を出し、頭を垂れ、具合が悪そうだったので水を与えようと思い、声をかけて近づいた。すると、犬は狂ったような勢いでエミリーの腕に咬みついた。狂犬病にかかるおそれがあったため、エミリーはまっすぐ台所に行き、タビーの真っ赤に焼けたイタリア製のアイロンを火から外し、菌を殺すために、それを咬み傷に押し当てた。彼女は、弱い立場にある犬を守るために、しばらくはこの一件について誰にも話さなかった。エミリーが咬み傷にアイロンを当てた話は、彼女の勇敢さを示す逸話としてよく語られる――確かに勇敢である。当時の医師は、狂犬病の犬に咬まれたら同様の処置を行うよう助言した。この逸話からは、エミリーがキーパーに対してだけでなく自分にも厳しかったということもうかがい知ることができる。彼女は引き下がることを良しとせず、何事にも立ち向かいたいと思っていたのではないだろうか。

エミリーは自ら進んで猛犬と格闘し、傷つけられ、支配しようとした。格闘することで、荒々しいものとより親密になれると思っていたからだ。傷を伴わない愛は情熱的な愛ではない、とも思っていた。彼女は、暗さを帯びた自分の哲学を『嵐が丘』に取り入れた。シャーロットは、『嵐が丘』は「自然という作業場で、簡単な道具と素朴な材料を用いて作られたもの」であり、あまりにも粗くて激しすぎると思った。ヴィクトリア朝時代の批評家も後世の批評家も、この複雑な物語はどのようにして生まれたのだろうと疑問を持った。なぜ、育ちの良い牧師の娘が、あからさまな欲望と悪魔的な残酷さが渦巻く世界を描けたのだろう？　ギャスケルの伝記によってブロンテ姉妹の人物像が明らかになり、『嵐が丘』が増刷された後、当時の有力誌『コーンヒル・マガジン』の評論家は、世間一般の人々と同様の考えを述べた。「これは恐ろしくも真実を描いた本である。古今の本の中でとりわけ不愉快な本のひとつとも言えるかもしれない。華奢《きゃしゃ》な田舎の女性……この世においてほとんど何も経験していない女性がものした本だという信じがたい事実に、私たちは驚くばかりである」。ウォルター・スコットの小説、バイロンの詩、ギリシャ悲劇（エミリーは原文で読んだ）、シェイクスピアの作品など、エミリーが読んだ様々なものが創作の源になったことは言うまでもないだろう。ヨークシャーの町や村に流れる噂やそこに暮らす人も創作に影響を与えた。また、犬との格闘を通して学んだことも創作に役立ったと言うべきだろう。

『嵐が丘』では、物語の初めから「四つ足の悪魔」が登場する。嵐が丘の客間には、「肝のような色をした雌のポインター」が座っており、周りに群がる子犬がキーキーと鳴いている。雌犬は、「まるでオオカミのように」見知らぬ訪問者に忍び寄る。唇はゆがみ、「今にも咬みつきそうな様子で、涎が白い歯を伝って垂れている」。二匹の「厳めしい毛むくじゃらの牧羊犬」もおり、他の犬も隠れ場所から出てきて「咬んだり吠えたりの大騒ぎ」になる。ヒースクリフの次の言葉から、これらの犬が、ヒツジの番をしたり、狩りを手伝ったり、家を守ったりする使役犬であることが分かる。「犬たちは甘やかされることに不慣れなんだ――ペットではないからね」。彼はこう言って、一匹を足で蹴る。後に、嵐が丘の番犬は、近隣のスラッシュクロス邸の犬を襲い、襲われた犬は足を引きずり、頭部を腫らし、耳から血を流す。

スラッシュクロス邸の住人は、嵐が丘の住人よりも上品で礼節をわきまえていると思われているが、彼らもまた犬を優しく扱わず、犬も見知らぬ訪問者に対して優しい態度をとらない。若いキャサリンとヒースクリフがスラッシュクロス邸の住人に初めて会う場面では、若いエドガーと妹のイザベラが子犬の奪い合いをし、子犬を双方から引き裂かんばかりに引っ張る。番犬役を務めるスカルカーという名のブルドッグは、その様子を窓からこっそり覗いていたキャサリンとヒースクリフを見つけ、キャサリンの足首に咬みつく。ヒースクリフは犬の喉に石を押し込もうとし、使用人は犬の「首を絞める《throttle》」。それでようやく犬はキャサリンから離れる。後に、この犬がもうけた子はスロットラー《throttler》と名づけられる。

　この世は実に厳しく、あらゆる動物がひどい仕打ちを受ける。人も然りである。残酷な扱いを受けた人は残酷な人になることが多い。すでに述べたように、アーンショウ氏は、リヴァプールの街でヒースクリフを拾う。彼はまるで迷子の犬のようであり、「どこの家の子なのか誰も知らない」。彼は「それ」とか「そいつ」などと呼ばれる——この呼び名は、一家が彼のことを犬同然だと思っていることを示している。アーンショウ氏が彼を外套から出して「立たせると、それは、ただじっと周りを見回しました」とネリーは語る。「アーンショウ夫人は、それを外に放り出しかねないご様子でした」。その夜、「それ」は「主人」の部屋の前の床の上で眠る。後にヒースクリフという名を与えられるが、それはアーンショウ氏の夭折《ようせつ》した息子の名であり、言わば使い回しだ。しかしながら、多少人間らしい、少なくともキリスト教徒らしい名である。彼は姓を持たず、「ヒースクリフ」が姓の代わりになる。彼の妻はヒースクリフ夫人と呼ばれ、息子はリントン・ヒースクリフとなり、彼の墓石には、ただ「ヒースクリフ」と刻まれる（もしキーパーが結婚したら、妻はキーパー夫人と呼ばれるのだろう）。彼の周りの自然を構成するものの名を組み合わせた名なので、彼が自然から生まれ出た人であるように思える　ヒースクリフは「ハリエニシダの生える、玄武岩のある荒野」のようだとキャサリンは言う。シャーロットはエミリーの死後、ヒースクリフが「恐ろしく非人間的」であることについての読者への弁明の中で、彼は「寂しい荒野の花崗岩」だと述べている。花崗岩を彫って「残忍で黒く邪悪な頭」が作られ、やがて頭は「人間の形になる。石の人間は大きく、陰気で、苦々しげにそこに立つ」

この石は、犬同然の生活を送る。アーンショウ氏の息子ヒンドリーは、ヒースクリフに野良仕事をさせ、奴隷のように扱い、彼が反抗すると鞭でしたたかに打つ。ヒースクリフは人の世界における「ラーチャー」であり――放浪者、のけ者、「インド人水夫」、ジプシー、「過激なやつ」であるため、人の世界の家やパーティーから繰り返し追い出され、美しい服を着ることもできない。そのうち残酷な扱いを受けることに慣れっこになり、あまり抗議しなくなる。主人は、少年ヒースクリフの色黒の顔を見てこう述べる。「顔と行動に本性を現す前に、今すぐ縛り首にする方が国のためになるのではないかな？」彼は虐げられ続け、黒い「悪魔」ぶりが増す。どんどん鬱屈し、ぶざまな歩き方をし、髪は「子馬のたてがみ」のようになり、「獰猛な野良犬」を思わせる顔つきに変わる。「野良犬は蹴られると、たとえそれが当然の罰だと分かっていても、自分を蹴った者を恨み、さらに世の中をも恨む」

ヒースクリフは、人は動物であるということを私たちに思い出させる。ヒースクリフの生活には犬が関わっており、また、彼には犬を思わせるところが多々ある。ひょっとしてエミリーは、犬、特にキーパーから着想を得てヒースクリフを創造したのだろうか。ヒースクリフはキャサリンの忠実なペットである。彼は「獰猛で無慈悲でオオカミのようだわ」と、キャサリンは愛情を込めて言う。彼に命令し、それに従わせることにこの上ない喜びを覚える。キャサリンが暖炉の側に座り、ヒースクリフが彼女の膝に頭をのせて横になっている場面には、そんな彼女の気持ちが表れている。ヒースクリフは、失踪《しっそう》してから三年後に紳士を装って戻ってくるが、紳士の仮面の下に隠している本性が現れる。彼は、リントンの心臓をもぎ取り、リントンの血を飲むことを望む。イザベラは、ヒースクリフが「まるで人食い人種のような鋭い歯」を使って敵を食べる姿を想像する。キャサリンはいまわの際にヒースクリフに抱きつき、彼と一緒にいられる最後の瞬間に熱烈な抱擁を交わし、気を失う。ヒースクリフは「まるで狂った犬のように」歯ぎしりをしながら口から泡を吹く。彼の凄まじい姿を目の当たりにしたネリーは、「私が一緒にいるのは、私と同じ種類の生き物ではない」と思う。キャサリンが絶命すると、彼は「まるで短剣と槍で突かれた猛獣の断末魔の叫びのような、およそ人のものとは思えない叫び声」を上げる。その後、「忠実な犬」のようにキャサリンの墓の上に臥して死んだらどうだ、と人から言われる。ヒースクリフがキャサリンに捧げる永遠の忠誠と、彼女に支配されたい——あるいは彼女を支配したいという欲望に満ちたヒースクリフの彼女への愛は、決して救われることのない雑種犬のそれのようだ。

ヒースクリフは、復讐の道を歩み始めると、犬とはまったく異なるものへと変貌する。「ヒースクリフ氏は人なのかしら？　もしそうなら、狂っているのかしら？　それとも、人ではなく悪魔なのかしら？」とイザベラは尋ねる。小説の中でヒースクリフは、ゴブリン（いたずら好きな醜い妖精）、グール（アラブの民話に登場する、人間の死体を食べる精霊）、イフリート（アラブの民話に登場する、凶暴で巨大な精霊）、インプ（黒い皮膚、赤い瞳、翼を持つ小悪魔）、悪霊、吸血鬼などと呼ばれる。その残酷さゆえに、これらの悪しき超自然的な存在と見なされる。ガイトラッシュ——犬や人の姿をした悪しき精霊——もヒースクリフを表すのにふさわしいと思うが、彼のことをガイトラッシュと呼ぶ登場人物はいない。シェイクスピアの作品では、縛り首にされたオオカミの魂が人の体の中に抜け目なく入り込む。エミリーは、このくだりを思い浮かべながらヒースクリフを造形したのかもしれない。

ヒンドリーの息子ヘアトンは、ヒースクリフに育てられたも同然で、ヒースクリフと同様に犬のような性格を持つに至る。ヘアトン《Hareton》というウサギ《hare》のような名に似合わず、犬のような人になるのだ。

彼は、自分を虐待する人（ヒースクリフ。一時期、二代目キャシーも彼を虐待する）に対して忠誠心を抱いており、恨みや復讐がいかなるものかを知らないように見える。父親のヒンドリー（シカを連想させる名だが、彼は「飢えたオオカミ」のような目で人を睨《にら》む）は酔ってヘアトンを投げ飛ばし、おまえの耳の端を切ってやるぞと言う。「耳をちょん切ると犬はますます凶暴になるからな。俺は凶暴なものが大好きなんだ」。二代目キャシーは悪意を込めて、「ヘアトンはまるで犬だわ……馬車馬だわ」と言うが、これはあながち的外れな言葉ではない。ヘアトンは、『嵐が丘』の初めに登場する嵐が丘の犬たちに似ている。犬たちは、見知らぬ人に対してトラのような凶暴さを見せるが、普段は自分の仕事をしているだけで、場合によってはたいへん友好的な態度をとる。「二匹の毛むくじゃらの化け物」はロックウッドの喉もとめがけて飛びかかり、彼を倒して押さえつけるが、彼を「生きたまま貪《むさぼ》り食うわけでもなく、ただ足を伸ばしながらあくびをし、しっぽを振る」。ジュノーという名の犬は、ロックウッドを知己であると認め、「その証としてしっぽの先端を動かす」。である犬は、若いキャサリンの顔に「鼻をぎゅっと押しつける」。スカルカーも実は親しみやすい犬である。スカルカーはキャサリンの足首に咬みつくが、その後彼女がお菓子を与えると、鼻をつまませてくれる。ヒースクリフと悲惨な結婚生活を送っていたイザベラが嵐が丘にやってくると、唯一スカルカーの子供だけが彼女に友好的に接する。自分の鼻をイザベラの鼻に「挨拶代わりにすり寄せる」のだ。歓迎されない存在であるヒースクリフがスラッシュクロス邸に近づくと、日の光を受ける芝生の上に寝そべっている大きな犬が耳を立て、吠えようとするが、ヒースクリフだと分かると耳を後ろに倒し、しっぽを振る。

『嵐が丘』では、多くの様々な生き物――イザベラが飼っているキジ、ミニーという名のポニー、クッションの上に重ねて置かれた死んだウサギ、ミツバチの群れ――がそれぞれの役割を果たす。また、人が様々な動物になぞらえられる。一代目キャサリンは「子ザル」である。イザベラ・リントンは「ハトのような目」を持ち、囲いから出た迷いヒツジのように迷い、「東インド諸島のムカデ」のような嫌な女にもなる。ヒースクリフとイザベラの息子リントンは、ヒヨコのようにか細い声で泣く。子犬に似ており、「付添人が悪意から押し込めようとしているのではないかと疑うスパニエル」のように扉から出て行く。ヘアトンは雑種犬でもあり、「悪魔のような子牛」、「まだ飛べないカヤクグリの雛」、「奇怪な獣の子」でもある。エミリー・ブロンテ研究で知られるスティーヴィー・デイヴィスの言葉を借りれば、エミリーは、人も動物も生き物はすべて「人と動物との間の確固たる境界線」を越えようとしていると思っていたのではないだろうか。

　破壊は自然の根本的な法則である、とエミリーは信じていた。「この世のすべての生き物は、他の生き物にとって、常に死の使いでなければならない。さもないと自分が命を失うことになる」と一八四二年に書いている。ダーウィンが『種の起源』を出版（一八五九年）するずっと以前のことだ。ダーウィンの著書によって、環境に適応した種だけが限られた資源を巡る競争に勝って生き残る、という考えが一般に広まった。エミリーの哲学では、犬や一部の動物は時々競争に打ち勝ち、ちょっとした神の恵みを受ける。鳥も神の救いを受けることがある。『嵐が丘』には、あたかもこの小説の中の家庭を思わせるような、「小さな骸骨でいっぱい」のタゲリの巣が出てくる。一方、死を間近に控えたキャサリンは、自由な鳥を羨《うらや》んでこう語る。「かわいい鳥。荒野の真ん中で、私たちの頭の上を舞っていたの」。木を背にして立ち、キャサリンの死を嘆くヒースクリフの側でクロウタドリのつがいが巣を作る。二代目キャサリンが考える――天国の――完璧な日には、ヒバリが空高く舞いながら歌い、ウタツグミ、クロウタドリ、ムネアカヒワ、カッコウが「あちらこちらで美しくさえずり……世界が目覚め、狂おしいほど喜ぶ」。鳥は、多くのエミリーの詩の中でさえずる。コマドリの早朝のさえずりは、「汝のいと優しき調べ」である。一八四一年に作った詩の中で、エミリーは、囚われた鳥を自分に重ね合わせる。鳥は「私のように独りだ、独りぼっちだ」と語り、物事が変わってほしいと思う。

私たちは丘に等しく祈りを捧げます
地上の風渡る丘と天国の青い海にも
今、私たちが求めるのは
己の心と自由だけ

鳥が囚われたまま死を迎えることが、詩の中で示唆されている。ヒースクリフはこの鳥と同じ運命をたどったと言えるかもしれない。

囚われた鳥は、ブロンテ姉妹が飼っていた犬や動物を連想させる。キーパーの重金属製の首輪は、犬が重労働に従事していた時代、また、犬の皮が革製品の材料として用いられていた時代を物語っているように現代の私たちには思える。キーパーの首輪は調節できるもので、太い首にちょうど合うように最大まで広げられている。首もとの擦れを防ぐために、首輪の縁は外側に折られている。調節された首輪は、一方の端に付いている小さな南京錠で留めてある。奴隷もこれと同じような首輪をはめられることがあった。当時、イギリスでは奴隷制はすでに違法化されていたが、アメリカをはじめとする他の国々ではまだ禁じられていなかった。一八世紀、ロンドンの銀細工師マシュー・ダイアーは、「黒人または犬用の首輪等に用いる銀の南京錠」を専門に作っていた。キーパーの首輪は、法律上、犬が所有物として扱われていたことを示している。どこかの国では、人も所有物として扱われていた。キーパーの首輪に刻まれた文字――P・ブロンテ師　ハワース――は、キーパーがパトリックの所有物であることを示している。一〇代の娘であるエミリーは、キーパーの所有者とは見なされなかった。しかし、彼女とキーパーは異なる見方をしていただろう。パトリックは、犬税を（窓税や髪粉税も）納めていた。犬税は一七九六年に創設された。救貧財源の不足を補うためだったが、ナポレオン戦争が始まると、犬税は戦争のために使われた。犬税を滞納すると犬を差し押さえられた。ある徴税人は、差し押さえた犬を連れ出そうとして、激怒した飼い主から殺された。下層階級の人の中には、裕福な人の所有地で犬を使って勝手に猟をしたり（富裕者は、高価な猟犬と一緒に猟をすることを望んだ）、犬を自由に走り回らせて揉め事を引き起こしたりする人がいたが、合法的に犬を所有し、犬を使ってこうした「無法な行い」をする下層階級の人の数を犬税によって抑えることができた。つまり、犬税は、下層階級の人が犬を使って為すおそれのある無法行為――時には正当な行為――を防ぐのに役立っていたのだ。

キーパーの首輪は何の変哲もないものである。比較的安価で、当時は大抵どの犬もそれと同様の首輪や革製の首輪を着けていた。銀製や金製の首輪は、それを着けている犬の飼い主が裕福であることを示した。アルバート公が寵愛するエオスという名のグレイハウンドの銀製の首輪には、細かな装飾が施されていた。アルバート公が所有するマラッカ籐杖の象牙の柄はブルドッグをかたどったもので、ブルドッグは美しい金製の首輪を着けている――エオスと杖は、エドウィン・ランドシーアが一八四一年に発表した『エオス　お気に入りのグレイハウンド』に描かれている。厚くて幅が広い金属製の首輪は、襲ってくる犬などの動物の歯や顎から首を守ってくれた。犬の首を守るために外側にスパイクを付けた首輪は、大型獣の猟をする時に大いに役立った。かつて、犬はイノシシやオオカミを狩っていたが、戦場で人間を狩ることもあった。中世には、マスティフ、アーラント、アイリッシュ・ウルフハウンドが戦場で兵士として使われていた。

犬の首輪は、真鍮製品や金属製品を専門に扱う店で購入できた。ロンドンをはじめとする主要都市では、街頭商人が首輪を売っており――小さい首輪は六ペンス、大きい首輪は三シリング――それに合う南京錠も取り揃えていた。金属製の首輪の中には、柔らかい布や紙、革の内張りが施されているものもあった。新聞のペットのための「行方不明」欄には、迷子の犬や発見された犬の身元を明らかにするために、真鍮製の首輪の特徴が度々載せられた。ディクシーという名の、黒色と褐色が混じった毛色のイングリッシュ・テリアは、カルトラ駅で行方不明になっている。リーズ城にある犬の首輪博物館には、中世以降の多種多様な金属製の首輪が収蔵されている。丈夫なので使い回されていた首輪もあり、その中の幾つかは、古い刻字を隠すために裏返されている。刻字がやすりで削られたものもある。首輪を盗むと、一年間牢に入れられた。トレジャーハンターが、とても長い間海の底で眠っていた首輪を引き上げたこともある。一八四一年一〇月、難破したロイヤル・ジョージ号から潜水夫が発見した真鍮製首輪――よく船上で使役犬として使われていたニューファンドランドが着けていたのだろう――には、「トマス・リトル　ヴィクトリー（おそらく犬の名）一七八一」と刻まれており、この首輪は所有者の親戚に返された。二〇〇五年には、一七七〇年にアルゼンチン沖で沈没したスウィフト号から首輪が引き上げられた。I・チャイルドという人物が所有していたもので、「I・チャイルド　ミドルセックス州ポプラー　ノース・ストリート」と刻まれていた。

首輪にまつわる出来事やそれに関係する人を記録、記念するために、金属製の首輪の多くに銘が刻まれた。狩り競争で勝利したグレイハウンドと、品評会で最高賞に輝いたブルドッグに贈られた銀製の首輪の銘は長く、犬と飼い主の名、開催された場所と日時などが含まれている。一九世紀初めに賞品として贈られた銀製の首輪には、三つの銘と、熊攻め、牛攻め、闘鶏の様子が刻まれている。首輪の内側の銘は、こんな言葉で始まっている。「アーサー・ウェルズリー閣下による由緒ある血統のブルドッグの優勝首輪（シャーロットの英雄で、ウェリントン公爵に叙された）。ブルドッグ品評会において優勝賞品として授与」。外側に刻まれている残りふたつの銘から、首輪がまず「フランク・レドモンドからハリー・ブラウン殿へ」授与されたことが分かる。その後、ブラウンから「W・H・パッテン＝ソーンダース大佐へ」贈られたようだ。慈善活動に従事した犬に授与された首輪もある。人々は、慈善箱を犬の首輪に取りつけるか、犬の胴体にくくりつけるかし、犬を連れて街を回った。また、ウィンブルドン・ジャックと呼ばれる犬に、「慈善の行為」を称えて首輪を贈り、犬が死ぬと剥製にし、ガラスの箱に入れてウィンブルドン駅に飾った。

幾つかの首輪からは、犬の性格や、飼い主が楽しい人柄だったことをうかがい知ることができる。小さな真鍮製の首輪には、「どうか止めないで、私を駆けさせて。なぜなら私はS・オリバーの犬ビックネルだから」と刻んである。一七三〇年代、アレキサンダー・ポープは、彼が飼っていたバウンスという名のグレート・デーンの子供をフレデリック王太子に贈った。その子犬の首輪には、「私はキュー宮殿の殿下の犬　どうか教えて、君はどこの子？」と刻まれていた。「君はどこの子？」

という言葉は、後に多くの首輪に使われた。主人がやんごとなき生まれであることを犬が鼻にかけて発した言葉だが、現実には、犬は主人の身分や階級のことなど知りもしないのであり、犬の言葉は、その明白な事実を強く思い起こさせる（また、この銘を読んだ人は、自分自身も「主人」に仕える「犬」だと思うだろう）。キーパーの首輪のように、有名な人物が飼っていた犬の首輪が今日まで数多く残っている。そのひとつは、ネルソン卿が飼っていたニレウスという名の犬の銀製首輪だ。ディケンズの犬の首輪は革製で、それに付いている真鍮の板には、「C・ディケンズ殿　ギャツ・ヒル・プレイス（ハイアムにあるディケンズの邸宅）ハイアム」と刻んである。ロバート・バーンズの愛犬コリーの首輪の言葉は「ロバート・バーンズ　詩人」である。彼の詩には富豪の犬が登場する。その犬は「銘が刻まれた上等な真鍮の首輪」を着けている。シャーロットの初期の作品に登場する「死体泥棒」ヒューム・バッデイ博士（死体ふやかし用の魔法の桶を所有する人物）は「巨大な犬」を飼っており、鉄製の首輪には「外科医　大悪党」と刻まれている。これに比べると、キーパーの首輪は控えめである。

　ブロンテ家の犬グラスパーの首輪（現存しない）は、革製だったようだ。グラスパーはテリアの一種で、キーパーより先に飼われていた。グラスパーについてはほとんど何も分かっていないが、エミリーが一八三四年一月に、表情豊かな鉛筆肖像画（本章に写真を掲載している）を描いたため、その姿が後世に残ることになった。首輪に付いている金属板には、判読できない文字が記されている（まるでアセミック・ライティング〔文字を抽象化して描く芸術手法〕のようだ）。キーパーがブロンテ家にやってきてから数年後、アンがフロッシーを飼い始めた。フロッシーの小さな首輪の銘は、キーパーの首輪のそれと同じである。この首輪は、エミリーが一八四六年に、おばのブランウェルから相続した

お金で購入したものかもしれない。エミリーは出納帳に、「Fへの首輪」一シリング六ペンス、と記している。フロッシーの首輪は輝きを放っているが、キーパーの首輪には、キーパーがいつも喧嘩や冒険をしていたせいか、傷や凹みやひび割れがある。フロッシーはキャバリア・キング・チャールズ・スパニエルである、と多くの伝記作家が述べているが、果たしてそうだろうか。アンとエミリーが描いたフロッシーの水彩画から判断すると、イングリッシュ・スプリンガー・スパニエルではないかと思われる。この犬は、一九世紀初頭はスプリンギング・スパニエルと呼ばれ、愛玩犬ではなく猟犬だった。歩幅が大きく、長くて真っすぐな口吻《こうふん》を持っており、背中の毛は巻き毛である。一九世紀初頭のイギリスにおいて、各種のスパニエルを交配して作られた猟犬のうち、幾種類かの猟犬はすでに絶滅している。キャバリアなどは、一八四〇年代までは作出されていなかった。

　ブロンテ一家は他にも動物を飼っていた。カナリアのディック、「小さくて黒いトム」とタイガーという名の二匹の猫、ヴィクトリアとアデレード（女王と女王のいとこにちなんだ名）と呼ばれていた二羽のガンである。ブロンテきょうだいは、グラスパー以外のペットの肖像画も制作した。例えば、ブランウェルは眠っている一匹の猫を描いた。その猫は、おそらく彼らが飼っていた猫だろう。エミリーは、ネロという名のコチョウゲンボウを描いた。彼女は、怪我をしたこの鳥を荒野で発見し、傷が治るまで世話をした。また、キーパー、フロッシー、猫のタイガーを一緒に描いたが、その絵は現存しない。一八三八年にはキーパーの水彩画を制作した。その絵のキーパーは眠っており、どういうわけか首輪を着けていない（口絵写真参照）。フロッシーが冒険する姿や穏やかに窓の外を眺める姿（大抵首輪を着けている）をとらえた、エミリーやアンの水彩画もある。ある絵のフロッシーは、エミリーのベッドの上で眠っている。禁止されていたであろうことを行なっているのだ。エミリーは腰掛けにかけて書き物をしている。かたわらのキーパーは敷物の上におり、足に頭をのせている。

ブロンテ一家は、あらゆる動物に対して、生まれながらに親近感を持っていたのではないだろうか。飼っている動物以外の身近な動物を描くのも好きで、時には版画や絵本に描かれた動物を、時には「実物」を鉛筆や絵の具で模写した。ブロンテきょうだいは、トマス・ビュイックの二巻から成る『英国鳥禽史』を愛読し、その中に描かれている鳥（または鳥と、それと共に描かれている人）を模写した。シャーロットは「スズメ」、ブランウェルは「オオタカ」を水彩絵の具で描いており、アンは、岩の上に立つカササギの鉛筆素描を残している。エミリーは、片方の巻に描かれた二種類の鳥が、荒野で見かける鳥だということに気づき、鉛筆で丹念に模写した。その鳥は「マミジロノビタキ」と「クビワツグミ」だった。『ジェイン・エア』の初めの部分で、ジェインはビュイックの『英国鳥禽史』を膝にのせて読む。この本は、ジェインを幻想の世界へ連れて行く。ブランウェルは、ビュイックを賛美する詩を作った。その「静かなる詩」を読むと、人は素朴な自然について思いを巡らすようになる、と彼は思っていた。自然の中の「姿を変える雲、開きかけた葉、苔むした石、わずかなそよぎは、ちょっとした喜びをもたらし」、「とてつもない力と悲哀」を秘めている。

ブランウェルは犬を飼っていなかったようだ。ただし、グラスパーが彼の犬だった可能性もある。相棒となる犬がいなかったというのも妙な話である。というのも、彼が、所有する銃を使って荒野で狩猟をしていたと考えられるからだ——獲物はウサギやアカライチョウだろう。鳥を狩る時には、セッターやポインター、あるいはフロッシーのようなスパニエルなどの鳥猟犬を伴うのが普通だ。ブランウェル作の油絵には、ライフル銃を小脇に抱えて立つ彼の姿が描かれている。彼のかたわらには姉妹がおり、後ろのテーブルには、死んだ鳥と本と紙が重ねて置かれている。彼が犬を飼っていなかったのは、いずれは、長男として、姉妹を養うために家を出て働かなければならないと考えていたからかもしれない。彼は、湖水地方で家庭教師として働き始めるが、一八四〇年に解雇された。理由は不明だが、彼の不行状のせいだとも言われており、酒浸りだったとか、地元の女性を妊娠させたとかいう憶測も為されている。彼は、数か月後にまったく毛色の異なる仕事に就いた。新たに開業したマンチェスター・アンド・リーズ鉄道のソワービー・ブリッジ駅の駅員になったのだ。ソワービー・ブリッジは、ハリファックスの近くに位置する町である。一八四一年、彼は、エドウィン・ランドシーアの有名な作品『老羊飼いの喪主』についての詩を作った。本か雑誌でこの絵を見たのではないだろうか。絵に描かれているコリーは、薄明かりの中で主人の棺を見守っている。ブランウェルは、「形だけ」の哀悼を示す人と、「切なく哀れな低い鳴き声」を漏らすコリーを対比した。コリーは、「いつまでも彼に焦がれる　もしも愛に力があるなら、汝の愛が救う」。犬は心から悲しむが、人は違う。ブランウェルはこの絵を見て、死に直面する忠義一途な犬の姿に心を打たれ、さらに、家族の死を思い出したのかもしれない。

牧師館のたくさんの動物は、牧師館での暮らしを形作る一員だった。この時期、仕事に就くべく牧師館を離れたブロンテきょうだいは、牧師館での暮らしを懐かしんだ。アンは、一八四一年にロビンソン家の人々とスカーバラに滞在した時、日記紙を書いた。それには他の日記紙と同様に、家族のことだけでなく、牧師館の動物のことも簡単に記されている。アンは牧師館での暮らしを恋しがった。「牧師館にはキーパーがいる。かわいい子猫はいなくなったが、タカがいる。ガンは飛び去り、飼いならした三羽のガンのうち一羽は殺された」。エミリーはロウ・ヘッドでの生活に完全に失敗したが、再びハワースを離れ、新しい土地で動物と友達になり、その一方で故郷の動物を懐かしんだ。一八三八年、彼女は、ハリファックスのロー・ヒル校で教鞭を執り始める。キーパーがハワースへやってきてから幾らも経っていない頃のことである。彼女はそこでも荒野を歩いた（もしかしたら、件の反逆的な女性アン・リスターと荒野で出会っているかもしれない。少なくとも、リスターに関する噂ぐらいは耳にしたのではないか）。学校の番犬と仲良くなり、ある時、行儀の悪い女生徒に向かって、この学校の中で私が好きなのは番犬だけよ、と言い放った。彼女は今回は仕事を六か月続けた。

シャーロットは二年間、家庭教師として幾つかの家を転々とし、一八四二年、エミリーと共にベルギーのエジェ寄宿学校に入学した。ふたりが飼っていた動物の一部は、彼女たちが牧師館を離れている間に人に譲られたり、行方不明になったりしている。入学してから九か月近く経った一八四二年一〇月におばのブランウェルが亡くなり、ふたりは大急ぎで帰国した。その時エミリーは、コチョウゲンボウのネロが、ガンと一緒に「よそへやられた」ことを知った。「ブリュッセルから帰った後、あちこち尋ねて回ったが行方は分らずじまい」で、ネロは死んだのだと確信した。この後エミリーは、イギリス北部に小旅行に出かけたのを除けば、故郷を離れず、動物と一緒に残りの生涯を牧師館で過ごした。

シャーロットは、ひとりでブリュッセルに戻って教師として働いた。「憂鬱の淵」に沈み込んだ彼女は、牧師館に戻れたらいいのに、とエミリーへの手紙に書いている。シャーロットは、牧師館に戻ったら奥の台所で肉を刻みたいと思っていた。かたわらにはエミリーが立ち、シャーロットの加える小麦粉の量が十分か、胡椒が多すぎないかを確認する。「特に、私がヒツジの脚の一番良いところをタイガーとキーパーに残しているかどうか、しっかり確かめる。タイガーは皿と肉切り包丁の側で跳ね回り、キーパーは、めらめらと燃える炎を思わせる様子で台所の床の上に佇んでいる」

人と動物との関係に対するアンとシャーロットの考え方は、エミリーのそれよりも単純で、人に受け入れられやすいものである。彼女たちの小説の登場人物の人間性は、動物の扱い方によって判断される。『アグネス・グレイ』に登場する男の子は、罠で捕まえた鳥を生きながら焼く。読者は、その行為から男の子の人となりを推察する。アグネスの飼っている、スナップという名の剛毛のテリアを優しく扱うウェストン氏は、アグネスから恋慕われるようになる。『ワイルドフェル・ホールの住人』では、ヘレンの酒浸りの夫アーサー・ハンティンドンが、コッカー・スパニエルのダッシュをしたたかに打ち据えるが、それとは対照的に、男性主人公ギルバート・マーカムは、黒と白の毛色を持つセッターのサンチョを溺愛する。『シャーリー』では、シャーリーが、マスティフとブルドッグの血を引く「ライオンのような黄褐色の大きな犬」タータと親密な関係を結んでいる。シャーロットは、キーパーと深い交わりを持つエミリーの姿をもとにしてシャーリーを描いた、と述べている。キャロラインは、動物は彼女が結婚する男性の性格を見極められる「真の賢者」だと思う。彼女がシャーリーに語ったことから分かるように、彼女は、ロバートが良き夫となるだろうと思っている。なぜなら、ロバートは次の言葉の中の「その人」だからだ。「牧師館には黒猫と老犬がいます。黒猫は、その人の膝の上にのりたがり、その人の肩や頬に顔をすり寄せて喉をゴロゴロと鳴らします。老犬は、その人が通ると、必ず犬小屋から出てきてしっぽを振り、優しい鳴き声を出します」。『ヴィレット』の厳しい小柄な教授ムッシュ・ポールは、スパニエルのシルヴィーを撫で、愛情のこもった声でその優しげな名を呼ぶ。その様子を見ていたルーシーは、彼に対してさらに深い愛情を抱くようになる。

人生の終末にアンがとったひとつの行動から、彼女が動物に対してどのような感情を抱いていたかを知ることができる。スカーバラに滞在していたアンは、結核に侵されて死を迎えつつある中、海岸沿いをロバの馬車で巡った。御者の少年が鞭を振るってロバを駆り立てるので、アンはロバが苦痛を感じているのではないかと案じ、衰弱していたにもかかわらず自ら手綱を取った。馬車から降りる時には、ロバを優しく扱うよう少年に言い聞かせた。シャーロットは、アンの墓の掃除をするために、件の海岸の近くにある海辺の町を訪れた時、アンの犬のことを思った。「昨日、私の目の前で、一匹の大きな犬が勢いよく海に駆け込んだ――犬はまるでアザラシのように、波をものともせず泳いでいた。あの犬の姿を見たら、フロッシーは何と言うだろう」

キーパーとフロッシーは、平和な生涯を送ったようだ。もっとも、キーパーは、エミリーから厳しい罰を受けたり、他の犬と喧嘩したりしていたが。フロッシーには子供がいた。「生意気で血気盛んな犬ころ」で、同じくフロッシーと呼ばれ、一八四四年、シャーロットの友人エレン・ナッシーに譲られた。子犬は、「恥知らずな振る舞いをしては、主人を窮地に陥らせた」。ブック・モスリン（本の表紙や婦人服に使われる薄手のモスリン）のドレスを台なしにするなどの「大惨事」を引き起こすこともあった。一八四八年、アンはエレンにこう書き送っている。「父親のフロッシーは前よりも太りましたが、あい変わらず活発で、ヒツジを追いかけ回して楽しんでいます」

どちらの犬も主人より長生きした。シャーロットの話によると、キーパーは、「死の床」に就いたエミリーのかたわらに体を横たえ、葬儀の時には埋葬室までついてきた。「葬儀が執り行われている間、信者席に座る私たちの足もとにうずくまっていた」。エミリーの死後もずっと、来る日も来る日も彼女の小さな寝室に行き続けた。シャーロットがスカーバラでアンを看取り、父親と犬の待つ牧師館に戻った時、犬は「異様とも思えるほどに喜んだ。私の後に続いて他のきょうだいも帰ってくる——もの言わぬ生き物はそう思ったのだ。私が戻り——いなくなって久しい者たちも、すぐそこまで来ているのだと」

おそらくパトリックは、友である犬を尊ぶことを子供に教えたのだろう。彼は白内障の手術を受ける時、手術を乗りきれないのではないかと心配し、さらにこう思った。「いずれは、私の膝の上にのるキーパーの足に触れることさえできなくなるのだ！」彼にとって、それがなによりも辛いことだった。キーパーは一八五一年に死んだ。その時、パトリックがどのような反応を見せたのかは分からない。シャーロットは、エレンに宛てた手紙にこう綴っている。「哀れな老いたキーパーが、先日の月曜の朝に死にました——ある夜、体調が悪くなり——安らかに旅立ちました——私たちは、忠実なる老犬を庭に埋めました。フロッシーは元気がありません。キーパーがいなくなって寂しそうです。老いた犬を失って無性に悲しいです。でも、キーパーは自然に死を迎えたので、ほっとしています——殺した方がいい、と皆からそれとなく言われ続けていましたが、父さんも私もそんなことは考えたくもありませんでした」。シャーロットがエレンに伝えた話によると、フロッシーは三年後に死んだ。「哀れな小さいフロッシーが死んだことについて、私はあなたに話したでしょうか？ フロッシーは一日で弱ってしまい——夜、苦しむことなく、静かに息を引き取りました。一匹の犬を失っただけなのに、悲しくてしかたありません——けれど、フロッシーほど幸せに生き、安らかに死んだ犬はいないのではないかと思っています」

パトリックは、ひとり生き残っていた子供であるシャーロットが亡くなると、それから数か月後、ハワースの教師サマースケイル氏から、子犬を二匹購入した。一匹が三ポンドだった。子犬は、ビングリーに住む知り合いのバスフィールド・フェランド一家が飼っていた犬の子孫だった。パトリックは、片方の犬をケイトーと呼んだ。ケイトーは一歳半で、シャーロットが好んだニューファンドランドとレトリバーの血を引いていた。もう片方は、ニューファンドランドとウォーター・スパニエルを先祖に持つ犬で、パトリックはプラトーと名づけた。ブロンテ牧師館博物館に収蔵されている三つ目の真鍮製の首輪は、この二匹の犬のうちどちらかが着けたものかもしれない。首輪は使い回されたから、キーパーが小さい時に着けた可能性もある。大きい方のふたつの首輪も——銘に犬の名が含まれていないため——初めにキーパーが、次にプラトーかケイトーが着けたとも考えられる。さらに、後代の誰かが首輪を譲り受け、飼い犬にはめた可能性もある。三つ目の首輪のくるりと巻いている縁の部分に、柔らかい黒色の犬の毛が幾本か挟まっている。いったい、どの犬のものだろうか？

第5章
儚い手紙

私は宝物の外側を眺め始めたの。数分かけて宛名を目でたどり、封印もじっくり見たわ。包囲軍が言うように、ああいう堅固なものを手に入れるには、急襲せず——その前に座ってしばらく待たなくてはならないのよ……封印はとてもきれいで、破るに忍びないから、鋏で丸く切り取ったわ。

シャーロット・ブロンテ『ヴィレット』

一八四四年一月、シャーロットは船に乗ってブリュッセルから帰国し、牧師館でエミリーと動物に再会した。この頃、シャーロットは、家族だけに読ませていた自作の小説を世に出す方法を模索していた。彼女の夢の実現に一役買ったのは、手紙だった。彼女は親交を深めるために、遠く離れた場所にいる人々に数多くの手紙を送り、その過程で手紙の書き方を学んだ。子供時代には小さな本の制作を通して、見た目の魅力的なものを作り出す鋭い感性を培《つちか》った。筆跡や署名には人となりが表れる。それらからは書き手の心根も垣間見える。シャーロットは、手紙から書き手の肌の手ざわりや温もりが伝わると考えており、実際、彼女の手紙の多くがそれを伝えたようだ。

一家が飼っていた犬が死ぬと、シャーロットは悲しみを綴った手紙をエレン・ナッシーに送った。様々な手芸品も郵便でエレンに送っている。ふたりの友情は、何かを郵便で送り合うことによって深まった。大人になると、ふたりは年に二、三回しか会えなくなるが、週に一度、手紙のやりとりをした。エレンは、シャーロットからの手紙のほとんどを保存していた。彼女がシャーロットに宛てた手紙は残っていない。彼女は、シャーロットが亡くなった直後には、シャーロットからの手紙を五〇〇通近く持っていたようだが、その後、シャーロットの数々の崇拝者に手紙を貸し、貸した手紙のうち一〇〇通ほどが行方不明になった。だから、エレンは歯がゆい思いをした。現在、所在が分かっている手紙はおよそ三四〇通だが、中には、中身が紛失して封筒だけになったものもある。

ふたりが文通を始めたのは、シャーロットが一五歳、エレンが一四歳の時だ——シャーロットの誕生日は四月二一日、エレンの誕生日は四月二〇日である。ロウ・ヘッド校で出会ってから数か月しか経っていない頃で、それからシャーロットの死まで文通は続いた。シャーロットが死に瀕している時に書いた手紙は、「都合の良い時に返事をください」という一文で結ばれており、鉛筆で書かれた文字の色は非常に薄い。彼女は、最初のエレンへの手紙の中で、マレー氏の講演会に参加しないかというエレンの姉からの誘いを断っている。講演会は、ガルバーニ電気（化学的作用によって動物の体内に流れる電気。この電気について説明する時は、死んだ動物の筋肉を刺激する方法がしばしば採られた）に関するものだった。女学生であるふたりの初期の手紙は、短くて堅苦しい——「先週お手紙を頂き、そのお礼を伝えたく、さっそくペンを執った次第です」、「あなたからの手紙は、嬉しい驚きをもたらしてくれました」といった、しかつめらしい文章から始まる。しかし、しだいに文章が柔らかくなり、語彙《ごい》が豊かになっていく。

シャーロットは、機知に富んだ文章やおどけた文章も書けるようになった。例えば、踊ることを「脛振り《すねふ》」と表現し、シャーロット・スクロール《殴り書き》、シャーロット・シャリヴァリ（やかましい音楽、どんちゃん騒ぎなどの意味を持つ言葉）などと署名を変えることもあった。おそらくシャーロットは、シャリヴァリという言葉を耳障りな音楽という意味で使ったのだろう。これらの署名には、彼女の手紙が優美さに欠けるという謙遜の意が込められている。ある手紙には、「親愛なるコズ《Coz》（いとこ《cousin》）より」という結びの句を記し、別の手紙には、文字の大きさを小さくしながら、イニシャルのC・Bを連ねて書いた。チャールズ・サンダー《雷》（bronte《ブロンテ》は、ギリシャ語では「雷」の意味）やキャリバンといった男性名を使うこともあった。キャリバンは、シェイクスピアの『テンペスト』に登場する虐げられた怪物である。また、エレンをメネラオス（伝説上のスパルタの王）の妃ヘレネーに例えて、メネラオス夫人と呼んだ。トロイ戦争は、パリス（伝説上のトロイの王子）がヘレネーを奪い去ったため勃発した戦争だ。ある手紙では、エレンという名を、ヘレン、エレオノーラ、ヘレナ、ネル、ネリーなどともじっている。シャーロットの物知り顔で偉ぶる一面が表れることもあった。例えば、ある手紙では、フランス語を用いるよう無理強いした。「どうか、お願いだから、世界語を使って返事を書いてください」。くだけた内容の会話調の手紙や、自分の心の苦しみと向き合おうとしている様子がうかがえる手紙もある。一八三六年の冬に送った手紙には、次のような未熟さの残る文章が綴られている。「今、私は憂鬱です。自分が今まで心から悔い改めたことがあるのか分からず、迷い、ふらふらしています。神聖なものに憧れていますが、それを得ることなど決して、決してできないでしょう」。彼女は、こうした手紙を書くことを通して、心情を言葉で繊細に表現することを学び、『ジェイン・エア』を書き始める頃には、心のひだを徹底的に深く描けるようになっていた。

シャーロットは、エレンやその他の人々に手紙を書く時、見た目が美しいかどうか——文の間隔が適当で、体裁が整っているか——を気にした。服装の清潔感や流行、髪型を気にするのと同じようなものである。当時は、自分の外見に気をつかうように、手紙の体裁に気をつかう人が多かった。シャーロットは時々、エレンへの手紙の最後で、「ひどい乱筆」や「書き損じたみっともない字のすべて」、さらには「人類史上類を見ない悪筆」について詫びた。次のような追伸を書いたこともある。「恥ずかしいことに、便箋にインクの染みが付いています。書き直す時間がどうしてもとれませんので、見苦しいですけれどご容赦ください——どうか、この手紙を誰にも見せないでください——字が赤面するほどひどいからです」。ある手紙の中では、得意げに述べている。「この珍妙なカリグラフィー（美しい文字を書くための手法。また、その手法を用いて書いた文字）を使った手紙を保存してください——まったく見事です——目もあやな黒々とした染みと判読不能な字」。時には、手紙に絵を描いた。ブリュッセルからエレンに送った手紙に描かれた絵の中では、実物通りに描かれたシャーロットが、海を隔てた先にいる、気品漂うエレンに向かって手を振っている。エレンは、（当時エレンに求愛していた）紳士の手を握っており、紳士には「選ばれし人」という言葉が付されている。手紙は次のような一文で締めくくられている。「さようなら、親愛なるネルよ――私の声はほとんど届いていないかもしれない――イギリス海峡のうねる波が轟いているから――さ-よ-う-な-ら　C・B」

シャーロットは早くから、手紙を食べ物になぞらえるようになった。ふたりにとって手紙は命の糧だった。一八三六年にエレンに送った手紙には、「あなたの手紙は、私にとって肉であり飲み物なのです」と書いている。別のエレンへの手紙の中でも、読み物である手紙を食べ物になぞらえている。「私は仕方なく座り、数行書いてみました……もし、若い女性（エレン）がこの手紙に期待しているとすれば、心底がっかりするでしょう。私は、彼女のためにサルマガンディー（肉、野菜、果物などを盛り合わせたサラダ）を作るつもりです――細切り肉を煮こみ――シチューを混ぜ――ふわふわのオムレツをひっくり返します……敬意を込めて、それを彼女に送ります」。『ヴィレット』のルーシー・スノウは、愛する男性――ジョン・グレアム・ブレトン医師――からの手紙は、「野性味のある美味しい猟師料理であり、森で育った生き物や砂漠で大きくなった生き物の、新鮮で、健康に良く、命を支える、滋養に富んだ、体に有益な肉」のようなものだろうと想像する。ルーシーの友人で、彼女と同じくブレトンを愛するポーリーナにとって、彼からの手紙は、動物の喉の渇きを癒す泉の澄んだ水であり、「三回清められた黄金色の流れ」である。

手紙の良さのひとつは、それが書き手の心や体の一部であるかのように感じられるところだ。シャーロットや同時代の人々は、手紙に触れると、書き手の体に触れているような気持ちになったのではないだろうか。シャーロットが創造したルーシーは、ブレトン医師からの初めての手紙に触れて楽しむ。白い手紙は「顔」、封印は「キュクロプス（ギリシャ神話に登場する一つ目の巨人）の朱色の目」のようだと思う。宛名は、「美しく、きちんとした、乱れのない、力強い筆跡」で書かれており、封蠟は、彼の「震えることのない手」で「巧みに垂らされて」いる。手紙は彼の体が触れたものであり、インク、便箋、彼のイニシャルが刻印された蠟の封印は、彼の人柄を雄弁に物語る。ルーシーは、閉じられたまぶたにキスをするように、封印に唇を押し当てる。字は書き手の人となりを表すものであり、グレアムから手紙をもらうようになったポーリーナは、こう語る。「グレアムの字はまるで彼のようだわ……清く、柔らかく、感じが良く、見ていると心が和むの。彼の字は彼の顔なの——顔の彫像のようなものなのよ」

すでに述べたように、ブロンテきょうだいや同時代人は、本や箱をはじめとする様々な物の中に、人（あるいは人の一部）を入れた。シャーロットは初期のエレンへの手紙の中で、次の手紙にあなたの髪をひと房同封してください、と頼んでいる。髪の房を交換して、将来にわたる友情を誓おうと思ったのだろう。髪の房の交換はロマンチックなことであり、髪の房はお守り代わりになった。前述した『シャーリー』の場面において、キャロラインは愛する男性からひと房の髪をもらい、後に、首にかけているロケットの中に入れる。時には、髪を与えて約束を交わすという行為が官能的なものになる。ジェイン・オースティンの『分別と多感』では、ウィロビーが、マリアン・ダッシュウッドの頭から巻き毛をひと房切り取る。そのことを知った家族は、ふたりが婚約しているのだと思う。しかし、ウィロビーは、マリアンの髪の房を絶縁の手紙に入れて送り返し、マリアンは打ちひしがれる。

ブランウェルも女性の髪を手紙に入れて送った。これも感心できない行為である。駅員として働いていた彼は、不正会計事件で責任を問われて解雇され、その後、アンが雇われていたロビンソン家の息子の家庭教師を務め始めた。数か月後には、雇い主の妻である三七歳のリディア・ロビンソンと秘かに情交を重ねるようになった（このことについては次章でも述べる）。彼は、ハワースの教会の雑用夫で友人のジョン・ブラウンに送った手紙に愛人のことを書き、ある夜に彼の「胸の上にかかっていた彼女のひと房の髪」を入れた――リディアを落としたことを自慢するためだろうか。彼は切々と述べている。「願わくは、合法的にあの人と肌を合わせたい」

エレン・ナッシーは、ひと房の髪を送ってほしいというシャーロットの求めに応じなかった。郵送料がかかるという理由かららしいが、シャーロットが友情を深めることを急ぎすぎていると思ったからかもしれない。シャーロットは拗《す》ねて、返書にこう綴った。「あなたが髪を送ってくれなかったので、ひどく落胆しています。分かっていますか、最愛のエレン。私は、あなたの髪を手にすることができるなら、二倍の郵便料金を払っても惜しくはありません。今後私は、あなたに何も送らないことの言い訳として、あなたと同じ言い訳を使うつもりです」。八年後だったら、このようなたわいない喧嘩も起こらなかっただろう。なぜなら、郵便制度の改革が行われたからだ。一九世紀初め、郵便料金は、重さと宛先までの距離によって決まっており、かなり高額だった。配達に時間がかかるといった問題もあり、郵便制度は信頼できるものではなかった。枚数が多い時や、髪などの同封物がある時は料金が二倍になった。また、配達がのろのろと行われる上、差出人ではなく受取人が、家の玄関までやってくる郵便配達人に郵便料金を支払わなければならなかった。そのためエレンは、シャーロットが二倍の郵便料金を払うことになるので髪を同封することを遠慮した、と偽ることができたのである。この郵便制度のもとでは、受取人に郵便料金を支払う余裕がない場合、手紙の到着はありがた迷惑なことともなり得た。郵便料金を支払えない時は、郵便配達人に手紙を持って帰ってもらうしかなく、多くの人が恥をかくことになった。

嫌がらせの手紙、崇拝者からの手紙、誹謗中傷《ひぼうちゅうしょう》の手紙であっても、受取人が郵便料金を払った。シャーロットの友人である社会学者ハリエット・マーティノーは、政治に関する著作を発表した。著作は物議を醸し、彼女のもとに手紙が山ほど届いた。それらは「封筒に入っており、ありとあらゆる方法で重くしてあり、中央に、侮辱の言葉が書き連ねてある新聞の短評、韻文の切り抜き、写しが入れてあった」。郵便局長の話によると、一八三二年にマーティノーが『政治経済学の解説』を出版した時には、一輪車が必要なほど彼女宛の手紙が郵便局に届いたため、彼女は、誰かを郵便局まで取りに行かせたそうだ。

受け取る側が郵便料金を払うため、手紙はその負担に見合うものでなければならない。シャーロットをはじめ多くの良心的な人、あるいは心配性な人はそう思っていた。手紙を書くためにはある程度の技術が必要だが、着払いだったため、なおさら技術が大切になった。そのため、技術を教える手引書が数多く出版された。そのほとんどは女性向けで、女性の友人との文通を奨励した。文通は、気持ちを伝えるための昔ながらの「女性らしい」方法だと見なされていた。シャーロットは当時の他の女性と同様に、郵便料金に相応しい、精彩に富んだ、十分に魅力的な手紙になるよう努力した。内容の乏しい手紙は、受取人の怒りを招くおそれもあった。シャーロットは、エレンにこう言い訳をしている。「私の手紙には郵便料金を払う価値などありません。だから、この前手紙を送ってくれたあなたに、今まで返事を出せずにいたのです」。また、度々手紙を書くことについて詫びている。「あなたは、郵便料金を払うのが嫌になるかもしれません。でも、私が頻繁に手紙を送るのは、そうする必要があるからなのです」

人々は、受取人に配慮して、使う便箋を一枚にとどめた。便箋の枚数を増やしたり、封筒を使ったりすると郵便料金が高くなるからだ。一九世紀初めの個人の手紙は、シャーロットがエレンに送ったものも含めて、大半が一枚の便箋である。それを折りたたんで封をし、宛名を直接記した。差出人の住所が記されていない手紙、署名の後に記されている手紙も少なくなかった。エレンの手紙のように、郵便料金や便箋代を節約するために、クロス・ライティングという方法で書かれた手紙もあった。一枚目を書き終えたら、二枚目の便箋を使う代わりに、一枚目の便箋を九〇度回転させて、すでに書いている文字の上に直角に交わる（交差《クロス》する）ように書くのである。このような手紙を判読可能なものにするためには、最初に文字と文字の間にきちんと空白を入れ、文字間の空白に「交差する」文字を書かなければならない。大切なのは丁寧に字を書くことであり、読む側にもある程度の技術が必要だ。シャーロットと友人のメアリー・テイラーは、エレンのクロス・ライティングによる手紙は読みづらいと幾度も不平をこぼしている。エレンが丁寧に書かない時があったからだ。アンのクロス・ライティングによる手紙は美しく、彼女がエレン・ナッシーに送った手紙は巧みに仕上げられている。シャーロットはこの方法をほとんど用いておらず、彼女のクロス・ライティングによる手紙は読むのに骨が折れる。クロス・ライティングによる手紙を好む人もいた。読みづらいため、個人的なことを書けるからだ。クロス・ライティングが廃れた後、ある作家は、「クロス・ライティングを用いた手紙には秘密のメッセージを潜ませることができた」のに、とクロス・ライティングを懐かしんで嘆いている。ジェイン・オースティンは時々、クロス・ライティングと似たような、しかし、あまり用いられていなかった方法で姉のカサンドラに手紙を書いた。一枚目を書き終えると、それを上下逆さまにし、行間に文字を書くという方法である。オースティンは、便箋の表と裏に書いた後で伝えなければならないことを思い出した時や、姉以外の人に読まれたくない時に、この方法を用いたのかもしれない。彼女の手紙のように、非常に読みづらい手紙の中には、意図的に読みづらくしたものもあるのではないだろうか。手紙を家族で回し読みする慣習があった時代は、受取人以外には秘密にしておきたい事を書く場合、便箋の上下どちらかの端に、その事について一、二行書いた。受取人は手紙を読み終えたら、家族に知られないように、端の部分を切り取ってから手紙を家族に渡した。

郵便制度は厄介だった。人々は、郵便料金が高額だったため、様々な方法で支払いを免れようとした。一九世紀初めは、無許可で手紙の配達を行う違法な手紙配達人が横行し、手紙の半分以上が不正な方法で送られていた。人々は、郵便料金を払わなくて済むように、悪知恵を働かせて様々な手を考え出した。例えば、当時、新聞は無料で送れたため、折りたたんだ新聞に手紙を忍ばせて送った。これはよく使われた手である。葉巻、煙草、襟、海藻、手袋、ハンカチ、楽譜、型紙、説教集、ストッキングなどを郵便局の脇でこっそり新聞に入れた。あぶり出しインク（代用として牛乳が用いられることもあった）で新聞にメッセージを書いて送ることもあった。小包に手紙を入れて送るという反則技を使うことも日常茶飯事。どういうわけか、小包の送料の方が、手紙の送料より基本的に安かったからだ。シャーロットも、型紙の間に薄くて小さな手紙を挟んでエレンに送った。

遠出をする友人に、ついでに手紙を届けてもらうという方法もあった。シャーロットは、エレンに郵便料金を払わせたくなかったから、度々この手を使った。時には、手紙を手渡しで届けてくれそうな人が現れるまで、手紙を出さないでおいた。「手紙を誰かに届けてもらおうと思い、ずっと機会をうかがっていました――でも、一向に機会が訪れないので、郵便で送ることに決めました」

とシャーロットはエレンに説明している。エレンも、シャーロットがロウ・ヘッド校で教師をしていた時、兄に頼んで彼女に手紙を届けてもらった。シャーロットはエレンにこう伝えている。「私が食堂の窓の側に立っていたら、あなたのお兄さん（ジョージ）がすっと通り過ぎ、その時、あなたの小さな手紙を壁越しに投げ入れました」。シャーロットは『ヴィレット』において、このようなロマンチックな方法で手紙が届けられる様子を描いている。ある夜、ルーシー・スノウが学校の裏庭をそぞろ歩いていると、裏庭に面した窓から、誰かがルーシーの足もとに象牙の箱を投げる。箱にはスミレの花束と、折りたたまれた桃色の恋文が入っている。ルーシーは、別の女性への恋文だろうと思う。

エレンは一度、郵便料金の支払いを免れるために、次のような方法でシャーロットに手紙を送ったが、思い通りには事が運ばなかった。ある時、シャーロットは、エレンの家に傘を置き忘れた。そのため、ブラッドフォードの宿屋に傘を送ってもらい、傘を取ってきてほしいと地元の郵便配達人に頼んだ。しかし、郵便配達人が頼まれ事を忘れたため、傘はおよそ一か月間、宿屋に留まったままだった。エレンは傘の中に、シャーロットへの手紙をこっそり入れておいた。傘がついにシャーロットのもとに戻ってきた後、彼女は、エレンの作戦の失敗についてエレンに報告した。「手紙の日付から計算すると……あなたが手紙を書いてから一か月と四日後に、私の手もとに届いたことになります。手紙を受け取ったのはこの前の月曜日です。それまで、手紙はブルズ・ヘッド・インの傘の中に居心地よく収まったままだったのです」

人々は平気でずるをしたが、それも無理からぬことである。というのも、裕福な人の多くが手紙の送料を払っていなかったからだ。議会が制定した法律により、議会議員も手紙を無料で送れた。

この無料郵便特権――手紙の表の議会議員の署名が、無料郵便であることを示す印になった――は広く乱用された。例えば、議会議員は、自分の家族の手紙に「無料郵便印」を記した。また、多くの知人に度々名を貸した。これはさらに悪質な行為である。「無料郵便印」を有料で貸したり、給料の一部の代わりとして使用人に「無料郵便印」を使わせたりすることもあった。郵便料金を支払う余裕のある人はそれを払う必要がなく、支払う余裕のない人が、腐敗臭の漂う郵便制度の財源を負担していたのである。対応策として、幾つかの地域は、小さな地域内において一ペニーで手紙を送れる制度を独自に創設した。シャーロットはブラッドフォード地区のハワースに、エレンはリーズ近郊のバーストールに住んでいた。一八三〇年代のシャーロットの手紙には、「ブラッドフォード　ヨークシャー州　ペニー郵便」という印が手で押されており、この印から、郵便配達人によって地域内のどこかに短時間で届けられた手紙だということが分かる。

やがて改革の機が熟し、郵便制度が大きく変更された。一八四〇年、全国一律のペニー郵便が創設されたのである。これにより、半オンス以下の手紙はすべて、イギリス国内どこへでも一ペニーで送れるようになった。また、送り手が料金を前払いするという形に変わった。一八四〇年一月、シャーロットは嬉々として、エレンへの手紙にこう綴った。「ペニー郵便を大いに活用し、あなたにちょくちょく手紙を書くつもりです――時間の許すかぎり何度でも書きます」。料金を値下げできたのは、鉄道によるところが大きい。一八三〇年代、鉄道による郵便輸送が始まり、それが急速に広まった。郵便貨車が連結された列車が、郵便馬車に取って代わったのである。全国一律のペニー郵便の登場により、全国で郵送される手紙の数は爆発的に増えた。極貧者を除くすべての人が、文通を行えるようになったからである。

手紙に関わる諸事が変化した。シャーロットのエレンへの手紙から、その変化の多くを知ることができる。まず、郵便料金前納制度の開始に伴い、一ペニーの料額印面が印刷された官製封筒が使用されるようになった。デザインコンペが開催され、画家ウィリアム・マルレディーがデザインした封筒が採用されたが、デザインが複雑で、売れ行きは芳しくなかった。そのため、落ち着いたデザインの官製封筒に変わった。新しい官製封筒には、ヴィクトリア女王の肖像が描かれた桃色の円形の料額印面が印刷されており、肖像の部分には浮き出し加工が施されていた。シャーロットは時々この封筒を使った。料額印面が印刷された封筒の発売と郵便料金の値下げに伴い、クリスマスや聖バレンタインの日、誕生日にカードを送るのが流行した。手紙用の文具を記念品にするという新しい発想も生まれた。一八六〇年代に、ハワースのジョン・グリーンウッドが営む文房具店で販売されていた記念文具には牧師館が描かれており、「ブロンテ一家の家」という言葉が記されていた。

官製封筒と同様に女王の肖像が描かれた「郵便ラベル」――後に「切手」と呼ばれるようになる――は飛ぶように売れた。黒色だったので、「ペニー・ブラック」という愛称で呼ばれたが、色は黒から茶へ、さらに赤へと変わった。そのことは、シャーロットの手紙から分かる。差出人は、「粘着性のある液」が塗られた切手の裏側を湿らせて、手紙に貼りつけた。ペニー・ブラックの採用に反対する声も上がった。唾液を介してコレラが広がるのではないか、という懸念があったことが理由のひとつである。郵便料金前納の証である切手は、官製封筒よりも人気があり、切手収集がたちまち流行した。ある婦人は、化粧部屋の壁一面に使用済みの切手を貼りたいと思い、一八四二年一〇月、使用済み切手を送ってほしいと「親切な方々」に呼びかける広告を『ロンドン・タイムズ』紙に出した。シャーロットの手紙に貼ってあった切手の幾つかは切り取られている。おそらく、誰かの切手コレクションに加わったのだろう。しかし、ひょっとしたら誰かが、切手を再利用するという不正を行なったのかもしれない。黒色の消印が切手の上に押されていないなら再利用できた。切手は、郵便局で換金できたため、お金の代わりとしても使用された。シャーロットはしばしば切手で借金を清算した。「駅で半ペンスを立て替えてもらったので、切手を同封します」とエレンへの手紙に記している。彼女は、手紙という言葉の代わりに、切手という言葉を用いることがあった。頻繁に手紙を送ってよこすある男性には、こう書き送っている。「〝女王の頭〟をむやみやたらに使うのを、どうかしばらくやめてください」

以前は、郵便料金の負担を免れていた人だけが利用していた「小袋」とも呼ばれた封筒（私製のもの）も、切手と同様に一般に普及した。文を書き、表に宛名を記して封をするタイプの大きなレター・シートを使っていたシャーロットも、小さな紙に文を書き、それを上品な封筒に入れて送るようになった。紙の多くは名刺ほどの寸法だった。彼女は時々、エレンへの手紙に他の人からもらった手紙を同封した。そのためエレンは、その手紙の主の近況を直接知ることができた。また、シャーロットは、エリザベス・ギャスケルに宛てた「小袋」に、牧師館の壁に貼った壁紙の見本を入れた。ある友人への手紙には、「次の手紙にも、スミレの花を入れておいてください」と書いた。シャーロットの小説を刊行した出版社の社長ジョージ・スミスの母親に宛てた手紙には、自分で編んだ赤ちゃん用靴下を入れ、追伸としてこう走り書きした。「紙幣が入っているのだろうと思って、この手紙を開ける郵便局員はマヌケですね。中身は靴下なのですから」。エレンへの手紙に「ほんの一ヤードのレース」を同封した時には、こんな心配をしている。「ささやかな品ですが、ブラッドフォードの郵便局で封筒から抜き取られないことを祈ります。あの郵便局の局員は、何か入っていそうなふんわりした封筒を見ると、勝手に封を切るのです」。エレンもシャーロットへの手紙によく何かを同封した。「小さなかわいいカフス」を入れた手紙は、郵便局員に開封された。郵便局員が封蠟を溶かす際に付いた焦げ跡と、彼らが焦げ跡を隠すために施した「のっぺらぼうの封印」がそのことを示していた。

封印は、のぞき見根性旺盛な、あるいは欲深な郵便局員から手紙を守るためだけのものではなかった。シャーロットは封筒に魅力を感じたが、封印にも心を引かれた。封印は、中身がいじられていないかどうかが分かるように文書や箱に施されるのだが、封印によって、中身が奥深くて秘密めいたものになり、人の好奇心をそそる。シャーロットは初期の物語を書いていた頃から、封印に引かれていたようだ。ある物語では、ウェリントン公爵が血でしたためられた手紙を手渡される。手紙の封印には、「幽霊からの言伝」と刻まれている。別の物語では、ドゥロ侯爵（ウェリントン公爵）が愛する女性に本を贈る。本は前出の高級な紙に包まれ、「〝愛なしでは〟と刻まれた緑色の封印」が施されている。シャーロットは、人の心は「封印された本」のようなものだと思っていた。あるいは、「象形文字のようなもので、封印を解くことも解読することもそう簡単にはできない」のだった。しかし、シャーロットがエレンに語ったところによると、エレンの心は、ふたりが初めて手紙を交わしてふたりの親密さが増した時、シャーロットに対して開いた。「エレンの変わりやすく、ひねくれ、矛盾した、暗い部分」がさらけ出された。

封印でありながら、中身が何であるかを示すものもある。シャーロットは、家族の誰かが亡くなった時には、黒色で縁取られた喪中用の封筒と黒色の封蠟を使用した。自分の結婚の通知状を送る時は、白色の封蠟を買ってくれるようにエレンに頼んだ。一八四〇年代には、エレンへの手紙に糊付きの封緘紙《ふうかんし》を貼るようになった。封緘紙は色紙で作られており、格言などの文句が印刷されていた。封筒の普及に伴って一〇年間ほど封蠟が不足したが、その間、言葉入りの封緘紙が最も盛んに使用され、一八五一年には、ロンドン万国博覧会に他の多くの新製品と共に出品された。一八四〇年代の封筒は、特別な形をした一枚の紙を折って作るものだったため、昔のレター・シートと同様に封印が必要だった。伝統的な封蠟（一九世紀は、本物の蠟ではなく、シェラック〔カイガラムシの分泌物を精製した樹脂状物質〕と朱色の顔料から作られた封蠟が主流だった）も用いられたが、文通が盛んになるにつれて高まる需要を満たしたのは、新たに登場した封緘紙だった。封緘紙は、一ペニー切手と同じ時期に売り出された。封緘紙にも「粘着性のある液」が塗ってあり、それを湿らせて貼りつけた。人々は、束ねられた封緘紙を購入した。シャーロットの机やボール紙製のロイヤルブルーの丸形の箱には、「クーパーのオリジナル金銀入り光沢封緘紙　改良版」が入っていた。一八四〇年二月には、ヴィクトリア女王の紋章とアルバート公の紋章が描かれた封緘紙が発売された。ふたりが結婚する日の一週間前に、ウィンザー城においてその封緘紙が使用されたため、封緘紙はロマンチックさを感じさせるものになった。

　何事かの推進、例えば、菜食、表音速記、禁酒の推進を目指して作られた封緘紙を手紙に貼ると、手紙が社会性を帯びた。とても大きな、ある封緘紙にはこう記してある。「あまたの女性が、酒に溺れた親族によって、健康、権利、安楽な暮らし、家庭、そして命をも奪われている。絶対禁酒主義はそれを防ぐ。ゆえに、女性はこの主義を広めてゆかねばならない」。急進的なチャーティスト運動家、婦人参政権論者、反戦運動家などは、「あと六ポイントで婦人参政権獲得」、「戦太鼓が鳴ると、法は沈黙する」といった言葉を封緘紙に印刷した。バイロン、ウォルター・スコット、ナポレオン（ブロンテきょうだいを含めたイギリス人の一部は、ナポレオンに心酔していた）、ウェリントン公爵、シェイクスピアの肖像が描かれた封緘紙も購入できた。ポルカの主なステップを踏む人の姿が描かれた、六枚で一セットの手彩色封緘紙も売り出された。国定記念建造物やウェストミンスター寺院、ティンタン寺院、地下鉄のトンネルといった歴史上重要な建物などが描かれたものもあった。企業が使う封緘紙には広告が掲載された。チェルトナム・アンド・グレート・ウェスタン・ユニオン鉄道の封緘紙は、その先駆けのひとつである。シャーロットの小説を刊行する出版社が作った封緘紙には、「スミス・エルダー社より送付　コーンヒル六五番地　ロンドン」と記されていた。

人々は、折りたたんだ紙を封筒に入れ、宛名を書き、封をし、送った。人が触れることのできる手紙には、書き手の人柄が表れた。シャーロットがエレンに送った手紙の封緘紙――色は青色、からし色、桃色、形はひし形、正方形、長方形――にも言葉が記されている。言葉には冗談やメッセージも含まれている。エレンの手紙が一通も残っていないため、はっきりしたことは言えないが、ふたりは封緘紙を使って会話を交わしていたのかもしれない。封緘紙に記されているのは、「遅れなし」、「あなたへ」、「万事順調」、「郵便料金支払済み」といった手紙の配達状況などを表す言葉、「私を忘れないで」、「今はさよなら」、「私を覚えていて」、「私がいなくなっても忘れないで」などの愛しい人への感傷的な言葉、「L'Esperance（希望）」、「Si je puis（できることなら）」、「Toujours/le meme（いつまでも変わらない）」、「Chacun à son goût（好みは人それぞれ）」などのフランス語である。シャーロットが子供の頃に書いた物語に登場する封緘紙にも、フランス語が入っている。

「今日は賢くあれ」といった助言を伝える封緘紙も幾つかある。一対の封緘紙には、「希望が私の支え」という心に関する言葉、ある封緘紙には「真相」という意味深長な言葉が記してある。シャーロットは、エレンの兄が裕福な女性と結婚したら今まで通りの付き合いができなくなるのではないか、と心配する気持ちを綴った手紙に、「時が経てば分かる」（真実を言い当てた言葉だとは言えない）と記された封緘紙を貼っている。この言葉は、彼女の考えを表しているのだろうか。

言葉入りの封緘紙は遊び心を感じさせる。封緘紙は、中身を見てはいけないということを示すものだが、封緘紙の短い言葉――例えば「私がいなくなっても忘れないで」――から、書き手と受け手がどんな間柄なのかを推測できる。また、封緘紙の言葉を読んだ人は、何かすばらしいものが入っているのではないかと思い、手紙の封を切りたくなる。シャーロットは、エレンへの手紙に貼る封緘紙の言葉に、洒落っ気からインクで細工を加えた。例えば、「L'Amour《愛》」という言葉の上にたくさんの点を打っている――そのためほとんど判読できない。これは、シャーロットがエレンの家を発つ時に、エレンがブロンテ一家への贈り物をシャーロットのトランクにこっそり入れたことに対する怒りの印である。シャーロットは、ふざけて怒っているふりをしたのだ。エレンは、パトリックには暖炉の火よけ、アンには瓶に入った野生リンゴのジャム、エミリーには襟とリンゴ、タビーには帽子を贈った。シャーロットは手紙にこう綴っている。「あなたは、優しい口づけを受けた後、優しい鞭打ちを受けるべきです」

シャーロットの封緘紙とは対照的に、エミリーのそれは謎めいている。エミリーは、丸形の箱に封緘紙を入れ、その箱を机や絵の具箱の中に仕舞っていた。彼女は封緘紙を利用したのだろうか――彼女の手紙は三通だけ残っているが、それらに封緘紙が貼られた形跡はない――封緘紙を持っていたということは、どこかの誰かに送る手紙に貼ったのだろうか。エミリーの封緘紙には、何かを隠しているような秘密めいたところがある。まるでエミリーのようだ。「常に用意あり」、「願わくは為したまえ」、「お好きにどうぞ」、「読み、そして信じよ」、「よければ、おいで」といったエミリーの封緘紙の言葉は、シャーロットの封緘紙のそれよりも曖昧だ。「指輪を持ってきて」などの言葉が記された、どんな状況下で使うのか分からない封緘紙も幾つかある。エミリーが、あるいは他の誰かが、そうした封緘紙を貼った手紙を誰かに送ったのだろうか？　トマス・ハーディは『狂おしき群をはなれて』において、話を大きく展開させるために、同様の言葉が刻まれた封印を使っている。バスシバ・エヴァディーンは、地元の農場主ウィリアム・ボールドウッドに戯れにバレンタインカードを送る。それに施された（封蠟の）封印には、「私と結婚して」という言葉が刻まれている。そのため、ボールドウッドは彼女にすっかり夢中になり、ついには恋敵を殺すに至る。

　エミリーの封緘紙は、エミリーの好みを反映している。ある封緘紙には、彼女の愛する動物である犬が描かれている。犬は岩の上に立っており、封緘紙の上側には「忠実」、下側には「堅固」という言葉が記されている。木を背にして立つクマ《bear》の絵と「it in mind」という文字が組み合わさった判じ絵（「覚えていて《bear it in mind》」という意味になる）入りの封緘紙もある。籠に入った鳥の絵が描かれ、「ここから逃れられない」という言葉が記された封緘紙は、エミリーの詩を思わせる。「家籠り」という言葉と共に、地面を這うカタツムリの絵が描かれた封緘紙は、家にいるのが好きな人にぴったりだ。

　エミリーの机の中に仕舞われていた白色の小さな包みには、「クラークのなぞなぞ封緘紙」が入っていた。これは「すべての文具卸売商および小売商の取扱い品」だった。その大半に、文字のみを用いた判じ物か、ひとつの言葉を表すひとつの文字を組み合わせた判じ物が記されている（本章の写真参照）。現代で言う、テキストメッセージ（携帯電話などで送る短い文章）のようなものだ。「IOU《I owe you》 but goodwill（私はあなたに借りがあるが、善意もある、という意味）」、「U《You》 value me（あなたは私を尊んでくれる、という意味）」、「U no secrets I」（あなたと私の間には隠し事がない）といった判じ物は、書き手と受け手の関係を示している。「ICUR《I see you are》/temptation（あなたは私を誘惑する、という意味）」という艶っぽいものもある（「ICUR」が「temptation」の上《above》に記されているので、「あなたは私を誘惑してやまない《I see you are above temptation》」という意味の、さらに艶っぽい判じ物だとも考えられる）。「U No love's lost I」は、現在は、嫌い合っているという悪い意味で使われるが、ヴィクトリア朝時代の人々は、愛し合っているという意味で使っていたのかもしれない。「ICURA busy B《bee》（あなたは働き者だ、という意味）」、「ICUXL」（「あなたは優秀だ《I see you excel》」）、「URA YZ」（おそらく、「あなたは賢者だ《you are a wise head》」という意味。「z」を「zed」と発音する）は、人を褒める判じ物である。「UR all price（とても大切なあなた、という意味）」、「U it is（あなただから、という意味）」はなんともロマンチックだ。エミリーは詩人であり、独特なユーモアの持ち主だったから、こうした言葉遊びが好きだったのだろう。しかし、最大の謎は、エミリーがこれらの封緘紙（あるいは他の封緘紙）を貼った手紙を誰かに送ったのか、ということである。

　封印と同様に、封緘紙は秘密を守るために貼るものだが、封緘紙に記された言葉から、中身が何なのかをうかがい知ることもできる。シャーロットの封緘紙の包みのひとつには使用法が書いてある。「封緘紙の糊面を湿らせて手紙に貼り、指でしっかりと押さえてください。その後は、手紙を破損させずに開けることは不可能です」。シャーロットは念のため、円形の糊付き封緘紙も封筒の折り返し部分に貼った。封緘紙は、溶かして使うシェラックの封蠟よりも安価だったため、代用として使われた。糊付き封緘紙の場合、舐《な》めて湿らせるのが普通だったが、これは危険な行為とも言

判じ物が記された封緘紙と、それが入っていた包み。エミリーの机に仕舞われていた。これらの実に謎めいた封緘紙は、おそらく次のような意味を示している。左から順に「賢者は行間を読んできた」、「それはあなたに値しない」、「あなたは私を誤解している」、「あなたはすべてを超越している」。最後のものは解読できないが、おそらく、「かつてあなたの側に存在した」という言葉で終わる。

える。小麦粉などの粉類と卵白、アイシングラス（魚の浮袋から抽出されたゼラチン）を混ぜて作った糊に、毒性のある着色剤が加えられていたからだ（封緘紙の屑が、ネズミや害虫の駆除に利用されることもあった）。ブロンテ姉妹は、糊付き封緘紙を入れた箱と一緒に、封印用の母型を机の中に仕舞っていた。つまみ部分が象牙でできた金属製の母型には、点が網状に連なる模様が刻まれている。ブロンテ姉妹は、円形の糊付き封緘紙と共に伝統的な封蠟を用いる時にこれを使った。

　手紙を勝手に開封されるのではないかという不安を抱く人は多く、シャーロットのように、郵便局員が靴下をお金と間違えるかもしれないなどと心配する人もいた。ペニー郵便制度が導入される前は、郵便局員が手紙を強い光にかざして、同封物があるかどうか調べた。手紙を光にかざす行為は、「キャンドリング《candling》」と呼ばれていた。同封物があれば、郵便料金は二倍になった。個人的な手紙や政治的な内容の手紙を盗み読みされるのではないかと人々が不安に思っていたことが、ペニー郵便制度の導入が検討され始めたいくつかの理由のひとつだった。この制度のもとでは、キャンドリングを行なって中身を調べる必要がなかった。しかし、ペニー郵便制度の導入からほどなくして、ロンドン郵便局で大事件が起こった。一八四四年、ロンドン郵便局の「秘密局」が、ロンドンに住むイタリア人政治運動家ジュゼッペ・マッツィーニ宛ての手紙を開封して検閲したのだ。そのことが発覚すると、大反発を招いた。手紙を開封するよう指示した内務大臣サー・ジェームズ・グレアムは各方面から非難され、殊にパンチ誌から厳しく糾弾された。反グレアム運動が勃発し、金属製の「鉤爪」付き封印が考案された。この封印を施せば、開封する時に封筒が破損するため、手紙を勝手に読んでから再び封をするといったことができなかった。また、言葉入りの反グレアム封緘紙が流行した。そのひとつにはキツネの絵が描かれ、次のような言葉が記されている。「隠れ場から飛び出せば《if you break cover》、追い詰められるだろう」(「cover《隠れ場》」には「封筒」という意味がある。手紙を勝手に開封する人のことを、貴族が行うキツネ狩りにおけるキツネに例えている)。別の封緘紙には、「中身があなたに届きますように」という言葉と共に、撃鉄を完全に起こしたラッパ銃の絵が描かれており、プライバシーを守るという強い意志が示されている。「グレアムするべからず」という簡潔な言葉が記されたものもある。

　反グレアム運動が過熱する中、シャーロットは、ブリュッセルで暮らす既婚男性に情熱的な手紙を送った。彼女は、男性の妻に盗み読みされているのではないか、という恐れを常に抱いていた(実際に妻は手紙を読んでいた)。ブランウェルが不義密通を働く一方、シャーロットは既婚者に恋情を抱いていた。前章で述べたように、シャーロットとエミリーはブリュッセルに留学するが、それは、ブロンテきょうだい全員が、お金を稼ぐ手立てを見つけて乏しい家計を助けなければならなかったからだ。父親が亡くなる可能性もあったから、働くしかなかった。パトリックは六〇代で、すでに当時の平均寿命を超えていた。もし彼が亡くなれば、一家の収入は途絶える。おばのブランウェルから相続する予定の遺産はわずかだった。シャーロットは家庭教師として働くが、この仕事に失望した。彼女に言わせれば、家庭教師は「奴隷」と同じだった。家庭教師を経験して唯一良かったのは、経験によって、ジェイン・エアという世界一有名な家庭教師を生み出したことだけである。三姉妹は、牧師館で私塾を開きたいと思ったが、まずは自分たちの能力、特にフランス語力を磨かなければならないとシャーロットは考えた。おばのブランウェルは、姉妹の計画を実現するために必要な資金の一部を出すと言ってくれた。外国の学校は一般的に学費が安かったから、シャーロットは留学しようと決心し、フランスよりもベルギーの方が学費がかからなかったため、パリではなくブリュッセルを留学先として選んだ。ブリュッセルには、学校で学ぶ友人が数人いた。アンは、ロビンソン家で家庭教師を務めており、（薄給だったが）給料をもらっていたため、人々には信じがたいことだったが、エミリーがシャーロットと一緒に留学した。

シャーロットはブリュッセルにおいて、教授コンスタンタン・エジェに恋をした。エジェは結婚していた。出会った当時は五人の子供がおり、後に六人目が生まれた。シャーロットは彼のことを「黒鳥」と呼んだ。彼は強い精神の持ち主ながら、「とても短気で怒りっぽかった」。「色黒で醜い小男」であり、時には「狂った雄猫」や「錯乱したハイエナ」になった。シャーロットは動物好きだったから、彼のような動物を思わせる男性に引かれたのだろうか。生徒であるシャーロットが間違いをすると、エジェは我慢できずに怒ったが、その様子がシャーロットの目には殊に魅力的に映った。エジェはシャーロットの優秀さを認め、彼女に愛情を注ぐようになるが、彼女の恋心に応えることはなかった。学校の経営に携わる彼の妻は、シャーロットの恋心に気づき、彼女に冷たく接するようになった。シャーロットは、エジェと会う機会が減ったため孤独感を抱き、暗澹《あんたん》たる思いに陥った。『ヴィレット』のルーシー・スノウも同様の思いを抱き、放心状態でさまよう。シャーロットは、突然荷物をまとめてハワースに戻った。その後、エジェに何通もの手紙を送った。手紙には、彼女の心の乱れがしだいに強く表れるようになった。現存するのは四通のみである――エジェからの返書は存在しない。シャーロットは、友人に対して使う言葉や先生への敬意を示す表現を用いるよう努め、感情や彼を求める気持ちをなんとか隠そうとした。

シャーロットは、ひときわ熱烈な手紙（現存しない）を出した後、返事が来なかったため、どうか手紙をくださいと書き送っている。彼の言葉は、「天にも昇る気持ち」にさせてくれるもののひとつだった。シャーロットは、いつか彼と一緒に過ごしたいと願い、追伸として、「またお会いしたい」と二回繰り返して書き添えた。驚くほど大胆な手紙であり、ヴィクトリア朝時代としては珍しく（もしかしたら、珍しくはなかったのかもしれない）、欲望が赤裸々に綴られていた。シャーロットは、ロマンチックなことを求めて向こう見ずな行動をとった。この時の彼女は、彼女が創造したジェイン・エアではなく、妹が後に創造したキャサリン・アーンショウに似ている。ジェイン・エアはとても思慮深く、既婚者であるロチェスターと不義を犯さなかった。おそらくエジェは、シャーロットの激情的な言葉に脅威を感じたのだろう。彼は手紙を四つに引き裂き、紙屑籠に投げ入れ、返事も出さなかった。しかし、彼の妻が引き裂かれた手紙に気づき、大きさの異なる白色の紙片をゴム糊で丁寧に貼り合わせたので、ほとんど元通りに読めるようになった。

二か月後、シャーロットは再び手紙を出し、エジェが手紙を受け取ったかどうかを確認した。「この六か月間、あなたからの返事をずっと待っていました。ムッシュ――六か月間も待っていたのです――なんという長い月日！」彼女は、次のような追伸も書き添えた。「あなたからいただいた本を、すべて装丁し直しました」。本には、彼が語ったふたつのことが記されていた。本を装丁するというシャーロットの行為は、どこか官能的である。エジェが触れた本、エジェの思いがこもった本を完全に自分のものにするために行なったことのように思える。エジェはこの手紙も破り捨て、返事を書くのを拒んだ。彼の妻は再び手紙を屑籠から取り出し、針と白糸を用いて粗い目で縫い、修復した。

シャーロットの手紙はいよいよ激しさを増した。彼女は二通目の手紙（本章の冒頭に写真を掲載している）の中で、あらゆる感情を吐露した。彼女はエジェからそっぽを向かれ、昼も夜も「落ち着かず、安らげず」、眠ると悪夢に苦しめられた。感情に任せた言葉を「先生」に咎められても構わなかったが、つれなくされるのは嫌だった。もし、相手にされなくなったら、彼女の心は「激しい悲しみに苛まれ続ける」のだ。たとえ「身を切られるような痛み」を感じても、思いの丈を伝えなければならなかった。彼女はどんどん卑屈になり、自殺をほのめかしさえした。「もし先生から絶交されたら」、もう生きては行けない。でも、少しでも気にかけてもらえるなら、それが生きる力になる。「ほんの少しでも関心を示してくださるなら、私はそれにすがります――それにすがって生きて行きます」。シャーロットは「パンのかけら」でもよいから、与えてほしかった。それを与えてもらえないと、「飢えて死んでしまう」からだ。エジェはこの手紙を九つに破った。しかし、妻が再び紙片を集めて、針と糸で縫い合わせた。

エジェは、卑屈さのにじむ嘆きの言葉が書き綴られたシャーロットの手紙に返事を書いた。彼は、口述して妻に書かせた堅苦しい手紙の中で、六か月に一回手紙を書いてよいという許しをシャーロットに与えた。エジェの手紙が届いたため、四通目の手紙を書いた時、シャーロットは冷静だった。これがおそらく最後の手紙である。エジェの返書は「支え」と「栄養」になったが、シャーロットは非常に物足りなさを感じた。六か月間も便りを出せないなんて、なんと耐えがたいことだろうと嘆き、エジェのことを忘れようとしたが、気持ちを抑えられなかった――彼女は「後悔と記憶の奴隷であり、ひとつの考えの奴隷であり、その考えは心を支配する暴君」だった。もし、エジェから返事が来なかったら、彼女は「やつれ果てて」しまっただろう。理由は不明だが、エジェは四通目の手紙を破り捨てなかった。この時にはもう、妻が手紙を読んで保管していることに気づいていたのかもしれない。手紙の端に、地元の靴屋の名と住所が記されている。彼が、手紙を雑用紙代わりにして、何気なく書き留めたのだろう。

シャーロットがエジェに送った官能的な手紙は、結局、彼の妻クレール・ゾエ・エジェによって保管された――彼女は家庭婦人らしく、手紙を針で縫い合わせ、あるいはゴム糊で貼り合わせた。彼女の娘ルイーズが後に語った話によると、エジェ夫人が手紙を修復したのは、シャーロットが横恋慕していたという事実を証明できるものが欲しかったからだという。夫人は、シャーロットとエジェの関係について「誤解」が生じ、いつかエジェが非難されるおそれがあると思っていた。しかし、それだけが理由なのだろうか。手紙を縫い合わせる――それを数十年間宝石箱の中に仕舞っておく――という行為には、執着心のようなものを感じる。シャーロットと険悪な関係にあったという事実を、形として残したかったのかもしれない。

夫人は後に、手紙を保管していることを夫に明かした。エリザベス・ギャスケルは一八五六年、シャーロットの伝記を執筆するにあたって必要な情報を集めるため、ブリュッセルに赴いた。その時、エジェはシャーロットの手紙の一部をギャスケルに読んで聞かせ、また、彼女に手紙を読ませた。伝記には、当たり障りのない部分のみ引用されている。夫人は、長い年月が経ってから、娘のルイーズに手紙を見せた。その頃、シャーロットはすでに有名になっていた。ルイーズによると、彼女がある講演会に参加した後、母親が手紙の存在を打ち明けた。講演会では――ルイーズは講演者の名を明かしていない――エジェ一家が偉大な作家に残酷な仕打ちをした、という批判が為された。一八九〇年に母親が亡くなると、ルイーズは手紙を父親に返した。父親は、彼が怒って「屑籠に投げ捨てた」手紙は、とうの昔に処分されたと思っていたに違いない。ルイーズは母親に倣って手紙を保管し、一八九六年に父親が亡くなった後、きょうだいのポールに手紙のことを話した。一九一三年、ルイーズとポールはロンドンへ行き、手紙を大英博物館に寄贈した。大英博物館の学芸員は、もろくなった手紙を一枚ずつ、二枚のガラス板で挟んで額にはめ込んだ。そして、手紙を収納するために特別に作った木箱の細長く仕切られた各部分に、額を一枚ずつ入れ、ニスが塗られた木枠の側面に目録番号を記した。

シャーロットは、エジェが手紙を破ったことも、夫人がそれを修復したことも知らなかったのだろう。ただ、夫人が手紙を読んでいるのではないかという疑念を持っていた。最初の手紙を出した時は、なかなか返事が来ないので、夫人が手紙を夫に渡さず隠し持っているのではないかと思った。彼女は、エジェに手紙が届かないという事態を避けるために、あの手この手を使った。例えば、手紙のひとつをアテネ・ロイヤルに送った。エジェがこの学校でも教鞭を執っていたからだ。ブリュッセルに行く友人に、エジェ教授に直接渡してねと言って手紙を託すこともあった。返事を待たずに出した手紙には、次のように言い訳を書いた。「私が手紙を書く番ではないことは重々分かっていますが、ウィールライト夫人が、ブリュッセルへ行くついでに手紙を届けてくださるというので――手紙を書きます。こんな良い機会を逃す手はないと思います」。別の手紙には、友人のジョー・テイラー――メアリー・テイラーのきょうだい――が、エジェに手紙を手渡しで届けるということを記している。「ブリュッセルに寄る予定の知人の紳士が、手紙を届ける役を買って出てくれました。ですから、この手紙を受け取られたことと思います」。エジェが返事を書くのを拒んだ時は、友人が返書を持って帰ってくると思っていただけに、深い屈辱を覚えた。シャーロットは苦々しさを感じながら、彼にこう書き送っている。「テイラー氏が帰ってきたので、私への手紙はありますかと尋ねました――〝いや、ないよ。まあ待つんだ〟――私は言いました――〝メアリーがもうすぐ帰ってくるわね〟――メアリー嬢が帰ってきて、〝エジェ氏からは手紙も伝言も預かっていないわ〟と言いました」。友人を巻き込んだシャーロットは、なおさら疎外されているように感じたのではないだろうか。

四通目の手紙の返書が夫人によって書かれていたため、シャーロットは、夫人が手紙を読んだと確信したのではないか。私がブリュッセルを去る何か月も前から、「先生」の妻は私の恋心を知っていたのだ、とシャーロットは思っていた。彼女はエジェに対してだけでなく、夫人に対しても説明しがたいただならぬ思いを持っていた。複雑な感情が、彼女の夫人に対する態度に影響を及ぼした。エジェの愛を勝ち得たいと願う彼女は、夫人に対してよくある嫉妬心や競争心を燃やした。しかしその一方で、夫人に敬意を抱き、魅力すら感じ、恋敵ながら見上げた女性だと思っていた。

シャーロットは、夫人のことを決して忘れなかった。彼女はハワースに戻ってから間もなくして、最初の小説の執筆に取りかかった。初めは「先生」という題名を付けたが、後に「教授」に変更した。そして、夫人をモデルにして、登場人物であるゾライード・リューテルを造形した。それから何年か後、『ヴィレット』の一筋縄ではいかないベック夫人――ルーシー・スノウが教師として勤める寄宿学校の校長で、頭が切れる策略家――を創造するが、そのモデルもエジェ夫人である（夫人は小説の海賊版を読み、自分がモデルであることにすぐに気づいて激怒した）。ルーシー・スノウは、ハンサムなブレトン医師から手紙をもらうと、雇い主であるベック夫人に見つからないように隠す。まず、銀色の紙で手紙を包んで「小箱」に入れ、小箱を箱に入れて錠をかけ、書き物机の抽斗の中に仕舞う。しかし、対策を講じたにもかかわらず、ベック夫人がその手紙と他の四通のブレトンからの手紙をこっそり取り出して読む。手紙を結わえているリボンが乱れていたことから、ベック夫人が道義にもとる行為をしたことが明らかになる。シャーロットは愛する男性に手紙を書いたが、この小説の先生や生徒は、愛する男性から手紙をもらう。そして、第三者であるひとりの女性が彼らの関係を探る。ルーシー・スノウには、シャーロット自身の姿が多分に投影されているが、現実の世界にいるシャーロットよりも力強さがあり、積極的に行動する。この小説では、ある意味、シャーロットが第三者として自分を探っているとも言える。シャーロットは、ロマンチックな方法で手紙のやりとりが行われる場面で、ルーシーにも誰かを探る第三者の役を与えている。すでに述べたように、ルーシーはその場面で、窓から投げられた桃色の手紙を読む。

ルーシーは、ベック夫人による「探り」にうんざりし、手紙を別の場所に隠そうと考える。隠し場所として学校の屋根裏部屋を思いつくが、そこは湿気があり、ネズミにかじられるおそれもある。そのため、土の中に埋めることに決め、古物店——「古びた物でいっぱいの古びた店」——へ行き、厚いガラス瓶を買う。そして、「手紙を細く巻き、油を塗った絹布で包んで麻紐で結わえ、ガラス瓶に入れ、古物店の年老いたユダヤ人が瓶ガラスに栓をし、封印を施し、完全に密閉した」——これは、想像し得る最も念入りな「封印」である。ルーシーはこの「宝物」を持ち、学校の庭へ行く。そこに立つナシの古木には深いうろがある。彼女は、うろにガラス瓶をそっと入れ、その上に、近くの道具小屋で見つけた石の板を置いて漆喰で固定し、最後に土をかぶせる——あたかも、手紙を別の世界へ送るかのように。彼女はこれを、手紙と報われない恋の悲しみの「埋葬」と呼ぶ。過去の悲しみに「死に装束をまとわせ、芝が敷かれたばかりの墓地に埋葬」する。手紙を遺骸になぞらえるのは、ひとつの言い伝えがあるからだ。「木の根もとにある厚い板は、地中深くにある埋葬室への入り口だ……陰鬱な中世に、ひとりの娘が誓いを破ったので、修道士が密議の末に娘を生き埋めにした」。ルーシーも自分を——ブレトン医師を愛することで生気を取り戻した自分を生き埋めにする。彼女はまた、女性だからという理由で機会を著しく制限する社会の中で、数々の嫌な仕事をこなし、ままならない人生を送る自分を埋葬したようにも感じる。

シャーロットが人の体になぞらえた手紙は、体の一部（髪の毛など）を入れた手紙を思い起こさせる。エジェへの手紙——シャーロットが身を削る思いで書いた手紙は、彼女の一部だとも言える。その手紙は、ヴィクター・フランケンシュタインの手に渡った遺骸と似たような運命をたどった。ヴィクター・フランケンシュタインは、遺骸の部位を縫い合わせて怪物を作り出す。メアリー・シェリーは、手紙が書かれた時から遡ること二七年前にこの物語を執筆している。エジェへの手紙は、シャーロットの性格、身ぶり、手、表情を伝えるが、幾通ものエレンへの手紙は、それらをより強く伝える。彼女が生涯にわたって書き続けたエレンへの手紙は、どれも情熱的だ。初期の手紙は堅苦しいが、しだいに愛情表現が激しくなる。きちんと封印された手紙をエレンからもらうと、シャーロットは「喜びに胸を躍らせた」。手紙を読み、「興奮のあまり全身をわななかせる」こともあった。ブレトン医師から手紙が届く時、孤独なルーシーも心から無上の喜びを感じる。手紙の書き出しの挨拶は、「親愛なるエレンへ」から「最愛のエレンへ」、「私だけの愛しいエレンへ」といったものへと変わり、結びの挨拶は、「信じて、私は変わりません　あなたの愛情も。友よ」から「さようなら、大大大好きなエレン」、「ごきげんよう、私の一番愛しいエレン　私はいつまでもあなたのものです」へと変化している。また、シャーロットは、長い間エレンと会えないことを嘆き、「私の愛しい人」、「私のかたわらで安らぎを与えてくれる人」に会いたいと願い、離れずに済むように、ずっと一緒に暮らせる家を建てようと提案している。「エレン、あなたと一緒に暮らしたい……小さな家と少しのお金があれば、死ぬまで、愛おしみ合いながら一緒にいられるでしょう。他に誰もいなくても、私たちは幸せに過ごせます」。恋人同士になろうとしているふたりが交わすような言葉も綴っている。ヴィクトリア朝時代の男性が女性に求愛する時に使っていた言葉の類いである。「私は、私の熱い不屈の心から湧き出る、この上なく温かな愛情を、惜しむことなくあなたに注ぎます――もしも、あなたが冷たくなるなら――もう終わりです」。作家ヴィタ・サックヴィル＝ウェストは一九二六年、シャーロットのエレンへの手紙を読み、次のように述べた。ウェストは両性愛者で、ヴァージニア・ウルフと恋愛関係にあった。「シャーロットは、いかなる性的指向を持っていたのか。その答えはほとんど明らかです。シャーロットが自分の性的指向に気づいていたかどうかは分かりませんが、彼女の手紙は純然たる恋文です」

シャーロットとエレンはロウ・ヘッド校で学んでいた頃から、当時の他の娘と同様に、ひとつのベッドで一緒に寝ていた。シャーロットは、エレンがかたわらにいると、とてもぐっすり眠れた。ある手紙には追伸としてこう書いている。「ベッドを共にしてくれる人がいなくて寂しいです。あの頃のように穏やかに眠れません。あなたを恋しく思う気持ちは募るばかりで怖いくらいです」。ふたりはしばしばベッドの中で、あるいは暖炉の前で髪の毛を巻きながら、繊細な問題を語り合った。シャーロットは、ブリュッセルでエジェに恋心を抱き始めた頃、ひとつの難しい問題について顔を合わせて話したい、とエレンに手紙で伝えている。その問題が何なのかは詳しく書いていない。「いつの日か、夜に——ハワースかブルックロイドの家で一緒に過ごせる時が来たら、暖炉の炉格子に足をのせて——髪を巻きながら——（そのことを）詳しく話します」。髪を巻きながら繊細な問題を語り合うことが多かったので、髪巻きという言葉を、繊細な問題について語り合うという意味で使った。ある友人に来訪を求めた際には、「夜ごと、静かな〝髪巻きの時間〟」を過ごしましょうと約束した。妹が亡くなると、エレンにハワースまで来てもらった。慰めてほしかったからだ。ふたりは語り合い、シャーロットはエレンの頭を撫で、彼女にもたれかかってこう言った。「もしも私が男であったなら、汝こそが私の妻となっていただろう」

シャーロットとエレンが性的関係を結んでいたのかどうかは知る由もなく——性的関係を示す証拠は何もない——取り沙汰することでもないのかもしれない。ふたりが激しい愛情を抱いていたことは、手紙を読めば明らかである。ふたりの愛情はロマンチックで、どこか官能的でもある。おそらくシャーロットは、ヨークシャーに住んでいたアン・リスターなどのように女性を恋人や「妻」

にした女性のことを聞いて知っていただろう。もしかしたら、そうした知己を持っていたかもしれない。

二〇世紀あるいは二一世紀においては特異なことかもしれないが、女性同士の熱烈な愛情の交換は、当時は慣習として行われていた。慣習といっても、シャーロットとエレンの愛情は、偽りのない心からのものだった。ヴィクトリア朝時代の女性は、献身的な愛情を注いでくれる女友達を持つことを望んだ。女性が女友達に対する自分の感情や深い思いを表現するのは良いことだ、と当時の人は思っていたから、女性はそれを素直に表現した。シャロン・マーカスは、ヴィクトリア朝時代の女性の友情に関する著書の中で、同性愛に対する恐怖が広がるのは二〇世紀になってからだと述べている。一九世紀には、様々な女性間の行為が受け入れられていた。女性は唇にキスし合い、お互いの腰に手を回して歩き、ひとつのベッドで一緒に丸まって寝た。一生を共にすることもあり、当時の人は、時にそれを「結婚」と呼んだ。これらは、女性の「自然な」行為だと見なされた。もちろん、女性同士が肉体関係を結ぶこともあった——今日で言うところのレズビアンという愛の形である。しかし、女性にとって重要な意味を持っていた女性間の愛の大半は「レズビアン」の範疇に入らないし、どの範疇にも入らない。ヴィクトリア朝時代の女性は、誰はばかることなく女性に熱烈な愛情を注ぎ、とても魅力的な女性の愛情を得ようとして他の女性と争い、女性の身体の美しさを称賛した。マーカスは、何百という日記や手紙を調べてそのことを明らかにしている。女性は、女友達と自由に愛情を交わすことができた。しかし、未婚の女性が男性と自由に愛情を交わすと咎められた。未婚の女性の男性に対する行為は注意深く監視、制限された。

シャーロットの著書『シャーリー』のふたりの女性主人公は最終的に男性と結婚するが、シャーロットは、彼女たちが注ぎ合う愛情に重きを置いて描いている。この小説では、二組の女性同士が深い愛情で結ばれている。シャーリーの家庭教師プライア夫人は、シャーリーの親友キャロラインに対して、尋常ならざる優しい愛情を注ぐ。話が残り四分の一ほどになった頃、登場人物と読者は、夫人が、長い間行方知れずだったキャロラインの母親であることを知らされる。夫人はキャロラインに、人生を共に築こうとさえ言う。このくだりは、ヴィクトリア朝時代の数々の小説の中の、異性愛者が結婚を申し込む場面を思わせる。「私は他の誰といる時よりも、あなたといる時に幸せを感じます……あなたと一緒にいることは、私にとってとてもすばらしく――この上なくすばらしく、心の慰めになる、ありがたいことなのです……あなたは私を愛してくれますか？」夫人の切なる望みは、自分の家を持ち、キャロラインが「私のもとに来る」ことである。夫人が病床に臥すキャロラインを胸に抱き寄せると、キャロラインはこう言う。「私は治りたいとは思いません。いつまでも、あなたに側にいていただきたいから」

シャーリーとキャロラインも愛情を注ぎ合う。異性愛者の恋愛模様だけでなく、女性間の愛情が描いてあるため、この小説はより生き生きとしたものになっている。シャーロットは、エミリーをモデルにして「男勝り」のシャーリー（当時は、一般に男性名として用いられた）を創造した。もし、エミリーが「健康で財産を持っていたら」、シャーリーのような女性になっていたのだろう。シャーリーは、自分のことを「従騎士」だと思っている。「キールダー隊長」でもある。彼女は、両親が「私に男の名を付けたの。そして私は男の仕事に就いた」と説明する。「だから私は男っぽいの……まるで自分が男であるかのように感じるわ」。シャーリーが針仕事を軽んじ、口笛を吹くので、「男のような振る舞いをする」女性だと人に思われてしまう、と家庭教師は心配する。シャーリーは、キャロラインに自分の喜びについてこう語る。「おとなしく、利口で、思慮深い私の友であり、お目付役でもある彼女（キャロライン）が私のもとに戻ってきたら、私は部屋の中で彼女を座らせて眺め、彼女と話すの。でも、特に何もしなくても、彼女も私も楽しいのよ」。キャロラインは、シャーリーと「つながっている」と感じる。たとえ喧嘩をしていても、キャロラインが他の人に愛情を向けていても、シャーリーは「生きる糧と慰め」を与えてくれる。「あなたが――あなたさえ――側にいてくれれば、私は元気になり、心が安らぐのよ、シャーリー」

ある夜、ふたりはひとつのベッドで一緒に過ごす。その時、キャロラインは、自分の愛する男性がシャーリーに結婚を申し込んだことを知る。ふたりは「夜もすがら」寝ずに語り合い、誤解が解ける。キャロラインは、シャーリーと自分の愛する男性が愛し合ってはいないことを理解する。シャーロットは、娘たちが一緒にベッドで過ごすことで慰めと安らぎを得る姿を描き続けた。『ジェイン・エア』のヘレンは、ローウッド校において、ジェインの腕の中で亡くなる。未完の絶筆『エマ』では、熱心に勉強する生徒が、褒美として女校長と一緒に寝ることを許される。

『シャーリー』のシャーリーとキャロラインは夜の語らいの後、それぞれ結婚するが、ふたりの結婚相手が兄弟であるため、ふたりは親戚としてつながり続けることになる。シャーロットとエレンも同様の関係になる可能性があった。そのことをもとにして、シャーロットは小説の展開を考えたのではないだろうか。シャーロットはエレンの兄ヘンリーから求婚された。ヘンリーを愛していなかったから申し込みを断るが、ある理由により、求婚を承諾したいという気持ちもあった。「ねえ、愛しいエレン、結婚の申し込みは魅力的でもありました――もし結婚すれば、あなたとも一緒に暮らせるからです。そうなれば、どんなにか幸せでしょう」。これらの例の場合、女性同士が結婚した、あるいは結婚しようとしたとも言える。彼女たちにとっては、男性との絆より女性との絆の方が大切なのだ。

シャーロットは、『シャーリー』などにおいて、登場人物に異性を装わせている。これは彼女の得意とするところだ。また、初期の物語の大半を、チャールズ・ウェルズリーの視点に立って書いている。最初の小説『教授』も語り手は男性である。彼女は男性になりきって手紙を書き、男性風の署名を記し、エレンの家を訪れた時は、家の人に「チャールズ」と呼んでもらった。さらに、カラー・ベルという、男性とも女性ともとれる筆名ですべての小説を発表した。『ジェイン・エア』をはじめとする女性を主人公に据えた小説の登場人物にも、異性を演じさせた。ロチェスターはジプシーの老婆に変装する。それによって、特権階級に属する頑固な彼が、おもしろみのある人物になる。『ヴィレット』のルーシー・スノウは、学校で催される劇で、ジネヴラ・ファンショーの演じる女性に熱心に求愛する伊達男役を務める。

シャーロットの小説を見渡すと、愛情を注ぎ合う様々な女性が描かれていることが分かるが、シャーロットは、男性の愛情を得ようとして競う女性にも目を向けている。『ジェイン・エア』の高慢ちきなブランシュ・イングラムは、ロチェスターに色目を使う。しかし、後に、ロチェスターがバーサ・メイソンと結婚していることが判明する。学者でフェミニストのサンドラ・ギルバートとスーザン・グーバーは、「屋根裏部屋の狂った女」であるロチェスターの妻とジェインとのつながりを見事に読み解いている。ふたりによると、バーサは、ジェインを映す鏡あるいはジェインの分身である。怒り、性的感情、反逆心を秘めたジェインの中のもうひとりの自分がバーサなのだ。家庭教師は怒りを表に出すことを許されなかったから、ジェインはその感情を抑えるしかなかった。

シャーロットの小説では、女性が他の女性に成り代わって発言し、行動する。

　別に驚くことではないが、エレンとシャーロットとの文通は、シャーロットが婚約した時などに幾度か中断した。シャーロットがアーサー・ニコルズと結婚することを決めると、エレンが嫉妬し、ふたりの友情が破綻しかねない事態にまで至った。生涯独身を通したエレンは、シャーロットの一番の愛情の対象ではなくなったという悲しみをなんとか乗り越えたが、もはや以前のように手紙を交わせなくなった。ニコルズは、ふたりの手紙は「黄燐マッチと同じように危険」だと考えた。私的なことが事細かに書かれていたからだ。シャーロットによると、手紙が他人の手に渡るのを恐れた彼はエレンに対して、「私（シャーロット）の手紙を受け取って読んだら、手紙を燃やすと固く約束する」よう求めた。「もし、約束しないなら、私が書いたものを一行も漏らさずに読むでしょう。彼は、検閲官をもって自ら任じているのです」。ひどい脅し――シャーロットの最良の友人への手紙を読み、書き替えるというニコルズの脅し――を受けたエレンは、冒瀆《ぼうとく》されたように感じた。エレンは、もし彼がふたりの手紙の内容を調べないと約束するなら、「シャーロットの手紙を破棄することを誓います」と書き送った。しかし、約束を守らなかった。彼が相変わらず手紙を読んでおり、そのため親密な手紙のやりとりができなかったからだ。手紙を書くシャーロットの肩越しに彼が目を光らせていることをエレンは知っていた。シャーロットがその事実について手紙に書き加えていたのだ。シャーロットはエジェ教授への手紙を彼の妻に盗み読みされたくなかったため、彼に手紙が直接届くよう苦心したが、エレンはその時のシャーロットと同じような心境だったのではないか。シャーロットは、横暴なニコルズの言うことに驚くほど唯々諾々と従った。もしかしたら、彼の「男らしい」強引さにときめきを覚えたのかもしれない。彼女が創造した女性主人公は、男性の強引さを称賛する。シャーリーは自立した女性だが、夫が自分の「主人」になることを望む。「その男性は、私の癇癪《かんしゃく》を抑えてくれる……私はその人を愛さずにはいられないけれど、きっと私はその人を恐れるわ」。その男性とは、彼女のかつての家庭教師である。彼女はその男性に抑圧され、「鎖につながれた砂漠の民」になる。

愛情を交わし合った長い年月の間に、シャーロットはエレンから数百通の手紙をもらっているが、エレンによると、シャーロットはそれをニコルズの頼みに従って燃やし、残されていた手紙はシャーロットの死後、ニコルズがすべて破棄した。しかし、彼は、残されていた手紙については何も知らないと主張しており、真実は闇の中だ。エレンは、シャーロットの手紙の一部を切り取った。シャーロットのサインを欲しがる崇拝者に、彼女の署名が記されている部分を切り取って送ったのだ。時にはそれに本文の部分を添えた。エレンは手紙を公表しようと考えていたため、人名を黒く塗り潰し、熱烈すぎる文言が綴られていないか調べた。パトリックも、シャーロットの遺物を求める人のために手紙の一部を切り取った。さらに、幾通かの手紙を切り分けて、世界各国の人に送った。ブロンテ姉妹研究者マーガレット・スミスは、散逸した手紙の小片を収集した。スミスは、シャーロットの手紙を丹念に読み、全三巻にわたる書簡集を編纂している。一八四九年六月九日付の手紙は多数の小片に切り分けられたが、スミスはそのうちの五片のありかを突き止めた。小片はそれぞれ、ニューヨークのモーガン図書館、カレン・ビックネル夫人の個人コレクション、テキサス大学ハリー・ランサム・センター、ダブリン大学トリニティ・コレッジ、ヨークシャー州のブロンテ牧師館博物館に収められていた。スミスが誠実さをもって、労を惜しまず収集したのも、シャーロットに対する愛情のなせる業だったのかもしれない。

シャーロットのエレンへの手紙には、解き得ない謎を秘めたものがある。一八四七年八月二八日付の手紙はそのひとつだ。シャーロットはまず、裏側の折り返しの部分に、「Look Within《中を覗いてみて》」という言葉が記された封緘紙を貼った。次にペンを手に取り、「Look」を一本線で消し、「L」の上に点をふたつ打った。さらに、「Within」の前に「S」を書き加えて「Swithin」という単語に変え、それに下線を引き、「Swi」の下に傍点を三つ打った。手紙の中身はすでに紛失しており、シャーロットが書き替えた封緘紙の言葉の意味するところは謎のままである。七月一五日の聖スウィジン《Swithin》の日を指しているのだろうか？　この日の後は、四〇日間、この日と同じ天気が続くのだそうだ。七月一五日は晴れて暖かくなることが多く、その後の四〇日間は、雨が降ったり雷が鳴ったりする日もあるが、晴れる日がほとんどである。エレンは、七月後半にハワースを訪れた。彼女と三姉妹――エレンは、自分たちのことを「カルテット《四人組》」と好んで呼んだ――は、長い時間を荒野で過ごし、七月二一日には、幻日（複数の太陽が空に浮かんでいるように見える光学現象）を目撃した。この不思議な現象を見たことから、天気や件の言い伝えに話題が移ったのかもしれない。聖スウィジンの日から四〇日後にあたるのは八月二四日であり、この日から数日後、シャーロットは言葉を書き替えた封緘紙を貼った手紙を送っている。

　八月二四日は、シャーロットにとってとても重要な日でもあった。この日、『ジェイン・エア』の原稿をスミス・エルダー社に送ったのだ。原稿の入った包みは列車で輸送された。駅では郵便料金の前払いができないので、事前に郵便料金分の切手を貼った。彼女は、執筆活動については、愛情を注いでくれるエレンにも胸の内を明かさなかった。小説を出版したことについては、『シャーリー』が世に出た後に話した。しかしエレンは、シャーロットが『ジェイン・エア』の作者なのではないかとずっと前から薄々感じていた。シャーロットが封緘紙の言葉を書き替えたのは、明かしていない秘密を「覗かないで」と暗に言いたかったからかもしれない。彼女は、エレン以外の大切な女性である妹にだけ、執筆活動についての本心を明かした。妹とは難しい間柄だったが、シャーロットにとって妹はかけがえのない存在だった。

第6章

机の魔法

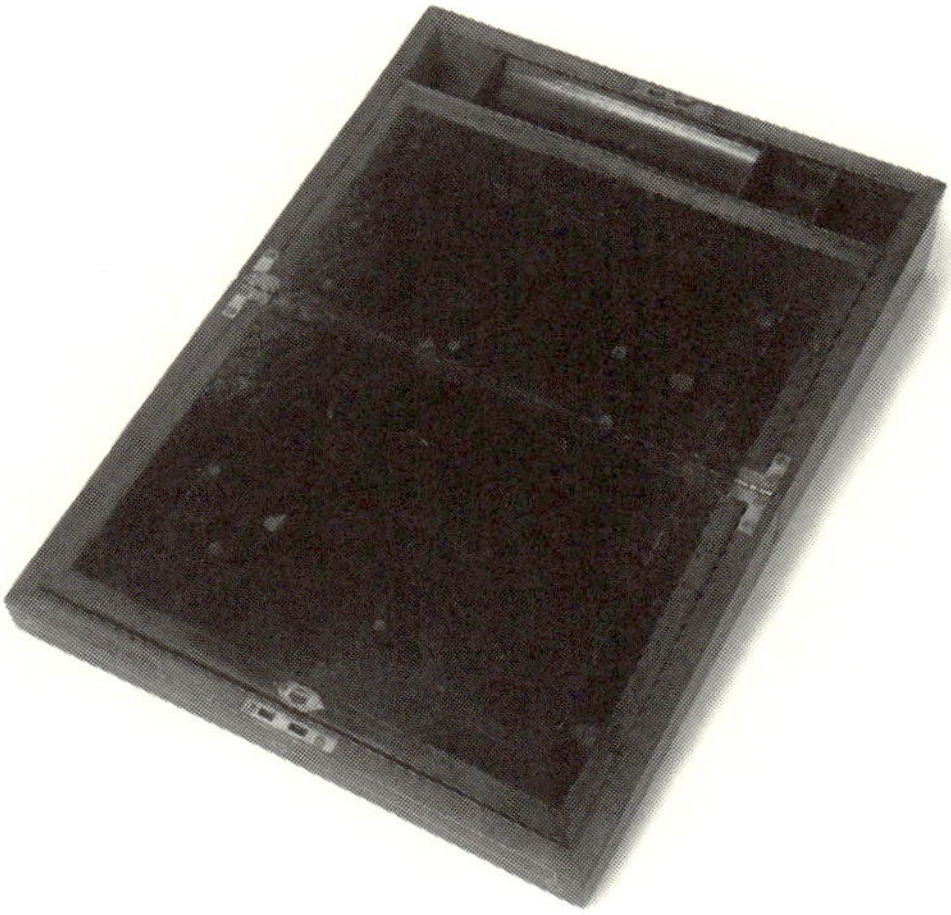

グレアムは、何とか彼女の気を引こうと思い、机を開けて中身の数々を見せた。封印、鮮やかな色の封蠟の棒、ペンナイフ、とりどりの版画……

シャーロット・ブロンテ『ヴィレット』

一八四五年の秋、シャーロットは、エミリーの書き物机の中を探った。この行動が、姉妹の作品の最初の出版につながった。シャーロットは作家として世に出るために、関係方面に手紙を送り、根気強く働きかけていた。一方、エミリーは内緒で詩を作っていた。ゴンダル国の物語を一緒に書いていたアンにも自分の詩を見せていなかった。ふたりは、六月末に列車でヨークへ行っている。エミリーは二七歳、アンは二五歳になっていたが、列車に乗っている間、空想の世界の中の「学びの宮殿から逃げている」人になりきっていた。旅行から帰って数週間経った頃、アンは日記紙（一八四五年七月三一日付）にこう記している。「エミリーは詩を書いている。どんな詩なのだろう?」

現存するエミリーの詩稿から、彼女の執筆過程がうかがえる。エミリーは紙片に詩を書いた。紙片の中には、手紙の角を破り取ったもの、エッセイが記された紙や薄茶色のボール紙の切れ端などもあるが、その多くは、ノートの紙をふたつか四つに、あるいはもっと小さく切ったものである。

初めにノートに詩を書き、その部分を余白ができないように切り取ったらしきものもある。シャーロットとブランウェルが自作の雑誌に小さな文字を用いたように、エミリーも小さな文字を用いた。幾編もの短い詩を小さな紙片に綴ることもしばしばだった。ある紙片は、わずか縦三インチ、横二と四分の一インチで、八編の詩がぎゅうぎゅう詰めに書かれている。紙片はとても小さく、文字は判読しにくく、びっしり書き連ねてあり、紙片の端から零《こぼ》れ落ちんばかりである。エミリーは一八四四年、ゴンダル国を舞台にした「キャッスルウッドにて」と題する死についての詩を作り、数年前におばのブランウェルが亡くなった時に使用した、黒く縁取られた便箋の一部分に書いた。彼女は詩の最終行の後に、「私の務めは済んだ」という一文を加えている。

エミリーは時々、詩に絵を添えた。例えば、噴火する火山、まるで地球外生物のような、毛皮に覆われた生き物や飛び跳ねる生き物、翼のある蛇、羽ばたく鳥の絵。ある紙片には、椅子に座り、窓から荒野を眺める人を描いている。おそらく自画像だろう。また、ひし形や蹄鉄の絵といった様々な形や絵を言葉に組み込んだ。それは彼女の私的言語であり、もはや意味を知ることはできない。

エミリーは、多数の小さな紙片に書いた詩に手を加え、その後、ノートに清書した。彼女は詩を年代順に並べなかったが、それには意味があった。幾編もの詩をひとつの詩として見るためにそうしたのである。数年後、良い出来栄えの詩をさらに手直しし、新しい詩を幾編か加えた。そして、二冊の新しいノートの一方にゴンダル詩を、もう一方のノートにその他の詩を書き写した。詩(全体的に加筆を施した)を新しいノートに書き写すと、その詩を書いていた最初のノートのページを破り取って捨てた。そのページに、書き写す価値がないと判断した詩を書いている場合は、書き写した詩だけ線を引いて消した。「ゴンダル詩」のノートは赤色の紙表紙で、ノートの値段である六ペンスという文字が印刷されている。エミリーは出版された本を真似てノートに標題紙を設け、絡み合う蔓の模様を描いた。清書したノートは、エミリーにとって出版された本と同じであり、彼女だけがその読者だった。

エミリーは、詩を書いた紙片とノートを携帯用の書き物机に仕舞っていたようだ。机には、手紙、便箋と封筒、封印、インク、金属製のペン先が入っていた——これらは彼女の死後、机の中から発見された。エミリーは机に常に錠をかけ、鍵を身に着けていたのかもしれない。ブロンテ姉妹は三人とも、携帯机を所有していた(本章の初めに、シャーロットの携帯机の写真を掲載している)。ブランウェルもひとつ所有していたはずだが——女性用の携帯机は男性用のものよりも「繊細」で、彼の携帯机は姉妹のものよりも大きかった——それが現存するのかどうかは分からない。エミリーは、携帯机のことを「机箱」と呼んでいた。一八四一年の日記紙は、こんな書き出しで始まっている。「金曜日の夜、九時に近い——雨まじりの荒れた天気。机箱を整頓し終え、食堂の椅子に座ってこの日記を書いている」

エミリーは、紫檀製の傷んだ机箱を使っている時、その自分の姿を文章の隣に描くことがあった。ある絵の中の机箱の傾斜した筆記台には、紙（まさにその時エミリーが絵を描いている紙で、目立つように描かれている）がのっている。筆記台は紫色のビロードで覆われ、インクの染みが付いていた。エミリーの机箱は、閉じると、靴箱より少し大きいくらいの長方形の箱になった。蓋と本体は蝶番《ちょうつがい》でつながっていた。蓋と本体の内側は傾斜しており、開くと、読み書きするための筆記台になった。開いた状態の時でも小さく、そのため、ラップデスクとも呼ばれた。テーブルデスクという呼び名もあった。前述の絵（本章に写真を掲載している）のエミリーは、彼女の小さな寝室の中で木製の腰掛けにかけ、膝に机箱をのせて日記を書いている。かたわらのキーパーは敷物の上で寝そべり、フロッシーはベッドにのっている。別の紙に描かれたひとつの絵のエミリーは、テーブルに机箱を置いて書き物をしている。もうひとつの絵のエミリーは、窓辺に立って外を眺めている。テーブルに机箱が開いた状態で置かれており、その上に紙が用意されている。

シャーロットが机箱を使っている姿を描いた絵は存在しないが、彼女の机箱の状態から、どんな風に使われていたのかを推測できる。彼女の複数の机箱の内側の上部には、仕切られた部分があり、そこにインク壺が入っていた。机箱のひとつの下部にはインクがこびりついている。その机箱の傾斜した筆記台を覆う茶色のビロードにも、エミリーの机箱のそれと同様にインクの染みが付いており、上部右角が特に黒く汚れている。ペン先をインクに浸してからペンを紙の上に動かす際に、インクが滴り落ちたのだろう。筆記台を開けると、物を収納できる空間がある。シャーロットはそこに種々雑多なものを入れた。そのひとつは、アンの編んだ髪である。アンが一三歳の時に父親が切ったその髪は、青色のリボンで結ばれ、小さな封筒に収められていた。シャーロットは、手書きの襟の型紙、カフス、壁紙なども入れており、執筆する時だけでなく、針仕事や手芸をする時にも机箱を使っていたことがうかがえる。針仕事と机箱は分かちがたくつながっていた――型紙や布きれが、手紙や紙と一緒に仕舞われていた。シャーロットが中央にペンで詩を書いている小銭入れの型紙は、そのつながりを示している。詩は、「忘れえぬ」という題名の、長く続く愛についての短い詩である。

小さな紙に文章を書くことを好んだブロンテ姉妹は、小さな机箱の上で紙片に書き、紙片を机箱に仕舞った。エミリーとアンは、二インチ四方のブリキ製の箱にふたりの日記紙を折りたたんで収め、その箱を代わりばんこに自分の机箱に入れた。姉妹の遺品を数多く受け継いだシャーロットの夫アーサー・ニコルズは、一八九六年、ブロンテ姉妹の机箱のひとつの底に入っていた箱を取り出し、初期に姉妹の伝記を執筆した人物に見せた。姉妹は、旅行の時には、机箱をトランクに入れて持って行った。また、小説の原稿を折って箱に入れ、その箱をまた別の箱に入れた。この行為は、まるで執筆作業工程の一部であるようにも思える。『教授』の清書した原稿には、ふたつか四つに折った跡が残っている。シャーロットが箱に入れるという工程を欠かさず行なったということなのだろう。エミリーは、一八四七年にブリキ製の箱を購入した。彼女の伝記を執筆したエドワード・チタムは、『嵐が丘』の原稿を入れるための箱だったと考えている。

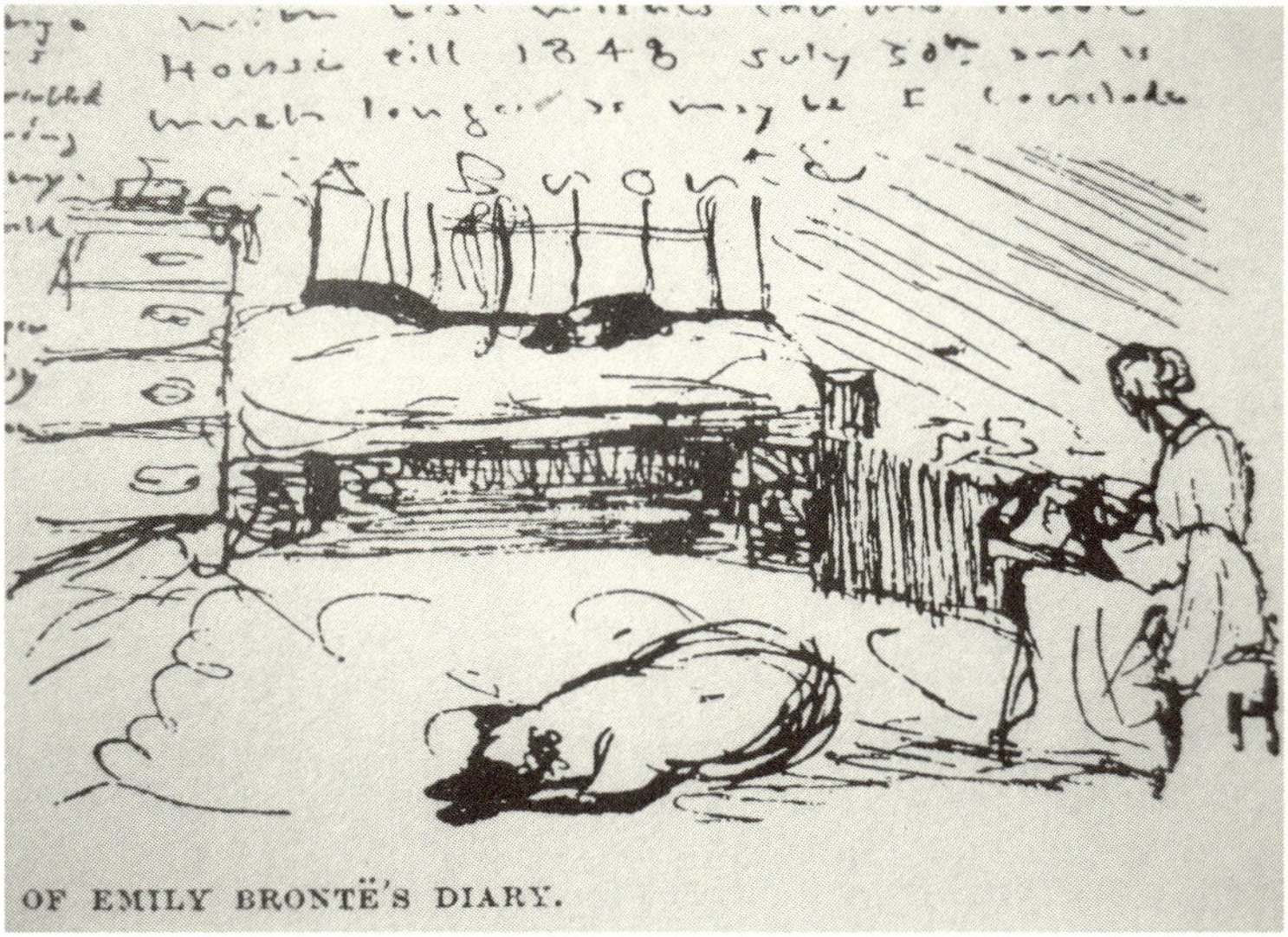

シャーロットは、ルーシー・スノウに同様の行動をとらせた。ただし、ルーシーは、ブロンテ姉妹のように自分の書いたものを箱に入れたわけではない。前章で述べたように、ルーシーは愛する男性からの手紙を幾重にも封じる必要があった。彼女は、手紙を銀色の紙で包んで小さな箱に入れる。さらに、その箱を錠のついた箱に入れ、机の抽斗の中に隠す。しかし、詮索好きなベック夫人に盗み読みされる。そのためルーシーは、油を塗った絹布で手紙を包んで麻紐で結わえ、それを瓶に入れて栓をし、封印を施す。最後に埋める時には、瓶の上に石の板を置き、漆喰で固定する。もし、ブロンテ姉妹が原稿を同じように隠していたら、原稿を印刷に回す時には、発掘作業のようなことを行うことになっただろう。

当時、物を箱に入れることを好んだのは、ブロンテ姉妹だけではない。ヴィクトリア朝時代の人々は用途別に箱を揃えた。人々は好んで物を箱に入れ、さらにその箱を別の箱に入れた。ヴィクトリア朝時代の数々の小説の登場人物も、何らかの物の中に、別の物を入念に仕舞い込む。作家ジョージ・エリオットは、レースを入れておくための箱を所有していた。箱には、特殊な秘密の方法でしか開かない「隠し抽斗《ひきだし》」が付いていた。エリオットは『フロス川の水車小屋』において、物を何らかの物に入れるという儀式にも似た行為を描いている。登場人物のひとりであるプレット夫人は、ポケットから取り出した鍵束から鍵をひとつ選び出し、衣装箪笥の扉の錠を開ける。次に、重ねられたリネンの間から、もうひとつの衣装箪笥の扉の鍵を抜き出す。それから別の部屋へ行き、衣装箪笥の錠を開ける。夫人が銀色の紙を一枚ずつ取り除くと、その下からボンネットが現れる。

ブロンテ姉妹の机箱はその小ささから見て、姉妹のために特別に作られたと思われるが、中流階級の普通の女性たちが所有していた机箱と同じ類いで、至極平凡である。ありふれた象嵌が施された単純なデザインの姉妹の机箱は、シャーロットの初期の物語に登場する架空の机箱とはまるで違う。架空の机箱はサテンウッドで作られており、ダイヤモンド製のペン、金製のインクスタンド、封緘紙を入れる器が入っている。ペニー郵便制度が開始されたことにより、机箱が広く普及した。人々は机箱で手紙を書き、切手、封緘紙、流行りの封筒といった文通に必要なものをその中に仕舞った。郵便事業の改革に伴って、安価な机箱が出回るようになった。混凝紙で作られたものもあった。ジョージ・エリオットは、真珠層で装飾された黒色の混凝紙製の机箱を所有していた。フローレンス・ナイチンゲールは、死んだ鳥などの静物が上面に描かれた黒色の混凝紙製机箱を持っていた。ナイチンゲールが育った土地の近くに住む、ダービーシャー州の支援者からの贈り物で、机箱の前面には次のように記された小板が貼りつけてある。「クリミアよりリー・ハースト荘に無事に帰りしフローレンス・ナイチンゲールへ贈る　一八五六年八月八日　リー、ホロウェイ、クリックの住民からの敬意の印として」

当時は、色々な使い道のある幾つもの部分に内部が分かれている机箱や、隠しバネの力によって、あるいはレバーを動かす、ボタンを押すといった操作によって形が変化する机箱など、おとぎ話から抜け出してきたような机箱もあった。百貨店の他、宝石店や刃物店も様々な机箱を取り扱っていた。百貨店には裁縫箱も置かれていた。一八二〇年代、トマス・ランドが営むロンドンのコーンヒル五六番地および五七番地の「刃物問屋」は、「携帯用書き物机、化粧道具入れ、あらゆる種類のモロッコ革製の品」の宣伝広告を行なっている。一八三〇年には、ロンドンのレッドゥン・ホール・ストリート四番地のミッチと称する製造会社が、九種類のサイズのあるマホガニー製机箱を宣伝している。女性用の机箱は、単に「文具入れ」とも呼ばれた。「パピエ・ダムール《愛の紙》」と呼ばれるバラの香りのする紙や封緘紙、カラーインク、香りのするインクといった贅沢品付きの机箱もあった。ソーホー・スクエアに住むエリザ・バイアムという名の女性は、多彩な役目を果たす机箱をロンドン万国博覧会に出品した。それは、「多用途文具入れ　旅道具、筆記具、仕事道具、化粧道具、茶菓子入れ　婦人のお供」だった。化粧道具入れを兼ねる机箱には、上面に鏡が付いていた。暖炉の火よけ付きのものもあった。手紙を書いている間、顔に伝わる暖炉の熱を遮断するために火よけを用いた。ある婦人用の旅行用机箱は裁縫台としても使えるもので、裁縫作業中に道具を入れておくための襞《ひだ》入りの袋、調節自在の書見台、抽斗式の筆記台が付いていた。書見台は蝶番で本体とつながっており、折りたたんで収納できた。エリザベス・ギャスケルは、こうした、ブロンテ姉妹の机箱よりも意匠の凝らされた携帯用多用途机を所有していた。縦型で、幾つかの扉の中のひとつを開くと、傾斜した筆記台が現れた。時計を支えるための木の支柱が付いており、たくさんの仕切りや小さな収納部、抽斗があった。ルイス・キャロルの『不思議の国のアリス』の中で、いかれ帽子屋が、「カラスが書き物机に似ているのはなぜでしょう?」という解けないなぞなぞを投げかけるが、このなぞなぞが人々を引きつけたのも無理はない。

ヴィクトリア朝時代には、錠の付いた机が、個人の秘密を守る小道具として多くの小説に度々登場する。アンの『ワイルドフェル・ホールの住人』のひとりの男性は、妻を虐待して家に縛りつける。妻の日記を読み、妻が自分から逃げようとしていることを知ると、妻の書き物机を鍵で開ける。大切なプライバシーを侵すのである。ウィリアム・メイクピース・サッカレーの『虚栄の市』――シャーロットのお気に入りの小説――の登場人物である、賢くて手練手管に長けた家庭教師ベッキー・シャープも机箱を所有している。それは彼女の「個人博物館」であり、金持ちの愛人らからもらった恋文、お金、宝石など、不義の証拠となるものをすべてその中に隠している。夫が机箱を強引に開け、その後、結婚生活は破綻する。ベッキーに机箱を贈ったアミーリア・セドリーは、愛する男性が置いていった手袋を、書き物机の「秘密の抽斗」の中に仕舞う。ブリッグス嬢は、二四年前に手にした、「せかせかした若い習字の先生の黄色い髪の房」と「判読できないながらも美しい」彼の手紙を古い机箱に同様に隠している。この小説では、机は心の奥を映すということが強調されている。一九世紀前半、メアリー・シェリーは机箱を持って旅をしたが、夫の心臓を入れた本を机箱に仕舞っているという、真実とも虚構ともつかない話が人々の間でささやかれた。

シャーロットは、シャーリーを表すものとして彼女の机箱の中身を官能的に描いた。ルイ・ムアは、シャーリーの家の客間にひとり佇み、なぜ「彼女の小さな欠点のすべて」が愛おしいのだろう、なぜ彼女にどうしようもなく「引きつけられる」のだろうと考える。彼は、シャーリーが机箱を開いたままにしていることに気づく。錠には鍵が差し込まれている。机には「彼女のすべてが入っており……まさに彼女の宝石箱」である。彼は、机の中の「美しい封印、銀製のペン、緑葉の上に置かれた一、二粒の深紅に熟れた木イチゴ、小さくて優美な真新しい手袋」の魅力について考える。「シャーリーを示す印」であるそれらを見た後、彼は声を上げる。「なぜ、足跡までもが魅力を湛えているのだろう?」

ブロンテ姉妹は、学校の教師あるいは家庭教師として働いていた時、勤め先に机箱を持って行っていたのだろう。『アグネス・グレイ』には、机に関する恐ろしい場面がある。アンは、自分の体験をもとにして書いたのではないだろうか。アグネス・グレイのいたずら好きな教え子は、温和な家庭教師へのまったくとんでもない嫌がらせを思いつく。ひとりの教え子が、もうひとりの教え子に向かって叫ぶ。「メアリー・アン、彼女の机を窓から投げ捨てろ!」それについて、アグネスはこう語る。「私の手紙、書類、少しのお金、大切な物すべてが入っている大事な机が、三階の窓から危うく投げ落とされそうになりました」。『ジェイン・エア』では、金持ちのお高くとまった一家が、家庭教師は「口うるさい」と文句を垂れ、教え子は、「哀れなやつ」を嬉々として窮地に陥れる。従順な家庭教師は「何でも我慢し、何をされても怒らない……だから、やりたいようにやっていい」のである。教え子は家庭教師の「机の中を引っかき回す」。『ヴィレット』のルーシー・スノウの雇い主は、ルーシーの机と裁縫箱の鍵の合鍵をこっそり作る。そのため、いつでも好きな時に中を見ることができる。寝る時以外はほとんど常に人目に晒《さら》されている家庭教師にとって、こうした冒瀆行為は特に憎むべきことだった。机の中は、数少ない私的な空間のひとつだったからだ。シャーロットが初めて家庭教師の職に就いた時にエミリーに送った手紙（シャーロットは手紙の中で、エミリーを〝ラヴィニア〟と呼んでいる）には、こう綴られている。「家庭教師には自分の時間がありません」。シャーロットは、教え子の「鼻の汚れを拭う」ことや「つまらない雑役をこなす」ことが家庭教師の仕事だと思った。彼女の教え子は、「バカ者」、「わんぱくで、ひねくれた、手に負えない悪童」、「甘やかされた小さな困り者」、「やんちゃな駄々っ子」だった。シャーロットが、家庭教師には私的な空間が必要だと考えるのももっともである。

ジェイン・オースティンは、傾斜した筆記台に革が張ってあるマホガニー製の机箱を大切にし、旅行の際はいつも持って行った。父親から贈られたその机箱は、現在、大英図書館に収蔵されている。一七九八年、旅の途中でダートフォードのブル・アンド・ジョージ・インに宿泊した時、ちょっとした手違いから、机箱が西インド諸島に運ばれる荷物と一緒に駅馬車に積まれた。しかし、彼女の頼みを受けた人が馬を駆って馬車を止めに行ったため、すんでのところで取り戻せた。「あの時ほど、何かを取り戻したいと思ったことはありませんでした。私の机箱には全財産が入っていたのです」。おそらく彼女は、右角部の底に仕込まれた秘密の抽斗にお金を入れていたのだろう。抽斗は、筆記台の上部に取りつけられた隠し掛け金を外すと開いた。ヴィクトリア朝時代の人々は、隠し抽斗を重宝した。三つか四つの隠し抽斗が付いている机箱もあった。抽斗によって開く仕組みは異なり、ある抽斗は、木製の覆いで目隠しされている留め金を外すと、硬いバネが伸びて開いた。隠し抽斗付きの机箱を買う余裕がなかったブロンテ姉妹は、それにとても憧れていた。シャーロットの初期の物語には、「秘密のバネ」によって開く象牙の机箱が登場する。友人同士である親密なふたりの女性は、赤ん坊を取り替えて我が子として育てることを決める。この大変な秘密が記された一片の紙が、机箱の中に仕舞われている。

ディケンズの机箱は、現在、ニューヨーク公共図書館の所蔵品となっている。展示ケースに収められており、その隣に置いてあるシャーロット・ブロンテの机箱の二倍以上の大きさがある。シャーロットの机箱は女性用の平凡なものだが、ディケンズの机箱には精巧な真鍮象嵌が施されており、男性向けであるため筆記台も大きく、膝の上にのせて使うことはできない。彼の机箱にも秘密の抽斗が仕込まれている。まず錠を外して机を開き、次に筆記台の上部の錠を外すと、ペントレイとインク壺を入れる部分が現れる。その横にある長い木の板を軽く押すと留め金が外れ、内蔵されている硬い真鍮の小板がバネとして作用し、木の板が開く。その奥に、淡い緑色のリボンの引き手の付いた三つの浅い抽斗が隠れている。机箱の上面に取りつけられた真鍮の板には、「CD　ギャッズ・ヒル」と刻まれており、富を得たディケンズがギャッズ・ヒルの邸宅において、この高価で豪華な机箱を使っていたことを広く人々に伝えている。

作家アンソニー・トロロープも机箱を使っていたことで知られる。トロロープは多作で、作品の多くを通勤途中に「書字板」の上で書いた。本業として郵便局に勤めていた彼は、列車で通勤していた。一八六一年、アメリカという国とその国民に関する本を執筆するためにアメリカへ行った時、彼は駅で荷物運搬人に机箱を壊された――オースティンと同じようにお金をすべて机箱に入れていた。その机箱は、通勤時に使っていた「書字板」だったのかもしれない。机箱は、荷物運搬人によって放り投げられ、七ヤード先の舗装された硬い道の上に落ちた。「机が落ちるところを見、落ちる音を聞いた時の辛さを忘れることはないだろう」とトロロープは語っている。「死を前にして、あの哀れなか弱い机の中身がガタガタ鳴った」。この一件により、彼は、アメリカは野蛮さに満ちた救いようのない国だ、と確信に近い思いを抱くに至った。船で旅をする時は、船室用の特別な机箱を大工に作らせた。後期に作った机箱はとても大きかったが、旅行中に「ある人でなしが、まるでボールでも投げるかのように机を投げた」ため、インク壺が粉々に砕けた。「すべての美しい白色の紙」ばかりでなく「中身が動かないように」一番上に置いていた三枚のシャツにもインクが付いた。トロロープは、机箱に百本の煙草をばらばらのまま入れていた。「私はまだ、インクに浸かった煙草を味わっていない——いずれ試してみるつもりだ」

旅行をしない人の机箱もあちこち移動する。例えば、家の中の一番静かな部屋や一番暖かい部屋、一番明るい部屋に（今日のラップトップパソコンのように）移動する。ヴィクトリア朝時代の小説の登場人物は、度々、机箱を持ってひとつの場所から別の場所へ移動したり、もといた場所に戻ったり、使用人に机箱を運ばせたりする。机箱は、しばしば人よりも動く。アンの『ワイルドフェル・ホールの住人』では、ハーグレイヴ氏が、人に「彼の机を居間まで持ってこさせた」。居間では、女性が縫い物や読書をしている。女性主人公は眠れない時、「化粧着姿で机を持って座り、ある夜の出来事について話した」。病床に臥す男性は、約束を取り消すことを伝えるために手紙を書かなければならない。客人に机を取ってきてほしいと頼むと、客人は「一も二もなく引き受け、机を男性のところに持ってきた」。

一八四五年の冬、ブロンテきょうだいの机箱が牧師館から出ることはほとんどなかった。きょうだいは皆、仕事に就いていなかった。アンとブランウェルは家庭教師としてロビンソン家に勤めていたが、アンはしばらく前に辞めていた。ブランウェルの方は解雇されていた（過去五年間で三度目に就いた仕事だった）。彼がロビンソン夫人と不義を働いていることを、主人のロビンソンが知ったからだろう。ブランウェルは心の痛みを酒で紛らそうとした。シャーロットによると、彼はいつも「自分の悲痛を気絶させ、溺れさせた」。ビール、ジンをよく飲んでいたが、アヘンチンキも常飲していたのかもしれない。それらの購入費の一部は、裕福なロビンソン夫人のお金で賄われていた。夫人は、口止め料としてお金を送っていたのだろう。ブランウェルは書くことによって、彼の言うところの「死に至らしめる悩み」を消そうとした。書いたものの大半は、自死を主題とする詩である。ある詩の中では、死体となって水に浮かぶ人は羨望の的である。意識がなくなることによって、心の波立つことがなくなり、「安らぎ」を得るからだ。また、ブランウェルは初期の作品であるアングリア物語に手を加えた。この時彼が描いたのは――他でもない――悩ましい愛である。

シャーロットは、おばのブランウェルから姉妹がそれぞれ受け継いだわずかな遺産を元手に、私塾を開くという計画に着手した。彼女が長い間温めていた計画だった。牧師館で私塾を開けば、皆で一緒に暮らしたいという一番の願いも叶う。姉妹は私塾の案内書を印刷し、友人の助けを借りて宣伝した。しかし、子供を私塾に入れる親はいなかった。おそらく、ハワースが行きづらい町だったからだろう。シャーロットはエレンにこう言った。「もし、あなたの勧めに従って母親が子供をハワースまで連れてきたら、ハワースの有様を見て恐れをなし、すぐさま回れ右して、愛する我が子を連れ帰ってしまうかもしれないわね」

歩き、雑用をこなし、読書をし、執筆しながら毎日を過ごしていた姉妹は、牧師館は狭いと常々感じていた。とりわけエミリーは、幾人もの人がいる牧師館の中で、自分だけの世界を持ちたいと思っていた。一八四五年の秋、彼女は、心を豊かにすることのすばらしさを詠ったゴンダル詩を作った。「ジュリアン・MとA・G・ロシェル」という題名を付けたが、後に「囚われ人」と改題した。シャーロットがエジェに思い焦がれ、戯れに書いて封印した手紙をエレンに送っている時、エミリーは苦心しながらこの詩を作っていた。地下牢に閉じ込められた娘は、想像を膨らませると幸せになれるということを知る。「風がもの悲しげに吹き、星が優しくきらめく」時、想像する力が生まれ、やがて娘に「望みがもたらされる」。娘にはもう友も、動く自由さえも必要ない。想像の力によって枷《かせ》から抜け出せるからだ。

一〇月、エミリーはこの詩をゴンダル詩のノートに書き写した。その後すぐ、シャーロットはこの詩を「偶然見つけた」。皮肉な言い方をすれば、霊感が働いたのだ。シャーロットはどこで見つけたのだろうか。エミリーの机箱の中を勝手に覗いたのだろうか？　もし、エミリーが机箱に鍵をかけていたとすれば、シャーロットは『ヴィレット』のベック夫人と同じ手を使い、「偶然」見つけたのだろう。彼女は、エミリーのノートを持って誰もいない所へ行き、「ひとりでこっそり」読んだ。そして、詩の「独特な調べ」に心を揺さぶられ、自分の罪深い行為をエミリーに告白した。すると、エミリーは激怒した。シャーロットはこの一件とエミリーが見せた反応について述べた時、こう言っている。「ごく親密な人であっても、エミリーの感情を秘めた心の奥底に、咎めも受けずに無断で入ることはできない」。エミリーは、私的な世界を覗き見するという姉の「許されざる身勝手な行為」を厳しく非難した。

大人になるにつれて、ふたりの関係はぎくしゃくしたものになっていった。エミリーと親密になりたいと思うシャーロットと、ある程度の距離を保ちたいと考えるエミリーは衝突することもあった。きょうだいに対して様々な感情を抱きながら、狭い家で一緒に暮らしていたから、エミリーの私的なノートをシャーロットが盗み見るといった事件がどうしても起こった。シャーロットは、エミリーがなぜ心の内を見せてくれないのか分からず、何とかして心を開かせようとした。シャーロットは、エミリーのことを理解したかったから、エミリーの机箱を勝手に開け、ノートに書かれた詩を読んだのかもしれない。

シャーロットは、長い時間をかけてエミリーの怒りを鎮めた。度々仲裁役を務めていたアンもシャーロットに加勢した。また、アンは、シャーロットに自作の詩を渡した。かねてから自分たちの作品を出版したいと思っていたシャーロットは、アンの詩を読んだ後、出版を目指して動き始めた。シャーロットは何日もかけてエミリーを説得した。シャーロットの記録によると、彼女は「懇願し、口説いた」。その結果、エミリーは、三人の詩をまとめた詩集を出版することに「ようやく不承不承同意した」。エミリーは姉や妹にさえ自作の詩を読ませようとしなかったのに、どういうわけか同意したのだ。ただし、男性とも女性ともとれる筆名を使うよう求めた。姉妹は、カラー・ベル、エリス・ベル、アクトン・ベルという、それぞれの名の頭文字が入った筆名を用いた。出版社の人々は後に、著者が女性であることを知るが、その時、シャーロットはこう説明している。「〝エリス・ベル〟は、この〝ノン・ド・プリュム《筆名》〟以外の名で呼ばれることに耐えられないでしょう……それは彼の感覚にそぐわないし、彼の意に染まないのです」

姉妹が男女どちらともとれる筆名を用いたのは、これが初めてではない。子供時代にも、そういった筆名でゴンダル国やアングリア国の物語を書いた。姉妹は、自分で選び取った兵隊人形を自分の分身と見なした。それらの兵隊は物語の中で書き物をする。そして、物語の終盤、ベルたちが創造した書き物をする兵隊――精霊、王、王女に仕える兵隊――は、読めないほど小さな文字を書いた紙を箱に入れ、その箱に封印を施し、あるいは錠をかける。大切な紙を隠すためである。エミリーは筆名を用いて正体を隠そうとしたが、シャーロットも、彼女の言葉を借りれば、「ダチョウの身隠し願望（ダチョウは危険を感じると地中に頭を突っ込んで隠れようとする、という俗説がある）」を持っていた。カラー・ベルは名もない牧師の娘で、実名はシャーロット・ブロンテであるということが人々に知られるようになってからも、その願望を持ち続けた。ちやほやされるのも嫌ではなかったが、有名になった後、シャーロットは世を忍ぶようにして生涯を過ごした。

ブロンテ姉妹の詩集は、多くの出版社に拒否された。しかし、姉妹は小さな出版社であるエイロット・アンド・ジョーンズ社をなんとか説得し、姉妹が出版費用を負担するという条件で承諾を得た。出版費用は三一ポンド一〇シリング。一般的な家庭教師の年収に匹敵する額である。一八四六年五月、『カラー、エリス、アクトン・ベルの詩集』という題名の薄い詩集が出版された。詩集の表紙には緑色の布が張られ、表表紙に記された題名の周りには幾何学模様が描かれていた。そのすぐ下に価格が表示されており、商業臭さを感じさせた。詩集は、時には他の本に取って代わられ、時には二冊置かれた。

詩集は二部しか売れなかった。しかし、詩集は可能性の扉をそっと押し開けた。自作の小説を世に出そうと思っていたブロンテ姉妹は、まがりなりにも詩集を出版したため、少し自信を持った。すでに、詩集を出版した時点で、小説の執筆はかなり進んでいた。強引なシャーロットと反抗的なエミリーは緊張関係にあったが、もしかしたら、ふたりの間に横たわる緊張感こそが、出版するための行動の原動力であり、執筆の原動力だったのかもしれない。ふたりは怒りを覚えながら、確執を抱えながら協力した。もし、ふたりの関係がそのような複雑なものではなかったとしたら、傑作が世に出ることも、生まれることもなかったかもしれない。

ブロンテ姉妹は、協同して小説を書くために、ひとつの場所に集まった。日中は机箱やテーブルの上で、時にはベッドの中で小説を書き、九時過ぎになると毎晩のように、食堂の折りたたみ式テーブルを囲み、小説の筋や登場人物について意見を交わし、小説の一節を読んで聞かせ、感想を求めた。シャーロットは、遅くともロウ・ヘッド校でウラーと過ごしていた時から、深夜に部屋で考えを巡らせながら文章を書くということを行なっており、妹が亡くなった後も、ひとりでその習慣を続けた。この執筆「研究会」の効果もあって、姉妹は最初の小説を一年足らずで書き上げた。姉妹は子供の頃から数多くの物語を書いており、そうしたしっかりした下地もあったから、物語を一気に生み出せたのだ。

シャーロットは、『教授』の原稿を抱えて夜の研究会にやってきた。『教授』は、ウィリアム・クリムズワースという名の面白みに欠ける冷静な男性の視点から描かれた中編小説である。アンは、家庭教師を主人公とする自伝的小説『アグネス・グレイ』を、エミリーは夢のような情景が展開するゴシック小説『嵐が丘』に取り組んでいた。シャーロットとアンの小説は、ヴィクトリア朝時代の平凡な労働生活を描いた現実的で素朴なものであり、共通点が多かった。シャーロットの『教授』の最初の数章は、彼女が子供の頃に書いた物語の一部だが、まじめな大人が書いたものであるかのような印象を受ける。一方、『嵐が丘』は、ゴンダル国の物語さながらの小説である。シャーロットは、『嵐が丘』はあまりにも激しすぎるのではないか、と心配する気持ちを夜の研究会で伝え、エミリーの死後はその気持ちを公然と述べた。後に、次のような文句も垂れている。『嵐が丘』は「衝撃的で激烈な様相を呈しており、私たちは時々、まるで稲妻を吐いているような気持ちになる」。エミリーが『嵐が丘』のような小説を書いたのは、恐ろしいことや悲劇的なことにエミリーの「心がとらわれていた」からであり、エミリーがもっと長く生きていたら、「木が力強く高くまっすぐに成長する」ようにエミリーの心も成長しただろう、とシャーロットは思っていた。彼女は、エミリーの「原稿の朗読」が行われた時の「聞き手」――もちろんシャーロット自身である――の反応をこう記録している。「非情で冷酷な自然と堕落した魂に戦慄した……生々しく恐ろしい場面について話を聞くだけで夜は眠れなくなるし昼は心を乱される、と不満を口にした」。「聞き手」が「エリス・ベル」にそのことを伝えると、「エリス」はなぜ不満なのだろうと不思議がり、不満だという「ふり」をしているのではないかと考えた。エミリーは、『教授』には激しさが足りないと批判したようだ。

気が強い者同士だったので、エミリーとは衝突することもあったが、シャーロットにとって、妹と一緒に小説を作り出すことは大きな意味を持っていた。妹が亡くなってからは、頭の中で開く「静かな研究会で鬱々としながら」小説を書いた。彼女が「自分以外の意見をどれほど渇望していたかは、言葉では言い表せないほどだった。時には落ち込み、絶望に近い気持ちになった。小説の一節を読んで聞かせる相手も――意見を求める相手もいなかったからだ。『ジェイン・エア』は、このような状況の中で書いたものではなかった」。シャーロットは『嵐が丘』を不安視し、もう少し穏やかなものにするようエミリーに対して説得を試みているが、実は、『嵐が丘』から深い影響を受けながら『ジェイン・エア』を書いていた。彼女はエミリーの小説を参考にして、情熱、狂気、幽閉といった要素を自分の小説にふんだんに取り入れた。

以上のこと以外に、ブロンテ姉妹が最初の小説を執筆した時の様子を知ることは難しい。アンとエミリーの小説の原稿は、下書き段階のものも、清書したものも残っていない。おそらく、ゴンダル国と同じ運命をたどったのだろう。アンは、詩のほとんどを筆記体で書いた。アンの詩稿には、エミリーのそれとは違い、絵が描いてあるものやいたずら書きがしてあるものはなく、まともに見えた。アンは、詩稿をいつでも他の人に見せることができるように用意していたのだろうか。エミリーは詩稿を人に見せるつもりはなかった。アンは、手製のものを含む何冊かのノートに詩を書き写した。彼女は詩の大半を、家庭教師として勤めていた時に机箱を用いて書いたようだ。詩作を行わない時は、雇い主のいたずら好きの子供に見つからないように、詩稿を机箱に仕舞い、錠をかけたのではないだろうか。後に牧師館に戻って暮らし始めると、二作目の小説の執筆に夢中になった。シャーロットはこう述べている。「アンはいつも座って、本か机の上に屈み込んでいた——散歩するよう説得するのに一苦労したし、会話もままならなかった」

使用人の話から分かる通り、エミリーはしばしば家事をしながら執筆していた。また、詩だけでなく小説も紙片に書いたようだ。ある時、シャーロットの友人メアリー・テイラーは、アングリア国とゴンダル国の終わりのない物語について話すシャーロットに、「あなたたちは、地下室でジャガイモを育てているのね」と言った。するとシャーロットは、「ええ！　そうよ！」と答えた。エミリーは地下室から一歩も出なかったと言えるかもしれない。アンは、地下室の階段を一、二段のぼった。シャーロットは階段を一番上までのぼり、屋根裏部屋までのぼることもあった。

エミリーは、ペンで書くのに四苦八苦した。そのことは、インクで汚れた筆記台や原稿を見れば明らかである。インクは紙に滴り落ち、紙の裏側まで染み込み、裏側に記されている文字も汚れた。エミリーはペン先を紙に当て、ペン先に付けたインクがなくなるまで書き続けた。インク壺の底に溜まった澱《おり》がペン先につくと、紙の上にペン先を滑らせて澱を取った。勢いよく滑らせるため、紙には澱が付くばかりでなく穴が開いた。ペン先の余分なインクを取る方法としては、ペン拭きで取るというきちんとした方法がある。シャーロットは手作りのペン拭きを所有していた。ペン拭きは、女性が作る手芸品において代表的なものであり、贈り物として使用された。ビーズに縁取られた、茶、緑、青の三色から成るシャーロットのペン拭きは、おそらくエレンが作ったものである。エレンは、アンが結核のため余命いくばくもない状態に陥った時、アンが必要とする物と一緒にそのペン拭きを送った。

エミリーは、初めはガチョウの羽根で作ったペンと格闘した。ブロンテ姉妹は、羽根ペンの先をインクに浸しながら、ゴンダル国物語とアングリア国物語を書いた。そして、小説を書き始めた頃、木製のペン軸に金属製のペン先を取りつけるタイプのペンを使い始めた。このペンを考案したバーミンガムのボタン製造業者ジョセフ・ジロットは、一八三一年に特許権を取得している。エミリーとシャーロットは、木製のペンを羽根ペンと一緒に机や絵の具箱に仕舞った。羽根ペンより扱いやすく（ただし、エミリーが木製のペンとも格闘したことを示す証拠が残っている）、しっかりしており――安価だった。ペニー郵便制度が敷かれ、ヴィクトリア朝時代の社会において文通が一般的になると、ペン先を取りつけるタイプのペンが広く使用されるようになった。シャーロットは、ガタパーチャ製のペンも使っていたのかもしれない。ガタパーチャは、樹液から作られるゴム状の物質である。このペン用のペン先も彼女の机箱に入っていた。

ペンにも命があり――他のペンや封印、紙、インクと一緒に机の上で自分の出番を待ちながら――考え、夢を描き、話をする。当時の作家はこんな想像を巡らすのが好きだった。作者未詳の『真の回想録ととても不運な鵞《が》ペンの驚異の冒険』と、J・ハントという人物がものした「ペンの冒険」の中のペンもおしゃべりする。後者の作品に登場するペンは、人から人へと渡り歩くのだが、ほとんどの人はペンと違って軽薄で不正直だ。ペンは、ある水兵の服のポケットの中で、懐剣、櫛、かぎ煙草入れと親しく交わる。「名うての色男」は、ペンを使って「女性のために判じ絵を描く」。不道徳な内容を書くのに使われるのは、ペンにとって耐えがたいことであり、彼のペン先のインクは恐怖に凍りつく。

シャーロットは、いつも（幾種類かの）ペンと机箱を用いて小説を書いたわけではない。初めの頃は鉛筆を使った。彼女の机箱や色々な箱には、先がナイフで削られて短くなった太い鉛筆が入っていた（鉛筆のひとつに〝ピットマン式速記法鉛筆〟と記されている。アイザック・ピットマンが考案した速記法を宣伝するためである。ピットマンは一八四〇年代、速記法を広める目的で、ヨーク近郊やリーズをはじめとする各地を訪れた）。シャーロットは、こうした鉛筆を小さな手に持って紙片に書いた。ギャスケルによると、シャーロットは、紙片を「本の表紙に使うような板紙の上に置いた。それが机代わりだった」。ギャスケルは、シャーロットの初期の物語の原稿を見ている。板紙を使えば、紙を顔に近づけて書くことができた。シャーロットは近視だったから、顔の近くに寄せないと書けなかったのだ（後に眼鏡をかけるようになった。眼鏡は今も机箱の中に入っている）。ハリエット・マーティノーも同様のことを述べている。彼女によると、シャーロットは「四角い紙を綴じたものを目の前に持ち」、それに最初の小説を鉛筆で書いた。エミリーの机箱の中には、硬表紙の本から破り取った表紙が入っている。それには男性と女性の顔が鉛筆で描いてある。エミリーも机代わりに使っていたのかもしれない。硬い板紙があればどこででも書けた。シャーロットは時々、ベッドの中で書いた。初期の小説に取り組んでいた頃は、どうしても眠れずに夜更けまで執筆作業を続けることもあったが、板紙と鉛筆を使えば――インク壺などが必要ないため――ベッドに横になって書くことができた。最後にインクとペン、机箱を用いてきちんと清書し、清書した原稿を出版社に送った。彼女は、机箱の中に自分で罫線を引いた紙を入れていた。清書する時、文字をまっすぐ書くために用紙の下に敷いたのだろう。

シャーロットは、切った紙を綴じて小さな本を作っていた頃とほとんど変わっていなかった。また、ブロンテ姉妹は、ゴンダル国物語やアングリア国物語を書いていた子供時代と同じ姿勢で創作に取り組んだ。大人になっても、協力して執筆したのである。ただし、シャーロットとエミリーは、紙片や紙を綴じたものに書いた作品を誰にも見せないこともあった。姉妹は別人（男性）になりすまし、子供の頃に小さな本の表紙として使っていた茶色の包装紙で包んだ原稿を出版社に送った。かつて一度も書いたことのない宛先を、配達する人のために正確に記した。姉妹は家族以外の読者を求めた。しかし、共同プロジェクトを進める「ベル兄弟」にとって最も必要なのは、やはり家族だった。

幅広い読者を得るために長いこと努力していたブロンテ姉妹は、内容が大きく異なっていたにもかかわらず、三人の小説をまとめて三巻本として出版しようと考えるようになった。一八四六年四月、シャーロットはエイロット・アンド・ジョーンズ社に手紙を送り、ベル兄弟の小説が近く完成することを伝え、興味があるかどうか尋ねた。すると、興味はないという返事が来た。三人の中で秘書役を務めていたシャーロットは、次に、ロンドンの有名な出版業者ヘンリー・コルバーンに、「審査のために原稿をお送りすることをお許しください」と書き送った。彼女が手紙を出したのは七月初めだから、夏至の頃までには清書ができ上がっていたのだろう。この時、彼女は、三巻本として出版したらどうかとコルバーンに提案しており、自分たちの小説を「三巻小説M・S」と呼んでいる。シャーロットは、「スリー・デッカー」と呼ばれる三巻本の方が売れやすいことを知っていたが、姉妹の各小説の分量は、三巻分の分量にはるかに満たなかった。本の主要な買い手である会員制の貸本屋が三巻本を出版するよう要求したことが、三巻本の増えた理由として大きい。ヴィクトリア朝時代の小説には長大なものが多かったが、それは、小説というのは複雑な筋を持ち、登場人物が多く、社会の姿が包括的に描かれたものでなければならない、と一般に考えられていたからでもある。ディケンズは、そのような小説を書くことに秀でていた。三巻本が貸本屋に大きな利益をもたらしたこともあり、三巻本形式が主流になった。「有料図書館」である貸本屋はとても儲けており、利用者も多かったから、小説の出版において多大な影響力を持っていた。貸本屋が殊に三巻本を好んだのは、ひとつの小説を三人の会員に分けて貸し出せたからである。貸本屋は、長さが足りない小説の買取りを控えるよう出版社に圧力をかけた。シャーロットは、自分たちブロンテ姉妹の小説をまとめて三巻本にすることで、買取り拒否を回避しようとした。エミリーは、『嵐が丘』を三巻分の長さにするつもりだったようだが、結局、二巻分の長さにしかならなかった。

シャーロットによると、姉妹の小説の原稿はコルバーンに振られた後、「一年半にわたって色々な出版社をせっせと訪ね歩き」、幾度も「けんもほろろに追い返されるという不面目を被った」。ある時から、シャーロットは単独で『教授』を出版社に送り始めるが、その原稿は「憔悴した様子でロンドンをとぼとぼと歩き回った」。シャーロットは、原稿を包む茶色の包装紙を使い回した。節約のためか、時々「心も凍るような絶望」に襲われたからかは分からないが、彼女は、原稿を却下した出版社の宛名を棒線で消し、その下に次の送り先の宛名を書いた。後に彼女の小説をすべて出版することになるスミス・エルダー社に原稿が届いた時、包装紙には他の出版社の宛名が三つか四つ記され、それが棒線で消されていた。だからスミス・エルダー社は、包みの中身に期待していなかった。

ブロンテ姉妹は希望を胸に原稿を送り、それが送り返されると失望した。そんな日々を送っていた頃、父親のパトリックが白内障によって視力を失った。老いてなおかくしゃくとしていたパトリックにとって、それはとても辛いことだった。彼は手術を受けるよう勧められ、マンチェスターの医師に手術を頼むことにした。その医師は、高い確率で白内障の手術を成功させていたため、名を知られていた。八月、シャーロットは、パトリックに付き添ってマンチェスターに行った。そして手術の日、オックスフォード・ロードの宿で、『教授』を却下する旨が記された手紙を受け取った。おそらくエミリーとアンが、手紙をハワースから転送したのだろう。シャーロットは、絶望するどころか、ただちにペンを執って『ジェイン・エア』を書き始めた。マンチェスターにも机箱を持って行っていたのだろう。紙片や紙を綴じたもの、板紙、鉛筆なども揃っていたに違いない。『ジェイン・エア』は、想像と溢れ出る感情から生まれた小説であり、彼女の他のどの小説よりもそれを感じさせる。シャーロットは、父親が回復するまで五週間マンチェスターに滞在し、その間に、虐げられた怒れる孤児の物語の最初の数章を執筆した。

九月末、シャーロットとパトリックはハワースに戻った。パトリックの視力は少しずつ回復し、シャーロットの物語は彼女の内側から湧き出し続けた。シャーロットは、アングリア国物語を書いていた時と同じように執筆に没頭した。「私は書かずにはいられないから書く」と数年前に記しているが、『ジェイン・エア』を執筆していた初秋も、やむにやまれぬ創造への衝動に駆られていたのではないか。ハリエット・マーティノーによると、シャーロットは次のように語ったそうだ。ジェインがロチェスターに出会う場面から「ひたすら書き続け、三週間後には、ジェインをソーンフィールド邸から去らせた」。これが事実なら、およそ三〇〇ページにわたる一七の章を三週間で書き上げたことになる。ギャスケルによると、この頃、シャーロットが一晩寝て起きると、「シャーロットの目の前に彼女の物語の続きが広がっており、それはとても鮮やかで、はっきりと見えた」そうだ。彼女はとりつかれたように執筆し、その間、自分の周囲の現実の出来事には目が向かなかった。頭の中にあるのは小説の中の人物と出来事だった。

『ジェイン・エア』を書き始めてからおよそ七か月後、シャーロットはそれを完成させつつあった。一八四七年三月、前半の章の原稿（現在は大英図書館に収蔵されている）の清書に取りかかり、八月に仕上げた。エミリーとアンは七月、ついに最初の小説の売り込みに成功した。ただし、作品が単独で世に出たわけではない。出版を承諾したトマス・コートリー・ニユービー社は、前二巻を『嵐が丘』、第三巻を『アグネス・グレイ』とする三巻本の形で出版するという条件を付けた。それに加えて、ふたりは、五〇ポンドという多額の出版費用を負担しなければならなかった。ふたりが家庭教師だった頃の年収よりも多い額である。ニユービー社は、ある程度の部数が売れたらお金を支払うと約束した。しかし、十分にお金が入ったにもかかわらず、約束を果たさなかった。エミリーとアンは、自分の小説が生んだ利益を手にすることなく亡くなった。一方、シャーロットは、『教授』の出版を引き受けてくれる出版社になかなか巡り合えないでいた。しかし、スミス・エルダー社からは、また小説を書いたら送ってほしい、という勇気づけられる返事をもらった。彼女は、すぐにこの要望に応えることができた。『ジェイン・エア』がほぼでき上がっていたからだ。八月、

『ジェイン・エア』は列車で運ばれて行った。それから二週間後、スミス・エルダー社は出版を引き受けることを決め、著作権譲渡の対価として、一〇〇ポンドを支払いたいとシャーロットに提案した。当時は、一般的にこのような形で作家にお金が支払われており、作家が印税をもらえないという不利な部分があった。

シャーロットは、机箱や裁縫箱に入れていた鋏で原稿を切り貼りしたが、『ジェイン・エア』は、そんな風に大幅に手直しする必要がなかったようだ。『教授』やその他の小説の推敲の際には、現存する原稿を見れば分かるように、原稿を切り貼りしている。原稿の一部（表にだけ文字が書かれたもの）を丁寧に切り取り、切り取ったものを、何も書かれていない紙や、新たに加える文章が書かれた紙に張りつけた。急いでいたからか、感情が高ぶっていたからか、鋏を使わず、手で破り取ったものも二、三ある。このような原稿の切り貼りは、子供の頃に小さな本を作り――針仕事をし、エレンへ贈るための茶缶にクイリング装飾を施したシャーロットならではのものである。彼女は物語を作る技量を持っていたが、紙にインクで書くこと、原稿を切り貼りすること、原稿を包むことも巧みに行なった。

シャーロットは出版社から良い扱いを受けたが、ふたりの妹、特にアンは違った。スミス・エルダー社はシャーロットの小説をすぐに出版したが、ニユービー社はアンとエミリーの小説をほったらかしにし、『ジェイン・エア』が出版されてから二か月後にようやく出版した。おそらく、「ベル兄弟」のひとりの小説が大当たりしたからだろう。アンとエミリーの三巻本の表紙は暗紫色で、低級な紙が使用されており、巻頭に、「有名作家の新作　T・C・ニユービー氏が近日刊行」という見出しの他の本の広告が掲載されていた。ふたりの本には、不備や著者に屈辱を与えるような点が多々あった。第一巻の本の扉には、「嵐が丘　エリス・ベル著　全三巻」と記されており、第三巻である『アグネス・グレイ』については何も記されていなかった。アンは、このことが何よりも腹立たしかったのではないだろうか。しかし、アンはめげることなく、ふたりをぞんざいに扱ったニュービー社から第二作を出版した。アンが『ワイルドフェル・ホールの住人』を書き始めたのは、おそらく一八四七年の初めである。その頃、シャーロットは『ジェイン・エア』を執筆していた。『ワイルドフェル・ホールの住人』は『ジェイン・エア』と同様に、『嵐が丘』から強い影響を受けているものの、このアンの新しい小説は、『嵐が丘』とは一線を画している。『嵐が丘』の基本的な部分は踏襲しておらず、例えば、女性主人公の夫は、ヒースクリフのような情熱的でハンサムな男性ではなく、酒浸りの暴力的な男性である。『ワイルドフェル・ホールの住人』は、『ジェイン・エア』からもいくらか影響を受けている。夜の研究会では、このふたつの小説について同時に意見が交わされたのではないだろうか。ロチェスターと一緒に暮らしているジェインと同様に、アンの小説の女性主人公も、ある邸宅で訳ありな男性と暮らしている。そして、男性から逃げ、自分の道を見つける。ただし、アンは非現実的な要素を排除し、ロチェスターの謎めいた部分を取り除き、夫に虐げられる妻が直面する冷たく厳しい現実を描いた。当時は、妻が夫に虐げられても、法律は夫に圧倒的に有利に働いた。

ブランウェルもアンの小説に影響を与えた。彼は、酒で身を滅ぼすアーサー・ハンティンドンのモデルとなった。エミリーとシャーロットは恋に破れて絶望するブランウェルの姿を参考にして、ヒースクリフとロチェスターが女性を愛する姿を描いたのだ、という主張もある。しかし、ヒースクリフとロチェスターには、ブランウェルの特徴がわずかにうかがえるだけで、彼らの人物造形にブランウェルが直接影響を与えたわけではない。姉妹はブランウェルを哀れんでいた。シャーロットは、その気持ちをエレンへの複数の手紙の中で吐露している。手紙は、自制心がなく、家族を精神的、経済的に苦しめるブランウェルに対する怒りに満ちている。救いようのない精神状態で酒に溺れていたブランウェルは、強い意志を持つヒースクリフやロチェスターよりも、バイロンに似ている。エミリーとシャーロットは子供の頃から、バイロンのような人物を物語に登場させている。

エミリーも夜の研究会に、新しい小説の原稿を携えて参加したのかもしれない。第二作の原稿は存在しない。エミリーの死後、彼女が書き始めていた小説の原稿をシャーロットがすべて破棄したのではないか、と考える人は多い。シャーロットはヴィクトリア朝時代の人々の道徳観を揺るがすおそれがあると考えて原稿を燃やしたのだ、という主張もある。『嵐が丘』はあまりにも衝撃的だとシャーロットが考えていたという事実と、エミリーの評判を守りたいと思っていたという事実は、その主張を裏づける。エミリーの机箱の中に入っていたニュービーからの手紙は、彼女の第二作の原稿が存在したことを証明する手がかりになる。『嵐が丘』に対する新聞の書評の切り抜き、ブリュッセルの商人から受け取った服の領収書、ブリュッセルで開催された演奏会のプログラム、ベルギーの硬貨——エミリーが机箱をヨーロッパ大陸に持って行った可能性を示すもの——と一緒にエミリーが入れていた、赤色の封蠟で封印されたエリス・ベル宛ての手紙は、色々な推測を生んだ。一八四八年二月一五日付のその手紙の中で、ニュービーは小説について触れている。ニュービーが言及したのは、アンの『ワイルドフェル・ホールの住人』のことだとする見方もある。ニュービーが、アクトンとエリスを混同していたのは既知の事実である。しかし、間違いなくエミリーの小説のことだったかもしれないのだ。

もし、エミリーが新しい小説を書いていたとすれば、彼女は紙片に文章を書き、それを机箱に仕舞ったのではないだろうか。机箱には、原稿は入っていないが、エミリーの霊がとりついているような気がする。彼女の机箱は、『嵐が丘』に登場する件の奇妙なベッドに少し似ている。「大きなオークの箱」の中には亡きキャサリンの本が置かれており、それが彼女の存在を感じさせる。本はかび臭く、余白には文字が記されている。ベッドに刻まれた彼女の名は、原稿に記された署名のようなものだ。エミリーの机箱、原稿を清書する時に使ったと思われる自分で罫線を引いた紙、インクの染みの付いた紙、歳月を経て茶色く変色したチョーク、レースの切れ端、象牙色の封緘紙、EJBというエミリーのイニシャルが記された空のボール紙箱の中には、エミリーがいるように感じられる。ボール紙箱は、エディンバラの出版社で文具の製造も手がけたコールドウェル・ロイド社が作ったペン先が入っていたものである。

ブロンテ姉妹の机箱の中に残っているものは、得体の知れないものでもガラクタでも、姉妹の崇拝者には輝いて見える。机箱の中のものは魔法で守られており、それぞれに物語がある。封筒の切れ端に貼られた滑稽味のある封緘紙には、溺れている男性の姿が描かれており、「マン島における高潮と埋められた頭」という説明文が絵に添えてある。その説明文に、エミリーはインクでこう書き加えている。「一八四四年六月二〇日木曜日のボルトン橋での出来事と同じ」。ボルトン橋は、ハワースから一三マイルほど離れた場所にある。この木曜日には、ブロンテきょうだいは四人とも牧師館にいたから、四人で、「ボルトン橋における高潮」と呼ばれる言葉遊びでもしていたのだろうか。それとも、ボルトン橋のかかるワーフェ川に落ちた女性か男性の頭が、しばらくの間水中に「埋められる」という出来事があり、それをエミリーが滑稽だと思って記録したのだろうか？　この封筒の切れ端が、存在したかもしれないエミリーの二番目の小説の原稿と何らかの関係があるのではないか、とつい想像したくなる。(私を含めて)ブロンテ姉妹を愛する多くの人が、時々、そういった想像をせずにはいられなくなる。

私たちは、エミリーの机箱の中のものから何かを「読み取る」。しかし、エミリーの机箱は、彼女が亡くなるとシャーロットの所有物となり、シャーロットの死後は多くの人の手から手へ渡った。シャーロットは支配欲の持ち主だったから、エミリーの机箱の中身を変えたのではないだろうか？エミリーの机箱には、シャーロットの持ち物も入っている。彼女のベルギーの友人からの手紙と空の封筒だ。シャーロットは封筒に、「ムッシュ・エジェから受け取った修了証書　一八四三年一二月二九日」と記している。ブロンテ姉妹が置かれていた環境を考えれば、姉妹の持ち物が混ざることもあっただろう。小説の執筆においては、姉妹の考えと経験が混ざり合った。誰かの持ち物を自分の机に入れておけば、その誰かを身近に感じることができる。エレンの家を訪問した後、シャーロットはエレンにこう書き送った。「あなたの鉛筆入れを盗みました。それに私のペンを入れて、小箱に仕舞いました」。人の机の中を覗くことは、机の持ち主にとっては腹立たしい行為だが、愛情ゆえの行為である場合もある。シャーロットの『ヴィレット』では、教授がルーシー・スノウの机の中を定期的に覗く。彼は愛情があるがゆえに詮索する。教授の葉巻の残り香は、彼の行為を示す証拠である。

シャーロットの三人の弟と妹は、八か月の間に亡くなった。乱れた『シャーリー』の原稿は、その影響の程度を雄弁に物語るもののひとつである。シャーロットは、一八四八年初旬に執筆し始めた。『シャーリー』とアンの『ワイルドフェル・ホールの住人』、それに、もしかしたらエミリーの第二作について、彼女は夜に、ふたりの妹と意見を交わし合ったのだろう。そして、一八四八年九月初めに第一巻の原稿の清書を仕上げた。その原稿はまずまず整っている。その後、着手した第二巻を彼女が書き上げつつあった頃にブランウェルが亡くなり、次いでエミリーもこの世を去った。エミリーの死からおよそ四か月後、シャーロットは出版社にこう書き送った。「時々ペンを執り、何とか書こうと努力しています。当初は、書くのが辛くてしかたありませんでした。昨年の一二月に恐ろしい喪失を経験し、書いているとそのことを思い出しました――書くことがひどく無意味に思えました。書いても、読んでくれる〝エリス・ベル〟がいなかったからです」。アンが亡くなってから二か月後、シャーロットは、「死の影の谷」と題する章の原稿を再び手に取った。アンの死後に「清書した原稿」の一部の筆跡は、普段の筆跡とは違い、不揃いで乱れている。多くの箇所が書き直されたり削除されたりしており、切り貼りによって紙は切れぎれになっている。その原稿は、シャーロットの悲しみを映し出している。

第 7 章

死が作った物

長く顧みられず
甘く魅惑的な微笑みは半ば失せる
時が花を灰色に変え
黴と湿気が顔を汚す

しかしひと房の絹のような髪は
まだ編まれたまま絵の裏にあり
昔の面ざしを伝え
人の心にそれを描く

エミリー・ブロンテ　無題の詩

もし、エミリーの机箱とその中身やブロンテ姉妹の持ち物に霊が宿っているなら、本章の初めに掲載している写真に写るアメジストのブレスレットには、まさに霊が宿っているのではないか。ブレスレットは、エミリーとアンの編まれた髪を用いて作られている。髪は歳月と共に色褪《いろあ》せ、硬く、もろくなっている。シャーロットは妹への愛情の印として、エミリーとアンにひと房の髪を所望したのだろうか。それとも、エミリーまたはアンの遺骸のいずれか一方、あるいは両方の遺骸から髪を切り取ったのだろうか。悲しみの中にいる人が、髪を用いたモーニング・ジュエリー（服喪期間に身に着ける装身具）を身に着けた時代には、死者の身支度を整える時に髪を切り取った。おそらくシャーロットは、宝石細工師か「髪細工師」（髪を用いた装身具を作る人）に髪を郵便で送ってブレスレットを作ってもらうか、自分で作るかしたに違いない。そして、でき上がったブレスレットを身に着けたのだろう。妹の体の一部を身に着ければ、遠くへ行ってしまった妹にいつでも触れていられた。

牧師館の人々は、一八四八年の初めから病に侵され始めた。ブランウェルは、愛する女性から強制的に引き離された後、酒浸りになった。けれど一時立ち直り、新たに開業した鉄道会社の仕事に応募し、再び詩作を始め、小説の執筆にも取り組んだ。一八四六年五月にロビンソン氏が亡くなった時は大喜びした。喪が明ければ、ロビンソン夫人がブランウェルと結婚できるからだ。ブランウェルは、最愛の人と一緒になれると思った。しかし、夫人は彼よりも野心家だった。夫人の子供の家庭教師だったブランウェルは無職で一文なしになり、酒に溺れつつあった。彼女はあの手この手で彼を遠ざけようとし、時には、彼が醜聞を引き起こさないように、なだめすかした。使用人を彼のもとに遣わして、言い訳を伝えさせ、お金を持って行かせることも度々あった。ブランウェルは極度の興奮状態に陥り、食事も睡眠もとらずに数日間過ごし、「惨めすぎて、もう生きていけない」

と叫んだ。夫人とは決して結ばれないという事実が明らかになると――彼女はすぐに裕福な親戚と結婚した――「身の破滅を招く飲酒」が彼の仕事になった。酒を飲まないのは、お金がない時だけだった。姉と妹が詩集の出版や小説の執筆などで忙しくしていた時、彼は自分自身を死に追いやろうとしていた。健康も精神も蝕まれていき、失神発作を起こしたり、振戦譫妄《しんせんせんもう》状態に陥ったり、幻覚を見たりし、危険な行動をとるようになった。ある晩、彼は自分のベッドに火をつけた。ちょうど彼の部屋の前を通りかかったアンが、火の上がっているのを発見し、部屋に飛び込んで火を消そうとした。しかし、うまくいかなかったのでエミリーを呼んだ。エミリーは、ブランウェルをベッドから引っぱり出して部屋の隅に連れて行き、燃えている寝具を引きずり下ろして部屋の中央に集め、台所から運んできた水をかけた（もしかしたら、『ジェイン・エア』の中で起こるひとつの事件は、この一件をもとにして描かれたのかもしれない。エミリーがジェインに、ブランウェルのベッドがロチェスターのベッドに変わる）。現存する、友人ジョン・ブラウン宛てのブランウェルの最後の手紙には、「僕が五ペンス分のジンを飲めるように取り計らってください」と書いてある。

一八四八年のある時点で、ブランウェルは結核に罹《かか》った。すでに体が衰弱していたため、結核は早く進行した。誰もが彼の死に驚いた。シャーロットには、彼が最後の瞬間に、自分の「神をも恐れぬ」振る舞いを悔いているように見えた。彼は「いまわの際にそっと祈っていた」。断末魔の苦しみの果てに、激しく痙攣《けいれん》し、立ち上がらんばかりの姿勢になり、父親の腕の中に倒れ、「あくまでも穏やかな」表情を浮かべた。一八四八年九月二四日日曜日の朝、ブランウェルは、わずか三一歳の若さでこの世を去った。シャーロットは彼の表情を見て、「神に赦されて天国へ昇り、安らぎを得たのだと初めて思った」。彼が「平安の中に置かれていた」から、亡くなったことをそれほど残念だとは思わなかったが、パトリックは慰めようもないほど悲しみに打ちひしがれ、「息子よ！息子よ！」と叫んだ。

ブランウェルの死に方は神聖さを感じさせるものではなかったが、シャーロットは、彼の死は「良き死」だと考えた。ブロンテ一家のような福音派のプロテスタントは、カトリックのこうした死についての伝統的な考え方を取り入れ、一八世紀後半の信仰復興運動の時にその考え方が広まった。神に選ばれて、平和な場所――良い報いを受けられる楽園――へ行けるのなら、死を幸せなものとして捉えるべきである。エミリーは、『嵐が丘』の使用人ネリー・ディーンにそうした考えを持たせた。ネリーは、ヴィクトリア朝時代の典型的な福音主義者であり、死は「良いもの」であると信じていた。キャサリン・アーンショウが「子ヒツジのように穏やかにお亡くなりになりました！」とネリーは言う。「息をつき、子供が目を覚ました時のように伸びをして、また眠りにつきました」

天国へ行く人、あるいは天国に到着した人の表情を通して天国の姿を見ることができる、と考える人は少なくなかった。ネリーは、キャサリンの遺骸に「完璧な平和」を見いだす。それは「静かなる神聖な安らぎ……この世も地獄も侵すことのできない平安」である。彼女は遺骸をじっと見つめ、「無限で影のない来世は確かにあるのだ」と思う。死にゆく人から現れる輝きや神々しい光は、その人が向かう世界から直接やってきたものだと多くの人が信じていた。ヴィクトリア朝時代の作家は、死の場面において、光が現れるという趣向を好んで取り入れた。ディケンズはその代表格である。『ドンビー父子』の幼いポール・ドンビーが亡くなる時、彼の頭部に「黄金色の光」が現れる。初めは、窓から差し込んだ光かと思われたが、それは、すでに天国にいる母親の顔が放つ光だった。『骨董屋』の少女ネルの遺骸は、「神の手によって生まれた」もののように見える。『オリヴァー・ツイスト』では、子供が亡くなると、無慈悲な世界における不安の影が消えた顔に「天国の姿がはっきりと浮かぶ」。死の床にある人の家族は、このような神の恩寵《おんちょう》の印を見逃すまいとした。最後の日々、最後の瞬間を日記に詳細に記録し、死にゆく人が最後に口にする深い言葉を聞こうと耳を澄ました。出版された日記もある。有名な『煌々と輝く光』は、一八五八年に結核により亡くなったソフィア・リーキーという女性の最後の様子を、彼女の姉妹が綴った日記である。死の間際、リーキーの顔に「驚きと恍惚の表情」が浮かび、彼女は叫んだ。「そう、それが天国……それは美しく、輝いている」

多くの人が、亡き人の姿を形に残そうとした。遺骸に消えずに残っている生の証に慰めを見いだし、誠実な人はそれを写し取った。古より人は、亡き人の姿を素描画や彩色画、デスマスクとして残してきたが、一九世紀には特に盛んになった。ブランウェルは、おばが亡くなった直後に顔を素描した。おばはナイトキャップをきちんとかぶっており、表情は安らかだった。ブロンテ姉妹は、デスマスク（あるいはライフマスク）を作ってもらっていないが、当時の作家は、自分の姿をデスマスクや胸像として残している。一八七〇年六月九日、ディケンズが息を引き取った時、娘のケイティーは、父親の顔が穏やかになり、「美しさと悲哀」を放つのを見た。次の日の朝、画家ジョン・エヴァレット・ミレイと彫刻家トマス・ウールナーが連れ立ってディケンズ邸を訪れた。ミレイは、ディケンズの静かな死に顔を鉛筆で素描した。ウールナーは、ディケンズの顔に油性混合物を塗り、その上に柔らかい石膏を薄く塗った。石膏は、心労によってできた顔のすべてのくぼみや皺《しわ》に入り込んだ。石膏が固まると顔から外し、その型を使って胸像を作った。ヴィクトリア朝時代には、庶民も愛する人のデスマスクを作り、寝室や客間の壁に掛けたり、上面がガラス張りになっている箱に入れて飾ったりした。亡き人の髪は「その人そのもの」であるため、特別な形見となった。エリザベス・ギャスケルの小説の中で、亡くなった人の細密画を眺めるある女性は、その人の髪に触った時、さらに心を締めつけられる。なぜなら、髪は「愛する人の体の一部だからだ。もう触れることも抱きしめることもできないその人は、芝生の下で朽ち果てている。でも、たぶん、髪は残っている。彼女が持っているひと房の髪は、それから切り取った髪だ」

ブランウェルの死から数か月後にエミリーが亡くなった――ブランウェルから結核がうつったのかもしれない。『嵐が丘』の出版からちょうど一年後のことである。エミリーの死は、彼女が創造したキャサリン・アーンショウの「輝くようなすばらしい世界への逃避」とは違った。「寒々しい丘に東風が荒く吹きすさぶ」一八四八年一〇月、エミリーは、しつこい咳とやむことのない胸の痛みに悩まされるようになった。シャーロットは、辛い気持ちをエレンに伝えた。「エミリーは、とても、とてもやせ細り、青白くなりました」。エミリーは、同情されることや病気について触れられることを嫌った。必要以上にベッドの上で時間を過ごさず、自分の毎日の仕事をすべて続けた。ひるむことなく病気に立ち向かおうと固く心に決めていた。秋が深まるにつれて体調は悪化し、微熱が続き、息切れが激しくなった。シャーロットは、地元の医師に診てもらうよう再三再四促したが、エミリーを怒らせただけだった。エミリーは、「有害な医者」を自分の側に近寄らせなかった。シャーロットとアンは、エミリーの階段をのぼる足音が聞こえる度に、裁縫や書き物を中断した。すると、足音は聞こえなくなった。エミリーが息切れを起こして止まるからである。ふたりは、エミリーを助けることはおろか、エミリーの前では病気について話し合うこともできなかった。自分に打ち勝とうとするエミリーの心の壁は強固になった。日を追うごとに、「見るも哀れなほど」衰弱していき、息をすることすら困難な状態に陥った。シャーロットは再度、医師を呼ぶべきだと促し、エミリーの「怒りを買った」。エミリーは頑として、「自然の流れに任せる」と言った。

一二月末には、少し動くだけで激しい動悸《どうき》が起こるようになった。シャーロットは後に、この暗い期間のことをこう述べている。「毎日毎日、エミリーが困難に向き合う姿を見ると、驚異の念に打たれ、苦しいほどに愛おしさが募った」。エミリーは、別の言い方をすれば、「自分のことを哀れんでなどいなかった」。どうしようもなくなったシャーロットは、エップス医師から助言をもらおうと思い、手紙を書き始めた。しかし、エミリーが体調のことを話そうとしないため、病状について詳しく書けなかった。エミリーに死期が迫っているという事実を受け入れきれず、いずれ元気になるのではないかという一縷《いちる》の望みにすがった。シャーロットは後に、エミリーの死がエミリーの生の一部であったことを理解する。「人生において、エミリーはぐずぐずせずに目の前の務めを果たした。死に際しても、ぐずぐずすることなく……私たちを残してさっさと行ってしまった」。毎晩、キーパーとフロッシーに自分で餌をやっていたエミリーは、亡くなる日の前の晩も自分でやると言い張ったが、廊下の床の凹みに足を引っかけてよろめき、壁に倒れかかった。

亡くなる日の朝、エミリーは起きると、「喉をゼーゼーと鳴らしながら」、「その間も死に向かいながら」自分で服を着た。髪をほどこうとした時、骨製の櫛を火の中に落とした。もはや櫛を拾う力すらなく、ただ火の中の櫛を見ていた。ちょうど部屋に入ってきた使用人のマーサ・ブラウンが、火中から櫛を拾い上げた。数本の櫛の歯が焼け焦げていた。エミリーは階下におりて縫い物をしようとした。シャーロットは、まさかこの日にエミリーが亡くなるとは思っておらず、「今まで過ごしたことのない暗黒の時」について、エレン宛ての手紙に書いていた。昼になり、恐ろしい事態が訪れた。シャーロットは荒野を歩き回り、エミリーの好きなヒースをようやく見つけ、エミリーに渡した。けれどエミリーはヒースを認識できなかった。この時シャーロットは、死がすぐそこまで来ていることを悟った。客間で、馬の毛を詰めた黒色のソファーに倒れたエミリーは、喘《あえ》ぎながらシャーロットにささやいた。「もし、お医者さんを呼ぶなら、診てもらうわ」。シャーロットはウィールハウス医師に来てもらったが、むだだった。三〇歳のエミリーは「短くも激しい闘い」の後、「意識と喘ぎと嫌なことから引き離された」。彼女は一二月一九日の午後二時、結核により亡くなった。

エミリーの棺を作ったのはウィリアム・ウッドである。彼の帳簿の記録によると、棺の寸法は縦五フィート七インチ、横一六インチである――ウッドが作った大人用の棺の中で一番小さかったらしい。家族は、会葬者のために白色の手袋を購入した。会葬者の中には、手袋を記念として残した人もいる。エミリーは教会の地下に埋葬された。これでもうエミリーは「厳しい霜と鋭い風」に見舞われることもないのだ、と思うとシャーロットの心は少し慰められた。家族は、ジョゼフ・フォックス――カードには「菓子屋」と記されている――に追悼用のカードを注文した。フォックスは、エミリーの実際の年齢よりも一歳若い年齢を記しており、姓に分音符号を付けていない。「エミリー・ジェイン・ブロンテを偲んで　一八四七年一二月一九日死去　享年二九歳」

葬儀の翌日、シャーロットはエレンに手紙を書いた。彼女は、喪中用の封筒に黒色の封印を施している。悲嘆に暮れている時にしたためているため、字が整っていない。「エミリーは、今はもうこの世にいません……エミリーは約束された時間の中で死にました――人生の盛りに、生から引き離されました」。シャーロットは、手紙の上側に追伸を走り書きしている。手紙を封印しようとした時に思いついて加えたのだろう。行間に感情がにじみ出ている。「何とかして来てください――友達に側にいて慰めてほしい、と今ほど思ったことはありません」。別の手紙では、エミリーが「引き離された」ことについて、違う言い方で述べている。「私たちからあふれるような愛情を受けていたのに、力が約束されている人生の盛りに、根こそぎにされました……実をたわわにつけた木が――根こそぎにされるように」。また別の手紙では、深い苦しみの中でこう尋ねている。「エミリーは今どこにいるのでしょう？　私から引き離され、私の手の届かない所――私のいる世界の外へ行ってしまいました」

亡くなったエミリーの顔にも天国の姿が現れたのだろうか。シャーロットはそれを見て天国の存在を信じたのだろうか？　エミリーは死後どこへ行ったのだろう――「エミリーは今どこにいるの？」――と尋ねているから、天国の存在を疑っていたのかもしれない。シャーロットの言葉は少々異端的だ。愛する人は、まだ下界にいる人を天国で待っている。当時は、こんな風に説教において語られたり、お悔やみの手紙に記されたりした。天国は、中流階級の人が暮らす郊外とさほど変わらない。死者はそこで活発に動く――成長し、体を使って良い仕事を続け、生者を見守る。シャーロットはこうした考えを、天国を想像しながら手紙に書く時もあった。エレンの姉サラが亡くなった時、彼女は当時の常套文句を使ってエレンを慰めた。「サラはきっと、旅立った先で幸せに暮らしています。この世界にいた時よりもうんと幸せなのです――初めのうちは悲しいですが、そのうち、彼女の旅立ちはむしろ喜ばしいことだったのだと思うようになりますよ」。シャーロットの小説を出版したウィリアム・スミス・ウィリアムズは、エミリーが亡くなった後すぐ、エミリーは清浄で高尚な存在になったとシャーロットに書き送っている。エミリーは「この上なく安らかな気持ち」で、彼女の死を嘆く人を天国から見下ろしている、ということをシャーロットに信じてほしいと彼は思っていた。パトリックも、よく同様のことを述べた。幼い娘を亡くした母親に宛てた手紙にはこう書いている。「彼女は定められた時に目を閉じ、永遠の中で目を開きます。栄光と幸福は永遠であると、私は信じて疑いません」。妻が亡くなった時は、「彼女の魂は栄光の館へ飛翔しました」と友人に書き送った。

　きょうだいの死に接した時のアンの様子を知ることはできないが、彼女はブロンテきょうだいの中で一番信心深く、万人救済の教えを信じていた——煉獄の火の中を通らなければならない人もいるが、最後にはすべての人が天国に昇る、と。エミリーの死からほどなくして、アンも結核を患った。エミリーは治療を拒んだが、アンは医師の勧める治療法に従った。例えば、大量の肝油と炭酸鉄を服用したが、そうすると吐き気に襲われた。（冷水に浸かる）水治療を受け、ゴッドボールドのヴェジタブル・バルサム（ナサニエル・ゴッドボールドが一七八五年に開発した結核の薬）を使うことにも同意した。彼女は、エレンが送ってくれたコルク製の中敷きを靴に入れていた。牧師館の板石を敷いた床からの冷気を遮断するためである。三月になると、もう命が長くないことが誰の目にも明らかになった。五月、アンは、海辺の町スカーバラにどうしても行きたいと言い張り、シャーロットとエレンを説得して連れて行ってもらったが、そこで急激に衰弱した。亡くなる日、彼女は、すぐにここを発つなら家に生きて帰れるかしらと尋ねたが、ハワースにたどり着くまで命が持つ見込みなどなかった。一八四九年五月二八日、アンは、スカーバラにおいて二八歳で亡くなった。シャーロットはこの地にアンを埋葬した。家族の中でアンだけが、ハワースの教会の地下に埋葬されなかった。

アンが亡くなった時、来世の存在を疑うことがあったシャーロットも、ブランウェルが亡くなった時以上にその存在を信じた。彼女は友人や家族と同様に、聖人のようだったアンは天国へ行くのだと思った。アンは「従順だった――神を信じており……自分の行く先にはより良い世界があると確信していた」。壮絶な最期を遂げたエミリーとは対照的に、アンがキリスト教徒として静かに死んだことに、シャーロットは感銘を受けた。アンは遠くない将来に訪れる死に子供の頃から日々備えていたようだ、と語る人もいた。一方、エミリーは「死を間近に控えて、麗《うら》らかな太陽から名残惜しげに目を逸らした」。エレンが伝えるアンの臨終の時の様子から、アンが聖人のような存在だったことや神の近くにいたことがよく分かる。アンは「ため息などつかず、この世から永遠の地へ行った。彼女の最後の時間と瞬間はとても穏やかで、神聖さが漂っており、彼女は死を感じさせないままこの世から去った」

アンは信仰心があつかったが、エミリーがどのような信仰を持っていたのかは謎のままだ。何かを読んで知った哲学や宗教的な思想をもとにして、独自の信仰を形作ったのだろうか。シャーロットの友人で、自由思想の持ち主であるメアリー・テイラーの言葉に対するエミリーの反応は、彼女の信仰について知るためのちょっとした手がかりになるかもしれない。メアリーは、彼女の信仰について人から尋ねられ、「それは神と私の間のことです」と答えた。ハワースを訪れた時にそのことを話したら、暖炉の前の敷物の上に体を横たえていたエミリーは叫んだ。「その通りだわ」

『嵐が丘』の登場人物は、それぞれ来世について異なる考えを持っている。ネリーは天国を信じている。キャサリンは、夢の中で天国から放り出されて荒野に落ち、大喜びする。彼女にとっては、そこが天国だからだ。村人は、キャサリンとヒースクリフの幽霊を見たと語る。ヒツジ飼いの少年は、死んだ恋人同士が道をすっと横切ったので、ヒツジが進もうとしないと主張する。ある人は「聖書に手を置いて誓った」後、ヒースクリフの幽霊が「さまよっている」と言う。キャサリンはヒースクリフにこう約束する。「皆が私を一二フィートの深さに埋めて、その上に教会を投げ倒しても、私はあなたが来るまで眠らないわ――決して眠らない!」「幽霊はきっといる」といつも思っているヒースクリフは、キャサリンの言葉を信じる。

この小説の中には、不思議なほどに、死者の体に価値を置く人がいる。その人は、来世でも体が必要だと思っているのだろうか。ヒースクリフは、キャサリンの部屋にこっそり入って彼女の遺骸と対面する時、彼女の首にかかっているロケットの中に、リントンの色の薄い巻き毛が入っていることを知る。彼は巻き毛を床に捨て、自分の黒色の髪の房を代わりに入れる。愛する人の遺骸にはある種の命があり、一緒に墓に収められた物を見たり、それに思いを寄せたりする、と多くの人が考えていた。ヴィクトリア朝時代に人気のあった画家ジョン・カルコット・ホースリーの日記によると、一八五二年に妻のエルヴィラが亡くなった時、彼は赤色のビロードの小袋を妻の首にかけた。小袋には、彼と子供たちの髪の房が入っていた。妻は、自分の死期を悟った時にそれらの髪の房を自分で切り取り、名と髪を切った日付を記した札をそれぞれの髪の房に付けた。ホースリー一家と同様に、エドガー・リントンとヒースクリフも、自分の体の一部がキャサリンの向かう場所へ共に行ってほしいと思う。自分の髪が、生と死の境界線を越えることを切に望む。

手紙や原稿は、死者にとっても意味のあるものだったようだ。ホースリーは、妻の遺骸のかたわらに置かれたマツ材製の箱の中に、妻への手紙を入れた。詩人ジョン・キーツは、ファニー・ブローンからの手紙と一緒に埋葬してほしいと頼んだ。ブローンは、彼が結婚したいと思っていた女性である。死の床に臥している時に手紙をもらった彼は、錯乱状態にあり、手紙を開けることすらできなかった。手紙は読まれることなく、ブローンの髪の房と彼の妹が作った財布と共に、封印されたまま棺に収められた。次のような例もある。ヴィクトリア朝時代の詩人であり画家でもあったダンテ・ゲイブリエル・ロセッティは、作ったばかりの詩を書き留めたノートを、自殺した若い妻エリザベス・シダルの棺に入れて埋葬した。妻の死を招いた一因が自分にあると思っていたからだが、ノートが棺の中に入っていたのはほんの一時期だった。何年か後に詩集を出版したいと思った彼は、棺を掘り起こし、妻の遺骸に添えていたノートを取り出した。ノートはぐっしょり濡れ、虫に食われていた。時には、実際的な理由から手紙が棺に収められた。ヴィクトリア朝時代のある女性は、親友と約束を交わした。親友が亡くなったら、親友の亡き息子からの手紙を共に埋葬するという約束である。ところが、親友が亡くなった時、女性は棺の中に手紙を入れるのを忘れた。それから間もなくして、地元の郵便配達人が亡くなった。女性はこれ幸いと、郵便配達人と共に手紙を埋葬した。来世で、郵便配達人が親友に手紙を届けてくれるだろうと思ったのである。

当時の人はまだ、初期のキリスト教の信者やキリスト教より古い宗教の信者と同じように、副葬品——遺骸と共に埋葬される、来世でも必要となりそうな故人の所有物——を重要なものと考え、お金、櫛、装身具、薬瓶などを遺骸に添えた。また、死後は何が起こるか分からないから——例えば、魂は審判の日まで墓中の体に留まるかもしれないし、死後ただちに裁かれて天国で体と結合するかもしれない——死者の体をできるかぎり完全な状態で埋葬しなければならない、と思う人も多かった。抜けた歯を保存し、来世で歯が揃うように遺骸と共に埋葬するという古からの風習は、一九世紀半ばまで残っていた。人体を解剖することに対して激しい反対の声が上がったのも、ひとつには、体も天国へ昇ると考えられていたからである。

キャサリンの遺骸は、ロケットに収められたヒースクリフの髪の房と共に埋葬される。ヒースクリフは遺骸が秘めている命に思い焦がれ、ついには、遺骸と自分の体を触れ合わせるために、一度ならず二度までも棺を掘り起こす。墓守が、キャサリンの墓の隣に、亡くなった彼女の夫エドガー・リントンの墓を掘っている時、ヒースクリフはキャサリンの棺の上の土を墓守にのけさせ、棺の蓋を開ける。泥炭質の土に守られていたため、彼女の顔は昔のままである。ヒースクリフは、墓の中で彼女と永遠に一緒にいようと思う。彼がその場から動かないので墓守は「難儀」し、キャサリンの顔が「空気にあたると変わってしまう」と言う。すると、ヒースクリフは棺の側面の板を叩いて外し、墓守に金をつかませて頼む。「俺をここに埋める時に、この板と俺の棺の板を取り払ってくれ……リントンが俺たちの側まで来る頃には、俺たちはひとつになって、どっちがどっちか見分けがつかなくなっているだろう！」彼はキャサリンの死後、彼女の体にも焦がれ、「子供の頃のように、彼女の愛おしい頭が同じ枕にのっている」ことを願う。それによって「心臓が止まり、彼女の頬に寄せた自分の頬が凍っても」かまわなかった。彼が掘り起こしたのは、「亡骸」というよりもキャサリンそのものであり、彼が何よりも望んだのは、善良な福音主義者の魂と同様にふたりの魂が天国に昇って出会うことではなく、土の中でふたりの体が溶け合うことだった。

体――あるいは体の一部――が、愛する人の墓の中に入ることを官能的だと感じたのは、ヴィクトリア朝時代の人々だけではない。一七世紀の詩人ジョン・ダンのふたつの詩に登場する人の遺骸には、愛する人の髪を用いて作られたブレスレットがはめられ、それによって、ふたりはようやくひとつになる。「亡骸」と題された詩では、「骨にはめられた明るい色の髪のブレスレット」の力によって、愛し合うふたりが「墓で会い、しばし一緒に過ごす」のだが、詩の語り手は、墓掘り人が邪魔するのではないかと心配する。結婚したばかりのふたりがベッドを共にするように墓の中で一緒に眠ることは、ヴィクトリア朝時代の人々にとって魅力的だった。ヴィクトリア朝時代の詩人アルフレッド・テニスンが一八四二年に作った「ロックスリー・ホール」（エミリーはこの詩もダンの詩も読んだ）の語り手はこう思う。「私よりも先に汝に逝ってほしい……恥辱を受けることなく汝と私は横たわり　互いの腕の中に身を預け、静かに最後の抱擁を交わす」。ヴィクトリア朝時代の詩人アルジャーノン・チャールズ・スウィンバーンの詩の中で、スウィンバーン（あるいは彼の分身）は、愛する人と一緒に今日死にたいと願う。ふたりは「隠れ、見えなくなり　抱き合って粘土に覆われる……死によってひとつになり、夜に満たされる」

エミリーは激しい慕情を注視し、ヒースクリフをそうした欲望を持つ人物として描いた。ヒースクリフは、墓の中でキャサリンと体を触れ合わせたいと願い、しばらくの間そうしようとする。また、地上にもキャサリンが存在すると信じている。彼女がすぐ近くにいるので、彼女に焦がれるヒースクリフは眠ることも食べることもできない。彼女の箱型のベッドの上で眠ろうとすると、「叩き起こされ」、彼女の姿を見る。目を閉じるや、彼女が「窓の外に現われたり、引き戸を開けたり、部屋の中に入ってきたりする」ので、「まぶたを開けて見ずにはいられない」。身の回りの物だけでなく、家中の物の中に彼女を見つける。物に、彼女の魂が吹き込まれたかのようである。「床に目を落とすと必ず、敷石の中に彼女の顔が現れるのだ！」命を持たない物が、命を持っているように見える。あの世から力を得た物は、奇妙さを漂わせる。窓を叩くモミの木の枝がキャサリンの小さな手に変わり、窓は「幾多の輝く月」を映す。戸棚の中のふたつの古いボールの片方には「C」の文字が記され、「H」の文字が記されているボールからは、詰め物の小麦ふすまがこぼれ落ちている。物を通して、キャサリンがヒースクリフを死へ導き始め、死はもう手の届くところにあると彼は確信する。期待で胸がいっぱいになり、息をするのも忘れ、心臓が止まりそうになる。欲望が彼を死へと駆り立てる。ネリーは、キャサリンの箱型のベッドの上で彼が亡くなっているのを発見する。彼の目は「恐ろしいほど生き生きとして歓喜を湛え」ており、唇には冷笑が浮かんでいる。それらは、彼が「良い死」を迎えたことを示しているが、使用人のジョゼフは、彼の魂を悪魔が持ち去った証拠だと解釈する。

物(または生き物)から来世の光が現れる、と人は古より信じていた。ある人に死が近づくと、その人の所有する家具などの物が反応した。時計は、持ち主が亡くなると止まった。鏡に映るものには悪霊がとりつくため、人は鏡に覆いをかけた。また、万事うまくいくように、周りの物を整えた。例えば、霊魂が簡単に出て行けるように、窓と扉を開けたままにしておいた。黒色のカーテンや服は、死によって解き放たれた悪しき力から生者を守った。人生の終わりに、身も心も弱っているキャサリン・アーンショウは、鏡に映る自分の顔を見て幽霊だと思い、混乱する。昔から言い伝えられてきたように、死が迫っていることを示す兆候である。枕から取り出した鳥の羽根の中にハトの羽根を見つけたキャサリンは、ハトの羽根は死を妨げるという迷信を思い出し、こう言う。「だから私は死ねないのだわ!」死者の髪は、不思議な力を持つ物――時計、鏡、羽根――の中でも特別な位置を占める。それは霊界からも力を得て、髪を身に着ける生者と死者を強く結びつける。

髪は体の一部だが、体から簡単に切り離すことができる。体が朽ちても、髪は光沢を失わない。宝石や金属と同様の輝きを持つ髪は体の装飾的な部分でもあり、他の人が身に着ける装身具にもなる。一八四〇年代には、髪を用いた装身具が大流行した。新聞は、髪細工師やデザイナーに関する広告を掲載し、雑誌は、髪細工に対する人々の熱狂ぶりを伝える詳細な記事を載せた。ロンドンの装身具職人アントニ・フォラーは、一八四〇年代に髪細工師として名を成し、リージェント・ストリートに工房を構え、五〇人の職人を常勤で雇っていた。ロンドン万国博覧会では、出品した一一の髪細工が絶賛され、その中には、ヴィクトリア女王と王太子、ハンブルク取引所が描かれた髪の刺繍画が含まれていた。「人の髪のみから成る」丈の高い花瓶や、「人の髪で作った花で満たされた豊穣の角」といった印象深い出品物もあった。女性は、刺繍、クイリングをはじめとする数多くの手芸や貝細工、剝製作り、そして髪細工作りに自宅で取り組んだ。ファッション誌は髪細工について論じ、型紙や作り方、助言を掲載した。髪で冠を作るのも盛んで、女性は冠をガラス張りの額縁に入れ、あるいは、冠に釣鐘型のガラスの覆いをかぶせて飾った。素描画や彩色画の模写も行なった。ある勤勉な女性は髪だけを用いて、レンブラントの絵をクロスステッチで模写した。シャーロットは、「黒髪を使って小さな宝冠の刺繍を施したキャンブリック地のハンカチ」を初期の複数の物語に登場させている。ハンカチは、持ち主の男性に秘密の恋人がいることや、その恋人が自分の髪を用いて刺繍したことを示唆している。

髪細工の作り方――髪を煮沸消毒し、特別に設計された円形の台（通信販売で購入できた）の上に置き、台に付いている幾つかの重しで髪を押さえながら編む――は手引書に記されていた。一八六五年に出版されたマーク・キャンベルの『髪細工独習』は、人気のある手引書だった。本章の初めに掲載している写真に写るアンとエミリーの髪を用いたブレスレットは、固く編まれている。おそらく、職人が前述した方法で髪を編み、端の部分を金属に接着させたのだろう。アンの死後、エレン・ナッシーがシャーロットからもらったアンの髪で作られたブレスレットは、少し違う方法で編まれている。もしかしたら、エレンが自分で作ったのかもしれない。エレンは生涯を終える頃、少なくとも三つの髪ブレスレット、四つの髪ブローチ、ひとつの髪指輪、束ねられていない二房の髪を所有していた。髪の大部分はブロンテ一家のものである。

時計の裏側の収納部に収められた巻き毛は、ちょっとした備忘録だ。トマス・ハーディの『狂おしき群をはなれて』では、軍曹のトロイがファニー・ロビンの編んだ金髪を金時計に入れ、バスシバ・エヴァディーンと結婚する。疑念と嫉妬心を抱くバスシバは、金時計の中の許されざる髪をトロイがこっそり見る姿を目撃する。当時の装身具職人は、指輪やブローチなどの装身具の表側や裏側に、髪を入れておくための収納部を設けた。髪が収められたロケットは激しい愛を表すものであり、ブロンテ姉妹の作品における重要な小道具だ。シャーロットの初期の物語に登場する美しい淑女は、公爵への愛を示すために、宝石があしらわれた十字架を身に着けている。「十字架の中央に付いている宝石でできたロケットには、こげ茶色の巻き毛が入っている」。他の女性と結婚した公爵からもらった彼の巻き毛である。エミリーの詩に登場するロケットには、ふたりの人への愛を表すものが入っている。「美しいロケット　恋敵同士のふたりの絹のような巻き毛　黒髪と茶髪が私に明かす　不実さについての話」。『嵐が丘』に登場するロケットにもふたつの巻き毛が入っている。使用人のネリー・ディーンは、キャサリンの遺骸が安置されている部屋の床に、エドガー・リントンの色の薄い巻き毛が落ちているのを見つける。そして、キャサリンのロケットを開き、中に入っているヒースクリフの黒色の巻き毛とエドガーのそれを縒《よ》り合わせる。ブロンテ姉妹も、蓋をぱちんと開けると収納部が現れる装身具を幾つも所有していた。ある小さなロケットは、ひとつの面がガラス張りになっているため、中に収めてある誰かの巻き毛が見える。簡素な装身具はしだいに大量生産されるようになり、一八五〇年代末には、庶民にも手が届くようになった。ヴィクトリア朝時代の人々は巻き毛を入れることで、大量生産された装身具を他にはないものにした。アンの髪が収めてあるシャーロットのブローチは、規格化された安価な大量生産品である。

愛情の印としてロケットに収めた愛する人の髪は、愛する人が生きている場合は死とは関係がない。シャーロットが所望したエレンのひと房の髪も死とは無関係である。本章の初めに掲載している写真に写るアメジストのブレスレットには、喪中用の装身具であることを示す特徴はない。喪中用の装身具は、黒色のエナメルが施されるか、黒玉などの黒色の素材で作られるのが普通で、銘が刻まれることが多い。ヴィクトリア・アンド・アルバート博物館に収蔵されている金製のブローチには、「サー・マーク・イザムバード・ブルネル　一八四九年一二月死去　享年八〇歳　ソフィア・ブルネル　一八五五年一月死去　享年七九歳」と刻まれており、色と質感の異なるふたつの巻き毛が収められている。喪中用の装身具には、しだれ柳などの死を象徴するものや、伝統的な礼服を着た女性が骨壺や墓石に覆いかぶさるようにして嘆く姿が描かれ、絵の一部——柳の枝や空に浮かぶ雲——が、細かく切った髪を用いて描かれることもあった。エリザベス・ギャスケルの『クランフォード』に登場する初老の婦人は、亡き友人や親戚の「主に髪でできている壮麗な墓としだれ柳」があしらわれたブローチを持っており、故人を忘れることはない。こうした装身具は小さな墓のようなものであり、髪は遺骸である。現代の人も、骨董屋で由来の分からない髪の装身具を見つけたら、まるでひっそりと佇む墓のようだと思うだろう。これに使われているのは誰の髪だろう？これを大切に持っていたのは誰なのだろう？

ブロンテ一家に関する資料が保管されている部屋の片隅に、一家の様々な交友関係を示す髪――五〇ほどの巻き毛が置かれている。また、一家と関係のある髪の装身具が、ヨーロッパとアメリカの図書館や博物館に収蔵されている。一風変わった、見る者の胸を打つ一家の髪のコレクションもある。一家に対して愛情を抱く人が彼らの生前に集めたものだが、それはやがて遺髪のコレクションとなった。コレクションは七つの髪の束から成り、そのうちの幾つかは、黒っぽいビロードに覆われた裏板にテープで貼ってあり、残りは縫いつけられている。一つ一つに札が付いており、各人の名と髪が切り取られた年が手書きで記されている（口絵写真参照）。ブロンテ家の子守女のひとりであるサラ・ガーズが、子守の仕事を辞める時にこれらの髪を集めたと言われている。パトリックの髪を除くすべての髪が一八二四年に切り取られた。パトリックの髪は、彼の最晩年にあたる一八六〇年にサラに送られたようだ。その頃、パトリックは彼女と連絡を取り合っていた。コレクションには一家全員の髪が含まれているわけではない――長女マリアと母親の髪は含まれているが、次女エリザベスの髪はない。彼女の髪は収集されなかったようだが、理由は分からない。

額の中の髪をガラス越しに見るだけでは、髪を身に着けた時、特に髪が直接自分の肌に触れた時のように故人を身近に感じることはできない。人々は、故人に触れたいという欲望を持っていた。中世の人々は、聖人の髪を収めたお守りを身に着けた――中世においては、聖遺物を持ち歩くのはごく普通のことだった。奇跡、健康、幸運をもたらすと考えられていた聖遺物を身に着けていれば、聖遺物のある聖地を訪れる必要もほとんどなかった。九世紀にカール大帝が妻に贈ったサファイアのお守りには、聖母マリアの髪と、磔刑に処される時にイエスが掛けられた十字架の欠片が収めてあると信じられていた。聖遺物が収められたお守りとしては、極めて古くて有名なもののひとつである。一五三〇年代、イギリスにも宗教改革の波が押し寄せ、多くの聖遺物が破壊されるが、人々はその後もずっと、様々な形で聖遺物を身に着けた。例えば、チャールズ一世は神権を有する王であり、王は殉教したのだと信じていた王党員は、彼が一六四九年に斬首された後、彼の髪を収めた指輪をはめた。彼の髪の一部は、断頭台から滴り落ちた血によってできた血だまりに浸された。ヴィクトリア朝時代のプロテスタントは、聖人や王の遺物の代わりに、愛する人の髪を身に着けた。髪は、人が永遠に生きる場所である天国と彼らとをつないだ。

一九世紀まで、少々異教的ではあったが、宗教性を帯びた髪には不思議な力があるとされていた。特別な物や宝石は人を守る力を有しており、それを身に着ければ病や誹謗中傷、「邪視」を防げる、と古代より人々は考えていた。「ヒキガエル石」（絶滅した魚の歯の化石だが、ヒキガエルの頭の中に生じると信じられていた）の指輪は毒や腎臓の病気を追い出し、ルビーは所有地や地位を守る手助けをした。大網膜——出生した胎児の体に付いている羊膜の一部——を持っていれば溺れることはないと人々は信じ、装身具に入れることもあった。大英博物館に収蔵されている一九世紀初めのペンダントには、編んだ髪と大網膜が入っている。

ヴィクトリア朝時代の数多くの髪の装身具も守る力を発した。力の基礎を成す愛情が非常に強く、力が来世に及ぶことも少なくなかった。髪は動物磁気を発すると考える人もいた。動物磁気は、目に見えない流動体である。あまねく世界に及ぶ動物磁気の力によって、遠く離れている体や物同士が交わることができる。髪が、遠くにいる人の発する「流動体」やその人自身を引き寄せることもあった。ふたつのものをつなぐ役割を果たしたのだ。シャーロットの初期の物語では、ひとりの男性が、「磨かれた金のように輝くふたつの柔らかい巻き毛」の不思議な力によって「墓の国」から逃れ、彼が思い焦がれていた場所へ帰る。そこには、巻き毛を彼にくれたふたりの若い王子がいる。別の物語では、ひとりの男性の棺が開けられ、遺骸からひと房の髪が切り取られる。そして、髪を火の中に投げ入れるといった「魔法の儀式」が行われた後、「髪の一部が、小さなロケットかブローチの中のとても立派なダイヤモンドの下に収められる」。このお守りは、男性の息子をあらゆる不運から守る。父親の髪には愛の力が漲《みなぎ》っている。『ヴィレット』のポーリーナは、縒り合わせた父親と夫の髪を入れたロケットを「お守り」と呼び、次のように言う。「あなたたちふたりはいつまでも友達よ。私がこれを身に着けているかぎり、あなたたちは決して喧嘩しないわ」

当時の小説には髪が頻繁に登場し、物語の展開上、様々な役割を果たしている。エリザベス・ギャスケルの『メアリ・バートン』の娼婦エスタは、いまわの際に、亡き娘の髪を入れたロケットにキスをすることで救われる。多くの男性（時には女性）が、髪で作られた懐中時計の提げ紐を所有するようになり、それが中流階級のステータスシンボルになった。ディケンズの『我らが共通の友』では、労働者階級に属しているブラドリー・ヘッドストーンが、中流階級の人間として認められるために「髪の提げ紐」を身に着ける。アンの『ワイルドフェル・ホールの住人』の女性主人公ヘレンは、「髪の鎖」が付いた小さな金時計を所有している。髪の提げ紐は、きちんとした人物として造形するために常套的に用いられる小道具だ。ヘレンは夫から逃げた女性だが、髪の提げ紐を使っているから信用できる、と読者は思う。これとは対照的に、シャーロットは「キャロライン・ヴァーノン」の中で、不義の愛から生まれた少々問題のある提げ紐を描いている。それは、ある男性が、情婦の「長く流れるような髪で作った提げ紐」である。男性は、その「編んだ黒髪」を胸もとにこれみよがしに着けて劇場へ行く。ジェイン・オースティンの『分別と多感』の中で描かれているエドワード・フェラーズの指輪のように、髪が収められた装身具は、恋愛模様を一層複雑にする。指輪の「中央に入っている編んだ髪」は姉のファニーのものだとエドワードは主張するが、エリナー・ダッシュウッド（エドワードに恋をしている）と彼女の妹マリアンヌは、それはエリナーの髪であり、彼がエリナーに恋している証だと思う。しかし、彼のかつての婚約者で、品がなく小憎らしいルーシー・スティールの髪だということが分かり、ロマンスの夢が潰《つい》えそうになる。

ヴィクトリア朝時代の小説では、ひと房の髪が深く劇的な展開を生む。最大の謎である登場人物の正体を知る手がかりにもなる。チャールズ・ディケンズの小説では、出生についてオリヴァー・ツイストに初めて語られる場面で、「ふた房の髪が収められた小さな金のロケットと金の結婚指輪」が登場する。指輪には「アグネス」という名が刻まれ、姓を刻む場所があけてある。オリヴァーの生年月日も刻まれている。シャーロットの「秘密」では、ひとりの淑女が、「栗色の小さな編んだ髪」を入れるための「水晶の指輪」を装身具職人に注文する。その淑女は、ある女性が出征する夫に贈った指輪に代わるものとして指輪を作り、手の込んだやり方で女性を脅迫する。船が難破して夫が亡くなったことを知った女性は、裕福な貴族と結婚するが、最初の結婚のことを隠している。淑女は、最初の夫はまだ生きていると主張し、その証拠として偽の指輪を持ち出して女性を脅迫するのだ。

当時の人々は、喪中の装身具に愛する人の髪が使われていないのではないか、という不安を持っており、シャーロットはその不安な気持ちを物語の中で巧みに描いた。不届き者の装身具職人が、郵送されてくる髪の代わりに同じ色の他人の髪を使って喪中用の装身具を作っている、という噂や世間の反感について、当時の手芸誌やファッション誌は詳しく取り上げた。装身具の材料として

——また、かつら用や部分かつら用として——女性は自分の髪を職人に売った。送られてくる髪よりも買った髪の方が大抵は量が多く、長く、健康だったため、買った髪を使う方が作りやすいと職人は思っていた。「偽」の装身具であることが判明した場合、あるいは単にそれが疑われる場合でも、装身具は誰のものか分からない「墓」になり、人を悩ませた。雑誌『家族の友』の記者は、次のように問いかけている。「失くされたり誰とも知れない人の髪が代わりに使われたりするおそれがあるのに、なぜ、大切な巻き毛やひと房の髪を他人に託さなければならないのだろうか。自分で髪を編んで自分の望むような装身具を作ればいいのではないか?」

怪奇小説には、死者の髪やその他の死者の体の一部が登場する。怪奇小説はヴィクトリア朝時代の人々が好んだジャンルだ。エミリーとシャーロットは、ディケンズをはじめとする当時の作家に倣って、家の中で起こる怪奇現象を描いた——ディケンズが創造したエベネーザ・スクルージなどの登場人物の前には、過去の幽霊が度々現れる。見方によっては、『嵐が丘』は正統的な怪奇小説と言える。質問にネリーが答える形で展開するこの小説は、初めに次のような疑問を生じさせる。奇妙な箱型のベッドの上でロックウッドが見る悪夢に現われ、彼を困らせる宿なしの少女はいったい誰なのか? 嵐が丘には「幽霊と精霊がうじゃうじゃいる」。嵐が丘から影響を受けた『ジェイン・エア』のソーンフィールド・ホールでは、真夜中に家に火がつけられ、ウェディングベールが引き裂かれ、人が噛みつかれる。人は、悪魔か精霊の仕業ではないかと思う。『ヴィレット』のルーシーは、はるか昔に亡くなった修道女の幽霊がいると信じている。ナシの木の根もとに埋められたと言われている修道女の幽霊は、ルーシーの側を幾度も通り過ぎる。シャーロットのこのふたつの小説では、幽霊や悪魔はいないということが明らかになるものの、超自然的な出来事が起こる。

例えば、ジェインはムーア・ハウスにおいて、何マイルも離れたところにいるロチェスターが彼女を呼ぶ声を聞く。動物磁気やテレパシーといった類いによる現象だろうか。小説にゴシック趣味を取り入れた姉とは違い、アンはあくまでも現実的だった。彼女は、小説の中で幽霊を描かなかった。彼女の小説の中の家で騒ぎを起こすのは、野卑な男と尻軽女と暴力的な夫だけである。

シャーロットは当時の多くの人と同じように、超自然的な力や予知能力を信じていた。彼女の小説では、数々の超自然的な現象が起こる。彼女は一度、メアリー・テイラーに、時々不思議な声が聞こえると話している。その話によると、ある夜、誰のものとも知れない声がこう言ったそうだ。「来たれ、汝は高き聖なる心　山の上で光り、波の上を飛び　円蓋と覆いの上の光のごとく輝く」。

ヴィクトリア女王は、髪などの物に霊的な力が宿っていると信じていた。一八六一年に突然夫を亡くすが、それ以前から、物は人の経験や思い出を記憶できると思っていた。ヴィクトリア女王とアルバート公は記念品が大好きだった。ふたりにとって、記念する価値のない出来事はほとんどなかった。一八四四年、ふたりの愛する地であるスコットランドの高地地方を訪れた後、女王はインクスタンドを注文した。それには、ふたりでブレア・アトールを散歩した時に拾った小石と、アルバート公がその地で仕留めたシカの歯があしらわれていた。アルバート公は、ネックレス、飾りボタン、ピン、ベストのボタンを雄ジカの歯で作り、雄ジカを仕留めた日付と土地の名を刻み、さらに、女王と一緒に子供の乳歯を用いて装身具を作り、いつどこで歯を抜いたか、あるいは歯が抜けたかをそれに記した。また、女王は、彼女の赤ちゃんの脚と手が成長して丸みを失う前に、脚と手を大理石に彫刻している。アルバート公が女王に贈ったブレスレットにあしらわれた九つのハート形の飾りには、それぞれに子供一人ひとりの髪が収められていた。

女王は夫が亡くなった後、夫の寝室を、その辛い出来事が起こった時の状態のままにしておいた。女王は毎日、亡き夫のために新しい服を並べ、ナイトテーブルの上にお湯を用意した。夫が最後に薬を飲むために使ったコップはベッドの横に残っており、書き物机の上には、染みの付いた夫の本が開いた状態で置かれたままで、上にペンがのっていた——女王はすべてをそのまま保ち、夫のいない悲しみに浸った。眠る時は夫の寝間着のひとつを抱き、夫の手をかたどった鋳物をいつも近くに置いていた。また、デスマスクだけでなく、仰向けに横たわる姿をかたどった像を作って棺の上にのせた。像の顔は、デスマスクを見本にして制作された。女王は、王室御用達の宝石商ガラードに多量の夫の髪を送った。ガラードはその髪を取り入れて、少なくとも八つの装身具を作っている。そのひとつは、アルバート公が彫刻された縞瑪瑙《しまめのう》のカメオが付いている金製のピンで、カメオの裏側の収納部にアルバート公の髪が収められた。女王の異父姉であるフェオドラは、アルバート公をはじめとする家族の髪で作られた一組のブレスレットを女王に贈った。女王の八歳になる息子は、「大好きなパパの髪が入っているロケット」を身に着けていた。

女王は、アルバート公の霊がまだ辺りを漂っていると信じていた。夫の死後ほどなくして、娘にこう書き送っている。「私は、死がどういうものかよく分かったような気がします。目に見えない世界をとても身近に感じます」。「敬愛する天使」である夫が近くで見守りながら導いてくれていると思っていた女王は、夫の霊と交信するために交霊会を開いた。死者は通常は身の回りの物を媒体として生者に「話しかける」、と女王のような心霊主義者は信じていた。霊はテーブルや壁を「コンコン」と叩き、重い物を動かし、交霊会ではテーブルを空中に浮かせた。交霊会の客の報告によると、霊が見えない手で楽器を演奏することもあったようだ。また、霊は、霊媒師に霊の言葉を書かせた。この現象は、受動筆記あるいは自動筆記と呼ばれている。霊媒師の最も難しい務めは、霊を「物質化」して出現させることだった。普通、霊媒師は、カーテンの裏に置かれた椅子に縛りつけられた状態で死者の霊を出現させた――物質化したとされる霊には硬さがあるので、客は触れたり、つかんだり、キスをしたりして、霊が存在することを「確認」した（現れた霊が霊媒師自身であることも少なくなかった。霊媒師が、縛られた状態から脱出して霊に変装するのである）。霊を物質化した霞のようなものは、トランス状態になった霊媒師の体から放出される流動体あるいは力である「エクトプラズム（霊媒師の体から出る半幽質、半物質。霊媒師はこれを用いて霊を物質化する）」から成っている、と客は考えていた。一八七〇年代の有名な霊媒師フローレンス・クックは、「ケイティー・キング」という名の霊を「物質化」し、その霊の髪を切り、来世からの記念品として客に配った。作家ハリエット・ビーチャー・ストウは、一八七〇年代に交霊会でシャーロット・ブロンテの霊と話した、とジョージ・エリオットに語っている。

写真家は、霊の姿をカメラで撮ったと主張した。大抵どの写真にも、白い霞のようなものが写っていた。死を嘆く人の周りに漂っているその白いものは、悲しむ人の心の内から現れ出ているように見えた。「心霊写真」には、時々、霊媒師の体の開口部からにじみ出るエクトプラズムあるいは流動体も写っていた。心霊写真や霊媒師の行為がインチキか否かは分からないが、一八六〇年代から一八七〇年代にかけて、心霊主義は隆盛を極めた。二〇世紀初頭までは、霊が存在すると広く信じられており、人々は遺物や記念品を熱心に集めた。トマス・ウィルモットという名の人物は一八九四年、霊媒師が呼び出した「天使のような」シャーロット・ブロンテの霊の姿を写真に収めたと主張した。写真には、交霊会の客の方に手を伸ばすひとりの女性が写っていた。

以上のことはすべて、ブロンテきょうだいが亡くなった後の出来事である。彼らは心霊主義の信奉者ではない。パトリック以外の一家の人々が生きていた時、心霊主義は盛んではなかった。また、ブロンテきょうだいは肖像写真を撮っていない。写真は一八三〇年代に発明され、一八五〇年代には写真撮影が広く行われるようになるが、まだ撮影料金は高額だったし、普通は写真スタジオまで出向かなければならなかった。一家の中でパトリックだけが肖像写真を撮っている。一九八四年、ナショナル・ポートレート・ギャラリーの資料保管室において、ひとつのガラス乾板が発見された。一八五四年のもので、乾板に写っている人物はシャーロットだという意見があり、真偽について今も議論がなされている。

写真は、故人を記念するものとして、髪にしだいにとって代わるようになった。写真という新しい技術の発明や、歴史における様々な変化に伴って、髪の装身具は姿を消していった。また、一九世紀末頃から世俗化が進み、来世の存在を疑う人が増えた。死と遺骸は天国や永遠を表すものではなく、無意味なものになっていった。医学の世界では、細菌や病原菌、病気に関する理論が修正され、人は聖なる力ではなく身体的な原因によって死ぬ、と医師は考えるようになった。神ではなく病が死を引き起こすことが明らかになると、遺骸（そして髪）は天国につながる窓だと信じるのがますます難しくなった。死は勝利ではなく敗北であり、医師の技術不足や患者の意志の喪失が死を招くという考え方も広まった。第一次世界大戦が始まると、遺骸は美しいという認識が打ち砕かれた。あまたの若者の死（ソンムの戦いでは、四〇万人以上のイギリス軍兵士が亡くなっている）を知った人は、遺骸を自分から遠ざけたいと思うようになった。戦況が悪化するにつれて、個人墓に代わって共同墓が作られるようになり、多くの兵士が、命を落とした地に埋葬された。無人地帯で死亡した兵士や、爆発により体が木っ端微塵になった兵士は埋葬すらされず、イギリス軍兵士の遺骸のおよそ半分が見つからなかった。遺骸や遺髪に対する嫌悪感が増幅したが、時を同じくして、故人を記念するものを新しい技術で作れるようになった。一九〇〇年――この年、コダック社がブローニーカメラを売り出している――になると、カメラやフィルムがとても安くなり、ほとんどの人がカメラを所有し、折々に写真撮影を行うようになった。ひと房の髪を持つことで故人と過ごした時間を記憶に残す代わりに、時間を写真に収めるようになったのだ。写真は、何かを閉じ込めた琥珀のようなものである。また、故人の体の一部や故人が手書きで書き残したものがなくても、録音器や動画用フィルム、もっと言えばタイプライターがあれば、故人とつながっていられた。

人々の意識が変化したのは、シャーロットの死後しばらく経ってからのことである。シャーロットは、一八五五年三月三一日、三九歳を目前にして生涯を終えた。ヴィクトリア朝時代は、故人を記念するものとして遺骸を写した写真が好まれたが、シャーロットの遺骸が写真に収められることはなかった。使用人のマーサ・ブラウンとハンナ・ドーソン（老齢だったタビー・アクロイドは、シャーロットが亡くなる少し前にこの世を去っている）は、ずっと前にシャーロットの母親が亡くなった寝室にシャーロットの遺骸を安置した。そして、彼女のこげ茶色の長い髪を切り取った。ふたりの話によると、シャーロットは生前、ふたりに髪をあげると約束していたそうだ。後に、シャーロットの夫が彼女の臨終の際に髪を切り取るのを忘れて意気消沈していることを知り、ふたりはシャーロットの髪を彼に分けた。

エレン・ナッシーはシャーロットが亡くなると、一番の親友に敬意を表するため、すぐに駆けつけた。彼女は、シャーロットの「命のない体」の上に常緑樹の枝と花を散らした。シャーロットの小さな棺は、彼女の母親、おば、四人のきょうだいの棺の横に収められた。エレンはその様子を、シャーロットの夫、パトリック、多くの町民と共に見守った。パトリックは子供全員を失った後も、天国は存在すると思っていた。彼は娘の死について、こう書き残している。「私たちは失い、彼女は得たと私たちは信じている」

葬儀が終わると、エレンはシャーロットの髪を少しもらって家に帰った。彼女は髪の一部を装身具に入れて身に着け、後に、仲の良い友人や、ジョン・ジェームズ・ステッドなどブロンテ姉妹の崇拝者に残りの髪を譲った。ステッドは後年、シャーロットの髪を大英図書館に寄贈している。アーサー・ニコルズは、自分のイニシャル入りの金製の指輪を作り、小さな蓋の付いた収納部にシャーロットの髪を収めた。

第8章
記憶のアルバム

スミレの瞳は恥じらうように光り
シダの若葉は萌え立つ
　エミリー・ブロンテ　無題の詩

小さな秘密の窪地で若いシダと苔が青々と芽吹き、
私たちの丘は、夏がやってくることをぽつりと告げます。
　シャーロット・ブロンテ　一八五一年五月の手紙

シャーロットは、最後の小説『ヴィレット』の執筆に取り組んでいた一八五一年、ロンドンを訪れた。『シャーリー』を発表した後に正体が世間に知られ始め、シャーロットの言葉を借りれば、彼女は「名士扱い」されるようになった。ロンドン旅行の目的は、『シャーリー』の著者であり、もしかしたら『ジェイン・エア』の著者でもあるシャーロットと知り合いになりたいと熱望する有名人に合うことだった。訪れたのは五月で、ちょうどその頃、クリスタル・パレスを展示館とするロンドン万国博覧会が開幕した。ありとあらゆるもの——髪を用いた絵、精巧なつくりの旅行用机、裁縫箱、糊付き封筒を作る機械などが出品された大規模な博覧会に、シャーロットは幾度も足を運び、父親にこう書き送った。「すばらしいのは、ひとつだけではありません」

珍しいすべてのものがすばらしいのです——人間の勤勉さが生み出したあらゆるもの——それがそこにはあります——広い一画は、鉄道車両用のエンジンとボイラーであふれ返り、製粉機が休みなく動き——多種多様な華麗な馬車——あらゆる種類の馬具があり——ガラスの蓋が付いたビロード張りの台には、金細工師と銀細工師によってとびきり豪華な装飾が施され——小箱には、本物のダイヤモンドと真珠が散りばめてあり、厳重な警備で守られています……もしかしたらあの博覧会は、東洋の精霊が開いているバザールか市かもしれません。

シャーロットは、目覚ましベッドを見て感嘆した。そのベッドは設定された時刻に、眠っている人を押して床に落とすのだ。シャーロットは、少々無精な作家ウィリアム・メイクピース・サッカレーにこのベッドを使わせるべきだと思った。五度目に博覧会に訪れた時、彼女は疲れを覚え始め、頭が混乱し、自分が「色褪せ、ぼろぼろに崩れていく」ように感じた。彼女は当初、『ヴィレット』の舞台となる都市の名を、「ショーズヴィル《choseville》」にしようと考えていた。フランス語の単語を組み合わせた名で、「物の都市」という意味である。このような名を考えたのは、博覧会の様々な展示品のことが心に残っていたからかもしれない。それとも、他のヴィクトリア朝時代の人々と同じように、物に対して愛情を持っていたからだろうか。

おそらくシャーロットは、いずれかの日の訪問時に、目覚ましベッドに匹敵する発明品を目にしている。ロンドンの医師ナサニエル・バグショー・ウォードが作ったガラス製の箱である。ウォードの箱（一般的な水槽と同程度のサイズのものが多い）と呼ばれるその箱の中には、シダが自生できる環境が作り出されており、わずかな費用で理想的な環境を維持できた。ウォードは、ロンドン万国博覧会でふたつの箱を披露した。彼によると、何年も箱をあけていないということだったが、箱の中の小さな世界の植物は、魔法でも使ったかのように生き生きとしていた。生物が入ったウォードの箱は、ハイド・パークに立つ鉄とガラスでできた壮麗なクリスタル・パレスでとりわけ人目を引いたに違いない。巨大なガラスの箱の中に、小さなガラスの箱が入っていたのである。クリスタル・パレスの設計を手がけたジョセフ・パクストンは、植物を育てるための温室の開発に生涯の大半を費やし、植物用の温室を作る技術をもとにしてクリスタル・パレスを建設した。上流階級の女性の多くが、ウォードの箱を客間に置くようになった。客間には、手芸品や剝製をはじめとする手入れされた手作りの装飾品も置かれていた。一八四〇年代には、上流階級の女性が園芸店や温室、ガラス製品製造所でウォードの箱を購入し、一八五〇年代に入ると、中流階級の一般的な家庭に広まった。人々は、今日の水槽と同じように、ウォードの箱を台やテーブルの上、窓の外に置いた。

クリスタル・パレスをかたどったウォードの箱もあった。クリスタル・パレスで展示したことから人気に火がついたため、それを記念して製造されたのである。シャーロットも生物を入れたウォードの箱に引きつけられたのだろう。彼女にとって、シダが生えている場所は夢のような場所であり、シダは記憶に残る植物だった。すでに見たように、当時の人は、物を様々な物の中に入れた。例えば、自然の中で採集した物、髪、動物の剝製を容器、アルバム、本、ガラス製の覆いの中に入れた。シャーロットもそうすることを好んだ。

ウォードの箱は、「シダ熱」を高まらせた要因のひとつである。シダ熱は、一八五〇年代から一八六〇年代にかけて最高潮に達した。一八五五年、作家チャールズ・キングスレーはこう述べている。「あなた方のお嬢さんは、おそらく、流行中の〝プテリドマニア《Pteridomania》〟に浮かされているのです」。プテリドマニアはシダ熱につけられた名で、シダを意味するギリシャ語プテリス《pteris》が用いられている。プテリスは、ギリシャ語で羽根あるいは翼を意味するプテロン《pteron》に由来する。園芸好きの人は、花や他の植物よりもシダを欲しがるようになった。自然愛好家は、田舎でシダを見つけた時に最も心を躍らせた。女性は、手芸の材料としてシダを大切にした。アルバムや本に挟んでコレクションし、白色の紙にシダを貼りつけ、それを額に入れて壁に掛けた。シダ狂いの人は、シダが描かれた誕生日カードやグリーティングカードを送り、それに本物のシダを添えることもあった。シダは装飾模様として好まれ、皿、グラス、カーテン、壁紙、刺繡、レースの模様として使われた。ブロンテ一家が所有していた白色の陶磁器の水差しの表面には、シダの葉の浮き出し模様がうねるように連なっていた。物の上にシダの葉を置き、その上に墨や染料、絵の具の飛沫を散らしてからシダを丁寧に外すと、シダのぼんやりした模様が現れ、「シダ模様の品」ができ上がる。このように、「スプラッシュ法」あるいは「スパッター法」と呼ばれる技法を用いて、物にシダ模様を施すことが少女の間で流行った。少女は、墨を付けた歯ブラシを櫛の歯に擦りつけて、飛沫を散らした。

イギリスの一部の地域では、シダ狂いの人々によって乱獲が行われ、シダの幾つかの種が絶滅の危機に追いやられた。シダがオオカミと同じ運命をたどらないように「シダ法」を作るべきだという声も上がった。一九世紀後半、人々は自分の娘に、時には息子にファーン《シダ》と名づけた。歴史家サラ・ウィッティンガムによると、人々は自分の家を次のように呼んだ。「ファーン・バンク、ファーン・コテージ、ファーン・ホロウ、ファーン・ハウス、ファーン・ロッジ、ファーン・ヴィラ、ファーンバンク、ファーンクリフ、ファーンデイル、ザ・ファーネリー、ファーニーリー、ファーンリー、ファーンライ、ファーンモア、ザ・ファーンズ、ファーンサイド、ファーンウッド」。このような名で呼ばれる家の窓枠や楔石、石の柱頭には大抵、シダが彫られていた。

ブロンテ姉妹は、シダ狂いの人々より一〇年以上先んじて、シダを愛するようになった。ブロンテ姉妹や文学者は、シダを見つけて採る時や他の植物の「植物採集」を行う時、ロマン派詩人に思いを馳せた。特に、ドロシー・ワーズワースとウィリアム・ワーズワースが、暗く湿った場所にひっそりと生えるシダなどのか弱い植物に心を寄せ、詳しく観察したことを思い出した。ドロシーは、住まいであるダヴ・コテージの周辺を散歩しながら採ったシダを庭に植え、彼女の兄は、シダに関する詩や散文を書いた。「麗しいシダ……古の恋の岸辺にぽつんと座っている」。ウォードのお気に入りのシダの箱のひとつは、廃墟となったティンタン寺院の窓を模して設計した箱だった。ウィリアム・ワーズワースがティンタン寺院を見て詠んだ有名な詩のことを思いながら設計したのかもしれない——朽ちて廃れたものや昔の名残は、人を甘くもの悲しい気持ちにさせ、それらについて思いを巡らす時、詩やシダ園が生まれた。古い壁、うろのある木、朽ちた教会、教会の墓地の墓石、荒れ果てているがゆえに美しい場所を好む人は、それらと共に、日陰で育つシダを思い浮かべた。喪中用の装身具や墓石にシダを彫刻することもあった。また、葉肉を取り除いて「葉脈だけ」にしてから漂白したシダで喪中用の花束を作った。この「ファントム・ブーケ《幽霊花束》」は、ガラス製の釣鐘型の覆いの中に、故人の写真や遺物と共に置かれることが多かった。ウォードの箱の中には、ゴシック様式の大聖堂をかたどったものや、小さな廃墟の模型が入っているものもあった。廃墟となった城や寺院を模した庭やシダ園のシダは、古いものに漂う寂しさを際立たせた。ジョージ・グレニーという名の人物は、一八五四年に友人がクリミア戦争の戦場で採った血の付いた苔を、ウォードの箱の中の「古い廃墟」の上に置いて育てた。

　シダ熱が高まった背景には、美術、建築、デザインにおけるゴシック・リヴァイヴァルもあった。美術評論家であり教授でもあるジョン・ラスキンは、最も著名なゴシック・リヴァイヴァルの提唱者である。ラスキンと彼の信奉者は、中世のゴシック様式は、有機的な働きと創造力によって発展したと信じていた。活動的な職人の心から直接生まれたのであり、新古典主義が求めた清浄さを感じさせる荘重な様式とは異なる。ラスキンは、複雑なつくりでくるくると巻いている茎を持つシダは、ゴシック様式の植物だと思っていた。「生え出るシダの若葉の渦巻き」は神の御業によって生まれたものであり、シダを芸術に取り入れることによって自然の中の神を称えることができると信じていた。彼は、シダを水彩で描き、ゴシック様式の建築物にシダの意匠を施すよう提唱した。オックスフォード大学自然史博物館の有名な柱頭は、シダをかたどっている。シャーロットはラスキンの著書を称賛し、結婚するまでの幾月かの間に、『ヴェネツィアの石』（シャーロットの小説と同じく、スミス・エルダー社から出版された。同社がシャーロットに献本した）を読んだ。この作品の「ゴシックの本質」と題された章は有名である。

　ウォードの箱が、ハワースの牧師館の客間に置かれることはなかったようだ。しかし、ブロンテ姉妹は、牧師館の窓のすぐ外でシダを見ることができた。痩せた荒野でも様々な植物が育った。エミリーの詩の中の荒野とそこに生える植物は、隔絶、孤独、墓といったものを連想させる。彼女の詩の世界の中では、荒野は望ましく——安らぎをもたらしてくれる隠れ場所であることが多い。あるゴンダル詩の中のシダは、まるで「嘆く人のように」、ある人の墓に「ため息の波」を送る。別の詩では、山あいの激流の源が「シダとヒース」の中にある。また別の詩では、「シダの谷」が詩人（エミリーの分身）を逍遥《しょうよう》へと誘う。そこは、「激しい風」と同様に、彼女「自身」の一部でもある。エミリーは他の多くの人と同じように、シダのゴシック的な陰鬱さに慰められた。作家たちは、シダを鎖の輪のひとつと見なした。シダは湿潤な土地で育ち、泥炭になり、暖炉の中で赤々と燃えて家を暖める。泥炭は、シダやその他の植物（主に苔）が堆積してでき、強い地圧を受けると石炭に変わる。ヴィクトリア朝時代の化石ハンターは、石炭に残るシダの痕跡を見つけたことを興奮して書き記した。痕跡は、シダが太古よりそこに生きていたという証拠だった。

　面白いことに、シダは、朽ちた古のものばかりでなく、青々としたグロット（庭に設ける人工の洞窟）やちらちら光る小川も思い起こさせた。ウォードの箱は、ロンドンのホワイトチャペルにある家に田舎風の庭を作りたい、というウォードの願いから生まれた。ウォードは裏庭を、水のちょろちょろ流れるシダと苔で覆われた岩石庭園にしようとしたが、近隣の工場から排出される煙やガスによってシダも苔も枯れてしまった。ある日、蛾を捕まえて瓶に入れた時、「湿った腐植土」が偶然瓶に入り込んだ。瓶に蓋をして、そのまま置いておいたところ、適度な湿度が保たれていたためシダが芽を出した。彼はそれを見つけて大喜びし、植物を育てるためには、工場の「有毒ガス」から植物を守らなければならないと思った。室内でも、暖炉やガス灯（一八五〇年代に普及した）によって空気が汚れているから植物が育ちにくいのだろうと考え、室内の有害物質から植物を守るべく、近所で園芸店を営む友人の助けを借りて数々の実験を始めた。彼の幾つかの発明は、アクアリウムまたは「アクア・ヴィヴァリウム」（水生生物を飼育、栽培するための容器）やテラリウム（陸生生物を飼育、栽培するための容器）の発明につながった。これらの容器の名称は一八九〇年代に考案された。ある作家が感動しながら述べたように、ヴィクトリア朝時代は、客間に置かれた箱の中のシダのおかげで、「都市の息苦しい雰囲気に包まれていた場所に、田舎の緑滴る小道や美しい風景が現れ、爽やかな気持ちになれた」

　ジェイン・エアは、ゲイツヘッド、ローウッド、ソーンフィールド・ホール、ムーア・ハウス（マーシュ・エンドとも呼ばれる）での生活を経て、ファーンディーン（シダの谷）・マナーでロチエスターと共に暮らす。シャーロットはこの場面を執筆する時、シダから連想される物事を念頭に置いていた。ジェインは子供の頃、ゲイツヘッドでリード一家と共に暮らす。そこは、ジェインが進む道の入り口の門である。彼女は門を通り、やがて門を後にする。リード夫人によって、慈善学校ローウッドに送られるのだ。学校は「低い《low》」場所にあり、環境が悪い。ヴィクトリア朝時代の人々は、湿地から生ずる「マイアズマ」という気体が熱病を運ぶと信じていた。ローウッド《lowood》校がある「森の小さな谷」は「霧と霧が生んだ疫病のゆりかご」であり、そこから発生した発疹チフスが多くの少女を死に至らしめる。非倫理的でお粗末な運営を行う「低い」ローウッド校の少女たちは、乏しい食事しか与えられず、着るものも十分に持たず、すでに体力が弱っていた。ソーンフィールドでロチェスターの養女の家庭教師を務めるジェインは、恋心に苦しめられる。そこでの生活は危険をはらんでいる。ムーア・ハウスでは、いとこと出会う。そこには良い点がたくさんあり、周囲の沼地は疫病ではなく泥炭の火をもたらす。ムーア・ハウスに続く小石の多い乗馬道は、シダの生える土手の間をうねりながら通る。ムーア・ハウスにいるのはロチェスターではなく、ジェインにとって少々危なく、魅力的な存在であるセント・ジョンだ。

　ジェインは、最後にシダの谷へやってくる。ファーンディーン・マナーが彼女の終のすみかとなるのだ。ロチェスターのもうひとつの家であるソーンフィールド《Thornfield》・ホールは棘《thorn》を持っており、男性的だ。女性はこの家の中でさまよい、悩み、狂う。それに比べて、ファーンディーン・マナーには優しさがある。シダ園やシダ狩りは、ヴィクトリア朝時代の多くの小説において、ロマンスや逢瀬と共に描かれた。あるシダの専門家はこう述べている。「シダとピクニックと恋の話は、とてもよく調和する。そのことが、昨今世間の顰蹙《ひんしゅく》を買っている〝プテリドマニア〟の一因なのかもしれない」。シダの花言葉は「魅惑」である。これも、シダが人を引きつける理由のひとつだった。魅惑《fascination》は、「魔法をかける」という意味のラテン語「ファスキナーレ《fascinare》」に由来する。ヴィクトリア朝時代には、花をはじめとする植物に象徴的な意味を持たせる伝統が確立しており、当時の人々は花言葉をよく使った。花言葉の例を挙げると、ヒナギクは純潔、アザミは厭世、ケシは慰めである。「花言葉付き」グリーティングカードセットのひとつには、メイデンヘアーの葉が貼りつけてあり、「シダ――魅惑」という言葉と次のような文が記されている。

　　この小さなメイデンヘアーは

言葉よりもはるかに強く物語る
あなたの技に、
あなたの慎ましい姿と愛に満ちた心に
私が「すっかり魅せられる」ことを

メイデンヘアー《乙女の毛》は女性の陰毛を思わせるため、田舎の人々はこう呼ぶようになった。ファーンディーンは初めに、シダの生える、腐植土で覆われた、マイアズマの発生しそうな暗い土地として読者に示される。ロチェスターは、古いファーンディーン・マナーに狂った妻バーサを住まわせる方が安心できただろう。ファーンディーンはソーンフィールドよりも「ずっと辺鄙《へんぴ》で奥まった」土地だから、詮索される心配がない。しかし、彼はバーサを「森の真ん中にある健康に悪いところに住まわせることに、良心のとがめを覚える」とジェインに話す。「湿った壁」が、バーサをたちまち死に追いやると彼は思っている。バーサがソーンフィールド・ホールに火を放った後、片腕を失って罰せられたロチェスターはファーンディーン・マナーに移り住み、ジェインは、妻を失った彼の世話をするためにそこへ行く。鬱蒼《うっそう》とした森の中に、シダと共に「深く埋もれるように存在する」ファーンディーン・マナーは、この時から活気を帯び始める。夕方、ファーンディーン・マナーに歩いて向かい始めたジェインは、「とてもどんよりとして暗くなる一方の陰鬱な森」へ入り、おとぎ話の中の少女のように、「宵闇迫る森」で迷いそうになる。次の日、ロチェスターと散歩に出かけ、「輝く青い空」の下で「明るい原っぱ」へ行き着く。森の片隅の「隠れた美しい場所」も見つける。そしてふたりは結婚し、ファーンディーン・マナーで子供をもうける。しかし、そこにはまだ、シダの生えた墓地を想起させる雰囲気が残る。小説は、インドで死を迎えようとしているセント・ジョンの手紙に綴られた言葉で締めくくられるため、ファーンディーン・マナーに死という要素が再び加わる。物語が終わるまで、死の影は消えない。

　ヴィクトリア朝時代には、多くの人がシダを見て妖精を思い出し、超自然的な世界へと導かれた。妖精は、しばしばシダの生えている場所で踊り、自分が存在したことを示す印として珍しいシダを残した。シダの種を集めさえすれば姿を消せる、という古い俗信が復活し、満月の光の中で摘んだハナワラビは、「ルナシー《lunacy》」（心の病。lunacy は、月を意味するラテン語 luna を語源とする）（心の病は月の満ち欠けと関係していると考えられていたため、ルナシーと呼ばれる）を治すという俗信を信じている人もいた。シャーロットは、ジェインを妖精であるかのように描いている。ジェインが子供の頃に、ゲイツヘッドの幽霊が出そうな赤い部屋に閉じ込められる有名な場面では、ジェインは、錯乱したキャサリンと同じように、鏡に映る自分の姿を見て幽霊だと思う。彼女をじっと見返す小さな幽霊は、「半分が妖精で半分が悪魔」であり、いつも「荒野の寂しいシダの谷」からやってきて、「行き暮れた旅人の目の前」に現れる。この後、妖精ジェインはしばらく姿を隠すが、彼女が初めてロチェスターに会う章において再び顔を出す。跳ねるように走り出てきたガイトラッシュに続いて、ロチェスターが宵闇の中から馬に乗って現れる。落馬した後、彼はジェインに向かって、君が妖精のように馬に魔法をかけた、とからかうように言う。最後に、ふたりはファーンディーン・マナーにたどり着き、泥炭の火の側にいる時のような安らぎを得るが、そこには闇や魔法の力、スリルを感じさせるゴシック的な物事も存在する。シダと共にあるファーンディーン・マナーは官能的な場所でもある。

　シャーロットは、新婚旅行でアイルランドを訪れた際にシダを集め、アルバムに挟んだ。そのシダの写真が本章の初めに掲載されている。彼女は、夫となったアーサー・ベル・ニコルズのことを何年も前から知っていた。ニコルズはシャーロットより三歳年下で、執事に叙任された後の一八四五年五月、二六歳の時、パトリック・ブロンテのもとで副牧師を務めるようになった。パトリックと同じアイルランド人である彼は、ダブリン大学トリニティ・コレッジで文学士の学位を取得した。シャーロットは彼のことを「きちんとした若い男性」だと思ったが、会うことのできないエジェ「先生」に恋焦がれていた。ニコルズがシャーロットに求愛しているという噂が流れると、噂を即座に否定し、エレンにこう言った。「私たちは、冷静に、距離を保ちながら、互いに礼儀をもって接しているだけです」。シャーロットによると、ハワース一帯の副牧師らは、彼女を「老嬢」と見なしていたようだ。一方、シャーロットは、彼らのことを「ひどく退屈で狭量で魅力のない、〝より下品な性〟に属する者たち」だと思っていた。そして、『シャーリー』の中で愚かな連中として描き、意趣返しした。ニコルズをモデルにして創造したアイルランド人のマカーシー氏は、クエーカー教徒などの非国教徒に悩まされる。ハワースの人々は、『シャーリー』の著者の正体を知ると、『シャーリー』や『ジェイン・エア』を読み、読後の感想を著者シャーロットに伝えた。シャーロットの話によると、ニコルズも両方の小説を読み、『シャーリー』の副牧師が登場する場面を読んでひどく愉快がり、「手を叩き、床を踏み鳴らしながら大笑いした」。パトリックに読んで聞かせている時の彼は、「自分がモデルになっているので得意満面だった」。

ニコルズは、いつしかシャーロットを愛するようになった。しかし、シャーロットが有名になる一方、彼自身は稼ぎの少ない、しがない副牧師のままという悩ましい状況に置かれていた。彼は、ブランウェルが堕落していく様を間近で見ていた。また、エミリーの葬儀を司った。一八五一年、ニコルズは休暇でアイルランドへ行く前に、牧師館で開かれたお茶会に勝手に参加した。シャーロットは、お茶会での彼の様子をエレンにこう報告した。「いつもの彼らしくなく――たいへん立派に振る舞い――穏やかで、論争を吹っかけたりもしませんでした」。ロンドン万国博覧会を訪れたことを記した父親への手紙には、ニコルズを含めた牧師館の皆が元気であってほしいという気持ちを綴っている。一八五二年、ニコルズがシャーロットに恋していることが誰の目にも明らかになった。彼はシャーロットを見つめ、彼女の視線を受け止め、何とか自制心を保ちながら彼女に接した。

ニコルズはついに意を決し、結婚を申し込んだ。ある日のお茶会の後、シャーロットは客間に戻った。父親とニコルズは書斎で話をしていた。ニコルズが立ち上がる音が聞こえたので帰るのかと思ったら、彼は客間の扉を叩き、中へ入った。シャーロットの前に立った彼は、「頭から足の先まで震わせ、死人のように青ざめ、低い声でつっかえながら、しかし熱烈な口調で」気持ちを伝えた。普段冷静な彼が感情を露わにしたため、シャーロットは何とも言えない驚きを覚えた。僕は長い間苦しんでいる、もうこれ以上耐えられない、希望が欲しい、と彼は言った。シャーロットは次の日に返事をすると約束し、彼を促して部屋を出た。それから書斎へ行って父親に話すと、ニコルズは身の程知らずだと言って父親は憤慨した。心臓発作でも起こしそうな剣幕で、額には血管が浮き出て目はすっかり血走っていた。シャーロットは、父親の言っていることは正しくないと思ったが――父親はニコルズに対して「罵詈雑言」を並べた――ニコルズを愛してはいなかった。そのためニコルズに断りの手紙を送った。

パトリックはニコルズと話をするのを拒んだ。彼は、ニコルズとの結婚はシャーロットにとって屈辱的なものだと思っていた。一方、ニコルズはほとんど食事をとらなくなり、眠れなくなり、体調を崩した。あまりにも惨めだったため、ここを去るべきだと思い、宣教師としてオーストラリアへ行きたいと申し出た。その時、シャーロットはこう思った。ニコルズの感情は「心の奥深くに仕舞い込まれている――狭い所を力強く流れる伏流水のようだ」。手のつけようのないごたごたから逃れるため、彼女は『ヴィレット』の出版の最終段階の確認という表向きの理由をつけてロンドンへ行った。数週間後に戻ると、ニコルズはまだ留まっていた。シャーロットのもとを去る決心がつかなかったのだ。夕方の礼拝の後、小道を歩くシャーロットの後をついてくるニコルズのことが――彼の暗く悄然《しょうぜん》とした姿が――シャーロットには哀れに見えた。春になっても、ニコルズはまだ失恋の悲しみの中におり、孤独だった。「恋わずらいで死にかけているのかもしれない」とシャーロットは考えた。見捨てられた不幸な男のことを思いやらずにはいられなかった。ニコルズは、他の教会で副牧師を務めることになり、ハワースでの最後の礼拝を執り行なった。彼は、出席者の中にいるシャーロットを見つめているうちに自制心を失い、顔面蒼白になり、震え出した。何とか話し続けたが、「声は消え入りそうなほど小さく、礼拝の間、終始どもっていた」。事情を知っている女性たちは泣き始めた。「私も涙を禁じえませんでした」とシャーロットはエレンに書き送っている。パトリックは礼拝に出席していなかった。ニコルズの礼拝での様子を聞くと、彼のことを「女々しい鼻たれ」と呼んだ。ニコルズは、アンが飼っているスパニエルのフロッシーがやってくると、部屋に入れ、一緒に長い散歩に出かけた。

出発前夜、ニコルズはパトリックを訪ねて書類を渡し、いとまを告げた。シャーロットは、別の部屋でふたりの交わす言葉を聞いていた。牧師館を出たニコルズが庭で立ち止まった。シャーロットはどうしても別れの挨拶をしたくなり、外へ出た。シャーロットとはもう二度と会わないだろうと思っていたニコルズは、「庭の扉に体をもたせかけ、苦しみのあまりすすり泣いていた――女性顔負けの泣き方だった」。シャーロットは彼を慰めたが、希望を持たせないように気をつけた。しかし、彼に対する気持ちは、すでに変わり始めていた。彼の情熱の泉は、シャーロットの創造した男性主人公を思い起こさせた。彼は、ロチェスターに似たところがあった。男らしい体格をしており――いわゆるハンサムではなかったが――器量良しとは言えない女性に一途に愛を注いでいた。代々受け継がれた財産を持っているわけではなく、名門の出でもなかったが、大きくて陰気な屋敷に住んでいなかったし、屋根裏部屋に狂った妻を閉じ込めてもいなかった。そして、現実の人だった。シャーロットには、それで十分だったのではないか？

シャーロットが結婚の申し込みを受けたのは、これが初めてではない。二度目でもない。すでに触れたように、エレン・ナッシーの兄から申し込まれた。一八三九年には、少し面識のあったアイルランド人の牧師がハワースを訪れた時、彼女に求婚した。彼女の小説を出版した出版社の経営担当者ジェイムズ・テイラーも彼女に結婚を申し込んだ。一八五一年のことである。それからほどなくして、ニコルズは、彼女に心を奪われぼんやりすることが多くなった。シャーロットは、テイラーから求婚されてまんざらでもなかったが、彼に対してある種の生理的な嫌悪感を抱いていた。

ニコルズは、牧師館を去った後、シャーロットと秘かに文通を始めた。彼女との仲が進展すると、パトリックに内緒で幾度かハワースにやってきた。六か月間求愛され続けたシャーロットは、父親に一切を打ち明け、ニコルズが求愛することを正式に認めるよう求めた。パトリックは最後には折れるが、苦々しい思いでいっぱいだった。ニコルズは堂々と牧師館を訪れるようになった。そして、改めて結婚を申し込み、シャーロットはそれを受け入れた。ニコルズは、再びパトリックのもとで副牧師を務めることになった。シャーロットは、ニコルズのことを愛しているわけではないと友人に語っている。彼女は、意志堅固でひたむきなニコルズを「尊敬」し、彼に対して愛情を持っていた。もっと才気に長けた有能な男性だったらよかったのにと思うことや、彼の知性が自分のそれと同等ではないことに不安を覚えることもあった。彼に対して感謝の気持ちを強く抱いていたが、その気持ちは、最良の結婚の礎とは言えないかもしれない。エリザベス・ギャスケルは、結婚式を間近に控えたシャーロットと婚約者について、鋭く述べた。「おそらくブロンテ嬢は、きちんと管理も整理もされていない物事に耐えきれなかったのです！　厳格で頑固で、決まりを作って従わせる情熱的な男性と結ばれないかぎり、彼女は幸せになれなかったでしょう」

シャーロットには、結婚式の前にやるべきことが山ほどあった。ニコルズの書斎に掛ける緑色と白色の混じったカーテンを「縫うのに大忙しだった」。その書斎は、昔は「泥炭色の部屋」だった。エミリーがその部屋で動物を飼っていたこともあった。シャーロットは、購入した緑飾りをテーブルクロスに縫いつけ、ウェディングドレス――白色のブック・モスリン製の「ふたつほど襞がついている」ドレスを買った。友人は高価な絹のチュールを好んだが、シャーロットは、エレンが刺繍を施したレースのマントをはおった。町民によると、緑色の葉で飾った彼女の白色のボンネットは、「スノードロップ」を思わせた。ジェイン・エアと同じように、シャーロットはけばけばしくない安価なベールを選んだ。「笑い者」になりたくなかったからだ。「カード用封筒」や「料額印面付き封筒」も買い、それにウェディングカードを入れ、白色の封蠟で封印して送った。

一八五四年六月二九日の朝八時から、ハワースの教会において、シャーロットとニコルズの結婚式が始まった。式に招待された人はほんのわずかだった。パトリックは土壇場になって、体調が優れないから出席しないと言った。しかし、パトリックが寝室から出てこなかったのは、シャーロットが結婚することに腹を立てていたからではないだろうか。シャーロットがロウ・ヘッド校で教わった先生マーガレット・ウラー（『ジェイン・エア』のテンプル先生のモデルのひとり）が、パトリックに代わって、花嫁を花婿に引き渡す役を務めた。彼女はその役にふさわしい人物だった。エレンが花嫁の付添役を務め、ニコルズの数人の友人のひとりが結婚式を司った。短い結婚披露宴の後、シャーロットは、首もとがビロードで縁取られている、灰色とラベンダー色が混じった絹のドレスに着替え、すぐに新婚旅行へ出発した。二頭立て馬車でキースリーの駅まで行き、ウェールズとニコルズの故郷であるアイルランドへ向かったのである。

ふたりは、ニコルズの家族と一緒にダブリンとバナハーに滞在した。その他にも賑やかな都市や町を訪れたが、シャーロットの言葉を借りれば、ふたりは主に「未開の僻地《へきち》」を巡った。シャーロットは、アイルランド南部の湖の近くに広がるキラーニーでシダを採り、アルバムに挟んだ。キラーニーでシダを採ったのは彼女だけではない。ヴィクトリア朝時代には、「シダ狂い」がキラーニーに押し寄せた。ヴィクトリア女王も、一八六一年にロバート公と連れ立ってキラーニーを訪れ、庭に植えるためのシダを採っている。キラーニーは、丈の高いロイヤル・ファーンやキラーニー・ファーンをはじめとする五〇種類以上のシダの自生地として知られていた。葉が半透明であるため「薄いシダ」と呼ばれるキラーニー・ファーンは、一七二四年、ヨークシャー地域で最初に発見された。キラーニー・ファーンは、滝や小川の側や洞窟の中に生えている（ヴィクトリア朝時代の乱獲により、現在は希少植物となっている）。ウォードは、ロンドン万国博覧会で展示したウォードの箱のひとつにキラーニー・ファーンを植えていた。シャーロットのアルバムに収められているシダのひとつも、キラーニー・ファーンではないだろうか（名が記されていないため断定はできない）。大胆な女性であるメアリー・テイラーは、ニュージーランド原産の外来種のシダをシャーロットに送った。そのシダも、シャーロットのアルバムに収められているのかもしれない。シャーロットは、自分の「植物採集」について何も書き残していないため、胴乱《どうらん》――採集した植物を入れるための取っ手付きブリキ製筒型容器――や、吸水紙の付いた野冊《やさつ》（採集した植物を挟むための道具で、二枚の板と紐から成る。植物を吸水紙と共に板で挟み、紐で縛る）を持っていたかどうかは分からない。

雑誌は、熱心にシダを探す人々の冒険談を紹介した。『パンチ』誌の記事によると、デヴォン州のネットリー嬢は、「登山杖と籠を持たずに出かけることはめったになく、まるで市場にでも行くように植物採集に向かう」女性で、「あっちにもこっちにも、すてきなシダが生えているわ！」と叫んだそうだ。熱心な採集家は、しばしば崖の端や流れの速い川に近づき、そのため事故が多発した。一八六七年、ジェイン・マイヤーズ嬢は、スコットランドのパースシャー州クレイグホールにおいて、体をかがめて崖の端に生えているシダを採ろうとした際に、崖から一七〇フィート下に転落して死亡した。シャーロットは、キラーニーの近くで災難に見舞われて危うく命を落としそうになるが、その時、彼女はシダの採集に向かっていたのかもしれない。彼女は、ダンロー渓谷を抜ける道――両側に山がそびえ立っている――を馬に乗って通っていた。道に丸石がごろごろ転がっているから馬から降りるべきだ、という案内人の忠告を無視して進んでいたら、馬が足を滑らせ、ぶるりと震え、いきなり「狂った」ように後ろ足で立った。シャーロットは投げ出され、馬の足もとの石の上に落ちた。ニコルズが馬勒《ばろく》をつかむと馬は前のめりになり、彼女の周りで足を踏み鳴らした。ニコルズは彼女が落ちたことにしばらく気づかなかった。シャーロットは一巻の終わりだと思い、後に残る夫と父親のことを心配した。彼女が地面に落ちていることに気づいたニコルズが手綱を緩めると、馬は彼女を飛び越えた。助け起こされたシャーロットは奇跡的に無傷だった。彼女はこの出来事について友人に伝えた時、「突然、恐ろしい幽霊が見えました」と書いている。死のことを幽霊と表現したのだろうか。それとも、この渓谷に関する民話や伝説に登場する幽霊のことなのだろうか。キラーニーには、「湖の幽霊」が出没すると言われている。氏族長だったオドナヒュー・ロスの幽霊である。ロスはある日、馬上から投げ出された。それを死が近づいている印だと考え、後に化けて出るために魔術の練習を始めた。伝説によると、彼は七年毎に、馬に乗って旅人の前に現われるそうだ。シャーロットの新婚旅行中のこの出来事は、まさにシダにまつわる冒険である。彼女の冒険はゴシック的で、おとぎ話のようでもあり、どこかロマンチックでもある。オドナヒューの伝説を知っている人は、シャーロットが被った災難は、オドナヒューが被ったそれと同じだと考えるかもしれない。シャーロットは、この出来事から一年も経たないうちに亡くなっている。シャーロットは「魔術」によって救われたのだと考える人も少なくない。

シャーロットのような採集家は、シダを集めて乾燥させ、アルバムに収めた。紙挟みに挟むことや、戸棚や箱に入れて保管することもあった。アルバムに収める場合は、厚紙に茎を縫いつけたり、小さな穴に通した紐で茎を固定したりした。シダを収めたアルバムは「シダ帳」とも呼ばれた。シャーロットのシダ帳は黒色の革表紙で、金色に縁取られている。厚みのある各ページに紐で茎が留めてある。葉の先と端の部分は、純粋な接着剤――小麦粉糊、アラビアゴム、アイシングラス、ゴム糊、澱粉糊などが、シダのアルバム作りの手引きの中で推奨されている――でページに貼りつけてある。ページの上の静かな佇まいのシダは、羽のように広がり、まるで風に吹かれてしなやかに揺れているように見える。「シダ採集家のアルバム」などのシダ専用に作られたアルバムには、見開きの片側に一般的なシダについての説明が記されており、もう片側に枠があった。その中にシダを貼るのだ。アルバム作りなんて面倒だという人は、シダの標本付きのアルバム——一八五〇年に出版されたウィリアム・ガーディナーの『イギリスのシダとその仲間の精選標本』はそのひとつで、各標本の周りには装飾模様が配され、植物の情報が載っていた——を、シダ愛好家が集まる土地の観光客相手の店で購入できた。

ヴィクトリア朝時代の人々は、多くのアルバムを制作した。アルバムという小さな博物館にあらゆる種類の植物を収めた。ウォードの箱ばかりでなくアルバムにも夢中になり、アルバムに収めるものを熱心に集め、分類し、まとめ、収めた。そうすれば、過去のものを永遠に残せたからである。ヴィクトリア朝時代のアルバムは、帳面から発展した。昔の人は、帳面に好きな章句を書き写し、読書などの知的活動によって得た情報を記録した。同様に、ヴィクトリア朝時代の人や現代の人も、様々なもの（帳面や日記）に記録し続けている。アーサー・ニコルズも帳面に散文や詩の章句、母方であるベル家の家系図を書いている。帳面は、個人的な備忘録としての役割を果たした。人々は、基本的な情報の他、料理法を記録し、刺繍の図案や素描を描いた。主に個人的な備忘録として使ったが、勉強道具として子供に贈ることや、家宝として扱うこともあった。詩人フェリシア・ヘマンズの帳面は、最終的には、所有者としてふさわしい詩人エリザベス・バレット・ブラウニングの手に渡った。一九世紀初めに新聞の価格が下がると、人々は、帳面に新聞の切り抜きを貼るようになった。自分で書き記したものの横に貼ることが多かった。一九世紀後半、「切り抜き」を貼った帳面は「切り抜き帳」と呼ばれるようになった。

友人、家族、名士の名が記された署名アルバムは、持ち主の社会的地位を示す役割を果たした。持ち主は、帳面の一種である署名アルバムを人前に出した。客にページをめくって見てもらうために、大抵は客間に置いた。女主人の署名アルバムに、幸運にも名士が詩や素描、署名を書いてくれたら、女主人はそれを人に見せることによって、自分が社会的に輝かしい地位にある人間だということを示せた。名士の知り合いがいない人は、名士にお金を払って、あるいは懇願して、署名アルバムに名を記してもらった。パトリックは、シャーロットの手紙を小さく切り、彼女の崇拝者に送った。エレンもシャーロットの手紙の署名の部分を切り取って送った。崇拝者はそれを署名アルバムに貼った。一八五八年、エセックス州ケルヴェドンのメアリー・ジェサップ・ドクラという女性は、シャーロットの直筆のものを所望する手紙をパトリックに送った。彼女は、パトリックからの返書――「親愛なるマダム　愛する娘シャーロットの手紙を同封します。お譲りできるのはこれだけです。深い敬意を込めて　P・ブロンテ」――とシャーロットの手紙を切った紙片を、マーブル模様の表紙のアルバムに貼った。紙片はとても小さく、書かれているのは「私の本――誰か」という言葉と、その下の「私よりも」という言葉だけである。ハリエット・マーティノーは、作家として有名になってから、「アルバムに何かを書いてほしいとせがまれる」と不平を鳴らした。「署名に対する渇望」によって、友人と交わす「手紙のプライバシーが侵害される」とも述べている。ブロンテ姉妹の崇拝者を最も興奮させたのは、「カラー・ベル」、「エリス・ベル」、「アクトン・ベル」という姉妹の署名が記された小さな手紙である。フレデリック・イノックという男性――おそらく、姉妹の詩集を購入したふたりのうちのひとり――は、姉妹の小説が出版された年の前年にあたる一八四六年、出版社を通してその手紙を所望した。イノックも彼の同時代人も、署名には感情に訴える力があると思っていた。署名は、写真と同様に人となりを表し、それを人々に伝えた。

有名ではない人でも、アルバムに書くことを求められた。多くの女性が（時には男性も）、友情アルバムや「記念品」に何かを書いてほしいと友人に頼んだ。シャーロットは一八四五年、まだ無名だったが、ルーカーという女性のアルバムに記憶していたドイツ語の詩を書いた。エレン・ナッシーのアルバムにはフランス語の詩――シャルル・ユベール・ミルヴォワの「若き死」――を書き、ミルヴォワが若くして亡くなったという事実と、フランスの詩の中で最も詩らしい詩であるという自分の考えを書き添えた。ブランウェルは一八四六年、友人J・B・リーランドが暮らすハリファックスに滞在した。酒に溺れ、破滅への道をたどりつつあった頃のことである。彼は、宿屋の主人の娘メアリー・ピアーソンに幾度か頼まれて、アルバムに詩と素描を寄せた。それらは彼の心の中の苦しみを示していた。彼が書いた詩は、自作の詩とバイロンの詩の一節である。寂しげな表情を浮かべる男性の素描には、「悲しみの果てに」という言葉が添えてある。教会の墓地の素描の中の墓石には、「私は安息を希う《こいねが》」と刻まれている。あるページ（本章の写真参照）には、彼の自画像と跪いて泣く男性が描いてあり、背景の船は沈みかかっている。

ロウ・ヘッド校の少女たちが一八三一年から制作し始めたスクールアルバムには、彼女たちの才能と斬新さが詰まっている。スクールアルバムは、ロンドンのデ・ラ・ルー社が友情アルバムとして特別に製造したもので、黒っぽい革張りの表紙には、古典的なドレスを着た女性が花に囲まれてもたれた姿が浮き出し加工によって描かれており、見返しには、桃色の波紋絹が貼ってある。大半の少女がアルバムに言葉を書き、絵を描いた。ページには「枠」が印刷されている。枠の中が絵を描く場所で、少女が自分で枠を書き入れることもあった。幾つかのページには五線が印刷されており、アルバムの持ち主が音符を書き入れた。あるアルバムの「序章」は、次のような文章から始まる。「好奇心に満ちた目をこのアルバムに向ける者は　新たなるものをアルバムに寄せよ」。「神聖を汚す」ことを禁じる決まりなど、幾つかの決まりも書かれている。最初のページには、シャーロットの友人メアリー・テイラーが、「荒れ果てた教会」を鉛筆で描いている。別のページのとても上手な城の水彩画も彼女の手によるものである。シャーロットは、バーミンガムの聖マルティヌス教会牧師館（画家デイヴィッド・コックスの絵を真似たもの）を七ページ目に鉛筆で描いている。他の少女の絵は、風景や花、宗教的な場面の絵である。少女の自作の詩が書かれたページもあり、才気を感じさせるある詩の横には、「アルバムに寄せてほしいという願いに応じて」という言葉と「H・H」という署名が記されている。聖書の言葉やジョン・ミルトンの詩もアルバムを彩っている。水彩で描かれた、開かれたままのアルバムは、ロウ・ヘッド校の友情アルバムに似ている。署名はないが、絵の横に、アルバム文化の永遠性についての面白い考えが綴られている。

　こうしたアルバムのように、共同体（学校、家庭、近隣地域）において記念になるものは、一九世紀後半に登場する写真アルバムと同じような役割を果たした。詩人フェリシア・ドロシア・ブラウン（後にフェリシア・ドロシア・ヘマンズとなる）を姪に持つアン・ワグナーの友情アルバムは、緑色のモロッコ革張りの豪華なもので、背には「スーヴニール・ダミティエ《友情の思い出》」と記されている。ワグナーは、一七九五年から一八〇五年にかけてアルバムを制作した。彼女の友人や家族は、題字や引用文の横に、水彩画、編んだ髪、コラージュ、切り絵、シルエット（人物の横顔などの輪郭の内側を黒く塗りつぶした絵）を飾りとして配した。ワグナーも度々自分で装飾を施した。あるページには、桃色のリボンで結わえた編んだ茶色の髪が貼りつけてあり、横にはこう綴られている。「リボンがひと房の髪を結びつける

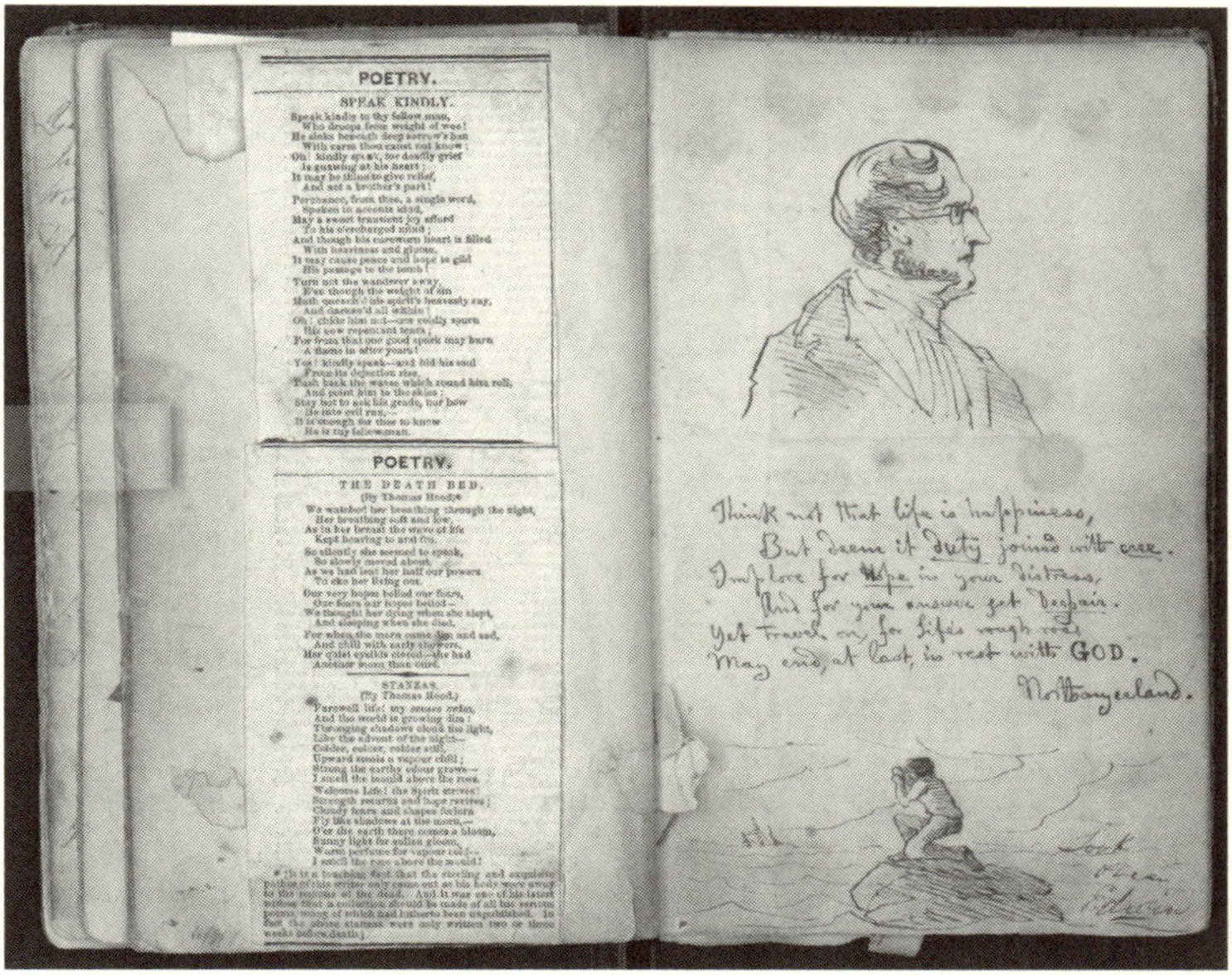

ように　願わくは、友情の神聖なる絆が私たちの心を結びつけんことを　真心を込めて　エリザ・ブルックス　リヴァプール　一七九五年六月一五日」。シャーロットは、こうしたアルバムを『シャーリー』に登場させている。キャロライン・ヘルストンは、エナメルで覆われた記念アルバムを所有している。彼女は、大好きな友人と愛情を交わした時間を思い出として残したいと思う。親友のシリル・ホールに花束を贈った時、二、三本分けてもらい、銀の留め金の付いた小さなアルバムに貼りつけ、日付と「私の友シリル・ホール師のためにこれを残す」という言葉を鉛筆で綴る。シリルは、一本の小枝を「ポケットサイズの聖書」に挟み、横にキャロラインの名をペンで記す。アルバムを作って贈ることで愛情を伝える人もいた。重要な植物学者でシダ

専門家の先駆け的な存在だったマーガレット・ストーヴィンは、一八三三年、友人のウォーカー嬢に二冊のシダのアルバムを贈った。それによってウォーカー嬢は、希少種を求めて地元を歩き回ったことを思い出した。ストーヴィンはまた、ダービーシャー州で採集した植物の押し花のアルバムを作り、若い友人フローレンス・ナイチンゲールに贈っている。

人々は、見て楽しめるだけでなく、触れて楽しめるようにアルバムを制作した。アルバムに収めるものが、かつて生きていたものである場合は、ページから飛び出したり歩き出したりしそうに見えるよう工夫した。ヴィクトリア朝時代初期のあるアルバムは、海藻や葉脈標本、押し花が収められているため分厚い。このアルバムを作った無名の人物は、カードから色とりどりの鳥の絵を切り抜いて貼り、絵を本物の羽で飾った。切手アルバムへの「熱狂」も巻き起こり、それから時を置かずして、ヴァレンタインカードやクリスマスカード、ポストカードの収集が流行り始めた――短命な私をアルバムに収めて私の物語を伝えてください、とカードが叫んでいるように人々は感じた。旅の記念品がびっしりと収められた旅行アルバムや観光アルバムは、旅の体験を伝えた。エミリア・ホーンビー嬢は、クリミア戦争の戦場へ赴き、そこで摘んだ野の花をアルバムに収めた。彼女のアルバムは、持ち運びのできる戦争のモニュメントである。小説家は、人がアルバムを大事に持ち続ける姿を描くことによって、その人の内面を表現しようとした。ウィルキー・コリンズは、一八七五年に発表した『法と淑女』において、フィッツ＝デイヴィッド少佐のもの悲しく感傷的な気持ちを表現した。少佐は、ひとつのアルバムを大切にしている。装飾のある、上等なヴェラムが用いられた青色のビロード張りのアルバムで、銀の留め金が付いている。髪の房が「各ページの中央にきちんと収まっており」、言葉が添えてある。髪は恋人の「愛の印」だが、情事が終わったことも思い出させる。最初のページには「ひと房の薄い亜麻色の髪が貼ってあり、その下に言葉が綴られていた。〝愛しきマデリン　永久にいつまでも　ああ、一八三九年七月二二日！〟」チャールズ・ディケンズは『デイヴィッド・コパフィールド』において、上流階級の娘が、ロシアの王子の手と足の爪をアルバムに収める姿を描き、取るに足らないものを記念として取っておくという行為を皮肉っている。

アルバムによって、かつて過ごした時間や友情や愛を称え、管理できる。箱や容器、戸棚とは違い、アルバムには物を年代順に収めることもできる。アルバムの持ち主は、客と一緒に腰を下ろしてアルバムのページをめくり、収められた物にまつわる話を度々語った。各ページの上の物も話を伝えた。アルバムは、物が作り出す一種の自伝だった。ヴィクトリア女王は、テーマを持ったアルバムに自分の人生の物語を収めた――あるいは収めようとした。子供の頃からアルバム作りを始めた女王が最初に制作したのは、海藻アルバムである。その後、数多くの記念アルバムを作ったが、大半は、女王が依頼して描かせた水彩画を台紙に貼って収めたアルバムである。数々の「動物アルバム」は女王のペットの絵から成っており、「思い出アルバム」には、訪れた場所、出席した式典、記念すべき事柄に関連するものが収められている。女王は、起こった出来事をすべてアルバムに収めたのではないか？

シャーロットが制作したのはシダのアルバムだけである。彼女のアルバムは、ファーンディーンと、シダの生えるその場所に行き着いたロチェスターとジェインの間にある複雑な愛を私たちに思い起こさせる。彼女がニコルズと結婚した理由も教えてくれるかもしれない。シャーロットは、シダのアルバムを人に見せたのだろうか。もし見せたのなら、人々がアルバムを見ながら語ったように、彼女も何かを語ったのだろうか。旅の話——ニコルズと一緒に巡ったアイルランドの様々な土地や、そこで見たことを語ったかもしれない。それとも、アルバムは個人的なものだと考え、家族以外の人には見せなかったのだろうか？　アルバムの中のシダを摘んだ頃、シャーロットは、おそらく初めて男性と性的な交わりを結んだ。そのことについて、彼女がどう思ったのかは分からない。自分の気持ちを書き残していないからだ。彼女は、新婚旅行から戻った直後に送ったエレンへの手紙に、意味深長な文を綴っている。もしかしたら、夫との性生活について綴ったのかもしれない。彼女はまず、結婚生活が始まってから六週間が経った頃に「物事に対する考え方」が変わったと説明している。彼女は、「誰彼なしに結婚を勧める」既婚女性は「厳しく責められるべき」だと思った。「女性にとって妻になるということ」は、「重く、奇妙で、危険なこと」だということが分かったからだ。

しかし、シャーロットの複数の手紙からうかがえるように、彼女は夫に深い愛情を抱くようになった。夫の「優しく、常に守ってくれる」ところに殊に魅力を感じ、夫が愛情を注いでくれるので、シャーロット自身の「彼に対する愛情はいっそう強くなった」。夫の愛撫や抱擁、キスも愛情を深めたのかもしれない。ふたりは毎日のように、長い時間をかけて荒野を散歩した。結婚後幾月か過ぎた頃から、シャーロットは夫を「私のかわいい坊や」と呼び、「ますます愛おしく思う」ようになった。彼女が病を得て死に向かい始めた時、夫は「とても思いやりがあり、優しく、助けになってくれ、辛抱強かった」。彼女は、「私の心は彼の心と結びついています」とも綴っている。

シャーロットが生きていた頃から、そして特に彼女の死後、署名などの彼女自身のものも「収集される」ようになった。ブロンテ姉妹ゆかりの場所である牧師館や荒野、ハワースに関係するものは、数々のアルバムを彩った。一八五九年頃に制作された記念アルバムの幾ページかは、無名の制作者のハワースを巡る旅にまつわるもので埋まっている。あるページには、素材がよく考えて配置されたコラージュが収まっており、制作者がハワースで採った二枚のツタの葉が飾りとして糊で貼りつけてある。コラージュの素材は、パトリックの署名が震えるような筆跡で記された紙片や、牧師館と側にある墓地の絵などだ。絵は、便箋か雑誌から切り抜いたもので、「シャーロット・ブロンテの家」という説明が付されている。ハワースのポストカードでアルバムを埋める人もいた。カメラの価格が下がり、持ち運びしやすくなると、人々は自分で撮影した写真を貼るようになった。「一九〇三年に撮影した景色」という名の付いた、綴じの外れたアルバムには、ブロンテ一家ゆかりの様々な名所の写真が収められている。

一九世紀後半に制作されたこれらの多数の「ブロンテ資料集」は、資料室に保管されているが、今ではほとんど忘れられた存在となっている。シャーロットの写真がなかったため、その代わりに、画家ジョージ・リッチモンドが描いた彼女の肖像画が記事や本に度々使われた。人々はその肖像画を切り抜いてアルバムに貼った。マティルダ・ポラードという女性は一八九四年、「切り抜き」と名づけた桃色のアルバムを、一八八八年からのブロンテ一家に関する新聞記事の切り抜きで埋めた。ハワースのブラウン嬢は、深緑色のアルバムを所有していた。おそらくこの女性は、ブロンテ家の使用人マーサ・ブラウンの親戚である。アルバムの表紙には、浮き出し加工によって「アルバム」と記され、男性用の帽子と杖のかたわらに犬が座っている絵が描かれている。彼女もアルバムを新聞の切り抜きで埋めたが、その多くはブロンテ一家に関するものである。倹約家は、必要なくなった本をアルバムとして利用した。文字が印刷されたページに切り抜きを貼ったのだ。例えば、歴史家ウィリアム・スクルートンとブロンテ協会会長J・ハンブリー・ローウェは、ブロンテ一家を語る上で重要な場所の絵を切り抜き、『テンプル聖書辞典』に貼りつけた。彼らは、記事を貼っても厚みが増さないようにページの一部を取り除いた。古物収集家ホースフォール・ターナーは、『証券年鑑 一八九八年版』に、ブロンテ一家に関する新聞や雑誌の記事の切り抜きを貼っている。何かの切れ端や紙、本に心引かれていたシャーロットは――子供の頃、彼女がきょうだいと一緒に小さな本を作ったことや、本の表紙によく古紙を用いたことを思い出してほしい――彼女の古い紙を利用した本作りと同じようなことを人々も行なっていると思うのではないだろうか。アルバムをめくると、人は命を感じられるのではないだろうか？ かつて存在したものの死だけではなく。

第9章
渡り行く遺物

鍵をかけられ、何年も閉じられたままの
戸棚の棚と抽斗を整理するという
何とも不思議な仕事に私たちは取りかかった！
寂しげな部屋はどこまでもしんとしている！
とても奇妙な古の宝物の数々
かつての苦しみと喜びを思い出させる品々
高価な宝石の留め具の付いた本
印刷された文字はすべて褪せ、金箔は剝がれている
インドの木の扇のような葉——
インドの海の深紅色の貝殻——
指輪に収められた小さな肖像画——
これらも、かつては大切にされていたに違いない
信じられる愛によって与えられ
受け取った者が死を迎えるまで身に着けていた思い出の品も
今はカメオや陶磁器や貝殻と共に
この古く埃っぽい戸棚の中に置かれている

シャーロット・ブロンテ「思い出の品」

「シャーロット・ブロンテの寝室の窓枠の下部を丸ごと購入しました。僕は、その所有者としてふさわしい」。ボストンのジャーナリストであり政治家でもあったチャールズ・ヘイルは、ヨーロッパ旅行中、母親への手紙にこう綴った。病気から回復しつつあった一八六一年一一月八日、彼は手紙の大部分をハワースで書き、友人エリザベス・ギャスケルの家で仕上げた。一八六一年六月にパトリックが亡くなり、その後、新しい牧師ジョン・ウェイドが牧師館を改造した。ヘイルのような旅人は、古い牧師館の一部を持ち帰ることができた。「彼女は、寝室の窓の側に座るのが一番好きでした」とヘイルは得意げに綴っている。彼は内装に使われていた木材も持って帰り、それと窓ガラスで額縁を作り、写真を入れた。だから、シャーロットが「荒涼とした風景」を窓から眺めたように、彼も「同じ窓」から写真を眺めることができた。彼の「写真を取り囲む木の側に、かつてはシャーロットが座っていた」。ヘイルが会った地元の大工ウィリアム・ウッドは、エミリーが勇敢にも犬同士の喧嘩を止めたことを話してくれた。教会の雑用夫の妻は、「小説のひとつの中で言及された、人形用の小さな枝編みのゆりかご」をヘイルに見せ、雑用夫は、ブロンテ一家が飼っていた犬が庭のどこに埋葬されているかを教えてくれた。ヘイルは、パトリックが牧師を務めていた教会に入り、シャーロットが座っていた信者席に座った。また、「ブロンテ氏がベルを鳴らす時に引っ張った針金と取っ手」に触れた。パトリックは「四一年間毎日」ベルを鳴らした。ヘイルはキースリーまで歩いて戻り、ロンドン行きの列車に乗った。戦利品が重かったので、ウィリアム・ウッドがキースリーまで運ぶのを手伝った。

ヴィクトリア朝時代の人々は「文学の聖地」に押し寄せ、そこにあるものを削り取ったり、切り取ったりした。かつての信仰深い巡礼者とよく似ている。聖墳墓教会の「キリストの墓」では、巡礼者が外で燃えているランプの油を取った。イエス・キリストは「キリストの墓」に埋葬され、後にそこで復活したと信じられている。巡礼者はまた、地面の土や小石を集めて聖遺物箱に収めた。こうした物は、エウロギア（祝福を意味するギリシャ語）と呼ばれた。聖地の恩恵をもたらすものであり、それを体内に取り入れる人もいた。例えば、小さく固めた聖地の土の端を水に入れて飲んだ。それは巡礼者にとって神聖な薬だった。

ヴィクトリア朝時代の人々は、言葉によって恩恵を与えてくれた作家と関わりのあるものを手に入れようとした。作家トマス・ハーディーは、ローマにあるジョン・キーツの墓のかたわらに咲くスミレを摘んだ。多くの人が同様のことを行なった。シェイクスピアが植えたとされるストラトフォードのクワの木の葉や、ロバート・バーンズゆかりの棘のある木の葉を記念として採る人もいた。バーンズは、その木の下でマーガレット・キャンベルに別れを告げた。彼は、キャンベルのことを「高地のメアリー」と呼び、彼女からインスピレーションを受けて多くの詩や歌を作っている。バーンズの故郷を訪れた人は、近くに生えていた木で作られた針箱や盆、カップ、「化粧箱」などの記念品を購入した。天才の周りにあったものには恩恵が染み込んでおり、人々はそれを持ち帰ることができた。それは霊的で、ほのかに光っているように見えた。

小説ゆかりの地――例えば、『嵐が丘』ゆかりの荒野――は、時に小説の著者よりも強い光を放ち、人は、その地が小説の世界につながっているように感じた。『嵐が丘』と著者の両方と関係の深い荒野を訪れた人は、ヒースの枝を摘み、それを手紙に入れたり本に挟んだりした。とりわけ、『嵐が丘』やギャスケルが執筆した伝記に挟んだ。多くの人が、このふたつの本を旅行案内書として持ち歩いた。愛する作品ゆかりの場所やその近くの地に眠りたいと願う人もいた。バーンズの詩

「シャンターのタム」に詠まれて不滅の命を得たアロウェイ教会に埋葬してもらったバーンズの崇拝者もいた。それは好きな小説や詩の世界に埋葬されるようなものであり、人はその世界で蘇《よみがえ》り、永遠に生き続ける。

ハワースを訪れた後世の女性作家は、ブロンテ姉妹の私物に引きつけられた。ヴァージニア・ウルフは一九〇四年に荒野を歩き回り、博物館に展示されている原稿や手紙よりも、「亡き女性の小さな遺品」に「より激しく心を揺さぶられた」。物は「それを身に着けていた人よりも先に消えてしまうというのが世の常」なのに、シャーロットの靴や薄いモスリンのドレスが彼女の死後もこの世に残っていたため、心を打たれた。「取るに足らない儚《はかな》い物が残り、それによってシャーロット・ブロンテという女性が生き返る」のである。作家シルヴィア・プラスは、「記念品の部屋」で見たものを幾つか日記に列挙した。その中には、「先祖伝来のレースとスイカズラでできたシャーロットの花嫁の冠」、「エミリーが死に際に使った長椅子」などがある。「幽霊を思い出させる家の中で、彼女たちはこれに触れ、あれを身に着け、執筆した」とプラスは綴っている。

シャーロットは、彼女の英雄に対して信仰に近い敬愛の念を抱き、英雄が触れたものに触れ、同じ窓から物事を見たいと思っていた。少女の頃、彼女はウェリントン公爵や同類の人物の物語を数多く作った。大人になると、作家ウィリアム・メイクピース・サッカレーを崇拝し、『ジェイン・エア』の第二版を彼に捧げた。そのため、彼の人生が小説の土台のひとつになったのではないかと多くの人が考えた――サッカレーの妻は、バーサ・メイソンと同様に精神を病んだため幽閉され、彼女が自傷行為をしないよう策が講じられた。「カラー・ベル」はサッカレーの家庭教師だったのではないか、と考える人もいた。シャーロットはナポレオンを崇拝し、ブリュッセルの学校では、ナポレオンがセント・ヘレナ島で迎えた孤独な死についてのエッセイを書いた。ナポレオンは「島流しにされ、幽閉され——乾いた岩に縛られた」。エジェ教授は、シャーロットがナポレオンを深く敬愛していることを知り、ナポレオンのマホガニー製の外棺の欠片を彼女に与えた。ナポレオンはセント・ヘレナ島に埋葬されるが、およそ二〇年後、遺骸が掘り起こされ、パリに埋葬された。その際、黒檀製の棺が用意され、マホガニー製の棺は小さく砕かれた。シャーロットは、欠片をもらった時の状況と欠片の由来を紙に記録し、彼女がよく本に書いたものと同様の少々不可解なものを書き入れ、その紙で欠片を包んだ。彼女の記録によると、一八四三年八月四日の午後一時、教室に歩いて入ってきたエジェが、友人のルベル氏からもらった「遺物」をシャーロットに渡した。ルベル氏は、アシル・ミュラ公（ナポレオンの甥）の秘書を務めていた。ナポレオンの遺骸をセント・ヘレナ島からフランスまで運んだのはジョアンヴィル公である。ルベル氏は、欠片が本物であるということをフランス語で欠片に直接記した。由来を欠片に記すか、由来を記したもので欠片を包むかしていなかったら、欠片はいつの間にか捨てられていたかもしれない。由来を記したものに包まれたことによって——キリストのイバラの冠の棘だと言われているものは水晶、金、宝石に包まれている——欠片の価値は確かなものになった。

シャーロットの死後の扱われ方や彼女の遺骸の運命は、ナポレオンのそれとは異なる。シャーロットはひっそりとこの世を去った。友人がその死を知ったのは、彼女が教会の地下に埋葬されてからしばらく経った頃である。夫と父親と数名の使用人だけが、病に臥せるシャーロットに接し、最期を看取った。ナポレオンが最期を迎えた後に行われたこと——ナポレオンは何度か最期を迎えたと言える——は、シャーロットの死後は（遺品を巡る熱狂が起きたにもかかわらず）行われなかった。彼女の棺がのこぎりで切り取られ、デスマスクが作られ、棺の覆いの欠片が持ち去られることなどなかったのである。遺体の一部が切り取られて売られたといった噂も流れなかった――ナポレオンの死後は、彼の遺骸から陰茎が切り取られたという話がささやかれた。シャーロットの遺骸から切り取られたのは髪の房だけである。著名な人物の遺物の収集は徹底的に行われた。例えば、トラファルガーの海戦において、ネルソン卿がマスケット銃で肩を撃たれて数時間後に亡くなると、軍医ウィリアム・ビーティーは、ネルソン卿の体内から取り出した弾をロケットに収めた。弾には肩章の紐の一部が付着していた。一八四四年、ヴィクトリア女王がそのロケットを贈り物として受け取った。左肩の部分に穴のあいたネルソン卿の外套、血まみれのストッキング、遺骸からそのまま切り取られた三つ編み、亡くなる時に身に着けていた懐中時計はすべて博物館に収蔵された。ネルソン卿が座乗した旗艦ヴィクトリー号の建材で作られた記念箱には、彼のかぎ煙草、髪などの遺物が収められた。彼の同胞は、フランス海軍のロリアン号のメインマストを材料のひとつとして使った棺に、彼の遺骸を入れた。ロリアン号は、ナイルの海戦において、彼と乗組員の攻撃により爆発した。ネルソン卿とナポレオンは、西洋の歴史において極めて大きな役割を演じたから、死後の扱われ方がシャーロットの扱われ方と違うのは当然である。しかし、シャーロットの死からおよそ一五年後に亡くなったディケンズは理想化され、遺骸から陰茎が切り取られることはなかったものの、ナポレオンと似たような扱いを受けた（詩人シェリーの場合、遺骨、遺灰だけでなく心臓も保存された）。シャーロットとは対照的である。

シャーロットもある意味では壮烈な死を遂げたが、当時、それについて知っている人は少なかった。女性特有の病気は、おおっぴらに語られることはなく、男性特有の病気よりも軽んじられた。

シャーロットは激しい嘔吐《おうと》を伴う妊娠悪阻が原因で亡くなった、というのが現在では定説となっている。彼女は結婚してから六か月ほど経った頃、「急に胃の調子がおかしくなった」ことや、「なんとなく具合が悪い」こと、妊娠したかもしれないことをエレンに手紙で伝えた。むかつきと嘔吐がひどくなり、衰弱して痩せ細ったシャーロットは、とうとうベッドから起き上がれなくなった。そして、死期が近づいたのを察したのか、遺言を書いた。夫が年老いた父親を世話してくれると信じていたから、財産を夫に残すつもりだった。結婚してから九か月後、シャーロットはお腹の子と共に亡くなった。

　残念なことに、シャーロットが死に至る病に冒されて臥せっている時、彼女の力強い女友達が側にいなかった。エリザベス・ギャスケルは、シャーロットが病気だったことを聞いた時、「もっと早く知っていたかった！」と叫んだ。「知っていたら、彼女のもとを訪れ、中絶するよう説得できたでしょう――もしそうしていたら、初めのうちは皆が私に怒りを感じたでしょう――彼女の命を救うために中絶すべきだったのです」。しかし、ギャスケルはシャーロットたちを説得できたのだろうか。ニコルズやパトリックあるいはシャーロット自身は、中絶を考えたことがあったのだろうか？　一八五五年当時のイギリスでは、中絶は違法だったが、広く行われていた。秘かに行われる中絶は、しばしば危険を伴った。一八五〇年代と一八六〇年代の医学雑誌を見ると、「妊娠中絶」が行われていることに医師（当時は皆男性だった）が懸念を抱いていたことが分かる。ジャーナリストのヘンリー・メイヒューは一八六二年、「薬や何らかの方法によって、数知れぬ胎芽期の子が葬り去られている」と記している。多くの女性が、女友達や産婆の勧めるペニーロイヤルミントなどの薬草やサビナ油（サビナは、ヒノキ科ビャクシン属の常緑針葉低木）、ジン、火薬などの入った調合薬を薬草商や薬屋から購入し、それを用いて中絶した。「生理誘発剤」や「生理不順治療薬」と呼ばれていた薬の多くは、子宮筋を収縮させて嘔吐と流産を引き起こす薬だったが、効かないことの方が多かった。新聞に掲載される妊娠中絶薬の広告には、「女性用丸薬」や「女性の体の病気」を治す薬といった婉曲表現が用いられた。「マダム・フレイン」と称する会社は、「魔法の調合薬」を販売しており、「母親になることを望む方は、決して服用しないでください」と記されたラベルが薬に貼ってあった。地元の女性が中絶を手がけることが多く、評判は口伝てで広がった。中絶を手がける女性は「おばあちゃん」と呼ばれ、鉤針などの編み針を用いて流産を促した（細菌感染によって妊婦が死亡することもあった）。中絶手術に定評のある医師は、女性のための「かりそめの隠れ家」である診療所を宣伝した。

信心深かったギャスケルは、避妊や中絶をしなかった女性が直面する問題について直接見聞きしていた。彼女は、ユニテリアン派の牧師である夫と共に、マンチェスターの貧しい人々のために働いた。また、小説の中で、未婚の母や妊娠して苦しむ娼婦の姿を同情的に描いた。彼女は多くの女友達を持ち、様々な階層の人を知っていたから、中絶についての知識がある程度あったに違いないし、少なくとも、彼女に適切な助言を与えてくれる女性を知っていたのではないだろうか。女性が命の危険にさらされている場合に、特に慎重に中絶手術をしてくれる医師もいたから、ギャスケルは医師にシャーロットの中絶手術を頼んだかもしれない。それとも、薬草や調合薬を使おうと考えただろうか？　今更ながら、せめて彼女が試みる機会を与えられていたら、と思わずにはいられない。もし、シャーロットが三九歳の誕生日を迎えることができていたら、彼女はどんな小説を書いたのだろう？

パトリックには大勢の家族がいたが、唯一残っていた娘も失った。彼は子供の子守女だった女性に、その驚くべき状況を手紙で知らせた。女性は、ブロンテ家の子供がまだ幼かった頃、アメリカに移住した。「あなたとあなたの姉妹であるナンシーが、ソーントンで暮らす私たちのもとにやってきた時、私の愛する妻も愛する子供も——六人の子供も生きていたのに——もう、皆死んでしまいました——八〇歳に近づきつつある私だけが残りました」。別の手紙には「深い悲しみを負っている」と綴っているが、そう思うのももっともである。しかし、新しくできた義理の息子が、しだいに衰えていく彼の面倒を見てくれた。シャーロットの死から二年後、ギャスケルが執筆したシャーロットの伝記が出版されて大好評を博し、パトリックとニコルズは、旅人や記念品収集家に応対しなければならなくなった。最初のうちは人がぽつぽつやってくる程度だったが、その数はどんどん増えていった。パトリックは、訪問者が増えたこともあり、家族の記念銘板を新しく作り直すことにし、古い記念銘板を取り外した。教会の地下の埋葬室の側の壁に掲げられていた記念銘板は、亡くなった家族の名で埋まっており、後に亡くなった家族の名は、下部に小さな文字でぎゅうぎゅうに詰めて記されていた。パトリックの名を記す場所は残っていなかった。彼は教会の雑用夫にそれを割らせ、庭に埋めさせた。チャールズ・ヘイルのような旅人に持って行かれるのが嫌だったからだ。ヘイルは、牧師館の壁から取り除かれた石板について、こう書いている。「ニコルズ氏がそれらの石板を埋めずに捨て置いていたため、重くなかったら、私はアメリカに持ち帰っていたでしょう」

複数の病に苦しんでいたパトリックは、一八六一年六月七日、八四歳で亡くなった。何百人もの町民が葬儀に参列し、その日は、町じゅうの店がパトリックに敬意を表するために休業した。埋葬室には、ブロンテ一家の最後のひとりが埋葬され、新しい記念銘板には最後の名が刻まれた。当然、ニコルズが副牧師から牧師に昇格するものと思われていたが、彼は昇格しなかった。それは多くの町民にとって意外なことだったし、ニコルズ自身も驚いた。評議員による投票が行われ、僅差で、ニコルズが任を解かれることが決まったのだが、その理由は謎のままである。ブラッドフォードの教区牧師ウェイドが、評議員の大多数の支持を得て牧師に就任し、ニコルズは数日で荷造りして牧師館を出なければならなくなった。行き場を失って当惑した彼は、バナハーにいるおばと一緒に暮らすためアイルランドに戻った。その際、ブロンテ姉妹の原稿、姉妹が作った小さな本、アンとエミリーの日記紙、幾冊ものブロンテ一家の署名入りの本、姉妹の刺繍見本、中身が入ったままの机箱と裁縫箱を持って行った。犬も一匹連れて行ったから、犬の首輪も持って行ったのかもしれない。それと、シャーロットの服や家族の髪の房、幾つかのパトリックの遺物も。パトリックは遺言により、ほとんどすべての財産をニコルズに残した。ふたりが最後には親密な間柄になっていたからだろう。ニコルズがアイルランドに持って行ったパトリックの遺物は、フランス語の単語帳やライフル銃である。単語帳は、学校に入る娘に付き添ってブリュッセルへ行くことになった時にパトリックが作ったものだ。ニコルズは独占欲から、そしてもしかしたら悲しみから、シャーロットのベッドを壊した。他人が使ったり、記念品として残したりできないようにしたのだ。

持って行けるものは限られていたため、牧師館にあるものの大半は競売にかけられた。競売を主催したのは、地元の競売人クラッグ氏である。一八六一年一〇月一日と二日に競売が行われたが、あまり宣伝されず、競売のことを知らなかったブロンテ姉妹の崇拝者は残念がった。その中のひとりであるヘイルは、競売が終わってからわずか三週間後にハワースを訪れている。近所の人々は、トイレカバー、ベッドカバー、毛布、マットレス、ポット、籠といった日用品を買い、自分で使用した。本も数多く競売にかけられたが、競売カタログに書名で記載された本はわずかであり、ほとんどは、ただ「小型本」、「古本」、「雑本」と記載された。単に感傷的な気持ちから雑多な品々を買う人もいれば、感傷的な気持ちと、あれば便利だという気持ちから買う人もいただろう。ブロンテ姉妹が紙を購入していた文房具店の主人ジョン・グリーンウッド、使用人マーサ・ブラウンのきょうだいであるジョンや彼女の親戚、ブランウェルの友人だった教会の雑用夫も雑多な品々を購入した。ハワースの町民ウィリアム・ハドソンは、死を間近に控えたエミリーが使用した、黒色の馬の毛が詰められたソファーを競り落とした。おそらく彼は、それを自宅の客間に置いたのだろう。

ブロンテ一家を偲んで訪れる旅人を相手に商売して儲ける町民もいた。グリーンウッドは、ブロンテ一家記念便箋を作った。ヘイルは一八六一年、この便箋に言葉をしたためて母親に送った。ブロンテ姉妹が出版社に送る原稿、あるいは出版社から送り返されてくる原稿を扱っていた郵便局長エドウィン・フェザーは、記念品を売る店の店主に転身した。彼の店は教会の近くにあり、販売していた記念ポストカードには、パトリックの写真、ジョージ・リッチモンドが描いたシャーロットの肖像画、ニコルズの写真、教会の外観と内観の絵、牧師館の絵が印刷されていた。一八六〇年代には、これらすべてが表に印刷されたポストカードも販売した。教会が取り壊されると、フェザーを含めて人々は、内装に使われていたオーク材で塩入れや燭台といった記念品を作った。このようにして観光客相手の商売が生まれ、二〇世紀にはどんどん活発になり、今やその商売は花盛りである。

ブロンテ一家の「遺物」は、人々にお金をもたらした。マーサ・ブラウンは、パトリックとニコルズから幾つかの品を譲り受けた。手紙やブロンテきょうだいが子供時代に作った小さな本、シャーロットのウェディングベール、彼女が新婚旅行に出発する時に着ていた絹のドレスなどである。マーサは遺言により、それらを貧しい五人の姉妹に残した。姉妹は自分で使うか売るか、または自分で使った後に売るかした。現存するシャーロットのドレスは、他の誰かが着られるように補正されている。姉妹のひとりアン・ビンズ・ニー・ブラウンは、ブロンテ一家が所有していた灰色のアルパカの毛織物でエプロンを作り、レースで縁取りを施した。彼女はエプロンを自分で使い、後にブロンテ一家を記念する手芸品として売った。彼女の行為には、節約精神と、織物のもとの持ち主を偲ぶ気持ちが表れている。遺物収集は、家庭での女性の手芸品作りと結びついた。遺物は、女性の手によって家庭で役立つものに作り変えられ、その後記念品となった。遺物が装飾に用いられることもあった。シャーロットのドレスの切れ端は人形の服になった。件のエプロンや人形の服は、ブロンテきょうだい手製の表紙に壁紙を用いた本や、シャーロットがエレンのために作った渦巻き形の小さな紙細工を貼った茶缶を思い起こさせる。ナポレオンやディケンズ、シェリーの遺物が手芸材料として利用されたとは考えにくい。ディケンズのおまるは、ロンドンのディケンズ博物館に収蔵されているが、それが永久収蔵品となる前に誰かが使ったのだろうか?

意外なことだが、あるブロンテ博物館は当初、資金繰りに苦労した。それは、マーサのいとこであるフランシス・ブラウンとロビンソン・ブラウンが経営する小さくて少々安っぽい博物館だった。ふたりは長い年月の間にブロンテ一家の数々の遺物を手に入れ、一八八九年、メイン・ストリートに「ブラウンの禁酒ホテルとブロンテ一家遺物博物館」を開いた。やがてブラックプールに移転し、一八九三年にはシカゴ万国博覧会に出展した。出展場所の近くでは、西部開拓時代のガンマンであるバッファロー・ビルが率いるワイルド・ウェスト・ショー（ガンマンが活躍する寸劇などを行なった興行団）が興行を行なっていた。ブラウンが収集した遺物の大半は、最終的には一八九八年に競売で売り払われた。その中には、マーサがシャーロットの遺骸から切り取ったひと房の髪、たくさんの針山、ペン拭きなどがあった。

アイルランドに戻ったニコルズは、一八六四年にいとこのメアリー・ベルと結婚したが、彼を知る人は、ニコルズが本当に愛したのはシャーロットだけだったと語っている。ニコルズは、シャーロットのウェディングドレスや手袋、靴を二階の抽斗の中に仕舞い、リッチモンドが描いた彼女の肖像画をソファーの上方の壁に掛けていた。メアリーはそれについてどう思っていたのだろう。メアリーがソファーでうたた寝していたら、肖像画が落ちてきて頭にあたり、彼女はしばらく失神したそうだ。真偽のほどは分からないが、どこか詩的な話である。メアリーは夫が亡くなると、一九〇七年と一九一六年にサザビーズ社が主催した競売で遺物を売り払い、大金を手にした。しかし、誰が彼女を責められるだろうか？

ニコルズも亡くなるずっと前から、原稿の一部を売ったり、人に貸したりしている。高い名声を得ていたニコルズの最初の妻の崇拝者は、ニコルズに会うためアイルランドにやってきた。ジャーナリストのクレメント・ショーターはそのひとりである。彼はブロンテ姉妹に傾倒し、一八九六年に『シャーロット・ブロンテとその仲間』を発表した。ブロンテ姉妹の伝記も執筆している。彼はニコルズと親しくなり、ブロンテ一家の手紙、エミリーとアンの日記紙、幾つもの小さな本、ブランウェルの原稿の一部を持ち帰ることができた。ニコルズは、ショーターの研究に必要な資料の一部を貸し、残りの資料は、サウス・ケンジントン博物館（現在の名称はヴィクトリア・アンド・アルバート博物館）に最終的に寄贈するという約束を取りつけてから売った。ショーターはエレン・ナッシーのもとも訪ね、彼女を説得して、シャーロットからの手紙を売ってもらった。この時も、いずれ公共施設に寄贈すると約束している。彼と共に収集を行なっていた愛書家トマス・J・ワイズが、原稿購入資金の大半を出した。ニコルズとナッシーはふたりに対して、とりわけワイズに対していかがわしさを感じ始めた。ある時、ニコルズがシャーロットのひと房の髪を仕舞い忘れ、どういうわけか、その髪がショーターの手に渡った。ニコルズの手もとに戻った時には、彼が「譲り受けた時よりも、悲しいことに量が減っていた――たっぷりあった長い髪が、ほんの一握りしか残っていなかった」

ワイズは労働者階級の家庭に生まれ、原稿、希少本、文学に関係のある記念品の収集に人生を捧げた。彼は、少しずつ集めたコレクションのことを「アシュリー・ライブラリー」と名づけ――彼の家は、ロンドン北部に位置するホーンジー・ライズのアシュリー・ロード五二番地に立っており、彼はその通りにちなんで名づけた――最終的には、コレクションを大英博物館に売却した。彼は真摯な書誌学者であり――書誌学者のアレクサンダー・サイミントンと共に、ブロンテ一家の貴重な初期の手紙を集め、一時はブロンテ協会の会長も務めた――贋作者《がんさくしゃ》であり、どこにでもいるような詐欺師でもあった。彼は主に、希少な初版本の複製を作り、それを本物と偽った。「初刷に先立って」作家が個人的に印刷したものだと主張することもあった。初版本の偽作の他、アルフレッド・ロード・テニスン、エリザベス・バレット・ブラウニング、ジョージ・エリオットなどの詩集の偽作も作った。大英博物館において特権を与えられていた彼は、そこで盗みを働くようになった。例えば、希少本のページを破り取り、自分が所有する本に綴じた。本を愛しながら偽作を作ったワイズは、敬愛する気持ちから昔の偉大な画家の絵を模写し、やがてそれを売った画家に似ている。彼は、偽作を売って得たお金のほとんどを本物の原稿や希少本につぎ込んだ。不正行為が、愛する本を集める彼の助けとなっていたのである。

ワイズは、ブロンテきょうだいの原稿を寄贈するつもりなど微塵もなく、原稿の一部を自分のコレクションに加え、残りをお金のために売った。また、売るものの数を「増やす」ため、シャーロットの手作りの小さな本を幾つか解体した。エミリーが一八三九年に詩を書き写したノートもばらし、各ページを別々の台紙に貼った。さらに、ブランウェルの原稿を、シャーロットやエミリーのものだと偽って売った。その方がずっと高値で売れたからだ。彼の著書『ブロンテ家の人々の散文作品および詩作品の目録』は重要なブロンテ研究書だが、目録には彼の手による偽作も含まれている。彼は、偽作を文字として残した。知られているかぎりでは、彼はブロンテ一家の遺物の偽物は作っていないが、無名の人物が作った偽の手紙や偽の署名が記された本が多数存在しているため、ワイズも偽物を作ったのではないかと疑わざるをえない。シャーロットがパリからエミリーに送ったとされる『ダヴィデの詩篇　フランスにて』の見返しには、この本を読んで「フランス語に磨きをかけてください」と書かれているが、シャーロットの筆跡ではない。シャーロットや他の家族の偽の手紙も時々出てくる。シャーロットがローマで書いたとされる手紙が存在するが、シャーロットはローマを一度も訪れていない。もしかしたら、本物だと信じられているブロンテ一家の遺物の中にも、より巧妙に作られた偽物があるのかもしれない。

博物館や学者は、少なからぬ数のブロンテ一家の遺物が偽物なのではないかという疑いを当初から持っていた。一八九三年にブロンテ協会が設立され、その二年後、丘の上のメイン・ストリート沿いに立つヨークシャー・ペニー銀行の二階に博物館ができた（一九二八年、ブロンテ一家が暮らしていた家に移転した）。一九五〇年代、ブロンテ協会の会長は、人々が「ブロンテ教」に「心酔」していることと、ブロンテ一家の遺物を熱心に求める人々に関する「一世代前」からの問題を憂慮している。「ウェスト・ライディング」には、数々の古いピアノの音がかすかに響いていた。ピアノの所有者はもっともらしい理由をあげて、ブロンテ一家がハワースで使っていたピアノだと言った。ブロンテ一家のピアノは次々現れた。もし、それが全部本物なら、牧師館のすべての部屋、それに台所や炭小屋にもピアノが置かれていたことになる」。会長は、本物だと言われる「ブロンテ一家のゆりかご」やエミリーの描いた絵、エミリーの写真が山ほどあるとこぼした。ブロンテ協会は、「本物かどうか疑わしいもの」をことごとく取り除いたと主張している。しかし、現代の研究者は、ブロンテ一家の資料を調べている時、本当にきちんと取り除かれたのだろうかとつい思ってしまう。

本章の初めに掲載している写真に写るつなげられた卵形の黒玉には、シャーロットとエミリーの名が引っかいて書いてある。ブロンテ姉妹の崇拝者なら誰でも、本物だと信じたいのではないか？　この「署名」は、自筆原稿と同様にふたりの人となりを表しており、崇拝者を興奮させる。ふたりの連帯を感じさせ、エミリーとアンの一八三四年の日記紙にインクで記されたふたりの署名を思い起こさせる。ブロンテ姉妹を表すものとして第二の命を得た卵形の黒玉は、喪中用のブレスレットの一部である。ブレスレットは、おそらく、四つか五つの卵形の黒玉を紐でつないだものだったのだろう。卵形の黒玉の裏側には、花と枝葉の盛り上がった模様がある――黒玉に黒色の花と枝葉が彫り出されている。ブロンテ姉妹は、これ以外にも黒玉で作られた装身具を所有していた。もうひとつの黒玉のブレスレットもばらばらになった。水の中で化石化した木である黒玉は、ノースヨークシャー州の海沿いの町ウィットビーにおいて産出された。黒く、石炭に似ており、装身具の材料の中では比較的安価なもののひとつだ。軟らかいため素人でも簡単に加工できる。ヴィクトリア女王の治世に喪中用の装身具の材料として人気を集めたが、一九世紀の初めにはすでに、感傷や哀れみといった感情を連想させるものとなっていた。件のブレスレットは、姉妹のおばか母親のものだったのかもしれない。アイルランドで倹《つま》しく暮らしていたパトリックの一族とは違い、ペンザンスに住んでいたブランウェル一家には、こうした装身具を買う余裕があった。すでに見たように、ブロンテ姉妹は裁縫箱と机箱に、古着の切れ端や装身具の一部といったこまごました物を入れた。蓋がスライド式になっている彩色された木製の小さな裁縫箱には、仕切られた部分が六つあり、リボン、壊れた装身具の一部、服用の留め金具が入っている。若き日のシャーロットは、一番に件の古いブレスレットの一部を手に取り、自分の名を鋏の刃の先端で引っかいて書いたのかもしれない。次にエミリーが自分の名を書いて、「私はここにいる」ということを示し、それによって卵形の黒玉が、「私たちはここにいる」ということを伝えるものになったのだろうか。『ヴィレット』のルーシーは、ポール・エマニュエルのために作った懐中時計の提げ紐を貝殻で作られた箱に入れ、箱の蓋の裏側に、「鋏の刃の先端でイニシャルを彫った」。シャーロットは、自分が黒玉に「名を刻んだ」ことをもとにしてこの場面を書いたのかもしれない。キャサリン・アーンショウが窓台に塗られたペンキを引っかいて、幾通りかの自分の名を書いたことも思い出される。

卵形の黒玉は、本当にブロンテ姉妹の遺物なのだろうか？　その可能性はあるだろう――書かれた名はふたりの本物の署名に似ている。しかし、出所は不明であり、私の見るかぎりでは本物だとは言いきれない。作家ステラ・ギボンズによると、彼女は第二次世界大戦中、「ケンティッシュ・

タウン・ロードにある小さくてうす汚い骨董屋」で卵形の黒玉を見つけたそうだ。「私は、陰気でいかにも貧しげな男に、出所を知っているかと尋ねた。確か、その時彼は〝どこかのでかい家にあったもの〟だと言ったように思うが、何も知らないと言ったようにも記憶している」。彼女はそれを五ポンドで買い、数年間、宝石箱の中に入れっぱなしにしていたが、一九七一年、王立文学協会の会合で知り合った伝記作家ウィニフレッド・ジェランへ送った。ジェランはちょうどその頃、エミリー・ブロンテの伝記を出版しようとしていた。彼女が執筆したシャーロットの伝記が賞を獲得したため、彼女はすでに名声を得ていた。ギボンズはジェランへの手紙の中で、卵形の黒玉がブロンテ姉妹の遺物かどうか分からないと明言した。書かれた名は、「子供のいたずら書き」かもしれないし、骨董屋の主人が引っかいて書いたものかもしれないが、もしそうなら、なぜ主人はもっとお金を取らなかったのだろうとも言い、手紙をこう締めくくった。「あなたのお好きなようにしてください」

ギボンズが戯れに名を書いたとも考えられる。ギボンズは機知に富む女性であり、一九三二年には『慰めなき農場』を発表した。人々と土とのつながりや、「ゆっくりと、深く、未開のまま、静かに、獣になっていく」人々を描いた小説のパロディーである。「人々は土と共にあり、古の土の凄まじいまでの単純さが彼らには染み込んでいる」。ギボンズはこの作品の中で、D・H・ロレンスの作品や、一九一〇年代から一九二〇年代に発表された「田園主義者」の小説を揶揄し、メロドラマ的な『嵐が丘』を茶化している。都会育ちの女性主人公フローラ・ポストは、ハウリングという村で農場を営む親戚を訪ねる。農場には、スターカッダー一家や使用人のラムズブレスが住んでいる。フローラのいとこでエルフィンという名の背の高い娘は、エミリー・ブロンテにどこか似ている。エルフィンは詩を愛する「内気なドリュアス（ギリシャ神話に登場する樹木の精霊）」であり、「森の中で野の花や鳥と一緒に」踊る。フローラは農場で暮らす人を教化し、女性に避妊方法を教え、エルフィンに最新流行の服を着せ、裕福な地元の地主ディック・ホーク＝モニターと結婚させる。

田舎に滞在している時、フローラは、ブランウェルを研究しているという若いインテリと出会う。インテリは、ブランウェルがブロンテ姉妹のすべての小説を執筆し、飲んだくれの姉妹（とりわけアンは、ジンを浴びるほど飲んでいた）の作品ということにしたのだと主張する。ギボンズは、『嵐が丘』の著者はブランウェルであるとする説を皮肉ったのだ。この説は一八六〇年代に初めて唱えられた。「いいですか、エミリーではなくブランウェルの作品であることは明らかです。女性に書けるはずがありません。あれは男性の作品ですよ」とインテリは言う。ブロンテ姉妹の伝記を執筆した伝記作家を揶揄するためにギボンズはインテリを登場させた、と作家ルーカスタ・ミラーは鋭く指摘している。伝記作家は、例えば、エミリーの人生の空白をでたらめな憶測で埋めたため、一九三〇年代に「混乱の源」となった。ギボンズの甥の話によると、ギボンズはジェランを嫌っており、なんとかジェランを避けようとしていたらしい。甥は、一九七〇年代、王立文学協会が開催する多くの講演会にギボンズと一緒に参加している。ギボンズは、出所不明なものをブロンテ姉妹ゆかりのものとして扱おうとする伝記作家の態度を揶揄するために、卵形の黒玉をジェランに送ったのだろうか？

卵形の黒玉がブロンテ姉妹の遺物か否かは別として、この黒玉を通して、多くの人がブロンテ姉妹の遺物に今でも強い関心を抱いていることが分かる。ブロンテ姉妹にゆかりのある場所や物に心引かれてやまないのだ。多くの人にとって、ブロンテ姉妹は聖人のような存在であり、彼女たちが触った可能性のあるものは不思議な力をもたらす。人の強い思いがなければ、遺物は他のものと同様にいつしか忘れられる。私たちは、遺物を通して故人の人生を思い出せるということや、愛する人のたどった人生が忘れ去られるわけではないということを信じなければならない。ブロンテ姉妹が触ったものは長く残る。ブロンテ姉妹とは関係のないものが姉妹の遺物として残ることもある。時が経ち、出所不明のものが遺物に加わることもある。出所がはっきりしないという事実が、歴史において忘れられていくからだ。私たちの願望もそれらに永遠性を与える。

今でも、ハワースには、抑えきれない思いと共に人々が訪れる。二〇世紀前半からハワースは旅人で賑わっていた。ある年の秋、私はハワースを訪れ、ブロンテ・コテージ・ベッド・アンド・ブレックファストのアン・ブロンテの部屋に宿泊した。その部屋は地階にあり、二階にはエミリーの部屋とシャーロットの部屋があった。旅人がバスで大挙してやってきて、目抜き通りをじっくり見て回り、「ブロンテの滝」や「ブロンテの椅子」を巡るガイド付きツアーに参加した。教会の墓地には、ヴィクトリア朝時代のドレスを着た人々がいた。ある日、博物館の中にある図書館でブロンテ姉妹が作った品々について調べていたら、映画の撮影隊がどやどやと入ってきた。彼らは、ブロンテ姉妹ゆかりの地をカメラに収めていた。商店では、ブロンテ姉妹の肖像入りの皿やハンドタオル、Tシャツを購入できたし、ヴィレット・コーヒーハウスではお茶を飲めた。

このような様子の街や牧師館、教会、そして――とりわけ荒野が、ヴァージニア・ウルフの言うように、まさにブロンテ姉妹を「表す」雰囲気に包まれていた。「カタツムリと殻」のように、その雰囲気とブロンテ姉妹はしっくり合っている。確かに、荒野には心を揺さぶるような陰鬱さが漂い、空はいつも暗く曇っている。人が近づくと、低木やヒースの茂みからライチョウが飛び出し、ペナイン山脈の荒野にその鳴き声が響き渡る。荒野には湿地が点在し、川のほとりや岩がちの崖にはシダが群がり生えている。ハワースには犬好きの人が多く、日が沈んだ後もしばらくは、荒野で犬を散歩させる姿が見られる。ギャスケルが伝記に書いている急な石畳の坂道も、煤で黒ずんだ一八世紀の多くの建物も残っている。町の住人は今でも石炭を（時には泥炭を）燃やす。そのため空気はどんよりしており、油っぽい匂いがする。昼間や宵口に濃い霧が立ち込め、五フィート先も見えなくなることもある。私が訪れた時は雨がほとんど絶え間なく降り、四時半には暗くなり、寒さがいっそう身に染みた。灰色のスレート葺きの屋根に若草色の苔が生え、教会の墓地の木々の間でカラスが気味悪く鳴いていた。

ある日の午後、メイン・ストリートの急勾配を上りかけた時、黒色の革ズボンをはき、長い髪を黒く染めた若い女性が目に留まった。彼女はじっと佇んでいた。顔に熱情が表れていたため、私は思わず目を逸らした。露わになった熱情は内に秘められていたものだから、他人が見てはいけないような気がしたのだ。彼女の熱情は嘲笑され、彼女の感傷は幼稚だと思われるかもしれない。しかし、それはすばらしいものではないか？　彼女はあの地において、人生の手本となる女性を見つけたのではないだろうか？

謝辞

本書を執筆するにあたり、W・W・ノートン社の編集者エイミー・チェリーに様々な形で支えてもらった。彼女は聡明で、幾つものアイデアを持ち、最初から最後まで本書のことを信じてくれた。私たちが見つけた物、資料、コレクションについて、エイミーや彼女の助手ローラ・ロメイン、私の代理人レネー・ズッカーブロットと語り合ったこと、そして、パイロットという名の犬（『ジェイン・エア』のロチェスターが飼っているニューファンドランド犬にちなんで名づけられた）が、本書の構想を立てる助けになった。

多くの友人が本書の各部分を読んでくれた。ポリー・シュルマンは、私が書き上げた各章の原稿を倦むことなく熱心に読んで批評し、まるで編集者や思想家のように的確に助言してくれた。クリストファー・ウィドホルムは良き書き手、良き読み手、良き友であり、彼の細かく的を射た意見によって、本書が内容豊かなものになった。タリア・シャファーは、執筆に取り組む私を長い間たゆまず支援してくれた。感謝したい。彼女はほとんどすべての原稿を読み（彼女に神の祝福あれ！）、ヴィクトリア朝時代の物事についてのあらゆる知識に基づいてすばらしい助言をし、さらに、数えきれないほど多くの称賛の手紙を送ってくれた。幸運なことに、私は、ヴィクトリア朝時代に関する執筆活動を精力的に行う知的なグループの一員だ。本書の各部分を読んでくれたグループの仲間であるキャロリン・バーマン、キャロライン・レイツ、タニヤ・アガソクレアス、ティム・アルボーン、そして再びタリアにもお礼を言いたい。犬に関する章について助言をし、犬の性質について教えてくれたデニス・デニソフにも謝意を表したい。彼とは、幾度も（それでもまだ足りないくらいだった）夕食をとりながら、ロバのことや犬の目に映る物事について語り合った。ロンドンにあるナショナル・ポートレート・ギャラリーのティム・モアトンからは、歩くことに関する章に対する深い意見を聞き、数々のデスマスクを見せてもらった。彼は肖像画、文学史、博物館の収蔵品について幅広い知識を持っており、私は、度々楽しく食事をしながらそれらについて教わった。ベンジャミン・フリードマンは、私の文章が洗練されたものになるよう巧みに手直しし、誠実な友情を示してくれた。マギー・ネルソンはいつも励ましてくれた。

本書は、アメリカやイギリスをはじめとする西ヨーロッパ諸国の図書館員、資料保管所のスタッフ、博物館の学芸員から私が受けた好意の証である。私は、彼らの多くから格別の協力を得た。ウエストヨークシャー州ハワースにあるブロンテ牧師館博物館のサラ・レイコックとアン・ディンスデイルは、どこまでも根気強く、（文字通り）何百もの物、本、原稿、小さな紙片を見せてくれた。私は幾度となく博物館を訪れ、静かな収蔵室に通され、そこに座り、数々の収蔵品を手に持って心ゆくまで眺め、匂いを嗅いだり向きを変えたりしながらそれらについて思いを巡らせた。イルクリーのキャッスル・ヤードにあるマナー・ハウス博物館及びアート・ギャラリーのヘザー・ミラードは、私と一緒に原稿を眺めながら、それについて熱っぽく語った。また、彼女の仕事の範囲を超えて、ブロンテ姉妹が生きていた頃のハワースの天候を調べるのを手伝い、私のためにブラッドフォード資料保管所を快く開放し、シャーロット・ブロンテの財布などブロンテ姉妹ゆかりの物を写した写真を私に送り、多大な時間と労力を割いてくれた。魅力的なエリザベス・デンリンガーはスタッフと一緒に、プフォルツハイマー・コレクションの中の様々な遺物を持ち出してくれた。私は、ニューヨークとイギリスにある遺物についての彼女の知識に助けられた。モルガン図書館のジョン・ヴィンクラーとマリア・イザベル・モレスティナはわざわざ時間を取って、封筒、手紙、原稿、手沢本を見せてくれた。バーグ・コレクションの管理に携わるイサック・ゲワーツ、ジョシュア・マッケオン、リンジー・バーンスは、私の度重なる訪問にも嫌な顔ひとつせず、山ほどの原稿や遺物を出してくれた。ハーバード大学ホートン図書館のスーザン・ハルパートとレスリー・モリスをはじめとする図書館員は、私を歓迎してくれた。ロイヤル・コレクションの管理に携わるキャスリン・ジョーンズにも感謝したい。ウィンザー城のスタッフであるアレクサンドラ・バーバーは、フロッグモア・ハウスにおいて、ほとんど世に知られていない、ヴィクトリア女王の宝石をはじめとする遺物を探し出してくれた。ボドリアン図書館のブルース・バーカー＝ベンフィールドには、シェリーの遺物や人の皮膚を表紙として用いた本を見せてもらった。また、彼の好意により、オックスフォード大学が所蔵する学術研究のためのコレクションに接することができた。ロンドン大学セネット・ハウス図書館の図書館員スザンヌ・キャナリーは、ロンドンにある多くの遺物について話してくれた。ニューヨーク大学が所蔵するフェールス・コレクションの管理に携わるリサ・ダームズとシャーロット・プリドルにも感謝したい。

　以下に記す施設のスタッフや学芸員にも深く謝意を表する。彼らは私を迎え入れ、要求に寛大に応じてくれた。イギリスの大英図書館。ヴィクトリア・アンド・アルバート博物館。大英博物館。ウェルカム・コレクション。国立海事博物館。キーツ・ハウス。ハンタリアン博物館。ファウンドリング博物館。フロイト博物館。チャールズ・ディケンズ博物館。サー・ジョン・ソーンズ博物館。ロンドン博物館。フローレンス・ナイチンゲール博物館。アプスリー・ハウス。ハイゲート墓地。

ピット・リヴァース博物館。次はアメリカの施設である。ローズ・メイン・リーディング・ルーム、総合研究部門、アート・アンド・アーキテクチャー・コレクション及びフォトグラフィー・コレクションを有するニューヨーク公共図書館。バトラー図書館。コロンビア大学。ニューヨーク大学ボブスト図書館。トマス・J・ワトソン図書館。メトロポリタン美術館。フィラデルフィアのムター博物館。そして、ローマのキーツ・シェリー・ハウス。ウィーンのジークムント・フロイト博物館。ベルリンの美術工芸博物館。ヴェネツィアのサン・マルコ寺院宝庫。

マグダレン・コレッジのロバート・ダグラス＝フェアハーストにはとてもお世話になった。彼は親切にも、様々な形で私をオックスフォード大学に迎え入れてくれた。彼の取り計らいにより、私はマグダレン・コレッジでヴィクトリア朝時代の遺物について講演した。彼には、華やかな食事の時間、励ましの言葉、支援を与えてもらった。オックスフォード大学英文学部の多くの教授、特に、ステファノ・エヴァンジェリスタとサリー・シャトルワースは、私のために惜しみなく時間を割き、アイデアを出してくれた。ヴィクトリア朝研究セミナーの参加者は、ブロンテ姉妹ゆかりの物についての私の考えを聞き、意見や批評を述べてくれた。

私はまた、一緒に話し、仕事をした以下に挙げる人々——同僚、友人、作家、学芸員——のおかげで思考を深め、力とインスピレーションを得て、構想を立てることができた。エレイン・フリードグッド。彼女が示してくれた友情はかけがえのないものである。ウィル・マーフィー。彼の助けがあったから、本書をアカデミックの世界でのみ発表するのではなく、商業出版することができた。シャロン・マーカス。マーシャ・ポイントン。クレア・ハーマン。彼女とは、ブロンテ姉妹ゆかりの様々な物について語り合った。ウェイン・ケステンバウム。彼は魅力的な語彙を教えてくれた。

イヴ・コゾフスキー・セジウィック。アヴィタル・ロネル。デイヴィッド・マカリスター。彼とは死について話し、私は彼に勧められ、バークベック・コレッジでデスマスクについての講演を行なった。デボラ・ルビン。彼女からはあらゆることを教わった。スティーヴ・カーシュナーとジャニス・ギッターマン。彼らとは各章の題名を検討した。メリッサ・ダン。ドメニック・アミラティ。ジーン・ミルズ。レイチェル・セーケイ。ウィル・フィッシャー。トム・フェイ。カーラ・マレー。ジェイムズ・ベドナーツ。ジョン・ラッツ。ドゥク・ダウ。ジョアン・マリナー。彼女は、ロンドンのアパートメントと森の中の家に私を泊めてくれ、夜には、鳥のさえずりのような歌声を聞かせてくれた。ジョン・クシチ。リチャード・ケイ。パム・サーシュウェル。アン・ハンフリーズ。ジェラルド・ジョセフ。ジェフ・ドルヴェン。『キャビネット』誌のシーナ・ナジャフィ。彼女は私と同様に、イルカがゴワナス運河に迷い込んで死んでしまったことを悲しんだ。ロンドンにあるサザビーズ社のガブリエル・ヒートン博士。彼にはオークションの目録を送ってもらった。そして、ウナーヘルテン・ディンゲ博物館のローラント・アルブレヒトとマリアンネ・カルベ。

エミリー・ブロンテが所有していた「なぞなぞ封緘紙」に記された判じ物の謎解きに、多くの人が一緒に取り組んでくれた。ナショナル・パズラーズ・リーグのメンバー、とりわけロニー・コンとツリーソングはたくさんの判じ物を解読した。デブ・アムレンも幾つか解いてくれた。アメリカ暗号協会のビル・ランスフォード、アメリカ国家安全保障局暗号歴史センターのベッツィー・ロハリー・スムートとレネ・スタインにも大いに助けられた。

私は、多くのすばらしいブロンテ姉妹研究書を参考にしており、それらへの感謝の言葉を綴れば本一冊分になるだろう。巻末の註にそれらの文献をできるかぎり記するよう努め、また、参考文献として一覧を記載した。特に、ジュリエット・バーカーの著書は、私や他の人々がブロンテ姉妹について執筆する上で基礎となるものである。マーガレット・スミスがまとめたシャーロット・ブロンテの書簡集は驚くほど重要な文献だ。スティーヴン・ヴァイン、スティーヴィー・デイヴィス、エリザベス・ブロンフェンの著書からは、ひらめきを得た。

ありがたいことに、ロングアイランド大学では、私の教え子たち、特にＡＢＣ（アマンダ・ベス・キャンベル）、ニッキ・コセンティーノ、ニコル・マクガヴァンがヴィクトリア朝時代の女性について私と論じ合い、研究に協力してくれた。図書館では、クローデット・アレグレッツァをはじめとする図書館員に図書の相互貸借の手続きをしてもらった。また、長期有給休暇を取れたおかげで構想を実現できた。ロングアイランド大学ポスト校学部研究委員会には、本書を執筆するための資金を提供してもらった。

私が各章の構想を模索した様々なカフェやバー、特にアッシュボックス、トルースト、プロペラー、タール・ストリート・キッチン、ハワースのキングズ・アームズ、ブラック・ブルの店員と常連客にも感謝したい。

私を愛してくれる家族であるパメラ、サンディー、ダグ、ヴェロニカ、リロイにもありがとうと言いたい。

最後に、何事にも寛容だったトニー・セボックに感謝の気持ちを表する。ヴィクトリア朝時代の犬の所有許可や「シダ熱」、その他の物事についての何時間にも及ぶ私の話に、彼はいつも興味深げに耳を傾け、本書の題名を考え、あらゆる段階において批評し、考えを語ってくれた。そして彼は、本書を愛し続けてくれるのである。

訳者あとがき

この本は、*THE BRONTË CABINET: Three Lives in Nine Objects* の全訳です。ブロンテ姉妹として知られるシャーロット・ブロンテ、エミリー・ブロンテ、アン・ブロンテは、ヴィクトリア朝時代のイギリスの作家です。ウェストヨークシャー州にある小さな町ハワースで生まれ育ち、今も読み継がれる名作を書きました。彼女たちは、いったいどんな女性だったのでしょう。そして、どんな風に生きていたのでしょうか。この本は、ブロンテ姉妹が作った小さな本、使っていた裁縫道具や机、愛した犬や故郷の自然などを通してそれを教えてくれます。

ブロンテ姉妹には、女性らしからぬ少し風変わりなところがありました。ヴィクトリア朝時代は、女性がひとりで外を歩くと奇異の目で見られることがありました。ところがブロンテ姉妹は、まるで男物のような靴をはき、ハワースに広がる荒野や遠い町へと続く道をどんどん歩きました。当時の女性の中には、女性を家庭に縛りつける因習を打破しようとし、反骨精神から外へ飛び出して歩く人がいました。ブロンテ姉妹もそんな女性だったようです。とりわけエミリーは故郷の厳しい荒野を愛し、その中へ入って行きました。シャーロットによると、エミリーは「荒野に育てられた子」であり、学ぶために家を離れた時は荒野に思い焦がれて憔悴するほどでした。エミリーが短い生涯において残したたったひとつの長編小説『嵐が丘』の女性主人公キャサリン・アーンショウも、エミリーと同じように荒野に焦がれ、荒野を歩きます。『嵐が丘』は荒野と深く結びついており、エミリーが荒野を歩いたからこそ生まれたのではないかと思わずにはいられません。もちろん、シャーロットとアンの小説にも故郷の自然は大きな影響を与えています。

ペンを執ったことも、ブロンテ姉妹が他の女性と違うところでした。女性が「人前でペンを手にする」と人々が眉をひそめるような時代でしたが、ブロンテ姉妹は少女の頃から、夢中になって物語を書きました。不思議なことが起こったり幽霊がさまよったりする物語を好み、そうした物語を創作しては、古紙を利用して作った小さな本に綴りました。大人になってからも「机箱」と呼んでいた携帯机を使い、抑えきれない衝動に突き動かされるようにして小説を執筆しました。机箱があれば、台所やベッドの上、旅先などどこででも書くことができました。

ブロンテ姉妹は夜になると、執筆中の小説の原稿を持ってひとつの部屋に集まり、三人の小説を皆で読み、意見を交わし合いました。彼女たちの執筆活動において、姉あるいは妹はなくてはならない存在でした。シャーロットはたて続けに妹を亡くしますが、その後、なかなか小説を書き進めることができませんでした。それは、悲しかったからでもあり、執筆への意欲を高めてくれる人がいなくなったからでもあるでしょう。三人は、決してなかよしこよしの姉妹だったわけではありません。お姉さん風を吹かせるシャーロットに対してエミリーが反発を覚え、ふたりの関係がぎくしゃくすることもありました。しかし、ふたりの間にあった緊張感が執筆の原動力だったのではないか、と著者デボラ・ラッツは述べています。ブロンテ姉妹には対抗意識もあったのではないでしょうか。でも、才能を認め合い、切磋琢磨しながら執筆活動を続けていたのだと思います。

ラッツは、ブロンテ姉妹ゆかりの物や犬や自然に愛情に満ちたまなざしをそそぎ、それらを通して、姉妹の人物像だけでなく、彼女たちが生きた時代の習俗や人々の考え方を浮かび上がらせています。ひとつ例をあげますと、ヴィクトリア朝時代の人々は、髪が生者と死者をつなぐと考えていました。ですから、亡き愛する人の髪を大切にしました。遺髪で装身具を作り、それを身に着ける人もいました。シャーロットもエミリーとアンの髪でブレスレットを作っています。ブロンテ姉妹の小説には、様々な人のひと房の髪が登場します。それらのひと房の髪に込められた人々の思いを知れば、ブロンテ姉妹の小説をより深く味わうことができるでしょう。

最後に、この本の翻訳にあたり、柏書房編集部の八木志朗氏にとてもお世話になりました。心よりお礼申し上げます。

二〇一六年一一月

松尾恭子

p.314 キャサリン・アーンショウが： BPM は、2000 年 2 月 24 日にサザビーズ社が主催した競売で、卵形の黒玉を購入した。競売カタログに記載されている予想落札価格は、600 ポンドから 800 ポンドである。おそらく、ジェランの親戚がジェランから黒玉を受け継いだのだろう。その親戚は 1989 年に亡くなった。*BST* 26, no.1 (2001), 106. を参照。

p.315「あなたのお好きなように」： 1971 年 11 月 5 日付、ステラ・ギボンズからウィニフレッド・ジェランへの手紙。ギボンズの手紙によると、彼女は 1950 年代、ブロンテ協会の男性会員に卵形の黒玉を譲ろうとしたが、男性はそれほど欲しがらなかった。また、彼女はこう綴っている。「先延ばしは時間泥棒だと言いますが、私は今までこれを送らずにいました」

p.316 フローラは農場で： Stella Gibbons, *Cold Comfort Farm* (New York: Penguin, 1994), 36, 123, 126.

p.316 ギボンズは、出所不明な： ルーカスタ・ミラーは *The Brontë Myth* (New York: Knopf, 2001), 206-7, 216. において、EB の小説の著者は BB であるとする説の歴史について述べている。Gibbons, *Cold Comfort Farm*, 102; Miller, *The Brontë Myth*, 339. ギボンズの甥レジー・オリヴァーは、ギボンズの伝記を執筆した。*Out of the Woodshed: A portrait of Stella Gibbons* (London: Bloomsbury, 1998), 238. 参照。ギボンズは、ジェランに卵形の黒玉を送った時には 70 歳近くになっていたから、人を揶揄することをやめていたかもしれないが、老いていよいよ洒落っ気を発揮するようになっていたとも考えられる。

p.317 商店では： ミラーの言うところの「ブロンテ・ブランド」のものについては Miller, *Brontë Myth*, 106-8. を参照。

p.318 灰色の： Virginia Woolf, "Haworth, November 1904," *Guardian*, Dec. 21, 1904. 墓地の丈の高い木々は、ブロンテ一家が生きていた頃は存在しなかった。1860 年代、過密状態にあった墓地を隠すために植えられた。Barker, *Brontës*, 98.

p.306「ニコルズ氏が」: 1855年6月12日付、PBからサラ・ニューサム（旧姓ガーズ）への手紙。Dudley Green, ed., *The Letters of the Reverend Patrick Brontë* (Stroud, UK: Nonsuch, 2005). p.231より引用。1855年6月20付、PBからエリザベス・ギャスケルへの手紙。同書p.235より引用。教会の雑用夫ウィリアム・ブラウンは、記念銘板を埋めたことをチャールズ・ヘイルに語った。1861年11月8日付、チャールズ・ヘイルからサラ・ヘイルへの手紙。Lemon, *Early Visitors to Haworth*, 79-80. より引用。

p.307 他人が: Barker, *Brontës*, 822-25. を参照。バーカーは、ニコルズがPBの後任に就けなかったことについて、考えられる幾つかの理由を述べている。PBの単語帳は、BPMに収められている。Barker, *Sixty Treasures*, item 15. を参照。ベッドが壊されたことについての詳細はAlan H. Adamson, *Mr. Charlotte Brontë: The Life of Arthur Bell Nicholls* (Montreal: McGill-Queen's University Press, 2008), 125. に記されている。

p.308 おそらく彼は: どんな本が競売にかけられたのかは、競売カタログからは全くと言っていいほど分からない。大半の本が、ただ「本」と記載されており、情報が一切載っていない。ごく一部の本が、「ブロンテ詩集」、「全3巻　ジェイン・エア」、「ローマの歴史」などと記載されている。「グリーンウッド」が購入者として載っているが、この人物は、文房具店主ではなく、地元の地主であるグリーンウッドだろう。文房具店主は、地主であるグリーンウッド家とは血縁関係がない。数点の品を購入して帰った「スミス」とは、CBの小説を出版したジョージ・スミスのことかもしれない。ブロンテ一家が所有していたピアノも競売にかけられ、オクセンホープに住んでいたジョン・ブースが購入した。現在は、BPMに収められている。Barker, *Sixty Treasures*, item 8, 23.

p.308 このようにして: 記念ポストカードのひとつがBergに収められている。塩入れと燭台に関する情報は、1916年にサザビーズ社が主催した競売のカタログに記されている。

p.309 ディケンズのおまるは: ベールとドレスは、現在BPMに収められている。EBの木製の足置き台とCBのコルセットもマーサから彼女の姉妹に受け継がれ、最終的にはBPMの所蔵となった。バーカーは、CBのドレスが補正され、利用されたと述べている。エプロンは、コルウィン・ベイのハワーデン・ロードに立つビーチ・ハウスに住んでいたオメロッド夫人によって、BPMに寄贈された。キースリーに住んでいたグレイソン夫人の所有物だった「陶器」人形は、CBが身に着けたドレスの切れ端で作られた服を着ている。

p.310 その中には: Ann Dinsdale, Sarah Laycock, and Julie Akhurst, *Brontë Relics: A Collection History* (Yorkshire, UK: Brontë Society, 2012), 25; "Catalogue of Brown Collection of Brontë Relics," Sotheby's sale, July 1898, BPM, P.S. Cat. 1, and "Museum of Brontë Relies, a Descriptive Catalogue of Brontë Relics Now in the Possession of R. and F. Brown", BPM, P. Bib. 1.

p.310 しかし: Adamson, *Mr. Charlotte Brontë*, 136.

p.311 ニコルズの手もとに: 同書p.147-155。同書p.156の中で引用されている。

p.312 不正行為が: John Collins, *The Two Forgers: A Biography of Harry Buxton Forman and Thomas James Wise* (Aldershot, UK: Scolar, 1992), and Wilfred Partington, *Forging Ahead: The True Story of the Upward Progress of Thomas James Wise* (New York: Putnam, 1939).

p.312 もしかしたら: ワイズ、ブロンテきょうだいの原稿、ワイズの目録についてはDinsdale et al., *Brontë Relics*, 41; "Forgeries and Uncertain Attribution." *LCB*, vol. 3, 375-78. 所収、を参照。CBがサッカレーに宛てて手紙を2、3通送ったのは確かだが、その手紙は現存しない。

p.313 しかし: Donald Hopewell, "The President on 'Follies of Brontë Obsession,'" *BST* 12, no.4 (1954), 308; "New Treasures at Haworth," *BST* 12, no.1 (1951), 21.

Literary Tourist, 74. を参照。

p.301「幽霊を」： Virginia Woolf, "Haworth, November 1904," *Guardian*, Dec. 21, 1904; Sylvia Plath, *The Unabridged Journals of Sylvia Plath*, ed. Karen V. Kukil (New York: Anchor Books, 2000), 589.

p.302 由来を記したものに：砕かれたナポレオンの棺はおよそ 20 年間埋められていたため、一層不気味さを醸し出している。同時代の人物が、ナポレオンの元の 4 重の棺についてこう記している。「1 番内側の棺はブリキ製で、白色のサテンで内張りが施してあり、はんだ付けされていた。それが収められたふたつめの棺はマホガニー製。3 つめは鉛製。これらが 4 つめのマホガニー製の棺に収められていた。棺は鉄ネジでとめてあった」。Mark R. D. Seaward, "Charlotte Brontë's Napoleonic Relic," *BST* 17, no. 3 (1978), 186-87. の中で引用されている。棺の欠片は、BPM に収められている。Juliet Barker, *Sixty Treasures: The Brontë Parsonage Museum* (Haworth, UK: Brontë Society, 1988), item 16. も参照。

p.303 シャーロットとは対照的：ロケットに収められた弾のことが、1844 年 6 月 17 日に発行された *London Times* に書かれている。現在は、ウィンザー城のロイヤル・コレクションに収められている。ネルソン卿の外套やその他もろもろの品は、現在、ロンドンの国立海事博物館に収められている。ネルソン卿の髪を用いて多くの装身具が制作された。その中のひとつで、レディー・ネヴィルが所有していたブローチには「祖国を去る　1805 年 10 月 21 日」と刻まれている。大英図書館は、トラファルガーの海戦で砲撃によって破損したヴィクトリー号の建材で作られた木製の箱を所蔵している。箱には、同海戦において切り取られたネルソン卿の髪が収められている。箱の蓋に付いている真鍮の小板には「勝利　トラファルガー　1805 年 10 月 21 日」と刻まれている。ヴィクトリア・アンド・アルバート博物館が所蔵するかぎ煙草入れには、ネルソン卿が率いた戦艦のひとつベレロフォン号に使われていたオーク材が材料のひとつとして用いられている。これは彼のミニチュアのデスマスクに再び利用されている。

p.304 結婚してから：主治医は、CB の死亡証明書に「結核」あるいは消耗性疾患により死亡したと記しているが、ブロンテ一家の伝記執筆者は、死因は妊娠悪阻だと確かな根拠に基づいて主張している。Juliet Barker, *The Brontës* (New York: St. Martin's, 1994), 772; H. W. Gallagher, "Charlotte Brontë: A Surgeon's Assessment," *BST* 18 (1995), 363-69; *LCB*, vol. 3, 320-21, n. 3. を参照。1855 年 1 月 19 日付、CB から EN への手紙。

p.305 中絶手術に：1855 年 4 月 12 日付、エリザベス・ギャスケルからジョン・グリーンウッドへの手紙。ギャスケルの中絶に関する言及については Barker, *Brontës*, 774-75. を参照。中絶に関する医学雑誌の記事については J. A. and Olive Banks, *Feminism and Family Planning in Victorian England* (Liverpool: University of Liverpool, 1964), 86. を参照。メイヒューの言葉は Patricia Knight, "Women and Abortion in Victorian and Edwardian England," *History Workshop* 4 (1977), 57. の中で引用されている。薬草、調合薬、それらの広告の歴史については同書 p.60-62 と John M. Riddle, *Eve's Herbs: A History of Contraception and Abortion in the West* (Cambridge, MA: Harvard University Press, 1997), 202-3. に記されている。ナイトによると、調合薬を販売した「マダム・フレイン」の関係者は、「共謀して女性に中絶を促した」ため牢獄生活を送った。R. Sauer, "Infanticide and Abortion in Nineteenth-Century Britain," *Population Studies* 32 (1978), 88. も参照。

p.305 もし：マンチェスターの産院の医師ジェームズ・ホワイトヘッドは 1847 年、診察に関する報告書を作成した。彼は 2000 人の女性に質問し、そのうちの 747 人が少なくとも一度は中絶したことがあると答えた。ホワイトヘッドは、幾度か中絶を実行したことを認めた。実行したのは女性の命が危なかった時であり、ライ麦に寄生する麦角菌を薬として用いた。Riddle, *Eve's Herbs*, 238.

p.295「一九〇三年に撮影した景色」：ハワースに関係するもののアルバムは、BPM に収められている。Berg には、「1903 年に撮影された風景」と題された写真のコレクションが収められている。箱には、ブロンテ一家ゆかりの種々雑多な品も入っている。ふた房の髪、ハワースの風景を写した写真、ばらばらにされたアルバムのページなどである。ページには、他の地域の風景を写した写真が貼ってある。その中の幾つかは、印刷物から切り抜いたものだ。

p.296 かつて存在したものの：数々のアルバムの中には、次のようなものがある。ブロンテ一家に関係する切り抜きだけが収められた幾つかのアルバム。新聞の切り抜き、ポストカード、数通の手紙が収められた、茶色と青色のふたつのアルバム。制作者はメイベル・エドガーリー。新聞の切り抜きが収められた、青色の背表紙の付いた茶色のアルバム。制作したのは、おそらくマイルズ・ハートリーである。ポストカード、切り抜き、写真が収められたアルバム。これはチャドウィック夫人が寄贈したものだ。1855 年に制作された、青色の背表紙の付いた切り抜きアルバム。ブラウン嬢のアルバム。スクルートンのアルバム。赤色の堅表紙の『テンプル聖書辞典』。ターナーのアルバム。

第9章　渡り行く遺物

p.299 戦利品が：1861 年 11 月 8 日付、チャールズ・ヘイルからサラ・ヘイルへの手紙。Charles Lemon, ed., *Early Visitors to Haworth: From Ellen Nussey to Virginia Woolf* (Haworth, UK: Brontë Society, 1996), 73-85. に掲載されている。

p.300 例えば：Martine Bagnoli, Holger A. Klein, C. Griffith Mann, and James Robinson, eds., *Treasures of Heaven: Saints, Relics, and Devotion in Medieval Europe* (New Haven, CT: Yale University Press, 2010), 10-11. 大英博物館は、様々な聖地の土で作られた品を所蔵している。人々は、ゴルゴダの丘や聖墳墓教会といった場所で集めた石や土をはじめとする様々なものを聖遺物箱に収めた。ドイツのツヴィーファルテンにあるミュンスター教会が所蔵する聖遺物箱には、宝石が入っており、その後ろ側に、聖地で集められた石と聖十字架の欠片が置かれている。

p.300 それは霊的で：ハーディーとキーツについては Claire Tomalin, *Thomas Hardy* (New York: Penguin, 2006), 235. を参照。人々がキーツの埋葬地にあるものを記念として持ち帰ったことについては Samantha Matthews, *Poetical Remains: Poets' Graves, Bodies, and Books in the Nineteenth Century* (New York: Oxford University Press, 2004) p.12 と第 4 章を参照。シェイクスピアが植えた木やバーンズゆかりの木の葉を人々が採ったことについては Nicola Watson, *The Literary Tourist: Readers and Places in Romantic and Victorian Britain* (New York: Palgrave, 2006), 69. を参照。作家が存命中でも、作家の触れたものを持ち帰ろうとする崇拝者がいた。ハリエット・マーティノーの話によると、彼女のちょっとした知り合いが連れてきた知らない人々が、「インクスタンドに置かれていた、まだ湿り気の残る」ペンを、「額に入れる、あるいはラベンダーで包み込む」ために失敬しようとしたようだ。Martineau, *Autobiography*, ed. Linda Peterson (Peterborough, Ontario: Broadview, 2007), 309.

p.301 それは好きな小説や：ド・ロピタル夫人は、1935 年、牧師館の周りに広がる荒野で摘んだヒースをケント州に住んでいたM・H・スピルマン夫人に送った。シドニー・ビデルは、1879 年、ギャスケルが執筆した伝記（現在は BPM が所蔵）を持ってハワースを訪れ、そこで見た物事について本に書き記した。また、クロスグリの葉とヒースの枝を摘み、本に挟んだ。バーンズの崇拝者は、1840 年代からアロウェイ教会に埋葬してもらうようになった。Watson,

は、BPMに収められている。「親愛なるマダム　愛する娘シャーロット・ブロンテの署名が書かれた紙片を同封します。お譲りできるのはこれだけです。とても多くの要望を受けたため、もうほとんど残っていないのです。深い敬意を込めて　P・ブロンテ」。これと非常によく似た言葉が綴られたPBの手紙が、少なくとも7通現存する。1857年7月9日付、PBからジェンキンス嬢への手紙。Dudley Green, ed., *Letters of the Reverend Patrick Brontë* (Stroud, UK: Nonsuch, 2005), 256. 所収。19世紀の制作者不詳のアルバムから外されたページに、ある議会議員選挙の候補者を支持するという内容のPBの手紙が貼りつけてあり、その上方に貼られた、手紙を切った紙片にはこう記されている。「私を信じて。心を込めて　C・ブロンテ」。(ニューヨーク大学ボブスト図書館フェイルズ・コレクション)。Harriet Martineau, *Autobiography*, ed. Linda Peterson (Peterborough, Ontario: Broadview, 2007), 219. イノックが所望した署名入りの手紙は Thomas Wise and John Alexander Symington, *The Shakespeare Head Brontë* (Oxford, UK: Shakespeare Head, 1938), vol. 2, 104. に掲載されている。

p.289 あるページ：1845年7月31日付のCBからENへの手紙を参照。ENの回顧録も参照。*LCB*, vol. 1, 609. 所収。メアリー・ピアーソンのアルバムは、テキサス大学オースティン校のハリー・ランサム・センターに収められている。Christine Alexander and Jane Sellars, *The Art of the Brontës* (London: Cambridge University Press, 1995), 355; Barker, *Brontës*, 512. を参照。

p.290 署名はないが：ロウ・ヘッド校のアルバムは、BPMに収められている。クリスティン・アレクサンダーは、このアルバムのページの一部あるいはすべてが、ばらで売られていた可能性があると考えている。絵を描いたり言葉を書いたりした後、ページを綴じたのかもしれない。"Charlotte Brontë, Her School Friends, and the Roe Head Album," *Brontë Studies* 29 (2004), 1-16. を参照。

p.292 ストーヴィンはまた：ワグナーのアルバムはニューヨーク公共図書館プフォルツハイマー・コレクションに収められている。ストーヴィンがウォーカーに贈ったアルバムについては S. P. Rowlands, "An Old Fern Collection," *British Fern Gazette* 6, no. 10 (1934), 260-62. を参照。ストーヴィンがナイチンゲールに贈ったアルバムは、フローレンス・ナイチンゲール博物館に収められている。

p.293 チャールズ・ディケンズは：鳥のアルバムについては Jane Toller, *The Regency and Victorian Crafts* (London: Ward Lock, 1969), 58. に記されている。カードや切手のアルバムについては Asa Briggs, *Victorian Things* (Chicago: Chicago University Press, 1988), 267, 350-52. を参照。戦争ゆかりの品のアルバムは、フローレンス・ナイチンゲール博物館に収められている。アーサー・ウォルバーが制作したアルバムにも、クリミア戦争の戦場で採集された植物が挟んである。Wilkie Collins, *The Law and the Lady* (New York: Penguin, 1999), 82.

p.293 女王は、起こった出来事を：女王の海藻のアルバムについては Thad Logan, *The Victorian Parlour* (New York: Cambridge University Press, 2001), 124. を参照。他のアルバムについては Jonathan Marsden, ed., *Victoria and Albert: Art and Love* (London: Royal Collection, 2010), 185, 355. を参照。

p.294「女性にとって」：CBは、このアルバムをハワースに持ち帰ったのだろうか。アイルランドに住むベル一家のもとに残したのかもしれない。押し花にしたシダを残し、それをベル家の誰かがアルバムに収めたとも考えられる。1854年8月9日付、CBからENへの手紙。

p.294 彼女は、「私の心は」：1850年7月付、CBからENへの手紙。1854年11月15日付、CBからマーガレット・ウラーへの手紙。1854年12月26日付、CBからENへの手紙。1855年2月付、CBからアメリア・テイラーへの手紙。

ボーグ氏の営む店では、「植物学者の携帯野冊」を購入できた。この野冊はサイズが３つあった。Whittingham, *Fern Fever*, 67.

p.286 シャーロットは「魔術」："A Devonian Period," *Punch*, Sept. 14, 1889. マイヤーズ嬢についての話は Whittingham, *Fern Fever*, 66. に記されている。1854 年 7 月 27 日付、CB からキャサリン・ウィンクワースへの手紙。「湖の幽霊」についての話は Eanne Oram, "Charlotte Brontë's Honeymoon," *BST* 25 (1975), 343-44; *LCB*, vol. 3, 280-81. に記されている。

p.287 アルバム作りなんて：CB のシダのアルバムの見返しに、こう記されている。「F・E・ベル　1914 年 1 月 25 日　バナハーのヒル・ハウスに住むニコルズ夫人から　新婚旅行中、シャーロット・ブロンテがキラーニーで集め、押し花にしたシダ」。アルバムの幾つかのページに「1869」という透かしが入っていることから、CB がひとりで作ったものではないことが分かる。ベル家の人々が、後に自分たちでシダを付けた紙を、CB がシダを付けた紙と一緒に綴じたのかもしれない。CB はシダを集めて押し花にしただけで、後年、ベル家の人々がそれを紙に付けてアルバムを作った可能性もある。アルバムを所有していたのはフランシス・ベルだ。見返しに名が記されているアーサー・ニコルズの 2 番目の妻は、彼女のおばにあたる。フランシスは、おばからアルバムをもらい、後に姪のマージョリー・ギャロップに譲った。そして、彼女の子孫であるクリストファー・ギャロップとナイジェル・ギャロップが BPM に寄贈した。シダの葉の石版画を切ったものを、アルバムに収めた本物のシダの横に貼ることも多かった。*BST* 21(1994), 4. 石版画は、「混成シダ」の紙と呼ばれることもあった。Whittingham, *Fern Fever*, 184; Allen, *The Victorian Fern Craze*, 52-53. を参照。これらの「アルバム」は、やがて登場する写真用アルバムを思い起こさせるが、写真ではなく植物を収めるものだから、ページに細長い穴があいている。海藻や苔の標本が付いたアルバムも購入できた。それにも装飾枠が印刷されており、情報が載っていた。そのひとつが、1834 年から 1840 年にかけて出版された、メアリー・ワイアットの数巻から成る *Algae Damnonienses, or Dried Specimens of Marine Plants* である。メアリー・ハワードの *Ocean Flowers and Their Teachings* (Bath, UK: Binns and Goodwin, 1847). もある。Carol Armstrong, ed., *Ocean Flowers: Impressions from Nature* (Princeton, NJ: Princeton University Press, 2004). には、これらの豪華なアルバムの幾つかのページが掲載されている。

p.287 一九世紀後半：ニコルズの帳面は、BPM に収められている。ヴィクトリア・アンド・アルバート博物館は、サラ・ブランドという女性が制作したすばらしい図案帳を所蔵している。また、ニューヨーク大学ボブスト図書館のフェイルズ・コレクションには、料理法が記されたイギリスとアメリカのアルバムが多数収められている。それらは、1800 年代か、それよりも古い時代に制作されている。フェリシア・ヘマンズの息子が、ブラウニングに帳面を譲った。「帳面」は、様々なものを表す言葉として使われる。私が友情アルバムや記念アルバムと呼ぶアルバムや、他の多種多様なアルバムも、しばしば帳面と呼ばれる。デイヴィッド・アレンが *Commonplace Books and Reading in Georgian England* (Cambridge, UK: Cambridge University Press, 2010), 29-34. において、アメリカにおける事柄について述べている。エレン・グルーバー・ガーベイの優れた著書 *Writing with Scissors: American Scrapbooks from the Civil War to the Harlem Renaissance* (New York: Oxford University Press, 2013). には、19 世紀のヨーロッパのアルバム文化についても詳しく書かれている。ガーベイによると、アメリカでは 1850 年代頃から切り抜き帳が普及した。

p.289 署名は：署名アルバムは、ヴィクトリア朝時代以前にも制作されており、その歴史は少なくとも 17 世紀まで遡る。Martha Langford, *Suspended Conversations: The Afterlife of Memory in Photographic Albums* (Montreal: McGill-Queen's University Press, 2001), 23. を参照。ドクラが譲り受けた紙片

いる。Whittingham, *Fern Fever*, 225. には「ファントム・ブーケ」の写真が掲載されている。ウォードの箱に廃墟の模型を入れたことについては Allen, *Naturalists and Society*, 404. を参照。グレニーに関する話は Whittingham, *Fern Fever*, 119. に記されている。

p.274 この作品の： John Ruskin, "Remarks Addressed to the Mansfield Art Night Class, 14 October 1873." *A Joy for Ever* (London: George Allen, 1904), 238. 所収。

p.274 ヴィクトリア朝時代の： EB, "There shines the moon, at noon of night," Mar. 6, 1837, "Weaned from life and torn away," Feb. 1838; "Often rebuked, yet always back returning," date unknown. Janet Gezari, ed., *Emily Jane Brontë: The Complete Poems* (London: Penguin, 1992). 所収。Yonge, *Herb of the Field*, 74; Scourse, *Victorians and Their Ferns*, 169.

p.275 ある作家が： David Elliston Allen, *The Victorian Fern Craze: A History of Pteridomania* (London: Hutchinson, 1969), 11-12. Whittingham, *Fern Fever*, 26-27. 所収。

p.277 メイデンヘアーは： Whittingham, *Fern Fever*, 216. の中で引用されている。

p.278 シダと共にある： 妖精がシダの生えている場所で踊る姿が Charles Kingsley. *The Water Babies: A Fairy Tale for a Land Baby*, ed. Brian Alderson and Robert Douglas-Fairhurst (Oxford, UK: Oxford University Press, 2013). に描かれている。Whittingham, *Fern Fever*, 40-41. には、妖精とシダのつながりについて記されており、ヴィクトリア朝時代の妖精の絵も掲載されている。シダの種を集めれば姿を消せるという俗信については *Herbs of the Field* のシダに関する章と "How to Become Invisible," *Punch*, Aug. 11 (1866), 65. を参照。ルナシーとシダについては Whittingham, *Fern Fever*, 223. を参照。

p.279 パトリックに： 1845 年 5 月 26 日付、CB からランド夫人への手紙。1846 年 7 月 10 日付、CB から EN への手紙。1850 年 1 月付、CB から EN への手紙。

p.280 彼はシャーロットを： 1851 年 7 月付、CB から EN への手紙。

p.280 そのため： 1852 年 12 月 15 日付、CB から EN への手紙。

p.281 ニコルズは： 1853 年 1 月 2 日付、CB から EN への手紙。1853 年 4 月 6 日付、CB から EN への手紙。1853 年 5 月 16 日付、CB から EN への手紙。

p.282 シャーロットには、それで： 1853 年 5 月 27 日付、CB から EN への手紙。

p.283「おそらく」： 1854 年 4 月 23 日付、エリザベス・ギャスケルからジョン・フォースターへの手紙。

p.283「カード用封筒」： 1854 年 5 月 21 日付、CB から EN への手紙。ニコルズは遺言によって、ウェディングドレスを姪に残したが、ドレスが売り払われるのを防ぐため、死ぬ前にドレスを焼却するよう約束させた。姪の名は、なんとシャーロット・ブロンテ・ニコルズだった。Juliet Barker, *Sixty Treasures: The Brontë Parsonage Museum* (Haworth: Brontë Society, 1988), item 53. によると、姪は 1954 年、約束通りドレスを焼いたが、彼女の記憶を頼りにドレスが複製された。ボンネットとベールは現存する。1854 年 6 月付、CB から氏名不詳の人物への手紙。1854 年 6 月 11 日付、CB から EN への手紙。

p.284 二頭立て馬車で： 新婚旅行の時に着たドレスは、BPM に収められている。

p.285 シャーロットは、自分の： ヨークシャー州において、珍しいシダが幾つか発見された。1724 年にビングリーの近くで最初に発見された半透明の葉を持つ「薄いシダ」は、当初、矮性の匍匐性シダと呼ばれていた。後にアイルランドでも発見され、キラーニー・ファーンと名づけられた。1850 年 4 月付、メアリー・テイラーから CB への手紙。胴乱には革紐が付いており、人々はよく斜め掛けにした。また、シダを平らにするために、野冊の木の板にシダを挟んで紐で縛り、留め金でとめた。ロンドンのセント・マーティンズ・プレイス 3 番地にあったの写真があると推測している。

p.264 また：Jalland, *Death in the Victorian Family*, 6, 373, 374. Audrey Linkman, *Photography and Death* (London: Reaktion, 2011), 69. も参照。ジェイ・ウィンターはこう述べている。「生者と死者を再会させようとした人、遺体を回収し、安全で個人を識別できる墓を用意しようとした人は、途方もない問題に直面した」。*Sites of Memory, Sites of Mourning: The Place of the Great War in European Cultural History* (New York: Cambridge University Press, 1995), 28. を参照。

p.264 後に：Ian and Catherine Emberson, "A Necktie and a Lock of Hair: The Memories of George Feather the Younger," *Brontë Studies* 31 (2006), 161.

p.265「私たちは」：1860年3月28日付、ENからジョージ・スミスへの手紙。Barker, *Brontës*, 773. の中で引用されている。1855年4月5日付、PBからエリザベス・ギャスケルへの手紙、Green, *Letters of Reverend Patrick Brontë*, 227. に引用。

p.265 アーサー・ニコルズは：大英図書館蔵。ENが譲ったふたつの巻き毛は、封筒に入っており、ニコルズの指輪とともに、BPMに収められている。

第8章　記憶のアルバム

p.270 それとも：1851年6月7日付、CBからPBへの手紙。1851年6月7日付、CBからアメリア・テイラーへの手紙。「物の都市」についてはKathryn Crowther, "Charlotte Brontë's Textual Relics: Memorializing the Material in *Vilette*," *Brontë Studies* 35, no. 2 (2010), 129. に記されている。

p.271 例えば：巨大な箱の中に入っていた小さな箱についての詳細はYoshiaki Shirai, "Ferndean: Charlotte Brontë in the Age of Pteridomania," *Brontë Studies* 28 (2003), 124. に記されている。パクストンとシダが入った箱に関する情報はSarah Whittingham, *Fern Fever: The History of Pteridomania* (London: Frances Lincoln, 2012), 108, 113. に記されている。クリスタル・パレスをかたどった箱についてはNicolette Scourse, *The Victorians and Their Ferns* (London: Croom Helm, 1983), 89. を参照。

p.272 少女は：キングスレーは「シダ熱」を煽った。シダ熱によって、女性が戸外に出て自然に触れるようになると思ったからだ。熱心な福音主義者だった彼は、自然は神の栄光を表すと考えていた。そして、「小説、噂話、かぎ針編み、ベルリン・ウール・ワーク」を欲する女性が、「植物採集」に心を向けることを望んだ。ベルリン・ウール・ワークは、人気のあった刺繍である。Charles Kingsley, *Glaucus; Or, the Wonders of the Shore* (Cambridge, UK: Macmillan, 1855), 4. シダが装飾模様として用いられたことについてはDavid Elliston Allen, *Naturalists and Society: The Culture of Natural History in Britain, 1700-1900* (Aldershot, UK: Ashgate, 2001), 16. を参照。水差しは、BPMに収められている。シダ模様の品についてはNerylla Taunton, *Antique Needlework, Tools, and Embroideries* (Suffolk, UK: Antique Collector's Club, 1997), 160. を参照。

p.272 このような名で：シダ法についてはAllen, *Naturalists and Society*, 17; Whittingham, *Fern Fever*, 173. を参照。

p.273 ジョージ・グレニー：ワーズワースきょうだいがシダを愛していたことについてはWhittingham, *Fern Fever*, 13. を参照。ティンタン寺院の窓を模したウォードの箱の写真がAllen, *Naturalists and Society*, 401. に掲載されている。人々が墓地や廃墟とシダを結び付けて考えたことについてはCharlotte Yonge, 1853 *Herb of the Field* (London: Macmillan, 1887), 69-70. に記されてが……保存されているのではないかという不安を人々が抱くのも頷ける」。他の髪細工の手引書と同様に *Cassell's Home Journal* も人々の不安をかき立てた。

p.260 アルバート公が： メアリー・テイラーに語られた話は Gaskell, *Life*, 103. の中で引用されている。インクスタンドは、ロイヤル・コレクションに収められている。Jonathan Marsden, ed., *Victoria and Albert: Art and Love* (London: Royal Collection, 2010), 206. も参照。歯が用いられた装身具は、ウィンザー城のフロッグモア・ハウスの資料保管室に収められている。金装飾の施されたエナメルの揃いのイヤリングとペンダントは、慎ましい愛を象徴する花であるフクシアをかたどったもので、雄しべの部分に、ベアトリス王女の乳歯が使われている。ペンダントには、「私たちの赤ちゃんの最初の歯」と金で記されている。編まれた髪を入れるために作られた箱もあるが、中に髪は入っていない。アザミをかたどった、金とエナメルが用いられたブローチの花の部分には、ヴィクトリア王女の乳歯が使われている。裏側に刻まれている銘によると、1847 年 9 月 13 日に父親のアルバート公がこの歯を抜いた。飾りの付いたブレスレットは、ロイヤル・コレクションに収められている。Balmoral Castle, RNIN 13517; charm bracelet: Royal Collection, 65293. Marsden, *Victoria and Albert*, 337. も参照。

p.261 女王の八歳になる： クリストファー・ヒバートは Queen Victoria: *A Personal History* (London: HarperCollins, 2000), 286-87. において、ヴィクトリア女王が贈った、または女王が贈られた多くの髪の装身具について述べている。Bury, Jewellery, 666. Navarro, "Hairwork of the 19th Century. の中で引用されている。

p.262 作家ハリエット・ビーチャー・ストウは： Hibbert, *Queen Victoria*, 293. 所収。Wolffe, *Great Deaths*, 204-5. 所収。霊の「物質化」とその歴史については Janet Oppenheim, *The Other World: Spiritualism and Psychical Research in England, 1850-1914* (New York: Cambridge University Press, 1985); Alex Owen, *The Darkened Room. Women, Power, and Spiritualism* (Philadelphia: University of Pennsylvania Press, 1990); Marlene Tromp, *Altered States: Sex, Nation, Drugs, and Self-Transformation in Victorian Spiritualism* (Albany, NY: SUNY Press, 2006). を参照。ケイティー・キングについては Owen, *The Darkened Room*, 55. を参照。CB の霊についての詳細は Miller, *Brontë Myth*, 89. に記されている。

p.262 写真には： Clément Chéroux, Andreas Fischer, Pierre Apraxine, et al., eds., *The Perfect Medium: Photography and the Occult* (New Haven, CT: Yale University Press, 2005). トマス・ウィルモットは、CB の写真を *Twenty Photographs of the Risen Dead* (Birmingham, UK: Midland Educational Company, 1894). に掲載している。Miller, *Brontë Myth*, 89. も参照。

p.263 一八五四年のもので： スーザン・R・フォイスターの "The Brontë Portraits," *BST* 18 (1984), 352. によると、この乾板は、ナショナル・ポートレート・ギャラリーが所蔵する何千もの乾板のひとつであり、サー・エメリー・ウォーカーの写真スタジオにおいて撮影されたものだ。写真スタジオの索引カードには、「シャーロット・ブロンテの名刺写真、死去前の 1 年の間に撮影」と記されている。フォイスターが指摘しているように、名刺写真がイギリスに伝わったのは、早くても 1857 年以降である。そのため、この名刺写真は 1854 年に撮影された乾板から作った印画を用いたもの（印画の写真を撮ったもの）だと彼女は考えている。Juliet Barker, "Charlotte Brontë's Photograph," *BST* 19, nos. 1-2 (1986), 27-28. も参照。この乾板から作った印画が、あるコレクションから発見された時、バーカーは、それに写っているのは CB だと強く主張した。しかし、後に、自分の下した結論に疑問を投げ掛けた。他の人と同様に、写っている人物は EN かもしれないと考えるようになったからだ。オードリー・ホールは "Two Possible Photographs of Charlotte Brontë," *BST* 21, no. 7 (1996), 293-302. において、他にも CB

Thursday, May 18 and 19, 1898," BPM, P Sales Cat. 2.

p.254 アンの髪が： CB, "Passing Events"; EB, "Why ask to know the date — the clime?" Sept. 14, 1846. Janet Gezari, ed., *Emily Jane Brontë: The Complete Poems* (London: Penguin, 1992). 所収。EN の遺物が出品された競売で、ジェームズ・マイルズ夫人がこのブローチを購入した。中に収めてある髪は、AB のものか CB のものかわからない。

p.254 これを大切に： 金製のブローチは、ヴィクトリア・アンド・アルバート博物館に収められている。Elizabeth Gaskell, *Cranford* (New York: Longmans, 1905), 104.

p.255 彼女の髪は： ビロードに覆われた裏板に付けてある髪の束は、BPM に収められている。ジュリエット・バーカーによると、サラ・ガーズが髪を切り取り、保管した。*The Brontës* (New York: St. Martin's, 1994), 134. ガーズは後に結婚し、アメリカに移住した。CB の訃報を受けると、アイオワ州から PB に手紙を書いた。おばのブランウェルの髪は、コレクションに含まれていない。おばは、ガーズが牧師館を去った後引っ越してきたから、ガーズは彼女のことをよく知らなかったのだろう。1989 年、ジョン・D・スタル氏がこのコレクションを BPM に寄贈した。

p.256 髪は、人が： ジョアン・エヴァンズによると、サファイアのお守りは、814 年、エクス・ラ・シャペルにおいてカール大帝と共に埋葬され、1000 年にオットー 3 世が墓を開いた際に発見された。その後、サファイアは大聖堂の宝庫で保管され、1804 年に聖堂参事会員からジョゼフィーヌ皇后に贈られた。サファイアは、戴冠式で彼女に授けられた冠に埋め込まれていた。現在は、フランスのランスにあるトー宮殿の宝物庫に収められている。*A History of Jewellery, 1100-1870* (Boston, MA: Boston Book and Art, 1970), 42. を参照。チャールズ 1 世の遺物については Diana Scarisbrick, *Ancestral Jewels* (London: Deutsch, 1989), 67-68. を参照。ヴィクトリア・アンド・アルバート博物館は、チャールズ 1 世の髪が収められた装身具を幾つか所蔵している。その中のひとつであるブローチの髪の上には、金の針金で作られたチャールズ 1 世の装飾イニシャルがのっており、ブローチの裏側に「チャールズ王　殉教者」と刻まれている。

p.256 大英博物館に： ヴィクトリア・アンド・アルバート博物館は、お守りとして使われた装身具を数多く所蔵している。ヒキガエル石の指輪は、少なくとも 4 つある。オオカミやシカをはじめとする様々な動物の歯や角——人を守る力や育てる力を有していると考えられていた——が収められたお守りも多数ある。大網膜が入った装身具は、大英博物館に収められている。

p.257「あなたたちふたりは」： CB, "The Search after Happiness," Aug. 17, 1829, British Library, Ashley 156; CB, "The Foundling," 1833, British Library, Ashley 159.

p.258 しかし： CB, "Caroline Vernon," Winifred Gérin, ed., *Five Novelettes* (London: Folio Press, 1971), 301; Jane Austen, *Sense and Sensibility* (London: Richard Bentley, 1833), 84.

p.258 淑女は： Dickens, *Oliver Twist*, 313; GB, "The Secret," Nov. 7, 1833, Elmer Ellis Library, University of Missouri-Colombia.

p.259「失くされたり」： ベリーは *Jewellery*, 681. において、愛する人の髪の代わりに、誰のものか分からない髪が使われるという事件について述べている。アメリカの髪細工産業界でも同様の事件が起こった。そのことについては Sheumaker, *Love Entwined*. を参照。ベリーとシューメーカーは、19 世紀は人の髪の売買が盛んだったと述べている。当時、最も人気のあった髪細工の手引書であるアレクザンナ・スペイトの *Lock of Hair* (London: Goubaud, 1872). の中で、女性が売る目的で髪を切ることについて広く論じられている。*The Family Friend* 5 (1853), 55. *The Englishwornan's Domestic Magazine* の中では、こう述べられている。「人の髪は腐敗しない。そのため、もしかしたら、ずっと前に死んだ誰かの前頭部から切り取られた編んだ髪やひと房の髪これ問う」たりしないことを願う。Donne, *The Poems of John Donne*, ed. Herbert J. C. Grierson (London: Oxford University Press, 1966), vol. 1, 58, 62- 63; "Locksley Hall," lines 56-58, in Tennyson, *The Poems of Tennyson*, 2nd ed., ed. Christopher Ricks (Harlow, Essex, UK: Longman, 1987), vol. 2, 123; "Triumph of Time," lines 114-115, 120, in Algernon Charles Swinburne, *Poems and Ballads and Atalanta in Calydon* (London: Penguin, 2000), 32.

p.251 それは霊界からも：多くの迷信の由来が忘れられ、人々は、はっきりした理由が分からないまま迷信を実行していた。ルース・リチャードソンは *Death, Dissection, and the Destitute*, 7, 27. において、彼女の言うところの、当時の通俗的な「庶民の神学」について述べている。それは、「キリスト教の伝統的な教え、古びた教え、それらに似た教え、異教の教えとしか呼べない教え」が混じり合ったものだった。別の理由から、鏡に覆いをかけることもあった。例えば、ユダヤ人は伝統的に、死者を埋葬するまで鏡に覆いをかけ、また、入浴しなかった。自分の見た目ではなく死者に心を向けることによって、死者に敬意を払ったのである。

p.252 ハンカチは：アントニ・フォラーについては Irene Guggenheim Navarro, "Hairwork of the 19th Century," *Magazine Antiques* 159 (2001), 484-93. を参照。シャーリー・バリーも *Jewellery, 1789-1910: The International Era* (Woodbridge, UK: Antique Collector's Club, 1991). において、フォラーについて述べている。ロンドン万国博覧会の出品物については *Official Descriptive and Illustrated Catalogue of the Great Exhibition of 1851* (London: Spicer Brothers, 1851), 1137, 683, 1149. を参照。Flaubert's *Madame Bovary* (New York: Penguin, 2002), 36. には、髪を用いたフランスの刺繍画について記されている。エマという女性は、亡き母親の髪で作られた、母親を記念するカードを所有していた。ヴィクトリア朝時代における髪装身具産業の成長については Christian Holm, "Sentimental Cuts: 18th-Century Mourning Jewelry with Hair," *Eighteenth-Century Studies* 38 (2004), 139-43; Pamela Miller, "Hair Jewelry as Fetish." Ray B. Browne, ed., *Objects of Special Devotion: Fetishes and Fetishism in Popular Culture* (Bowling Green, OH: Bowling Green University Press, n.d.). 所収。Diana Cooper and Norman Battershill, *Victorian Sentimental Jewellery* (London: Newton Abbot, 1972); Bury, *Jewellery*. において述べられている。*New belle assemble* や *The Cornhill Magazine* といった雑誌で、髪細工について論じられている。ヴィクトリア朝時代の髪の装身具については Marcia Pointon, *Brilliant Effects: A Cultural History of Gem Stones and Jewellery* (New York: Yale University Press, 2010). を参照。クロスステッチによるレンブラントの絵の模写については Nerylla Taunton, *Antique Needlework Tools and Embroideries* (Suffolk, UK: Antique Collector's Club, 1997), 63; CB, "Passing Events," PML, Brontë 02, 1836; "Captain Henry Hastings," 1839. を参照。

p.253 髪の大部分は：ヘレン・シューメーカーは、アメリカの髪細工の歴史に関する著書の中で、様々な髪細工と、それを（誰が）どのような方法で作ったのかについて述べている。*Love Entwined: The Curious History of Hairwork in America* (Philadelphia: University of Pennsylvania Press, 2007). を参照。アメリカの髪細工の使われ方や歴史は、イギリスのそれと大きく異なるが、形や作り方は似ている。EN の死後、彼女の遺物は、1898 年に開催された競売に出品された。AB の髪で作られたブレスレットは、その競売で売却され（ロット番号は 212 番。「2 本の編まれた髪から成る、樽型の金の留め具でとめられたブレスレット」)、1932 年に BPM がワージング・ニーダム夫人から譲り受けた。このブレスレットは、1927 年に BPM が競売で購入した、EB と AB の髪で作られたネックレス（ロット番号は 27 番）とよく合っている。とても細くて長い、固く編まれた髪で作られた BPM 所蔵のネックレスも、台を利用して制作されたようだ。EB の髪が使われたとされるこのネックレスは、使用人のマーサ・ブラウンから受け継がれた。"Catalogue of the Contents of Moor Lane House, Gomersal, to Be Sold by Auction on Wednesday and p.243「エミリー・ジェイン・ブロンテを偲んで」：棺の寸法は、ウィリアム・ウッズの帳簿に記されている。一組の会葬者用手袋がBPMに収められている。アトリー夫人のもので、白色の絹糸で編まれている。1848年12月23日付、CBからENへの手紙。追悼用カードは、Bergに収められている。誰がカードを注文したのかは分からない。

p.244「エミリーは今」：1848年12月23日付、CBからENへの手紙。この手紙はBergに収められている。1848年12月25日付、CBからW・S・ウィリアムズへの手紙。1849年1月2日付、CBからW・S・ウィリアムズへの手紙。

p.245 妻が：天国は郊外と変わらない、という考え方についてはMichael Wheeler, *Death and the Future Life in Victorian Literature and Theology* (New York: Cambridge University Press, 1990), 121. に記されている。ジョン・ウルフは、19世紀のイギリスにおいて、著名人が亡くなった際に説教で語られたことや、膨大な数のお悔やみの手紙を調べ、その中で、死者が天国で活発に動くという考え方が強調されていることに気づいた。*Great Deaths: Grieving, Religion, and Nationhood in Victorian and Edwardian Britain* (Oxford, UK: Oxford University Press, 2000), 63, 179. を参照。1843年8月6日付、CBからENへの手紙。1848年12月21日付、W・S・ウィリアムズからCBへの手紙。1859年6月10日付、PBからエリザ・ブラウンへの手紙。1821年11月27日付、PBからジョン・バックワース師への手紙。Dudley Green, ed., *The Letters of the Reverend Patrick Brontë* (Stroud, UK: Nonsuch, 2005), 279. 所収。

p.246 アンは「ため息など」：1849年6月4日付、CBからW・S・ウィリアムズへの手紙。1849年6月13日付、CBからW・S・ウィリアムズへの手紙。ENの日記に記されている言葉。*LCB*, vol. 2, 215n. の中で引用されている。

p.246「その通りだわ」：メアリー・テイラーは、ギャスケル宛ての手紙に、この出来事について記している。Gaskell, *Life*, 104. を参照。

p.247 自分の髪が：ジャランドは*Death in the Victorian Family*において、ホースリー一家が行なったことについて詳しく述べている。また、こうした風習について広く論じている。特にp.214を参照。バートラム・パックルの*Funeral Customs: Their Origins and Development* (London: T. Werner Laurie, 1926). によると、古代ギリシャ人は、子供が親を亡くすと、哀しみの印として、その子供の髪を切った。そして、切った髪のひと房を親と一緒に埋葬した。特にp.269を参照。

p.248 来世で：ホースリーが行なったことについてはJalland, *Death in the Victorian Family*, 214. を参照。キーツが行なったことについてはAndrew Motion, *Keats* (London: Faber and Faber, 1975), 564. を参照。ルース・リチャードソンは郵便配達人の逸話について書いている。*Death, Dissection, and the Destitute* (Chicago: University of Chicago Press, 2000), 4.

p.248 人体を解剖する：考古学者マーガレット・コックスは、ロンドンのスピタルフィールズにあるクライスト・チャーチの地下埋葬室に18世紀から19世紀にかけて収められたものの中に、こうした品々を発見した。その中のひとつである小さな木の樽には、2本の臼歯が入っていた。Cox, *Life and Death in Spitalfields 1700-1850* (London: Council for British Archaeology, 1996). 庶民は復活を信じていたため、「完全な体が必要とされていた」と彼女は論じている。鉛製の棺も発見された。彼女の説明によると、鉛製の棺は、遺骸の腐敗を防ぎ、その形を保つために用いられていた。リチャードソンは*Death, Dissection, and the Destitute*, 29. において、こう述べている。「解剖とは……人を故意に、そして、おそらく永久に不完全にすること、あるいは破壊することである」。Puckle, *Funeral Customs*, 206. も参照。

p.250 ふたりは："The Relic," lines 6. ダンの「葬式」と題された詩の語り手は、彼が死んだ時、彼の身支度を整える人が、彼の「腕を飾る繊細な髪の輪」を壊したり、髪の輪について「あれ

p.240「そう」： Charles Dickens, *Dombey and Son* (New York: Penguin, 2002), 297, *The Old Curiosity Shop* (New York: Penguin, 2001), 522, *Oliver Twist* (London: Penguin, 2002), 192.「良き死」については Pat Jalland, *Death in the Victorian Family* (Oxford, UK: Oxford University Press, 1996), 特に p.19-38 に記されている。同書 p.22 からの引用。

p.241 なぜなら： BB の写生帳に描かれたおばの絵は Brian Wilks, *The Brontës* (London: Hamlyn, 1975), 79. に掲載されている。ディケンズの娘の言葉は Peter Ackroyd, *Dickens* (New York: Harper Perennial, 1990), xii. の中で引用されている。現在、ロンドンのチャールズ・ディケンズ博物館において、ミレイが鉛筆で描いた素描と、ウールナーが石膏の型を使って作った大理石の胸像を目にすることができる。ディケンズの「おまる」、彼の机の上に置かれていた陶磁製のサルの置物、ギャッズ・ヒルの邸宅の時計といった様々な遺物も展示されている。展示物のひとつである机に釘付けされた真鍮の板には、こう刻まれている。「チャールズ・ディケンズが遺言を書いた（別荘の）机」。人々がデスマスクを家に飾ったことについては Jalland, *Death in the Victorian Family*, 290; Philippe Ariès, *Images of Man and Death* (Cambridge, MA: Harvard University Press, 1985), 128. を参照。Elizabeth Gaskell, *My Lady Ludlow* (New York: Harper, 1858), 17.

p.242 エミリーは頑として： 1848 年 10 月付、CB から W・S・ウィリアムズへの手紙。1848 年 10 月 29 日付、CB から EN への手紙。1848 年 12 月 10 日付、CB から EN への手紙。Elizabeth Gaskell, *The Life of Charlotte Brontë* (New York: Penguin, 1997), 277. 1848 年 11 月 22 日 付、CB から W・S・ウィリアムズへの手紙。1848 年 12 月 7 日付、CB から W・S・ウィリアムズへの手紙。1848 年 12 月 9 日付、CB からエップス医師への手紙。

p.242 毎晩： CB, "Biographical Notice," *LCB*, vol. 2, 746. 所収。EB が犬に餌をやっていたことについての詳細は A. Mary F. Robinson, *Emily Brontë* (London: W. H. Allen, 1883), 228. に記されている。

p.243 彼女は一二月一九日： 使用人のマーサ・ブラウンは、インタビューにおいて、EB の寝室での様子をギャスケルに語った。ギャスケルは、その話の内容を、1853 年 9 月にジョン・フォースターに送った手紙に記した。J. A. V. Chapple and Arthur Pollard, eds., *The Letters of Mrs. Gaskell* (Manchester, UK: Manchester University Press, 1997), 246. マーサ・ブラウンは、おそらく PB からこの骨製の櫛を譲り受けた。そして妹に譲り、妹は娘に譲った。その後、シプリーに住む娘の夫アルダーソンが J・H・ディクソンに売り、ディクソンは、1916 年にサザビーズ社が主催した競売で売却した。"Catalogue of Valuable Illuminated and Other Manuscripts," Dec. 13-15, 1916. を参照。ルーカスタ・ミラーは、Godfrey Fox Bradby, *The Brontës and Other Essays* (Oxford, UK: Oxford University Press, 1932), 37. から引用しながら、櫛は本物だろうかと疑問を呈している。ブラッドビーは「噂によると、歯の焼け焦げた他の 5 つの櫛が、ガラスケースの中に入るという栄誉にあずかりたいと願っていたそうだ」と述べているが、「噂」の出所を明示していない。「歯の焼け焦げた 5 つの櫛は、結局、ブロンテ牧師館博物館のガラスケースに収まる栄誉を勝ち取るために戦った」というミラーの主張は、出所不明の噂に基づくものであるため、信じることはできない。Miller, *The Brontë Myth* (New York: Knopf, 2001), 213. を参照。1848 年 12 月 19 日付、CB から EN への手紙。EB の言葉は Gaskell, *Life*, 68. の中で引用されている。現在、黒色のソファーは、EB が亡くなった時と同様に、BPM の客間に置かれている。EB は客間で亡くなったのか、それとも上階のベッドの上で亡くなったのか、ということについて、ブロンテ一家の伝記執筆者の間で盛んに論じられてきた。1849 年 4 月 12 日付、CB から EN への手紙。

っている。1849年2月16日付、CBからENへの手紙。

p.222 ガタパーチャは： こうしたペンの歴史についてはLeonée Ormond, *Writing: The Arts and Living* (London: Victoria and Albert Museum, 1981), 57. を参考にした。

p.223 不道徳な： J. Hunt, *The Miscellany* (Buckingham, UK: J. Seeley, 1795), 47.

p.224 彼女は、机箱の中に： Gaskell, *Life*, 234.

p.226 だから： CB, "Biographical Notice," *LCB*, vol. 2, 743. 所収。

p.227 頭の中に： 引用した言葉は、CBが1836年に述べたものである。この言葉が記された紙片には、「飛び込む」という題名の彼女の詩も記されている。心と「漆黒の深淵」に飛び込むことについての詩だ。この紙片は、「ロウ・ヘッド日記」と呼ばれる日記の一部である。Harriet Martineau, "Obituary," *Daily News*, Apr. 6, 1855; Gaskell, *Life*, 233.

p.228 当時は： CBは、小説が出版されてから4年後、ようやくスミス・エルダー社からある程度のお金をもらえるようになった。Barker, *Brontës*, 747. 参照。

p.228 彼女は物語を： CBは、サギをかたどった鋏（刃部がサギのくちばしを表している）で『シャーリー』の原稿を切り貼りしたのではないか、とイレアナ・マーティンは推測している。この鋏は、BPMの所蔵品のひとつである。"Charlotte Brontë's Heron Scissors: Cancellations and Excisions in the Manuscript of *Shirley*," *Brontë Studies* 38, no. 1 (2013), 19-29. を参照。

p.229 当時は： ABが第2作を書き始めた時期については定説がない。バーカーは、1847年4月に書き始めたのではないかと考えている。(*Brontës*, 530.) それよりも早い1846年9月だと見る人や (Chitham, *Emily Brontë*, 197.) 、6か月後に執筆にとりかかったと推測する人もいる。

p.230 しかし： バーカーは、EBが第2作を書き始めていたと強く主張している。*Brontës*, 532-33. を参照。

p.232 (私を含めて)： ブロンテきょうだいが「ホワイトヘッドからの高潮」という言葉遊びをしていた可能性がある。そのことについては *Charlotte Brontë and Her 'Dearest Nell,'* 110. に記されている。

p.232 教授の葉巻の： EBの机の中に入っていたCBの持ち物についてはJuliet Barker, *Sixty Treasures: The Brontë Parsonage Museum* (Haworth, UK: Brontë Society, 1988), 43. を参照。1852年2月付、CBからENへの手紙。

p.233 その原稿は： 1849年4月16日付、CBからW・S・ウィリアムズへの手紙。

第7章　死が作った物

p.237 妹の体の： CBの死後、彼女の夫アーサー・ニコルズがアメジストのブレスレットを保管した。彼が亡くなると、彼の2番目の妻が、1907年にサザビーズ社が主催した競売において、ABとEBの髪で作られたもうひとつのブレスレット（おそらくBPM, J43.）と共に売却した。ふたつのブレスレットは、ロット番号34番の出品物の一部で、CBが所有していたサテンウッド製の小箱に、青色のビーズのネックレスや眼鏡と一緒に入っていた。BPMがこれらを購入した。"Catalogue of Valuable Books and Manuscripts," July 26 and 27, 1907, 4. を参照。

p.238 現存する： 1846年6月付、BBからJ・B・レイランドへの手紙。1848年8月付、BBからジョン・ブラウンへの手紙。

p.238 彼が「平安の中に」： 1848年10月6日付、CBからW・S・ウィリアムズへの手紙。1848年10月2日付、CBからW・S・ウィリアムズへの手紙。

p.214「私はまだ」: Anthony Trollope, *North America* (New York: Harper, 1862), 263-64; Anthony Trollope, *Autobiography* (New York: Dodd, Mead, 1912), 89, 299. 1875年3月17日付、アンソニー・トロロープからローズ・トロロープへの手紙。N. John Hall, ed., *The Letters of Anthony Trollope* (Stanford, CA: Stanford University Press, 1993), vol. 2, 654. 所収。

p.215 また: 1845年7月31日付、CBからENへの手紙。1845年9月10日付、BBからJ・B・レイランドへの手紙。Juliet Barker, *The Brontës* (New York: St. Martin's, 1994), 476.

p.215「もし」: 1844年11月14日付、CBからENへの手紙。

p.216 エミリーは、私的な: EB, "The Prisoner," Oct. 9, 1845. Janet Gezari, ed., *Emily Jane Brontë: The Complete Poems* (London: Penguin, 1992). 所収。ゲザリなどは、CBが見つけたのはゴンダル詩のノートだと考えている。バーカーのように、CBはゴンダル詩以外の詩を書き写したノートを見つけた、と考える人もいる。CBは、ノートを見つけてから数年経った1848年9月、彼女の小説を出版し、後に友人となったW・S・ウィリアムズに手紙を送った。その手紙には、ノートを発見したことについて記されている。CB, "Biographical Notice of Ellis and Acton Bell." *LCB*, vol. 2, 742. 所収、にもそのことが記されている。

p.217 シャーロットは、エミリーの: この頃、CBとEBの間に溝が生じたことについてはChitham, *Emily Brontë*, chap. 6. において首尾一貫して述べてある。

p.217「"エリザベス・ベル"は」: 1848年9月付、CBからW・S・ウィリアムズへの手紙。Winifred Gérin, *Charlotte Brontë: The Evolution of Genius* (London: Oxford University Press, 1967), 309. において、EBが筆名を使うよう求めたという主張が述べられている。1848年7月31日付、CBからW・S・ウィリアムズへの手紙。

p.219 姉妹は: ブロンテ姉妹が囲んだ大きな折りたたみ式テーブルは、個人の所蔵となっている。EBは、1837年付の日記紙にこのテーブルを描いている。CBがロウ・ヘッド校で執筆していたことについてはBarbara Whitehead, *Charlotte Brontë and Her 'Dearest Nell': The Story of a Friendship* (Otley, UK: Smith Settle, 1993), 3. に記されている。姉妹がそれぞれいつ小説を書き始めたかは、正確には分からない。ブロンテ研究家の大半が、姉妹は一年足らずで小説を書き上げたと推測している。特にthe Clarendon editions of *Wuthering Heights*, ed. Hilda Marsden and Ian Jack (Oxford: Clarendon, 1976), of *Agnes Grey*, Hilda Marsden and Robert Inglesfield (Oxford, UK: Clarendon, 1988), and of *The Professor*, ed. Margaret Smith and Herbert Rosengarten. の序論を参照。

p.220 エミリーは、『教授』には: CB, "Editor's Preface to the New Edition of *Wuthering Heights*," *LCB*, vol. 2, 749. 所収。

p.220 彼女はエミリーの: 1849年9月17日付、CBからW・S・ウィリアムズへの手紙。1852年10月30日付、CBからジョージ・スミスへの手紙。CBは子供の頃から、『ジェイン・エア』のような情熱的でゴシック的な物語を書いていたが、情熱やゴシックといった要素をいかに小説に取り入れるかを『嵐が丘』から学んだ。

p.221「アンはいつも」: 1847年10月7日付、CBからENへの手紙。

p.221 シャーロットは階段を: このことは、メアリー・テイラーがエリザベス・ギャスケルに宛てた手紙に記されている。Gaskell, *The Life of Charlotte Brontë* (New York: Penguin, 1997), 81. を参照。

p.222 エレンは: EBがペンと格闘したことについてはEdward Chitham, *The Birth of Wuthering Heights: Emily Brontë at Work* (New York: St. Martin's, 1998), 10. を参照。CBのペン拭きは、BPMに収められている。また、"Museum of Brontë Relics: A Descriptive Catalogue of Brontë Relics Now in the possession of R. and F. Brown, 123, Main St., Haworth, 1898." にこのペン拭きのことが載

p.206 彼女の伝記を：ニコルズが机からブリキ製の箱を取り出したことについては Clement Shorter, *Charlotte Brontë and Her Circle* (Westport, CT: Greenwood, 1970), 146. に記されている。『教授』の原稿を出版社に送り始める前、友人などに読んでもらうために、原稿の一部を CB が送った可能性もある—— CB は、封筒に入るように原稿を折りたたんだのかもしれない。マーガレット・スミスとハーバート・ローゼンガーテンによる『教授』の序論の中で、この可能性について述べられている。EB が購入したブリキ製の箱に関する情報は、彼女の出納帳に記されている。Edward Chitham, *A Life of Emily Brontë* (Oxford, UK: Blackwell, 1987), 195.

p.208 夫人が：EB と CB は、絵の具箱を所有していた。また、EB は、幾何学用の道具一式（骨製の折り尺や鋼製のペン先が付いた伸縮式のペン）を入れるために特別に作られた革製の箱も所有していた。ジョージ・エリオットのレース用の箱は、ナニートン博物館・美術館に収められている。

p.208「クリミアより」：CB, "Last Will and Testament of Florence Marian Wellesley," PML, Bonnell Collection. ジョージ・エリオットの机は、2012 年、ウォリックシャー州ナニートンの博物館から盗まれた。ナイチンゲールの机は、ロンドンのフローレンス・ナイチンゲール博物館に収められている。

p.210 ルイス・キャロルの：ルンドの刃物問屋については Michael Finlay, *Western Writing Implements in the Age of the Quill Pen* (Cumbria, UK: Plain Books, 1990), 127. を参照。ミッチについては David Harris, *Portable Writing Desks* (Buckinghamshire, UK: Shire, 2001), 20. を参照。バイアムの机を表す言葉は Catherine J. Golden, *Posting It: The Victorian Revolution in Letter Writing* (Gainesville, FL: Florida University Press, 2009), 132. から引用した。凝ったつくりの机については Mark Bridge, *An Encyclopedia of Desks* (London: Apple Press, 1988), 84; Gaskell desk, BPM; Lewis Carroll, *Alice's Adventures in Wonderland* (Boston: Lee and Shepard, 1896), 7. に記されている。

p.210 一九世紀前半：William Makepeace Thackeray, *Vanity Fair* (New York: Penguin, 2003), 565, 168.

p.212 シャーロットが、家庭教師には：1839 年 6 月 8 日付、CB から EB への手紙。CB がロウ・ヘッドにおいて書いた日記。1839 年 6 月 30 日及び 1842 年 5 月付、CB から EN への手紙。

p.212 この大変な：1798 年 10 月 24 日付、ジェイン・オースティンからカサンドラ・オースティンへの手紙。Deirdre Le Faye, ed., *Jane Austen's Letters*, 3rd ed. (Oxford, UK: Oxford University Press, 1995), 15. 所収。J. F. Haywood, *English Desks and Bureaux* (London: Victoria and Albert Museum, 1968), 2; John R. Bernasconi, *The English Desk and Bookcase* (Reading, UK: College of Estate Management, 1981), 28; CB, "The Secret," Nov. 7, 1833, Elmer Ellis Library, University of Missouri-Columbia.

p.213 机箱の上面に：私は、CB の 2 番目の机箱の来歴をたどれなかった。この机を所蔵していたアルバート・A・バーグ氏は、おそらく、大収集家であるアメリカン・ブック社の社長ウィリアム・トマス・ヒルドラップ・ハウから購入したのだろう。ディケンズ、ブロンテ一家ゆかりの品を含むハウのコレクションは、1939 年に彼が亡くなった後、売却された。私は、彼のコレクションのリストを見つけることができなかった。バーグは、CB の机をニューヨーク公共図書館に寄贈した。机には次のような品々が入っている。CB のものと思われるひと房の髪（マーサ・ブラウンが遺骸から切り取った）。誰のものか分からないひと房の髪。CB と彼女の夫の名刺。これは、宛名として EN の名が記された封筒に入っている。手塗りのボール紙の箱。ビロード製のブレスレット。机の中に入っている EN からの手紙によると、ブレスレットは CB のものである。EB、CB、BB、PB の葬儀の際に用意されたカード。これらの他にも、こまごましたものが幾つか入っている。

第6章　机の魔法

p.203「エミリーは詩を」：1845年7月付のABの日記紙は、個人の所蔵となっている。

p.203 彼女は詩の：EBが1841年2月27日に作った詩「囚われた鳥」は、ラテン語の文章が書かれた紙の裏側に綴られている。Bergに収められているこの紙は、EBが紙を再利用していたことを示している。Bergに収められているある紙には、1836年の9月から11月の間にEBが作った8編の詩が綴られている。詩は、「谷間の美しい日は」という言葉で始まる。デレク・ローパーは *The Poems of Emily Brontë* (Oxford, UK: Clarendon, 1995). の序論、特にp.13-21において、これらの詩稿のことをとても詳しく述べている。

p.204 清書したノートは：最初のノートは、大英図書館に収められている。EBはこのノートに、詩を作った日と書き写した日の日付を記している。彼女は、1837年以降に作った詩の中から選り抜いたものを、1839年に書き写した。彼女にしては珍しいことだが、筆記体を用いている。ゴンダル詩のノートも大英図書館に収められている。このノートは原形を保っているが、1839年に詩を書き写したノートは、収集家トマス・ワイズによって解体された。彼は、解体したノートの各ページを台紙に貼った。ゴンダル詩以外の詩を書き写したノートは、現在、Honresfeld MSという名で知られている。20世紀に行方知れずとなるが、1934年に複製された。volume 17 of the Shakespeare Head edition of the Brontës' writing: Thomas Wise and John Alexander Symington, eds., *The Poems of Emily Jane Brontë and Anne Brontë* (Oxford, UK: Shakespeare Head, 1934). EBは1844年2月、2冊のノートに書き写し始めた。

p.205「金曜日の夜」：CBの夫アーサー・ニコルズは、CBの死後、中身を入れたままEBとCBの机を保管した。彼が亡くなると、彼の2番目の妻が、1907年にサザビーズ社が主催した競売で机を売却した。"Catalogue of Valuable Books and Manuscripts," July 26-27. を参照。CBの小説を出版したジョージ・スミスの息子アレクサンダー・マレー・スミスがCBの机を購入し、後にBPMに寄贈した。EBの机を購入したのは、フィラデルフィアに住んでいた愛書家で、ブロンテ一家ゆかりの品を収集したヘンリー・ヒューストン・ボネルである。彼も後にBPMに寄贈した。BPMが所蔵する据え置き型の立ち机は、CBのものだと考えられている。小説のおかげで、安定的にかなりのお金が入るようになった1850年代に、彼女が購入したのだろう。1841年7月付のEBの日記紙は、行方知れずとなっている。

p.205 テーブルに机箱が：1837年6月26日付の日記紙に描かれた絵の中の紙は、まさにEBが書いている日記紙であることをはっきりと示している。その絵は、ABとEBがテーブルに向かって書き物をする姿を描いたもので、ふたりの前に置かれた紙に「紙」と記されている。

p.206 詩は：CBの机の外側の縁にはビロードが施されており、その上から机に打ち込まれた真鍮は、星の模様を形作っている。ABの机の筆記台は、濃い桃色のビロードで覆われており、たいへん女性らしい。ABの机は、他の机よりも来歴がはっきりしておらず、BPMに寄贈された時、中は空っぽだった。この机を所蔵していたハワースの文房具店主ジョン・グリーンウッドのひ孫娘メアリー・プレストンは、1961年、BPMに机を寄贈した。ABの髪には、「アン・ブロンテ　1833年5月22日　13歳」とPBが記したメモが添えてある。この髪は、1907年にサザビーズ社が主催した競売に出品されたCBの机の中に入っていた。いつ、誰が髪を机の中に入れたのかは不明だ。ABの死後、CBか父親かCBの夫が入れたのだろうか。型紙、特に小銭入れの型紙に関する詳しい情報については Christine Alexander and Jane Sellars, *The Art of the Brontës* (London: Cambridge University Press, 1995). を参照。

く打ったに違いない。ある日、彼女は、父親から小さな恋文の束を手渡された。彼女の母親が、結婚前に父親に宛てて書いた恋文だった。その時初めて読んだ「歳月を経て黄ばんだ」手紙には、「清廉さと上品さと誠実さ」が感じられ、彼女の言うところの「私自身を生んだ心の記録」を読むのは不思議なことのように思えた。「えもいわれぬ優しさ」を湛える恋文によって、たちまち悲しくも甘美な気持ちになり、「彼女が生きていたら、そして私が彼女のことを知っていたら」良かったのに、と思った。1850年2月付、CBからENへの手紙。1837年初旬及び1836年12月5日、6日付、CBからENへの手紙。1836年9月26日付、CBからENへの手紙。1836年10月及び11月付、CBからENへの手紙。Victoria Glendinning, *Vita: The Life of V. Sackville-West* (New York: Knopf, 1983), 168.

p.191「もしも」: 1852年10月付、CBからENへの手紙。1843年10月13日付、CBからENへの手紙。1851年7月14日付、CBからマーガレット・ウラーへの手紙。ENがモリソン嬢宛ての手紙に記した話。Whitehead, *Charlotte Braue and Her 'Dearest Nell,'* 156. の中で引用されている。

p.192 もしかしたら：エレイン・ミラーは、CBとENが互いに抱いていた激しい愛情の重要性を、説得力を持って主張している。伝記執筆者は異性愛に重きを置き、ふたりの愛情をほとんど無視してきた、とも述べている。"Through All Changes and through all Chances: The Relationship of Ellen Nussey and Charlotte Brontë," *Not a Passing Phase: Reclaiming Lesbians in History 1840-1985* (London: Women's Press, 1989). 所収、を参照。

p.192 しかし：Sharon Marcus, *Between Women: Friendship, Desire, and Marriage in Victorian England* (Princeton, NJ: Princeton University Press, 2007). を参照。CBがEN宛ての手紙に綴った熱烈な言葉も、当時は珍しいものではなかった。マーカスは、女性の間で交わされた数々の手紙に、同様の言葉が記されていると述べている。

p.194「あなたが」：アン・ロングミュアーは "Anne Lister and Lesbian Desire in Charlotte Brontë's *Shirley*," *Brontë Studies* 31 (2006), 145-55. において、同性愛者のアン・リスターはシャーリーのモデルのひとりではないか、と主張している。CBは、シャーリーのモデルはEBだとギャスケルに語っている。Gaskell, *Life*, 299. を参照。

p.195 彼女たちにとっては：1839年3月12日付、CBからENへの手紙。ヴィクトリア朝時代の女性は、しばしば、異性との関係よりも女性同士の友情や愛情の方を大切にした。このことについてはMarcus, *Between Women*. を参照。

p.195『ヴィレット』の：CBがチャールズと呼ばれるのを好んだことについてはWhitehead, *Charlotte Brontë and Her 'Dearest Nell,'* 45. に記されている。

p.196 シャーロットの小説では：Sandra M. Gilbert and Susan Gubar, *The Madwoman in the Attic: The Woman Writer and the Nineteenth-Century Literary Imagination* (New Haven, CT: Yale University Press, 1979).

p.197 彼女はその男性に：1854年10月31日付、CBからENへの手紙。1854年11月付、ENからアーサー・ニコルズへの手紙。

p.197 スミスが：1849年6月9日付、CBからPBへの手紙。

p.198 聖スウィジンの日から：アブラハム・シャクルトンの天候記録は、キースリーのクリフ城博物館に収められている。

Brontë and Her 'Dearest Nell': The Story of a Friendship (Otley, UK: Smith Settle, 1993), 137, n. 1. を参照。1847 年 1 月付、CB から EN への手紙。
p.174「エレンの」: Michael Finlay, *Western Writing Implements in the Age of the Quill Pen* (Cumbria, UK: Plain Books, 1990), 59. 1834 年 6 月 19 日付、CB から EN への手紙。
p.175 ふたりが: Michael Champness and David Trapnell, *Adhesive Wafer Seals: A Transient Victorian Phenomenon* (Kent, UK: Chancery House, 1996), 4-5, 13. 封筒と封印については Finlay, *Western Writing Implements*, 59. を参照。
p.176 シャーロットの小説を: これらの封緘紙については Champness and Trapnell, *Adhesive Wafer Seals*, 13-146. において述べられている。写真も掲載されている。
p.177 この言葉は: CB の手紙が入っていた封筒の多くが現存しない。CB の手紙の中には、丸ごとどこかに消えてしまったものもあると思われる。こうした理由から、彼女が他の人に宛てた手紙にも封緘紙を貼ったかどうかを知ることはできない。1846 年 8 月 9 日付、CB から EN への手紙。
p.177「あなたは」: 1847 年 9 月付、CB から EN への手紙。
p.178 そのため: ブロンテ一家の伝記執筆者の中には、EB に恋人がいたと主張する人もいる。Sara Fermi, "Emily Brontë: A Theory," *Brontë Studies* 30, no. 1 (2005), 71-74. を参照。EB の死後、彼女の机は CB のものになったことから、机の中に入っていたのは CB の封緘紙とも考えられる。
p.180 ブロンテ姉妹は: Champness and Trapnell, *Adhesive Wafer Seals,* 4.
p.181「グレアムするべからず」: ヴィクトリア朝時代の郵便制度におけるプライバシーの問題については Kate Thomas, *Postal Pleasures: Sex, Scandal and Victorian Letters* (London: Oxford University Press, 2012); Champness and Trapnell, *Adhesive Wafer Seals*, 99, 107-111. を参照。
p.183 しかし: 1843 年 5 月 1 日付、CB から BB への手紙。1842 年 5 月付、CB から EN への手紙。1844 年 7 月 24 日付、CB からコンスタンタン・エジェへの手紙。*LCB*, vol.1, p.357-59 も参照。エジェの娘ルイーズ・エジェは、手紙のたどった運命について母親から聞き、そのことを M・H・スピールマンに語った。Spielmann's "The Inner History of the Brontë-Heger Letters," *Fortnightly Review*, Apr. (1919), 345-50. を参照。
p.184 彼の妻は: 1844 年 10 月 24 日付、CB からコンスタンタン・エジェへの手紙。*LCB*, vol. 1, 370; Spielmann, "Inner History," 346. も参照。
p.184 しかし: 1845 年 1 月 8 日付、CB からコンスタンタン・エジェへの手紙。*LCB*, vol. 1, 379-80; Spielmann, "Inner History," 346. も参照。
p.185 彼が、手紙を: Spielmann, "Inner History," 346. Margaret Smith, "The History of the Letters." *LCB*, vol. 1, 64. 所収、も参照。1845 年 11 月 18 日付、CB からコンスタンタン・エジェへの手紙。*LCB*, vol. 1, 435-37. も参照。
p.185 シャーロットと険悪な: Spielmann, "Inner History," 346.
p.186 そして: 同書 p.348。
p.187 友人を: 1844 年 7 月 24 日付、CB からコンスタンタン・エジェへの手紙。1844 年 10 月 24 日付、CB からコンスタンタン・エジェへの手紙。1845 年 1 月 8 日付、CB からコンスタンタン・エジェへの手紙。
p.188 すでに: エジェ夫人が『ヴィレット』を読んだことについての詳細は Barker, *Brontës*, 787. に記されている。
p.190「シャーロットは、いかなる」: CB が父親から渡された特別な手紙の束は、彼女の心を深

1835年7月2日付、CBからENへの手紙。1840年8月20日付、CBからENへの手紙。1843年3月6日付、CBからENへの手紙。

p.164 ルーシーの友人で：1836年12月5日及び6日付、CBからENへの手紙。1840年9月付、CBからENへの手紙。

p.165「グレアムの」：Kathryn Crowther, "Charlotte Brontë's Textual Relics: Memorializing the Material in *Villette*," *Brontë Studies* 35, no. 2 (2010), 131-32. を参照。

p.165 しかし：『ヴィレット』のポーリーナは、婚約者の頭から切り取った「戦利品」と父親の「ひと房の白髪まじりの髪」とほんの少しの自分の髪を一緒に編み、それを「ロケットに閉じ込め、自分の胸の上に置いた」。『嵐が丘』のキャサリン・アーンショウが亡くなる時に首にかけていたロケットには、夫のひと房の金髪が入っている。

p.166「願わくは」：ブランウェルの情事についての詳細は Juliet Barker, *The Brontës* (New York: St. Martin's, 1994), 456-70. に記されている。BBからジョン・ブラウンへの手紙は、現在行方知れずとなっているが、リチャード・モンクトン・ミルネスが、手紙から抜粋した部分を備忘録に記している。同書 p.459-61 の中で引用されている。

p.166 郵便料金を：1832年7月21日付、CBからENへの手紙。

p.167 郵便局長の：Harriet Martineau, *Autobiography*, ed. Linda Peterson (Peterborough, Ontario: Broadview, 2007), 370-71, 136.

p.167「あなたは」：1834年2月11日付、CBからENへの手紙。1834年7月4日付、CBからENへの手紙。

p.169 受取人は：ABは、1847年10月4日、クロス・ライティングによる手紙をENに送った。全国一律のペニー郵便がすでに創設されていたことを考えると、彼女がクロス・ライティングを用いたのは、おそらく、郵便料金を節約するためというよりも、紙がわずかしかなかったからだろう。John Pearce, *A Descant on the Penny Postage* (London: J. Born, 1841), 6.

p.169 シャーロットも：James Wilson Hyde, *The Royal Mail: Its Curiosities and Romance* (London: Blackwell, 1885), 259, 181.

p.170 ルーシーは：1838年8月24日付、CBからENへの手紙。1837年初旬に送られたCBからENへの手紙。

p.170「手紙の」：1835年5月8日付、CBからENへの手紙。

p.171 一八三〇年代の：William Lewins, *Her Majesty's Mails: An Historical and Descriptive Account of the British Post Office* (London: Sampson Low, 1864), 100.

p.171 極貧者を：1840年1月12日付、CBからENへの手紙。

p.172 一八六〇年代に：バレンタインカードやクリスマスカードなどのカードの歴史については Asa Briggs, *Victorian Things* (Chicago: University of Chicago Press, 1988), 364. を参照。

p.173「"女王の頭"」：Catherine J. Golden, *Posting It. The Victorian Revolution in Letter Writing* (Gainesville: Florida University Press, 2009), 27, 122. 1852年12月付、CBからENへの手紙。1852年2月17日付、CBからジョージ・スミスへの手紙。

p.174 郵便局員が：壁紙の見本が同封された手紙は、現在、Bergに収められている。ギャスケルは壁紙の裏側にこう記している。「結婚前に、シャーロット・ブロンテが将来の夫の書斎の壁に貼った壁紙の切れ端―― ECG」。1850年3月31日付、CBからアメリア・リングローズへの手紙。1850年5月25日付、CBからエリザベス・スミスへの手紙。靴下と手紙は、BPMに収められている。1847年4月付、CBからENへの手紙。伝えられるところでは、レースはENからキャメロン夫人に譲られ、家宝として受け継がれた。Barbara Whitehead, *Charlotte*

York: St. Martin's, 1994), 334-35; BB, "The Shepherd's Chief Mourner," Neufeldt, ed., *Works*, vol. 3, 337. 所収、を参照。BB が幾度も書き直したこの詩は、1845 年 5 月 10 日に発行された *Yorkshire Gazette* に掲載された。

p.153 彼女は今回は：AB の 1841 年 7 月 30 日付の日記紙は、行方知れずとなっている。Mrs. Ellis H. Chadwick, *In the Footsteps of the Brontës* (London: Pitman, 1914), 124.

p.154 この後：EB の 1845 年 7 月 30 日付の日記紙は、個人の所蔵となっている。

p.154「特に」：1843 年 9 月 2 日付、CB から EB への手紙。1843 年 12 月 1 日付、CB から EB への手紙。

p.155「昨日」：EN が述べた話は Whitehead, *Charlotte Brontë and Her 'Dearest Nell,'* 150. の中で引用されている。1852 年 6 月 2 日付、CB から PB への手紙。

p.156「父親の」：1845 年 7 月 22 日付、EN からメアリー・ゴーハムへの手紙。1844 年 8 月及び 1844 年 11 月 14 日付、CB から EN への手紙。1848 年 1 月 26 日付、AB から EN への手紙。

p.156 シャーロットが：1849 年 6 月 25 日付、CB から W・S・ウィリアムズへの手紙。1849 年 6 月 23 日付、CB から EN への手紙。

p.157「哀れな」：1853 年付、エリザベス・ギャスケルからある人物への手紙。1851 年 12 月 8 日付、CB から EN への手紙。1854 年 12 月 7 日付、CB から EN への手紙。

p.158 いったい：プラトーとケイトーに関する情報は、PB の帳面に記されている。John Lock and Canon W. T. Dixon, *A Man of Sorrow: The Life, Letters, and Times of the Rev. Patrick Brontë, 1777-1861* (London: Ian Hodgkins, I979), 482-83. も参照。3 つ目の真鍮製の首輪は、キーパーのそれよりも光沢があり、形も整っている（ただし、南京錠は行方知れずとなっている）。文字がずっと巧みに刻んであり、装飾も施されているところを見ると、おそらくキーパーの首輪よりも高価だったのだろう。このことから、プラトーかケイトーの首輪だったと考えられる。PB はこの 2 匹の犬を飼っていた頃、CB の小説がもたらす利益のおかげで、昔よりも安楽な暮らしを送っていた（CB は、遺言によって財産の大半を夫のアーサー・ニコルズに残したが、PB もそれを享受した。彼とニコルズは一緒に住み、遺産を共有した）。首輪が偽物の可能性もある。首輪の出所がニコルズかどうかは不明だが、彼がアイルランドに戻る時に持って行ったのではないだろうか。彼も犬好きで、AB の死後は、フロッシーを散歩させた。PB が亡くなると、プラトーをアイルランドに連れて行った。プラトーは 1866 年に死んだ。ニコルズはケイトーも連れて行ったのかもしれないが、ケイトーのことをどの手紙にも記していない。牧師館の使用人のひとりだったマーサ・ブラウンにこう書き送っている。「かわいそうに、プラトーは 2 週間前に死にました。自分では何もできなくなり、キーパーのように痩せさらばえてしまいました」。この 3 つ目の首輪は、BPM に貸与され、2013 年 5 月に寄贈された。*BST* 26, no.1 (2001), 108. を参照。

第 5 章　儚い手紙

p.162 しかし：1855 年 3 月付、CB から EN への手紙。1831 年 5 月 11 日及び 1832 年 7 月 21 日付、CB から EN への手紙。

p.163 彼女は：1832 年 10 月 18 日及び 1834 年 11 月 10 日付、CB から EN への手紙。1836 年 12 月 5 日及び 6 日付、CB から EN への手紙。

p.164「さようなら」：1832 年 9 月 5 日、7 月 21 日及び 1836 年 5 月付、CB から EN への手紙。

いる絵を参照。船上で使役された犬については Ritchie, *British Dog*, 149-50; *Ipswich Journal*, Oct. 16, 1841; Nicolás C. Ciarlo, Horacio De Rosa, Dolores Elkin, and Phil Dunning, "Evidence of Use and Reuse of a Dog Collar from the Sloop of War HMS *Swift* (1770), Puerto Deseado (Argentina)," *Technical Briefs in Historical Archeology* 6 (2011), 20-27. を参照。

p.148 また：リーズ城にある犬の首輪博物館は、銘が刻まれた首輪を多数所蔵している。ある首輪には、こう刻んである。「タビネット　タルボット伯爵の所有物　全国全年齢特別賞金レース最優秀賞受賞　アッシュダウン公園において32の各犬に20ギニー　1838年12月14日」。ウェルズリーの名が刻まれた首輪と慈善活動に従事したウィンブルドン・ジャックに贈られた首輪は、犬の首輪博物館に収められている。*Four Centuries of Dog Collars*, no. 38 , 48. も参照。

p.149 これに比べると：ビックネルの首輪は、18世紀にイギリスで作られたものであり、犬の首輪博物館が所蔵している。「私はグランビー侯爵の犬プットン　君はどこの子？」、「私はバークシャー州ウォーキンガムのキング・ストリート近くに住むプラット氏の犬　君はどこの子？」という言葉が刻まれたふたつの首輪の写真が *Four Centuries of Dog Collars*, no. 52 , 22. に掲載されている。ネルソンの犬の首輪は、ロンドンの国立海事博物館に収められている。ディケンズの犬の首輪は、個人の所蔵となっている。バーンズの犬の首輪については George R. Jesse, *Researches into the History of the British Dog* (London: Hardwicke, 1866), vol. 1, 67; CB, "The Poetaster," vol. 1, July 6, 1830. を参照。

p.150 キャバリアなどは：EBの出納帳については Edward Chitham, *A Life of Emily Brontë* (Oxford, UK: Blackwell, 1987), 195. を参照。BPMが所蔵するフロッシーの首輪の南京錠は行方知れずとなっている。首輪には「JW」という文字が刻まれている。フロッシーの種類についての誤解は、ENに起因しているようだ。彼女は、フロッシーの子供である「キング・チャールズ犬」を「B氏」から譲り受けた、とCBからの手紙に鉛筆で書いた。ENは、フロッシーとCBの死後何年も経ってからそう書いているため、彼女の記憶違いの可能性がある。ブロンテ一家もギャスケルも、フロッシーの種類について手紙や日記に記していない。作者不詳の *Sportsman's Cabinet*, 181. に掲載されている当時の版画に描かれた、鳥を追うスプリンギング・スパニエルは、EBが描いた蝶を追うフロッシーと実によく似ている。スパニエルについては Ritchie, *British Dog*, 163-64. を参照。

p.150 カナリアの：1841年7月1日付、CBからENへの手紙。ABは、1845年7月付の日記紙（個人所蔵）にこう記している。CBは「今、食堂で座って縫い物をしている。エミリーは上の階でアイロンをかけている……キーパーとフロッシーはどこにいるのだろう」。そして数行後にこう続けている。「それはそうと、シャーロットがフロッシーを中に入れたので、フロッシーは今、ソファーの上に寝そべっている」

p.152 自然の中の：ビュイックの『英国鳥禽史』は、ブロンテきょうだいの絵に重要な影響を与えた。そのことについては Alexander and Sellers, *Art of the Brontës*, 22. を参照。BBの「トマス・ビュイック」は、1842年10月1日に発行された *Halifax Guardian* に掲載され、後に Viktor Neufeldt, ed., *Works of Patrick Branwell Brontë* (New York: Garland, 1999), vol. 3, 397-400. に収録された。

p.153 ブランウェルは：現在、「銃軍団」という名で知られているBB作の油絵は、1860年頃に写真に写され、その後行方知れずとなった。ただし、EBが描かれた部分を絵から切り取ったものが、現在、ロンドンのナショナル・ポートレート・ギャラリーに収められている。この油絵とその複製の歴史については Alexander and Sellers, *Art of the Brontës*, 307-10. を参照。ジュリエット・バーカーは、BBが最終的に解雇された理由について論じている。*The Brontës* (New

p.136「エミリーは人には」：ENの言葉はShorter, *Charlotte Brontë*, 179-80. に記されている。知人の言葉はGaskell, *Life*, 199. に記されている。

p.137 エミリーにとって：キーパーがよくEBの膝の上に乗ったことについてENが述べた言葉はShorter, *Charlotte Brontë*, 179-80. の中で引用されている。EBは動物のことを「血族」だと思っていた、とENは述べている。Davies, *Emily Brontë*, chap. 3. を参照。

p.137 こうして：CB, "Eamala is a gurt bellaring bull," June 1833. Neufeldt, ed. *Poems of Charlotte Brontë*, 109. 所収。ハワースの文房具店主ジョン・グリーンウッドが町の出来事を綴った日記からの引用。Winifred Gérin, *Emily Brontë* (London: Oxford University Press, 1971), 147. 所収、の中でも引用されている。

p.138 彼女は引き下がることを：CBは、狂犬病に関する出来事をギャスケルに語った。*Life*, 200. を参照。外科医ゴードン・ステーブルズは1870年代に、最良の処置は直ちに咬み傷を焼くことだと記している。*Dogs in Their Relation to the Public* (London: Cassell, 1877), 28. を参照。

p.139 また：CB, "Editor's Preface to the New Edition of *Wuthering Heights*," in *LCB*, vol. 2, 749; *Cornhill Magazine*, July 28, 1873, 66.

p.140 花崗岩を：Kreilkamp, "*Petted Things*," 87-110; CB, "Editor's Preface," in appendix II, in *LCB*, vol. 2, 751.

p.144 エミリー・ブロンテ研究で：Davies, *Emily Brontë*, 118.

p.145 鳥が：EB, "Le Papillon," in Lunoff, ed. and trans., *Belgian Essays*, 176. Davies, *Emily Brontë*, chap. 3. には、動物、特にタゲリについての説得力のある深い考えが記されている。EB, "Redbreast early in the morning," 1837, "And like myself lone wholly lone," Feb. 27, 1841, from Janet Gezari, ed., *Emily Jane Brontë: The Complete Poems* (London: Penguin, 1992).

p.146 つまり：現代の社会でも、犬をはじめとするあらゆる動物の虐待が行われており、昔の人々よりも私たちの方が人道的だとは必ずしも言えない。18世紀や19世紀の使役犬と同様に、現代のハスキーはそりを引かされ、その後捨てられる。グレイハウンドはドッグレースで走らされ、脚をひどく痛める。劣悪な犬の繁殖施設が存在し、競走馬は薬物を投与され、飼育場のニワトリや家畜はぞっとするような環境下に置かれている。こうした例は他にもある。キーパーの首輪はBPMに収められている。イルクリーに住んでいたルーシー・ルンド嬢が1898年にBPMに貸与し、1902年に寄贈した。彼女は、PBの死後、1861年に行われた牧師館の品々の競売でこの首輪を購入したのかもしれない。PBから私物を譲り受けたブロンテ家の使用人の親戚から買った可能性もある。MacDonogh, *Reigning Cats and Dogs*, 132. の中で引用されている。犬税の歴史についてはP. B. Munsche, *Gentlemen and Poachers. The English Game Laws, 1671-1831* (London: Cambridge University Press, 1981), 82-83. を参照。1862年5月18日、ジョージ・クラークが徴税人を殺害した。"Accidents and Offences," *Trewman's Exeter Flying Post or Plymouth and Cornish Advertiser*, Mar. 5, 1862, 3. 犬税が下層階級の人々を統制するための手段だったことについてはRitvo, *Animal Estate*, 188. を参照。

p.147 中世には：アルバート公の杖は、現在、ロイヤル・コレクションに収められている。

p.147 I・チャイルド：首輪を扱っていた店についてはElizabeth Wilson, "Foreword," in *Four centuries of Dog Collars at Leeds Castle* (London: Leeds Castle Foundation, 1979), 2. を参照。現在、ウィンザー城の武器庫に収められている金銅の首輪には、赤色のモロッコ革と青色のビロードの内張りが施され、「ジョージ・オーガスタス皇太子殿下の犬　1715年」と刻まれている。MacDonogh, *Reigning Cats and Dogs*, 131 "Advertisements and Notices," *Belfast News Letter*, June 28, 1866. を参照。過去の時代の金属製首輪についてはSccord, *Dog Painting*, 特にp.37に収録されて

Carson I. A. Ritchie, *The British Dog: Its History from Earliest Times* (London: Robert Hale, 1981), 151-52. によると、ラブラドールがイギリスに入ってきたのは18世紀後半であり、その後何十年もの間珍しい存在だった。私は、EBが1838年に描いたキーパーの水彩画と、ウィリアム・セコードの包括的なすばらしい *Dog Painting 1840-1940* (Suffolk, UK: Antique Collector's Club, 1992). に収録されている数々の当時のブルテリアの絵を比較しながら、キーパーの種類を推測した。犬の品種改良の歴史については Harriet Ritvo, *The Animal Estate. The English and Other Creatures in the Victorian Age* (Cambridge, MA: Harvard University Press, 1987), 91-98. を参照。ハワースで行われた牛攻めについては Barbara Whitehead, *Charlotte Brontë and Her 'Dearest Nell': The Story of a Friendship* (Otley, UK: Smith Settle, 1993), 113. を参照。使役犬と動物虐待防止法の制定に至るまでの歴史については Ritchie, *British Dog*, I80, 141-44, 183-84. を参照。

p.129 通信文は： Ritchie, *British Dog*, 25.

p.130 人々は： Walter Woodburn Hyde, "The Prosecution and Punishment of Animals and Lifeless Things in the Middle Ages and Modern Times," *University of Penneylvania Law Review* 64 (1915-1916), 730; William Ewald, "Comparative Jurisprudence (I): What Was It Like to Try a Rat?" *University of Pennsylvania Law Review* 143 (1994-1995), 1889. を参照。かつて動物が基本的な権利を有していたことについては Keith Thomas, *Man and the Natural World: A History of the Modern Sensibility* (New York: Pantheon, 1983), 97-98; William Shakespeare, *The Merchant of Venice*, 4.1; Ewald, "Comparative Jurisprudence (I)," 1915. を参照。

p.131 それは、オオカミ：これらの昔からの言い伝えは、すべて Thomas, *Man and the Natural World*, 27, 75, 78, 98, 137; CB, "Like wolf — black bull or goblin hound," from Victor Neufeldt, ed., *The Poems of Charlotte Brontë: A New Text and Commentary* (New York: Garland, 1985), 425. に記されている。

p.133 ヒースクリフは苦しみを：ラーチャーについては Philip Reinagle, *The Sportsman's Cabinet* (London: Cundee, 1804), 102. に収録されている1803年制作のラーチャーの版画を参照。使役犬は、ペットの対極の存在として小説に描かれた。そのことについては Lisa Surridge, "Animals and Violence in *Wuthering Heights*," *BST* 24, no. 2 (1999), 161-73. を参照。

p.134 しかし：ヴィクトリア女王の日記に記されている。Katharine MacDonogh, *Reigning Cats and Dogs* (New York: St. Martin's, 1999), 133. の中で引用されている。

p.135 バレットは： Henry Mayhew, *London Labour and the London Poor* (New York: Dover, 1968), vol. 2, 48-50; Margaret Forster, *Elisabeth Barrett Browning: A Biography* (London: Chatto and Windus, 1988), 117-18.

p.135 それには： Ritvo, *Animal Estate*, 86. 挿絵の題名は Thomas, *Man and the Natural World*, 108. に記されている。犬が人のように物事を行う姿を描いた絵と、ペットが剝製にされたことについては Secord, *Dog Painting*, 252. と、Ritchie, *British Dog*, 20. において述べられている。プードルの毛のショールについての話は MacDonogh, *Reigning Cats and Dogs*, 135. に記されている。PBも感傷的な気持ちから、犬の視点に立って2通の手紙を書いた。1通は、フロッシーの視点から書かれている。ディケンズのペーパーナイフは、現在 Berg に収められている。

p.136 人は利己心から：犬と人間の性質に対する EB の考え方については Stevie Davies, *Emily Brontë: Heretic* (London: Women's Press, 1994). の特に p.104-5 を参照。Ivan Kreilkamp, "Petted Things: *Wuthering Heights* and the Animal," *Yale Journal of Criticism* 18, no. 1 (2005), 87-110. と Surridge, "Animals and Violence in *Wuthering Heights*" も参照。EB, "Le Chat," in Sue Lonoff, ed. and trans., *The Belgian Essays* (New Haven, CT: Yale University Press, 1996), 56-58.

Visitors, 73. ブラッドフォードから大小の道を歩いて行く場合、ビングリーを経由するルートの他、ヒートン、ウィルスデン、オールド・アラン、ブレイ・ムーアを経由するルートがあった。1857 年 4 月 30 日に *The Bradford Observer* に寄稿した無名の巡礼者は、ブラッドフォードから歩くルートを取った。1858 年に訪れたウィリアム・スクルートンもこのルートを選んだ。Lemon, *Early Visitors*, 33, 46. を参照。ウォルター・ホワイトは、徒歩旅行の途中でハワースに滞在した。彼が 1858 年に執筆した *Month in Yorkshire* には、そのことが詳しく記されている。Lemon, *Early Visitors*, 42; E. P. Evans, "Two Days at the Home of the Brontës," Treasury of Literature and the Ladies' Treasury, Dec. 2 (1872), 302-4; Helen H. Arnold, "Reminiscences of Emma Huidekoper Cortazzo, 1866-1882," *BST* 13 (1958), 221. を参照。

p.122「風はまるで」: Sylvia Plath, *The Unabridged Journals of Sylvia Plath*, ed. Karen V. Kukil (New York: Anchor Books, 2000), 588-59.

p.123 彼女は： Algernon Charles Swinburne, *A Note on Charlotte Brontë* (London: Chatto and Windus, 1877), 74; EB, "Gleneden's Dream," May 21, 1838; Anne Carson, "The Glass Essay," lines 97-101. *Glass, Irony, and God* (New York: New Directions, 1995), 4. 所収。

p.123 骨壷： BPM は、これらの品の多くを所蔵している。その中には、信者席の前面部分、骨壺、蠟燭立て、杖が含まれている。杖の柄は象牙でできており、次のような言葉が刻まれた銀製の小板が付いている。「R・A・ヘイ　オクセンホープにおいて伐採されたオーク　670 年に建ったハワースの教会に使われていた」。*BST* によると、1947 年、ハワースのミル・ヘイに住んでいたフォスター・バニスター夫人がこの杖を BPM に寄贈した。このエスクリトワールは、BPM に収められている机かもしれない。*BST* によると、1970 年に図書館がこの机を購入し、使用した。

第4章　キーパー、グラスパー、一家と暮らすその他の動物

p.127 その後： EB が 1841 年 7 月 30 日に書いた日記紙は行方知れずになっているが、Clement Shorter, *Charlotte Brontë and Her Circle* (Westport, CT: Greenwood, 1970). に現物を写したものが掲載されている。CB は、この話をエリザベス・ギャスケルに語った。Gaskell, *Life of Charlotte Brontë* (New York: Penguin, 1997), 200-201. を参照。この話は本当かどうか疑わしく、少なくともギャスケルによって潤色されている、と考えるブロンテ研究家もいる。真実かもしれないが、もちろん本当のところは分からない。ただし、EB と動物との関係についての話や、EB 自身がそれについて書いたものの中には、ギャスケルの話の核心部分を裏付けるようなものが多数ある。

p.128 イギリスでは： ギャスケルによると、キーパーは EB に贈られた犬である。*Life*, 200. 彼女は、贈り主――おそらく PB ――が誰なのかについては述べていない。キーパーがどこから、何歳の時にもらわれてきたのかは分からないが、その時点で、キーパーの種類についてこのように言われていたのだとすれば、もう子犬ではなかったのだろう。引用した言葉は、ジョン・ストアーズ・スミスが、ハワースを訪れて PB とキーパーに会った後に記したものである。1868 年 3 月 14 日、彼の訪問についての話が *Free Lance* に掲載された。ギャスケルはキーパーのことを「ブルドッグ」と呼んでいる。「ブルマスティフ」だったという記録もある。ジェイン・セラーズは *The Art of the Brontës* (London: Cambridge University Press, 1995), 122. において、キーパーにはラブラドールの血が入っていたと推測しているが、果たしてそうだろうか。

ば、ジャネット・ゲザリは、こう考えている。EBは「独力で学んだ哲学者である。彼女は豪胆だったから、体制を作ることも体制に従うことも拒否した」(*Last Things*, 4).

p.117 風は：CB, "Prefatory Note to 'Selections from Poems by Ellis Bell,' *LCB*, vol. 2, 748, 752. 所収。EB, "Why ask to know the date — the clime?" Sept. 14, 1846; EB, "All day I've toiled but not with pain," undated; EB, "Honour's Martyr," Nov. 21, 1844; EB, "Loud without the wind was roaring" and "F. De Samara to A.G.A.," Nov. 1, 1838; EB, "Tell me tell me smiling child," 1836?; EB, "The inspiring music's thrilling sound," 1836?

p.117 なぜなら：EB, "Faith and Despondency," Nov. 6, 1844.

p.117「ヒースの丘も」：フランシス・ウィルソンは *Ballad*, 54 において、ドロシー・ワーズワースが歩いたことについて考察し、歩くという行為は「焦がれる思いの表れ」だと述べている。1850年5月22日付、CBからW・S・ウィリアムズへの手紙。

p.119「私たちは」：これらのことについては Nicola Watson, *The Literary Tourist: Readers and places in Romantic and Victorian Britain* (New York: Palgrave, 2006). 特に p.9 を参照。T. P. Grinsted, *The Last Homes of Departed Genius* (London: Routledge, 1867), vi.

p.120 ある巡礼者は：1818年7月18日—22日付、ジョン・キーツからベンジャミン・ベイリーへの手紙。Hyder Edward Rollins, ed., *The Letters of John Keats, 1814-1821* (Cambridge, MA: Harvard University Press, 1958), vol. 1, 342. 所 収。H. W. Garrod, ed., *Keats: Poetical Works* (London: Oxford University Press, 1967), 385. アボッツフォード邸への巡礼については Simon Goldhill, *Freud's Couch, Scott's Buttocks, Brontë's Grave* (Chicago: University of Chicago Press, 2011). と、Watson, *Literary Tourist*. 参照。1901年5月9日、トマス・フォックスは、スコットの墓から生えた木でできた杖をアンドリュー・カーネギーに譲った。ピッツバーグのカーネギー図書館には、その杖の写真が収められている。

p.121 墓は：Miller, *Brontë Myth*, 98; Virginia Woolf, "Haworth, November 1904," *Guardian*, Dec. 21, 1904; Matthew Arnold, "Haworth Churchyard," lines 154-55. Humphrey Milford, ed., *The Poems of Matthew Arnold, 1804-1867* (Oxford, UK: Oxford University Press, 1909), 280. 所収。Emily Dickinson, *The Poems of Emily Dickinson*, ed. R. W. Franklin (Cambridge, MA: Harvard University Press, 2005),73. 墓に関する想像と、ブロンテ姉妹ゆかりの地への巡礼の詳細については Watson, *Literary Tourist*, 111-18. を参照。

p.121 ブロンテ姉妹と：パークスがハワースをいつ訪れたかを明らかにするのは難しい。ギャスケルがCBの伝記 *Life* に掲載した手紙には、パークスがハワースを訪れたことが綴ってあるが、ギャスケルは、手紙の主が誰なのかを記していない。その手紙を *Early Visitors to Haworth: From Ellen Nussey to Virginia Woolf* (Haworth, UK: Brontë Society, 1996). に掲載したチャールズ・レモンは、1850年10月3日にパークスが書いた手紙だと述べている。しかし、マーガレット・スミスは、ジェイン・フォースターが1851年1月後半に書いたものだと考えている。彼女の主張については *LCB*, vol. 2, 569-70. を参照。エマ・ロウンズの *Turning Victorian Women into Ladies: The Life of Bessie Raynor Parkes, 1829-1925* (Palo Alto, CA: Academica, 2012). によると、パークスの娘は、1855年7月にパークスがギャスケルと連れ立ってハワースへ行ったと考えていた。娘が執筆したパークスの伝記 Marie Belloc Lowndes, *I, Too, Have Lived in Arcadia: A Record of Love and of Childhood* (London: Macmillan, 1941). を参照。ギャスケルから無名の人物への手紙は *Early Visitors*, 21-23. の中で引用されている。

p.122 ペンシルベニア州の：W. H. Cooke, "A Winter's Day at Haworth," *St. James Magazine* 21 (Dec. 1867-Mar. 1868), 166. チャールズ・ヘイルは、1861年にキースリーから歩いた。Lemon, *Early* p.110 キャサリンにとっての：EB の作品における自然の母性的な役割について述べられている書は多数ある。その中で Margaret Homans, "Repression and Sublimation of Nature in *Wuthering Heights*," *PMLA* 93, no. 1 (1978). と、Stevie Davies, *Emily Brontë: Heretic* (London: Women's Press, 1994). は特に優れている。

p.110 彼女はどこか：EB が歩いた時のことについては、同時代人が述べた話を参考にしたが、その中で最も重要なのは EN の話である。彼女は訪問中、ブロンテ姉妹と共に荒野を歩いた。初めて歩いたのは 1833 年である。現存する EB の手紙は 3 通のみで、どれも短く、形式ばっている。すでに見たように、彼女が子供時代に書いたもの、『嵐が丘』の原稿、死期迫るなか書き始めたと考えられる新しい小説の原稿は散逸してしまった。残っているのは、彼女の詩、ひとつの小説、学校で書いた 2、3 のエッセイ、日記紙、絵、出納帳の一部、数枚の原稿である。私たちが EB について知っていることの大半は（これは BB と AB についても言えることだが）、CB が手紙の中で述べたこと、友人に語ったこと、EB の死後に書かれた幾つかのエッセイ、『シャーリー』から得たものである。EB は、『シャーリー』の主人公シャーリーの造形に影響を与えているからだ。ルーカスタ・ミラーが述べているように、CB には、EB やほかのきょうだいの人物像を明確に描こうという意図があった。ただし、事実を歪めることもあったようだ。*The Brontë Myth* (New York: Knopf, 2001). を参照。多くのブロンテ研究家が、EB の詩に自伝的要素がどの程度含まれているのかを論じてきた。彼女の詩の多くが、ゴンダル国での出来事やそこに生きる人々について、架空の人々の視点から詠まれたものだからだ。私は、本章を執筆するにあたり、ジャネット・ゲザリの *Last Things* を参考にしながら EB の詩を読んだ。

p.111 エミリーは「おとなしいハト」：E. M. Delafield, ed., *The Brontës: Their Lives Recorded by Their Contemporaries* (London: Hogarth Press, 1935). の中で引用されている。EB について述べられた言葉は、EN の回顧録と、初期の EB の伝記執筆者が会話を記録した Agnes Mary Francis Robinson, *Emily Brontë* (Boston: Robert Brothers, 1889); *LCB*, vol. 2, 748. 所収の CB, "Editor's Preface to the New Edition of *Wuthering Heights*." に記されている。

p.111 エミリーは、意思と：CB, "Editor's Preface," *LCB*, vol. 2, 749. 所収。EN の言葉は Clement Shorter, *Charlotte Brontë and Her Circle* (Westport, CT: Greenwood, 1970), 179; Gaskell, *Life*, 166. の中で引用されている。

p.112「無限の」：EB, "It was night and on the mountains," 1839?; EB, "The Philosopher," Feb. 3, 1845, and "Julian M. and A. G. Rochelle," Oct. 9, 1845; Wilson, *Ballad,* 54; EB, "I'm happiest when most away," 1838?; Wordsworth, "Tintern Abbey," lines 46-47, *Lyrical Ballads* 所収。EB の作品における自然の重要性に関する研究書は、数え切れないほどある。その中で特に優れているのは Margaret Homans, *Women Writers and Poetic Ideology: Dorothy Wordsworth, Emily Brontë, and Emily Dickinson* (Princeton, NJ: Princeton University Press, 1980). である。

p.113「太陽の恵みを」：1853 年付、ギャスケルからジョン・フォースターへの手紙。引用句は *Oxford English Dictionary* に記されている。Steven Vine, *Emily Brontë* (London: Twayne, 1998), chap. 4 において、「wuther」という言葉についての適切な説明がなされている。

p.113 詩は：CB, "Editor's Preface," *LCB*, vol. 2, 749. 所収。

p.115 なぜなら：EB, "Loud without the wind was roaring," Nov. 11, 1838.

p.115 こうして：Gezari, *Last Things,* 17.

p.116 その事実は：EB はドイツ語を読めたから、Sehnsucht という言葉の意味をよく理解していたのかもしれない。ブロンテ研究家は、EB を哲学者と見なすべきだと主張してきた。例え

speaks bliss to me," 1838. 1837 年 6 月 26 日付、AB と EB の日記紙。EB, "The Prisoner," Oct. 9, 1845. EB は、1845 年 7 月付の日記紙に、寝室で足置き台に座って書き物をする自分の姿を描いている。ブロンテ家の使用人マーサ・ブラウンは、PB からこの足置き台をもらい、後に妹のタビサ・ラトクリフに譲った。その後、足置き台は、リヴァプールに住んでいた J・ロイ・コヴェントリーに売却され、最終的には BPM に収められた。タビサによると、彼女は、EB が書き物をするために足置き台を持って外に出るのをよく見たそうだ。Christine Alexander and Jane Sellars, *The Art of the Brontës* (London: Cambridge University Press, 1995), 104.

p.102「文筆は」: 1837 年 3 月 12 日付、ロバート・サウジーから CB への手紙。

p.103 エミリーは、ロマン派の： アルプス越えに関する引用句は、『序曲 (The Prelude)』の Book 6。シンプロン峠を通った時のことを詠んだ一節の中の言葉である。ワーズワースは、シンプロン峠を越えたことに気づかなかった。最初は残念がったが、後に、想像の中で再び永遠なるものを見ることができた。Wordsworth, *The Prelude or Growth of a Poet's Mind*, 2nd ed., ed. Ernest de Selincourt (Oxford, UK: Clarendon Press, 1959), 209-10. Wordsworth, "Tintern Abbey," lines 49, 97-98, *Lyrical Ballads*, 2nd ed. (Oxford, UK: Oxford University Press, 1980), 113-15. 所収。ワーズワースと歩くことについては Wallace, *Walking* と、Solnit, *Wanderlust* を参照。コリアットの言葉は Marplcs, *Shank's Pony*, 4. の中で引用されている。

p.105 街中を： スティーヴンの言葉は Marplcs, *Shank's Pony*, 147. の中で引用されている。「街娼」については Wallace, *Walking*, 221-22. と Deborah Epstein Nord, *Walking the Victorian Streets: Women, Representation, and the City* (Ithaca, NY: Cornell University Press, 1995). を参照。

p.106 ある時： EB は、1838 年から 1839 年までロー・ヒル校で教鞭を執った。その間に、彼女がアン・リスターに出会った可能性がある。リスターが近くのシブデン・ホールに住んでいたからだ。おそらく EB は、リスターに関する噂を耳にしていただろう。すでにリスターは、近くに住む人々から、驚くべき女性だと思われていた。Jill Liddingon, "Anne Lister and Emily Brontë, 1838-39: Landscape with Figures," *BST* 26, no. 1 (2001); Anne Lister, *I Know My Own Heart: The Diaries of Anne Lister 1791-1840* (New York: New York University Press, 1988), 278. Marplcs, *Shank's Pony*, chap. 9. を参照。ウィートンの生涯については Edward Hall, ed., *Miss Weeton: Journal of a Governess* (London: Oxford University Press, 1939), vol. 2, 24, 34,45; Lister, *I Know My Own Heart*, 113-14. を参照。

p.106「女性作家」: 1839 年 8 月 14 日付、CB から EN への手紙。1850 年 9 月 27 日付、CB からマーガレット・ウラーへの手紙。

p.107 当時： 女性が反逆心から歩いたことについては Solnit, *Wanderlust*, chap. 14. を参照。Frances Wilson, *The Ballad of Dorothy Wordsworth* (London: Faber and Faber, 2008), 54. 1794 年 4 月 21 日付、ドロシー・ワーズワースからクリストファー・クラッケンソープ夫人への手紙は Ernest de Selincourt, ed., *The Letters of William and Dorothy Wordsworth* (Oxford, UK: Oxford University Press, 1967), vol. 1, 116-17. 所収。

p.109 自由になるためには：『嵐が丘』は、フェミニストが理論を展開する上で欠かせない小説となっている。私がここで述べた考えは、一般的なものである。EB がフェミニズムに貢献したことについては Sandra M. Gilbert and Susan Gubar, *The Madwoman in the Attic: The Woman Writer and the Nineteenth-Century Literary Imagination* (New Haven, CT: Yale University Press. 1979). の『嵐が丘』に関する章に記されている。この章は極めて重要である。同書の『ジェイン・エア』に関する章では、この小説のフェミニズムにおける重要性について、説得力のある主張が展開されている。

Walking Stick (Utrecht: Internatiotal Books, 2007); Anthony Reál, *The Story of the Stick in All Ages and Lands* (New York: J. W. Bouton, 1876), 234. 1848年9月4日付、CBからメアリー・テイラーへの手紙。Elizabeth Gaskell, *The Life of Charlotte Brontë* (New York: Penguin, 1997), 166. ハワースの文房具店主ジョン・グリーンウッドは、EBが射撃を練習していたと語った。このことについては Chitham, *Emily Brontë*, 159. を参照。

p.97 死にそうなほど：ENの言葉は Wemyss Reid, *Charlotte Brontë* (London: Macmillan, 1877), 30. の中で引用されている。BBがブラッドフォードまで歩いたことについては Juliet Barker, *The Brontës* (New York: St. Martin's, 1994), 305. を参照。BBがロウ・ヘッドまで歩いたことについては Barbara Whitehead, *Charlotte Brontë and Her 'Dearest Nell': The Story of a Friendship* (Otley, UK: Smith Settle, 1993),9. を参照。1840年6月付、CBからENへの手紙。

p.98 聖書に登場する：トマスの言葉は、杖と徒歩旅行について広く鋭く考察した Lucy Newlyn, "Hazlitt and Edward Thomas on Walking." *Essays in Criticism* 56, no. 2 (2006), 164. の中で引用されている。現在、聖カタリナの杖に触れるのはかなり難しい。イタリアにある、彼女がかつて住んでいた家とシエナの聖堂に杖の一部が展示されているが、聖遺物箱の中に入っている。神の聖ヨハネの彫像は、現在、ロンドンのウェルカム・コレクションに収められている。

p.99 彼が使った杖の：Richard Holmes, *Coleridge: Early Visions* (London: Hodder and Stoughton, 1989), 60; Morris Marples, *Shanks's Pony: A Study of Walking* (London: Dent, 1919), 45. ハックスの言葉は前者の p.61 の中で引用されている。

p.99 彼女の杖は：ディケンズが歩いたことについては Anne D. Wallace, *Walking, Literature, and English Culture: The Origins and Uses of Peripatetic in the Nineteenth Century* (Oxford, UK: Oxford University Press, 1993), 230-31. を参照。ディケンズのコンパスは Berg に、杖はアメリカ議会図書館に、ダーウィンの杖はウェルカム・コレクションに収められている。

p.100 しかも：巡礼者の杖については Joseph Amato, *On Foot: A History of Walking* (New York: New York University Press, 2004), 53. を参照。遺物を入れられる杖については Max Von Boehn, *Modes and Manners: Lace, Fans, Gloves, Walking-Sticks, Parasols, Jewelry, and Trinkets* (London: Dent, 1929), 98. を参照。記念品を付けた杖については Van Den Brock, *Return of the Cane*, 104-11. を参照。19世紀後半のある杖には、ウェールズ各地の地名が全体に刻まれており、持ち主が根気よく歩き続けたことが分かる。個人の所蔵となっているが、Boothroyd, *Fascinating Walking Sticks*, 169. に写真が掲載されている。

p.101 それでも：1832年に制作された風変わりな杖もまた、記念品である。ジブラルタルに配置されていた浮き砲台の建材で作られた杖で、柄には、大砲のひとつに使われていた真鍮が施されていた。1831年に起きたブリストル改革法暴動を記念する杖は、あまりにも奇抜であるため、実在したとは考えにくい。暴動で焼け落ちたブリストル主教公邸の祈禱机に使われていた木でできた杖で、柄には、トマス・ブレアトン中佐が自死した時に使った拳銃が用いられていた。中佐は、暴動の最中に部隊を撤退させた。損失を避けるためだったが、軍法会議にかけられ、審議中に自ら命を絶った。杖には、暴徒を縛り首にした時に使った綱で作られた「三色の房」も付いていた。この杖とジブラルタルの杖は "Curiosities Sent to the Naval and Military Museum," *Age*, Feb. 12 (1832), 54. の中で言及されている。ネルソンの杖は個人の所蔵となっている。Boothroyd, *Fascinating Walking Sticks*, 167. を参照。

p.101 エミリーは、杖を：レベッカ・ソルニットは *Wanderlust: A History of Walking* (New York: Penguin, 2001), 72. において、こう述べている。「道には、かつてそこを通った人のことが記されている。道をたどるということは、今はもういない人の軌跡をたどるということだ」。EB, "Every leaf

Smith Bodichon, Feminist, Artist, and Rebel (London: Chatto and Windus, 1998), 54. の中で引用されている。

p.85 ローウッド校の： Geoffrey Warren, *A Stitch in Time: Victorian and Edwardian Needlecraft* (London: David and Charles, 1976), 123.

p.86 アンが創造した： Edward Chitham, *A Life of Anne Brontë* (Oxford, UK: Blackwell, 1991). を参照。特に 9 章では、AB がいかに理性的だったかが詳しく述べられている。

第3章　歩く

p.91 激しい風に： "High waving heather 'neath, stormy blasts bending," Dec. 13, 1836. 引用した EB の詩は、すべて Janet Gezari, ed., *Emily Jane Brontë: The Complete Poems* (London: Penguin, 1992). に収録されている。EB が題名を付けていない場合は、詩の 1 行目を題名として記した。ゲザリの研究活動のおかげで、詩の制作年を記すことができた。制作年が確かでない場合は、疑問符を付した。

p.92 この時の自然は： EN の回顧録。EB, "Song," 1844.

p.93 人里離れた山は： EB の詩と実際の天候については Edward Chitham, *A Life of Emily Brontë* (Oxford, UK: Blackwell, 1987). を参照。EB, "Often rebuked, yet always back returning." undated. この詩は EB 作とされるが、CB が書いた可能性がある。EB 作だが、CB が手直ししたとも考えられる。CB は、多くの EB の詩に加筆している。チタムは *Emily Brontë*, 219. において、CB が加筆したと主張している。ゲザリは、CB が EB を語り手にしてすべての詩を書き、意図的に EB 作としたと主張している。*Last Things: Emily Brontë's Poems* (Oxford, UK: Oxford University Press, 2007), 特に p.141-50.

p.94 木々に隠れた： BB の詩の一節。Victor Neufeldt, ed., *The Works of Patrick Branwell Brontë* (New York: Garland, 1999), vol. 2. 587.

p.94 大工は： この杖は、BPM に収められている。ジョージ・デイ氏が 1917 年に寄贈した。彼は、1897 年からブロンテ協会の年次会員になり、1906 年から 1926 年までは終身会員だった。杖の他に、CB、BB、PB、ジョン・ブラウンの葬儀の時に用いられたカードなども寄贈した。1916 年 12 月の 13 日から 15 日にかけてサザビーズ社が主催した競売で、ロット番号 668 番のこの杖を購入した。この杖は、有名なブロンテ愛好家であり、ブロンテ一家の遺物を収集したハロゲイトの J・H・ディクソンのコレクションのひとつ。BB のシルエットによる肖像画と額入りの証明書と共に出品された。証明書には、J・ブリッグスが H・エドマンドソンに杖を売却し、次にエドマンドソンが C・スタンスフィールドに売ったこと、スタンスフィールドからディクソン氏が購入したことが記されていた。"Catalogue of Valuable Illuminated and Other Manuscripts," Sotheby's, Dec. 13-15, 1916. 参照。収集家としてのディクソンについては Ann Dinsdale, Sarah Laycock, and Julie Akhurst, *Brontë Relics: A Collection History* (Yorkshire, UK: Brontë Society, 2012), 43. を参照。リンボクの杖の歴史と伝統技法については A.E. Boothroyd, *Fascinating Walking Sticks* (London: White Lion, 1973), 54-56. に記されている。BPM は、PB のリンボクの杖の他、彼が老後に使ったと考えられる重いオークの杖も所蔵している。John Lock and Canon W. T. Dixon. *A Man of Sorrow: The Life, Letters and Times of the Rev. Patrick Brontë, 1777-1861* (London: Ian Hodgkins, 1979), 52.

p.95 トップ・ウィズンズと： Gerard J. Van Den Broek, *The Return of the Cane: A Natural History of the*

It-Narratives," *Journal of Victorian Cultures* 15, no. 1 (2010), 33-100. を参照。

p.77 その針入れは：傘の形をした針入れは、ヴィクトリア・アンド・アルバート博物館に収められている。マリアが友人に贈った針入れと、CB がエリザに贈った小冊子型の針入れは、BPM に収められている。既製の四角い紙で針入れを作ったことについては Andere, *Old Needlework Boxes*, 76. を参照。紙に刺繍をするのは一般的なことであり、「針で穴をあけて」模様や絵を描いた。Toller, *Regency and Victorian Crafts*, 46-48. クリスティン・アレクサンダーとジェイン・セラーズが *The Art of the Brontës* (London: Cambridge University Press, 1995), 188-89. において述べているように、CB が描いた数々の絵は、おそらく針入れに用いるためのものだったのだろう。1848 年 4 月 22 日付、CB から EN への手紙。CB の「ハウスワイフ」は、BPM に収められている。

p.78 自分が作った：籠の形をした針山は、BPM に収められている。本の形をした針山は、CB の机箱に入っていたもののひとつである。言葉が記された CB の針山は、1898 年 7 月 2 日にサザビーズ社が主催した競売で売却された。ロット番号は 88 番。現在は BPM に収められている。ワーズワースを記念するための針山の写真が Taunton, *Antique Needlework Tools*, 140-41. に掲載されている。

p.78「ほんの一ヤードの」：1839 年 12 月及び 1840 年 4 月 30 日付、CB から EN への手紙。1847 年 1 月、1847 年 4 月及び 1847 年 9 月付、CB から EN への手紙。1840 年 4 月 30 日付、CB から EN への手紙。1845 年 12 月付、CB から EN への手紙。1847 年 4 月付、CB から EN への手紙。

p.79 姉妹が家の中で：CB が針仕事をしながら詩を朗唱したことについては、EN の回顧録に記されている。BPM に収められている未完成のキルトは、ブロンテ姉妹が作ったものではない可能性もあったが、ロビンソン・ブラウンは、1898 年 7 月 2 日にサザビーズ社が主催した競売で、ブロンテ姉妹のものとして売却した。ロット番号は 47 番。

p.80 ブロンテ姉妹が：ヴィクトリア朝時代の女性による手芸品制作と小説執筆との関係については Talia Schaffer, *Novel Craft: Victorian Domestic Handicraft and Nineteenth-Centuty Fiction* (New York: Oxford University Press, 2011). を参照。シャファーは、この段落で紹介した手芸品すべてについて調べている。手芸品と社会階級については p.29 を参照。"Catalogue of the Contents of Moor Lane House, Gomersal, to be Sold by Auction on Wednesday and Thursday, May 18 and 19, 1898," BPM, P Sales Cat. バーカーの *Sixty Treasures* によると、CB は、クイリング装飾を施した茶缶を EN に贈った。

p.81 華やかな手芸品：Asa Briggs, *Victorian Things* (Chicago: Chicago University Press, 1988), 207. の中で引用されている。Rozsika Parker, *The Subversive Stitch: Embroidery and the Making of the Feminine* (London: Women's Press, 1984), 175-79; Schaffer, *Novel Craft*, 34-35. も参照。

p.82 教え子の：1839 年 12 月付、CB から EN への手紙。1842 年 1 月 20 日付、CB から EN への手紙。CB のストッキングは BPM に収められている。1845 年 7 月 31 日付の AB の日記紙は、個人の所蔵となっている。1893 年 6 月 8 日付、CB から EB への手紙。

p.82 ブロンテ姉妹は：針仕事とブロンテ姉妹についての詳細は、サリー・ヘスケスのすばらしい論文 "Needlework" を参照。p.78 に、こう書かれている。「道徳心が高い登場人物は、喜んで家事（地味な針仕事など）をするが、道徳心が低い登場人物は、家事を怠け、装飾を施すというどうでもよい作業を好む」

p.85「彼女は」：エレン・ウィートンの日記の一部は出版された。Edward Hall, ed., *Miss Weeton: Journal of a Governess* (London: Oxford University Press, 1939), vol. 2, 396. Pam Hirsch, *Barbara Leigh*

1822年5月18日に完成した。エリザベスの刺繍見本は、1822年7月22日に完成。マリア・ブランウェルの刺繍見本は1791年4月15日、エリザベス・ブランウェルのそれは1790年10月11日、ペンザンスにおいて完成。EBの最初の刺繍見本は1828年4月22日、2番目のそれは1829年3月1日に完成。CBの最初の刺繍見本は1822年7月25日、2番目のそれは1828年4月1日に完成。

p.69 彼女は自殺を： Carol Humphrey, *Samplers* (Cambridge, UK: Cambridge University Press, 1997), 5. ブロンテ一家が暮らす牧師館に、額に入れて飾られていた刺繍見本は、1781年、ネリー・キャトラルという女性が13歳の時に作ったものである。ロビンソン・ブラウンは、ハワースの教会の雑用夫だった父親ウィリアム・ブラウンからそれを受け継ぎ、1898年7月2日にサザビーズ社が主催した競売で売却した（ロット番号は41番）。ウィリアムはおそらく、彼の姪にあたる牧師館の使用人マーサ・ブラウンから譲ってもらったのだろう。サザビーズ社の競売カタログを参照。髪が使われた刺繍見本についてはJane Toller, *The Regency and Victorian Crafts* (London: Ward Lock, 1969), 68-69. を参照。万国博覧会にちなんだ刺繍見本のひとつの写真がNerylla Taunton, *Antique Needlework Tools and Embroideries* (Suffolk, UK: Antique Collector's Club, 1997), 187. に掲載されている。エリザベス・パーカーの刺繍見本は、ヴィクトリア・アンド・アルバート博物館に収められている。

p.69 一九世紀の： Mary C. Beaudry, *Findings: The Material Culture of Needlework and Sewing* (New Haven, CT: Yale University Press, 2006), 45; CB, "Julia," Winifred Gérin, ed., *Five Novelettes* (London: Folio Press, 1971), 92. 所収。

p.70 そうしなければ： Martineau, *Autobiography,* 323-24.

p.71 安い裁縫箱には： Beaudry, *Findings*, 45. BPMに収められている木製のニッティングベルトは、今は亡き女性のことを特に強く伝える裁縫道具だ。ブロンテきょうだいの母親マリアが所有していたもので、「MB」と引っかいて書かれている。母親の死後、娘たちが使った。Mary Andere, *Old Needlework Boxes and Tools* (New York: Drake, 1971), 26.

p.72 ブロンテ姉妹は： Sally Hesketh, "Needlework in the Lives of the Brontë Sisters," *BST* 22, no. 1 (1997), 73.

p.72「バウンディー嬢へ」： この段落で紹介した裁縫箱についてはTaunton, *Antique Needlework Tools*, 57, 108-9,113. に記されている。

p.73 シャーロットの裁縫箱に： おばのブランウェルの裁縫箱についてはHesketh, "Needlework," 74. に記されている。CBの革の裁縫箱ともうひとつのそれは、夫アーサー・ベル・ニコルズによって保管された。彼の死後、彼の2番目の妻が1907年に競売に出品し、BPMが落札した。

p.74 その後： 隠し抽斗についてはAndere, *Old Needlework Boxes*, 24-25. において述べられている。

p.75 愛する人の： CBの裁縫箱の中身についてはJuliet Barker, *Sixty Treasures: The Brontë Parsonage Museum* (Haworth, UK: Brontë Society, 1988), n. 50. を参照。ブロンテ姉妹を崇拝するJ・H・ディクソンは、ブロンテ家の使用人マーサ・ブラウンの妹タビサ・ラトクリフからABの裁縫箱を購入し、1916年にサザビーズ社が主催した競売で売却した。ロット番号は664番。このロットには、未完成の緑色の財布と手縫いの絹の財布も含まれていた。

p.75 女性の体の一部： Lewis Carroll, *Through the Looking Glass: And What Alice Found There* (Philadelphia: Henry Altemus, 1897), 106. 布や衣服も19世紀初めに工場で生産されるようになり、1850年代に入ると、機械で大量生産された衣服が手縫いの衣服に取って代わり始めた。1850年代にミシンが発明され、数十年後に家庭に普及した。「物が語ること」とその意味についてはElaine Freedgood, "What Objects Know: Circulation, Omniscience and the Comedy of Dispossession in Victorian

Passage in the Lives of Some Eminent Men of the Present Time," June 17, 1830. を参照。

p.51 自ら朗読の： EN の回顧録。

p.52「本を渡されると」： ギャスケルは、CB に会うために初めて牧師館を訪れた時、窓辺に腰掛けが置かれていたので、どこか古風な雰囲気を感じた。Gaskell, *Life*, 39, 105. 現在、牧師館を訪れる人は、一部の窓からしか荒野を眺められないだろう。木々が視界を遮っているからだ。ブロンテ一家が生きていた頃、その木々は、存在しないか丈が低いかのどちらかだった。台所や上階の寝室の窓など、荒野を殊によく見晴らせた窓の幾つかは、今はもうない。CB の友人メアリー・テイラーは、CB が本を読む時のおかしな姿について、ギャスケル宛ての手紙に記した。同書 p.78.

p.53 心の中が： Barbara Whitehead, *Charlotte Brontë and Her 'Dearest Nell': The Story of a Friendship* (Otley, UK: Smith Settle, 1993), 51.

p.56 過去の小さな： CB の "Biographical Notice of Ellis and Acton Bell." は、1850 年にスミス・エルダー社が出版した彼女の *Wuthering Heights, Agnes Grey* と、ふたりの妹の詩集に最初に載った。その後、*LCB* に付録Ⅱとして掲載された。

第２章　ジャゴイモをおむぎ

p.59 この日の： アブラハム・シャクルトンは、「晴天日」と記録している。

p.59 言うまでもないことだが： 1834 年 11 月 24 日付、AB と EB の日記紙。

p.61 バイロンの日記には： この箱は行方知れずとなっている。クレメント・ショーターは 1895 年、アーサー・ニコルズから箱を借りた時、箱について記録した。現在 BPM に収められている、EB のものとされる箱は、この箱ではない。「およそ２インチ四方」の日記紙用のブリキの箱よりも２倍以上大きいからだ。Shorter, *Charlotte Brontë and Her Circle* (Westport, CT: Greenwood, 1970), 146, originally published in 1896. EB と AB がムーアの『バイロンの生涯』を読んだことについては Edward Chitham, *A Life of Emily Brontë* (Oxford, UK: Blackwell, 1987), 83. と Winifred Gérin, *Emily Brontë* (London: Oxford University Press, 1970), 44-45. を参照。

p.62「レディー・エミリー」： CB, "A Day at Parry's Palace, by Lord Charles Wellesley," BPM, B85.

p.64 アンは女性が： EN が 1833 年に牧師館を訪れた時の話は、LCB 第１巻の付録Ⅱに掲載された。EB が、顔なじみではない動物の近くまで CB を連れて行ったことについては Shorter, *Charlotte Brontë*, 179. にある EN の回想と CB, "Biographical Notice of Ellis and Acton Bell." *LCB*, vol. 2, 745, 746 所収 . を参照。

p.64 彼女は執筆活動を： Harriet Martineau, *Autobiography*, ed. Linda Peterson (Peterborough, Ontario: Broadview, 2007), 99, 112, 51.

p.65 ペンを置き： マーサ・ブラウンへのインタビュー記録に記されている。この記録は最初に *Yorkshireman* に、次に *BST* 14, no. 3 (1963), 28-29. に掲載された。Jocelyn Kellett, *Haworth Parsonage: The Home of the Brontës* (Bradford, UK: Brontë Society, 1977), 65. によると、「Turning《裏返し》」は、濡れた衣服を水絞り器にかけることを意味する言葉でもある。

p.66 アンは美しいものを： CB の夫アーサー・ベル・ニコルズは、AB の刺繍見本をクレメント・ショーターに譲った。ショーターは、初期にブロンテ一家の遺物を収集し、伝記を執筆した人物だ。彼は後に、刺繍見本を BPM に寄贈した。

p.67 ともあれ： AB の最初の刺繍見本と、箴言の一節が刺繍されたマリア・ブロンテのそれは、などもある。ブロンテきょうだいは小さな本を作ったが、父親の PB は小さな帳面を作った。古紙を綴じたその帳面は BPM に収められている。彼は、帳面にフランス語の語句をびっしりと記し、学校に入る CB と EB に付き添ってフランスとベルギーへ行く時に使った。

p.46 他の小説の原稿を： Leah Price, "Getting the Reading out of it: Paper Recycling in Mayhew's London," *Bookish Histories; Books, Literature and Commercial Modernity, 1700-1900* (New York: Palgrave, 2009), 154. 所収。1851 年 2 月 5 日付、CB からジョージ・スミスへの手紙を参照。

p.46 この本の表紙は： Leah Price, *How to Do Things with Books in Victorian Britain* (Princeton, NJ: Princeton University Press, 2012), 27-29; *Geography for Youth*, 14th ed., trans. Abbé Lenglet du Fresnoy (Dublin: P. Wogan, 1795). この本には、布から作った紙が使われており、まっすぐに印刷されていない。明らかに安物であり——ブロンテ一族の貧しさを示している——余白の大部分に、いたずら書きや走り書きが記されている。「1803 年にヒュー・ブロンテの本となる」という言葉と、ウォルシュ・ブロンテの署名も記されている。

p.47 心臓は： シェリーの日記帳は、ニューヨーク公共図書館のプフォルツハイマー・コレクションに収められている。Edward Trelawny, *Records of Shelley, Byron, and the Author* (New York: New York Review of Books, 2000), 145; Bodleian Library, Shelley adds. d.6. も参照。

p.48 納骨室とも言える： 頭蓋骨の欠片は、おそらく偽物だろう。コレクションの管理に携わる学芸員も、本物だろうかという疑いを持っている。私はこの欠片を見た時、骨ではないなら一体何なのだろう、と思った。この偽物の裏には、どんな物語が隠されているのだろう？ ローマのキーツ・シェリー・メモリアルハウスには、シェリーの顎骨の一部と言われているものが展示されている。彼のものとされる髪と遺灰が入っている（不気味だが）美しい本は、大英図書館に収められている。贋作者、盗人としても知られる愛書家トマス・ジェイムズ・ワイズ（彼については 9 章で述べている）が 1890 年代にこの本を作った。本に組み入れられた手書きの記録は確かに本物だが、おそらく髪と遺灰はシェリーのものではないだろう。表表紙の裏側に入っているのは誰か他の人の髪だろう。裏表紙の裏側に入っているのが何なのかは誰にも分からない。頭蓋骨の欠片は、黒色と灰色の小さな石のように見えた。ブロンテ一家が手書きで書いたものを多数所有していたワイズは、ロンドンの製本家ヨーゼフ・ツェーンスドルフに依頼して、CB の『教授』の原稿を製本してもらった。ツェーンスドルフは、なめした人皮を革の代わりに使うこともあった。"Books Bound in Human Skins," *New York Times*, Jan. 25, 1886. 参照。

p.48 ぞっとする： 死体の盗掘、解剖法、死体の利用については、おもしろくて見事な研究成果が記された Ruth Richardson, *Death, Dissection, and the Destitute* (Chicago: University of Chicago Press, 2000). を参照。小さな本は、現在、エディンバラの王立外科医師会博物館に収められている。

p.49 シャーロットは、本が： BB, "Young Soults Poems with Notes." ; CB, "An Interesting Passage in the Lives of Some Eminent Men."

p.49「あの時間は」： 過密状態にあった墓地については Gaskell, *Life*, 14; Barker, *Brontës*, 98; C. Mabel Edgerley, "The Structure of Haworth Parsonage," *BST*, 9, no. 1 (1936), 29; EN の回顧録を参照。「アーヴィルズ」については Gaskell, *Life*, 26-27. を参照。1835 年 12 月 7 日付、BB から『ブラックウッズ』の編集者への手紙。

p.50 物語を書く： ふたりの姉が亡くなった後の悲しみが、残されたきょうだいを本作りへと向かわせた、と多くのブロンテ研究者が主張している。特に Brown, "Beloved Objects," Robert Keefe, *Charlotte Brontë's World of Death* (Austin: University of Texas Press, 1979); Winifred Gérin, *Charlotte Brontë: The Evolution of Genius* (London: Oxford University Press, 1967); CB, "An Interesting p.34 本は船から：ブロンテ一家が本を借りた人や場所――近隣の地主、ポンデン・ホールに住んでいたヒートン一家、キースリーの力学研究所――について、ブロンテ一家の伝記執筆者は盛んに論じてきた。バーカーは、ブロンテ一家はキースリー（ハワースに最も近い街）の貸本屋の会員だったという説得力のある主張を展開している。Barker, *Brontës*, 147-49. を参照。1840年12月10日付、CBからハートリー・コールリッジへの手紙。1812年11月18日付、マリア・ブランウェルからPBへの手紙。Thomas James Wise and John Alexander Symington, eds., *The Brontës: Their Lives, Friendship and Correspondence* (Oxford, UK: Blackwell, 1932), vol. 1, 21.

p.35「丁寧に扱い」：現在、ブロンテ一家が所有していたオシアンの詩集はBPMに収められている。BBが1829年6月に制作した「ブラックウッズ」はホートン図書館に収められている。1851年7月21日付、CBからW・S・ウィリアムズへの手紙。

p.36 シャーロットの：*Russell's General Atlas of Modern Geography*, PML, 129886; BB, "The Liar Detected," BPM, Bon 139; CB, "Leaf from an Unopened Volume," Jan. 1834, BPM, 13.2.

p.37 豪華な：ギャスケルはGaskell, *Life*, 93. において、ブロンテ一家の蔵書について述べている。BB, "Liar Detected."

p.38「P・ブロンテ牧師の」：一般的に、手芸のひとつとして、女性が本の装丁をし直した。このことについてはTalia Schaffer, *Novel Craft: Victorian Domestic Handicraft and Nineteenth-Century Fiction* (New York: Oxford University Press, 2011), 16. を参照。ホートン図書館は、*Sermons or homilies appointed to be read in churches in the time of Queen Elizabeth.* などドレスを利用して張り替えられた本を幾冊か所蔵している。バーカーは、本に記された言葉を*Brontës*, 30. に記録している。

p.38「この本は」：CB, "History of the Year." マリアとエリザベスの他の私物と同様に、どういうわけか、この本も現存しない。

p.39 この聖書が：New Testament, PML, Printed Books 17787.

p.40 ブリュッセル：Prayer book, PML, MA 2696.

p.41 そして：John Frost, *Bingley's Practical Introduction to Botany*, 2nd ed. (London: Baldwin, Cradock and Joy, 1827), BPM, 2004/47.9; Susanna Harrison, *Songs in the Night* (London: Baynes, 1807), BPM, bb30. この本には、シダをはじめとする多くの植物が挟んであるだけでなく、T・ロード夫人と、近郊のトッドモーデンに住んでいたローワー・ライスの名刺が貼りつけてある。驚くことではないが、言葉も記されている。PBは、この本をハンナという女性に贈る時、「よろしくお願いします」と記した。

p.42 彼女の一連の：*Iliad*, BPM, Bonnell 35; Bible, PML, 17769; CB, piece of paper, BPM, Bonnell 108.

p.42 それらの：BB, "History of the Young Men."

p.43 おとなしいが：ハワースの文房具店主ジョン・グリーンウッドは、この話をギャスケルに語った。*Life*, 216.

p.44 ある男性は：紙の歴史についてはAltick, *English Common Reader*, 262; Schaffer, *Novel Craft*, 69; CB, "Third Volume of the Tales of the Islanders"; CB, untitled fragment, BPM, Bonnell 88; CB, "The Poetaster," vol, 1, July 6, 1830. を参照。

p.45 彼らが：BBは、1833年11月に「ヴェルドポリスの政治　ジョン・フラワー大佐が語った話」を書き上げた。この作品が書かれた小さな本の表紙の裏側には、小包の送付についての次のような指示が記されている。「1834年3月6日木曜の夜、レッド・ローヴァーがリン馬車に110払うこと」。この記録から、BBが、作品を仕上げてから幾月か経った後に本を綴じたと推測される。BB, "Blackwood's," Jan. 1829. BB, "History of the Rebellion." CB, "Albion and Marina."

も同様。July 1856, in J. A. V. Chapple and John Geoffrey Sharps, eds., *Elizabeth Gaskeil: A Portrait in Letters* (Manchester, UK: Manchester University Press, 1980), 149.

p.27 シャーロットが創造した：CB の "Characters of the Celebrated Men of the Present Time," の原本は現存しない。Alexander, *Early Writings*, vol. 1, 127. を参照。

p.27 ブランウェルの兵隊は：ブロンテきょうだいの他の初期の作品については Fannie Ratchford, *The Brontës' Web of Childhood* (New York: Russell and Russell, 1964). を参照。きょうだいが所有していた玩具の一覧が Barker, *Brontës*, chap. 6. に掲載されている。玩具の一部は BPM に収められており、その中には次のようなものがある。木彫りのライオン。3 人の女性がテーブルに着いている絵が描かれた子供用の茶器。「ご婦人方、どうぞご自由に　お茶はお気に召しましたか」という言葉が絵に添えてある。真鍮製の小さなアイロン。CB, "History of the Year." を参照。

p.28 また、四人は：BB, "History of the Young Men," British Library, Ashley 2468. BB が作品を書き写した小さな本については Victor Neufeldt, ed., *The Works of Patrick Branwell Brontë*, 3 vols. (New York: Garland, 1999). を参照。

p.28 一八二八年には：BB, "History of the Young Men."

p.29 小さな木の人形の：ブロンテきょうだいが作った言葉については Ratchford, *Brontës' Web*, 19. に記されている。残念ながら、「島人の物語」が記された数巻にわたる小さな本は解体され、1 冊の大きな革張りの本に作り直された。1829 年 3 月 12 日から 1830 年 7 月 30 日までに制作されたこれらの本はすべて、Berg に収められている。

p.29「とってもすてきな話よ」：CB, "History of the Year."

p.30 彼らは：同上。

p.30 家から：サクラの木を利用した劇は、1828 年から 1830 年までの間に行なわれた。町民によって伝えられた劇についての話には、少なくとも 2 通りある。本書で紹介した話は J. A. Erskine Stuart, *The Brontë Country* (London: Longmans, 1888), 189-90. に記されている。もうひとつの話によると、サクラの木に移って逃げる王子の役を演じたのは、使用人のサラ・ガーズである。後者については Marion Harland, *Charlotte Brontë at Home* (London: Putnam's, 1899), 32. を参照。

p.32 彼らが隙間なく：ブロンテきょうだいの他の大半の小さな本とは違い、BPM に収められている、現存する最も古い小さな本には制作日が記されていないが、他の小さな本の制作時期や文字と技術の上達具合から、1826 年に制作されたと推測される。クリスティン・アレクサンダーは *Early Writings*, vol. 1, 3. において、CB が最初に作ったのはこの小さな本だと述べている。小さな本や文字のサイズは様々である。拡大しなければ読めない文字もあるが、文字はすべてきちんと整っている。本と文字のサイズが最も小さいのは、CB の "The Poetaster," vol. 2, June 8-July 12, 1830. だろう。ブロンテきょうだいの体の大きさと本の大きさとの関係については Kate E. Brown, "Beloved Objects: Mourning, Materiality, and Charlotte Brontë's 'Never-Ending Story,'" *English Literary History* 65, no. 2 (1998), 395-421; CB, "Third Volume of the Tales of the Islanders," Berg. を参照。

p.34 後に：Gaskell, *Life*, 81; Christine Alexander and Juliet McMaster, eds., *The Child Writer from Austen to Woolf* (Cambridge, UK: Cambridge University Press, 2005). ラスキンが子供時代に制作した本については、彼の自伝 *Praeterita* (New York: Oxford University Press, 1949), 43-45. を参照。

p.34「波紋織り絹布張りで」：Richard Altick, *The English Common Reader: A Social History of the Mass Reading Public, 1800-1900,* 2nd ed. (Columbus: Ohio State University Press, 1998), 262-78; CB, "Last Will and Testament of Florence Marian Wellesley ... ," Jan. 5, 1834, PML, Bonnell Collection.

(New York: Zone, 2011), 233. 王が触れることによってもたらされる恩恵を臣民が欲している、ということを王たちは知っていたが、臣民に直接触れるのを嫌った。そのためタッチピースが用いられた。ウェルカム・コレクションには、幾つかのタッチピースが収められている A641031 (ca. 1702-1714)。スレートと銀で作られたタッチピースは、アン女王のものと考えられている。Walter Woodburn Hyde, "The Prosecution and Punishments of Animals and Lifeless Things in the Middle Ages and Modern Times," *University of Pennsylvania Law Review* 64 (1915-1916), 726.

第1章　小さな本

p.21 でも、ストーブの： CBは、きょうだいが亡くなると、牧師館の部屋割りを変えた。それ以前の部屋割り（及び庭の様子）については F. Mitchell's map in *BST* 9, no 1 (1936), 27. と *The Life of Charlotte Brontë* (New York: Penguin, 1997). を参照。エリザベス・ギャスケルは CB と親しくなった後、CB の暮らす牧師館を訪れた。CB の死から2年経った1857年、ギャスケルが執筆した CB の伝記の初版が出版された。天候に関する部分は、ブロンテ一家の同時代人で、キースリー近郊に住んでいた気象学者アブラハム・シャクルトンの毎日の記録を参考にして書かれている。シャクルトンの天候記録は、キースリーのクリフ城博物館に収められている。牧師館では泥炭が燃やされていたという主張については Edward Chitham, *A life of Emily Brontë* (Oxford, UK: Blackwell, 1987). を参照。

p.22 埋葬室の： ジュリエット・バーカーの主張によると、マリアは文学少女だったという。また、子供たちは母親の臨終に立ち会った。*The Brontës* (New York: St Martin's, 1994). を参照。看護師の言葉については Elizabeth Gaskell to Catherine Winkworth, Aug. 25, 1850, *LCB*, vol. 2, 447. を参照。

p.23 おばのブランウェルは： CB の日記。"The History of the Year," Mar. 1829, BPM, Bonnell 80 (11).

p.24 こうして： 現在、BPM に収められている錆びついた鉄鋏の持ち手に、子供だった彼女が指を通して使ったのではないか、と私は思いたくなる。この小さな本を手に持った時、彼女が本を作る姿が目に見えるようだった――本の制作記録は残っていない。現在は、ハーヴァード大学ホートン図書館に収められている。詩人エイミー・ローウェルは1905年9月11日、ロンドンにおいて、愛書家であり贋作者でもあるトマス・ジェイムズ・ワイズからこの本をもらった。ワイズは1895年、ブロンテ一家の伝記を執筆したクレメント・ショーターを介して、CB の夫アーサー・ベル・ニコルズから購入した（これについては第9章を参照）。エイミー・ローウェルは1925年、この本をハーヴァード大学に寄贈した。CB が初期の作品を書き写した有用な小さな本については Christine Alexander, ed., *An Edition of the Early Writings of Charlotte Brontë*, 3 vols. (Oxford, UK: Blackwell, 1987); Gaskell, *Life*, 74. を参照。

p.25 後年： CB, "History of the Year"; Margaret Oliphant, *Annals of a Publishing House, William Blackwood and His Sons, Their Magazine and Friends* (Edinburgh: Blackwood, 1897). BB が最初に制作した「ブラックウッズ」は、ハーヴァード大学ホートン図書館に収められている。ハーヴァード大学が所蔵する、この BB の雑誌のすばらしい写真が http://nrs.haivard.edu/urn-3:FHCL.HOUGH:1077557 に掲載されている。ハーヴァード大学が所蔵する、9冊のブロンテきょうだいの小さな本はすべて蔵書目録に記載されている。CB が最初に制作した「ブラックウッズ」もホートン図書館に収められている。1856年7月付、エリザベス・ギャスケルからジョージ・スミスへの手紙

註

註における略語は以下のとおり。

AB　アン・ブロンテ
BB　ブランウェル・ブロンテ
CB　シャーロット・ブロンテ
EB　エミリー・ブロンテ
EN　エレン・ナッシー
PB　パトリック・ブロンテ

Berg　ニューヨーク公共図書館ヘンリー・W及びアルバート・A・バーグ英米文学コレクション
BPM　ブロンテ牧師館博物館
BST　ブロンテ協会会報
LCB　マーガレット・スミス編『シャーロット・ブロンテ書簡集』1巻～3巻
PML　ピアポント・モルガン図書館及び博物館

はじめに　物それぞれの命

p.12 エミリーも：一二使徒の箪笥は、現在 BPM に収められている。

p.14 そして、人々が：引用は以下。Constance Classen, "Touch in the Museum," in Constance Classcn, ed., *The Book of Touch* (Oxford, UK: Berg, 2005), 275-77; Zacharias Conrad von Uffenbach, *Oxford in 1710*, ed. W. H. Quarrell and W. J. C. Quarrell (Oxford, UK: Blackwell, 1928), 31; Asa Briggs, *Victorian Things* (Chicago: University of Chicago Press, 1989), 29.

p.15 哲学的で：Elaine Freedgood, *The Ideas in Things: Fugitive Meaning in the Victorian Novel* (Chicago: Chicago University Press, 2006), chap. 1 を参照。Bill Brown, *A Sense of Things. The Object Matter of American Literature* (Chicago: University of Chicago Press, 2003) や John Plots, *Portable Property: Victorian Culture on the Move* (Princeton, NJ: Princeton University Press, 2009) も、物質文化について論じた重要な書である。もちろん、哲学者も物について考えた。イマヌエル・カントは、人間の認識を物から切り離した。彼の主張によると、私たちは物と出会う時、空間と時間という枠の中で主観的に物を見るため、「物自体」を認識できない。マルティン・ハイデガーはカントの考えを進め、水差しなどの物を、土、空、(私たち) 人間、神の中心的な要素の合流点のようなものだと見なした。しかし、物が合流点となるのは、私たちが物と正しく出会う時だけであり、雑音のあふれる目まぐるしい世界では、もはやそのような時を持てなくなりつつある、と彼は感じていた。(思弁的実在論における) オブジェクト指向存在論を唱えるグレアム・ハーマンらはハイデガーの考えを発展させ、あらゆる存在の中心から人間を取り除き、物と、物が他の物と持つ関係に独立した地位を与えた。ハーマンは *The Quadruple Object* (Hants, UK: Zero 2011), 21, 29, 46,123. において、こう説明している。「すべての人間と人間ではない存在は、同等の地位を有する」のであり、「物の本質は、人間や他の物が関係を持てない深い所にある」。Martin Heidegger "The Thing," *Poetry, Language, Thought*, trans. Albert Hofstadter (New York: Harper and Row, 1971) も参照。

p.16 この風習は：Caroline Walker Bynum, *Christian Materiality. An Essay on Religion in late Medieval Europe*

Routledge, 1995.
Plotz, John. *Portable Property: Victorian Culture on the Move*. Princeton, NJ: Princeton University Press, 2009.
Polhemus, Robert. *Erotic Faith: Being in Love from Jane Austen to D. H. Lawrence*. Chicago: University of Chicago Press, 1990.
Richter, David. *The Progress of Romance: Literary Historiography and the Gothic Novel*. Columbus: Ohio State University Press, 1996.
Rosenman, Ellen Bayuk. *Unauthorized Pleasures: Accounts of Victorian Erotic Experience*. Ithaca, NY: Cornell University Press, 2003.
Schaaf, Larry J. *Sun Gardens: Victorian Photograms by Anna Atkins*. New York: Aperture, 1985.
——. *Sun Pictures: British Paper Negatives 1839-1864*. Catalog 10. New York: Hans P. Kraus Jr., ca. 2001.
Schor, Esther. *Bearing the Dead: The British Culture of Mourning from the Enlightenment to Victoria*. Princeton, NJ: Princeton University Press, 1994.
Shuttleworth, Sally. *Charlotte Brontë and Victorian Psychology*. Cambridge, UK: Cambridge University Press, 1996.
Siegel, Elizabeth, Patrizia Di Bello, Marta Weiss, et al. *Playing with Pictures: The Art of Victorian Photocollage*. Chicago: Art Institute of Chicago, 2009.
Stewart, Susan. *On Longing: Narratives of the Miniature, the Gigantic, the Souvenir, the Collection*. Durham, NC: Duke University Press, 1993.
Taylor, Lou. *Mourning Dress: A Costume and Social History*. London: Allen and Unwin, 1983.
Thormählen, Marianne. *The Brontës and Education*. Cambridge, UK: Cambridge University Press, 2007.
——. *The Brontës and Religion*. Cambridge, UK: Cambridge University Press, 1999
Thurschwell, Pamela. *Literature, Technology, and Magical Thinking, 1880-1920*. New York: Cambridge University Press, 2001.
Westover, Paul. *Necromanticism: Traveling to Meet the Dead, 1750-1860*. New York: Palgrave Macmillan, 2012.
Zigarovich, Jolene. *Writing Death and Absence in the Victorian Novel: Engraved Narratives*. New York: Palgrave, 2012.

Chicago Press, 2000.
Gere, Charlotte, and Judy Rudoe. *Jewellery in the Age of Oueen Victoria: A Mirror to the World.* London: British Museum Press, 2010.
Gérin, Winifred. *Branwell Brontë*. London: Hutchinson, 1972.
Glen, Heather. *Charlotte Brontë. The Imagination in History*. Oxford, UK: Oxford University Press, 2002.
Gordon, Lyndall. *Charlotte Brontë: A Passionate Life*. New York: W. W. Norton, 1996.
Hallam, Elizabeth, and Jenny Hockey. *Death, Memory, and Material Culture*. Oxford, UK: Berg, 2001.
Harris, Jose. *Private Lives, Public Spirit: A Social History of Britain 1870-1914*. New York: Oxford University Press, 1993.
Harvey, Anthony, and Richard Mortimer. *The Funeral Effigies of Westminster Abbey*. Woodbridge, UK: Boydell, 1994.
Heidegger, Martin. *Being and Time*. Trans. Joan Stambaugh. New York: State University of New York Press, 1996.
Herrmann, Frank. *The English as Collectors: A Documentary Chrestomathy*. New York: W. W. Norton, 1972.
Hotz, Mary Elizabeth. *Literary Remains: Representations of Death and Burial in Victorian England*. New York: State University of New York Press, 2009.
Jupp, Peter, and C. Gittings. *Death in England: An Illustrated History*. New Brunswick, NJ: Rutgers University Press, 2000.
Kucich, John. *Repression in Victorian Fiction: Charlotte Brontë, George Eliot, and Charles Dickens*. Berkeley: University of California Press, 1987.
Lee, Hermione. *Virginia Woolf's Nose: Essays on Biography*. Princeton, NJ: Princeton University Press, 2007.
Llewellyn, Nigel. *The Art of Death: Visual Culture in the English Death Ritual c.1500-c.1800*. London: Reaktion, 1991.
Logan, Peter. *Victorian Fetishism: Intellectuals, and Primitives*. Albany: State University of New York Press, 2009.
Lutz, Deborah. *Relics of Death in Victorian Literature and Culture*. Cambridge, UK: Cambridge University Press, 2015.
Maynard, John. *Charlotte Brontë and Sexuality*. New York: Cambridge University Press, 1984.
Miller, J. Hillis. *The Disappearance of God; Five Nineteenth-Century Writers*. Cambridge, MA: Harvard University Press, 1963.
Mitchell, Sally. *The Fallen Angel: Chastity, Class and Women's Reading*. Bowling Green, OH: Bowling Green Popular Press, 1981.
Ousby, Ian. *The Englishman's England: Taste, Travel, and the Rise of Tourism*. New York: Cambridge University Press, 1990.
Pascoe, Judith. *The Hummingbird Cabinet: A Rare and Curious History of Romantic Collectors*. Ithaca, NY: Cornell University Press, 2006.
Pearce, Susan. *On Collecting An Investigation into Collecting in the European Tradition*. London:

参考文献

Armstrong, Tim. *Modernism, Technology, and the Body: A Cultural Study*. Cambridge, UK: Cambridge University Press, 1998.

Bachelard, Gaston. *The Poetics of Space*. Boston: Beacon Press, 1964.

Barthes, Roland. *Camera Lucida*. New York: Hill and Wang, 1981.

Bataille, Georges. *Literature and Evil: Essays*. London: Boyars, 1997.

Batchen, Geoffrey. *Forget Me Not: Photography and Remembrance*. New York: Princeton Architectural Press, 2004.

Bebbington, D. W. *Evangelicalism in Modern Britain: A History from the 1730s to the 1980s*. London: Unwin Hyman, 1989.

Bourke, Joanna. *Dismembering the Male: Men's Bodies, Britain and the Great War*. London: Reaktion, 1996.

Bradley, Ian. *The Call to Seriousness: The Evangelical Impact on the Victorians*. New York: Macmillan, 1976.

Bronfen, Elisabeth. *Over Her Dead Body. Death, Femininity and the Aesthetic*. Manchester, UK: Manchester University Press, 1992.

Brown, Bill, ed. *Things*. Chicago: University of Chicago Press, 2004.

Brown, Peter. *The Cult of Saints*. Chicago: University of Chicago Press, 1981.

Cohen, Deborah. *Household Gods: The British and Their Possessions*. New Haven, CT: Yale University Press, 2006.

Cottom, Daniel. *Unhuman Culture*. Philadelphia: University of Pennsylvania Press, 2006.

Curl, James. *The Victorian Celebration of Death*. Stroud, Gloucestershire, UK: Sutton, 2000.

Davey, Richard. *A History of Mourning*. London: Jay's, 1889.

Dávidházi, Péter. *The Romantic Cult of Shakespeare*. New York: Palgrave, 1998.

Davies, Stevie. *Emily Brontë: The Artist as a Free Woman*. Manchester, UK: Carcanet, 1983.

Di Bello, Patrizia. *Women's Albums and Photography in Victorian England*. Aldershot, UK: Ashgate, 2007.

Douglas-Fairhurst, Robert. *Victorian Afterlives: The Shaping of Influence in Nineteenth-Century Literature*. London: Oxford University Press, 2004.

Du Maurier, Daphne. *The Infernal World of Branwell Brontë*. New York: Doubleday, 1961.

Eagleton, Terry. *Myths of Power: A Marxist Study of the Brontës*. Basingstoke, UK: Macmillan, 1975.

Elfenbein, Andrew. *Byron and the Victorians*. Cambridge, UK: Cambridge University Press, 1996.

Fraser, Rebecca. *Charlotte Brontë: A Writer's Life*. New York: Pegasus, 2008.

Fumerton, Patricia. *Cultural Aesthetics: Renaissance Literature and the Practice of Social Ornament*. Chicago: University of Chicago Press, 1991.

Fussell, Paul. *The Great War and Modern Memory*. New York: Oxford University Press, 1975.

Gallagher, Catherine, *The Body Economic: Life, Death and Sensation in Political Economy and the Victorian Novel*. Princeton, NJ: Princeton University Press, 2006.

Gallagher, Catherine, and Stephen Greenblatt. *Practicing New Historicism*. Chicago: University of

《写真クレジット》

口絵 i

Charlotte's needlework box and contents, Brontë Parsonage Museum, H87, © The Brontë Society

口絵 ii 上、p.19

Charlotte's "Blackwood's Young Men's Magazine," October 1829, Houghton Library, Harvard University, MS Lowell 1（5）

口絵 ii 下

Branwell's "Blackwood's Magazine," January 1829, Houghton Library, Harvard University, MS Lowell 1（8）

口絵 iii、p.89

Branwell's walking stick, Brontë Parsonage Museum, SB: 337, © The Brontë Society

口絵 iv、p.159

Letter from Charlotte to Constantin Heger, January 8, 1845, British Library Board, ADD. 38732 D

口絵 v 上、p.125

Keeper's brass collar, Brontë Parsonage Museum, H110, © The Brontë Society

口絵 v 下

Emily's watercolor of Keeper, Brontë Parsonage Museum, E6, © The Brontë Society

口絵 vi、p.201

Charlotte's portable desk, Brontë Parsonage Museum, H219, © The Brontë Society

口絵 vii

Lock of Mrs. Maria Brontë's hair, Brontë Parsonage Museum, J81, © The Brontë Society

口絵 viii

Photograph of path on the moors, near Haworth, taken by the author

p.9

Ambrotype of Haworth Parsonage, ca. 1850, Brontë Parsonage Museum, © The Brontë Society

p.57

Anne's sampler, January 1830, Brontë Parsonage Museum, S12, © The Brontë Society

p.150

Emily's pencil sketch of Grasper, Brontë Parsonage Museum, E10, © The Brontë Society

p.180

Wafers from Emily's desk, Brontë Parsonage Museum, © The Brontë Society

p.207

Emily's self-portrait on her diary paper, July 30, 1845, from a facsimile in Clement Shorter, *Charlotte Brontë and Her Circle* (London: Hodder and Stoughton, 1896)

p.235

Hair bracelet, Brontë Parsonage Museum, J14, © The Brontë Society

p.267

Page of Charlotte's fern album, Brontë Parsonage Museum, bb238, © The Brontë Society

p.291

Page of Mary Pearson's commonplace book, Harry Ransom Center, The University of Texas at Austin, MS-0526

p.297

Jet ovals, Brontë Parsonage Museum, J82, © The Brontë Society

【著者紹介】

デボラ・ラッツ　Deborah Lutz

コロラド大学ボルダー校卒業、ニューヨーク市立大学大学院センター修了。ヴィクトリア朝時代の文学が専門。主な著書に『The Dangerous Lover: Gothic Villains, Byronism, and the Nineteenth-Century Seduction Narrative』『Pleasure Bound: Victorian Sex Rebels and the New Eroticism』『Relics of Death in Victorian Literature and Culture』などがある。現在、ロングアイランド大学准教授。

【訳者紹介】

松尾恭子（まつお・きょうこ）

1973年、熊本県生まれ。フェリス女学院大学卒業。訳書に『フランスが生んだロンドン イギリスが作ったパリ』（柏書房）『戦地の図書館——海を越えた一億四千万冊』（東京創元社）『写真で見る　ヴィクトリア朝ロンドンの都市と生活』『写真でみる　女性と戦争』『異形再生　付「絶滅動物図録」』（いずれも原書房）などがある。

ブロンテ三姉妹《さんしまい》の抽斗《ひきだし》
物語《ものがたり》を作《つく》ったものたち

二〇一七年一月十日　第一刷発行

著者　デボラ・ラッツ
訳者　松尾恭子
発行者　富澤凡子
発行所　柏書房株式会社
東京都文京区本郷二―一五―一三（〒一一三―〇〇三三）
電話（〇三）三八三〇―一八九一（営業）
（〇三）三八三〇―一八九四（編集）
組版　株式会社キャップス
印刷・製本　中央精版印刷株式会社

ISBN978-4-7601-4771-7